Anja Ukpai

Meridian Princess

Die Zeiterben von London

Oetinger Taschenbuch

Bisher bei Oetinger Taschenbuch erschienen:

Meridian Princess – Die Clockmakers Academy (Bd. 1)

Das große Finale der »Meridian Princess«-Trilogie
Die Macht der Zeit erscheint im April 2021

MIX
Papier aus verantwortungsvollen Quellen
FSC® C002795
FSC www.fsc.org

Originalausgabe
1. Auflage

Dieses Werk wurde vermittelt durch die Literarische Agentur Michael Gaeb
© Einbandgestaltung: Max Meinzold
Satz: Arnold & Domnick GbR, Leipzig
Druck und Bindung: Livonia Print SIA, Ventspils iela 50, LV-1002, Riga, Lettland
Printed 2020
ISBN: 978-3-8415-0604-7

www.oetinger-taschenbuch.de

Für Niklas, Nele und Elise:

Time flies.
So spread your wings.

ZUVOR
Charlottes Erbe

Kalter Nebel verhüllte die Sicht und ließ die schmalen Pflasterstraßen, die sie hier in York *Snickelways* nannten, nass glänzen. Vor einem kleinen Hausdurchgang, über dem *The Mad Watchmakers Lane* stand, verdichteten sich die Schwaden und wurden wie von unsichtbarer Hand in den dunklen Korridor hineingezogen.

Es ging auf Mitternacht zu, und außer dem Ticken einer Uhr war in dem finsteren Durchlass nichts zu hören. Aber genau das machte Edmond Darwy nervös. In unruhigen Zeiten war Stille nur ein Atemholen für den nächsten Schlag. Und den galt es zu verhindern.

Er zog seinen Hut tief ins Gesicht, presste den Stockschirm fest an sich und eilte durch die kleine Gasse, die in einem offenen Pflasterplatz mündete. In den fünf alten Giebelhäusern, die dort im Halbkreis aneinanderlehnten, flackerte noch hier und da Kerzenschein, der sich im nassen Kopfsteinpflaster spiegelte. Angestrengt bemühte er sich, das Heulen aus den Galionsfiguren, die über den Hauseingängen wachten, zu überhören. Mit gesenktem Kopf steuerte er auf das Yorker Witch Brew zu. Es war das Zuhause der uralten Gauklerfamilie Henders. Von hier aus leiteten sie ihre Witch-Brew-Filialen im ganzen Land. Läden, in denen

Zeiterben von Heiltränken bis hin zu Hosentaschengaleonen alles für den Hausgebrauch kaufen konnten.

Der metallene Türgriff war eiskalt und ließ Mr Darwy kurz zurückschrecken. Die schwere Holztür quietschte in den Angeln, und als er in den schummrigen Raum eintrat, flüsterte jemand: »Na endlich, Edmond!«

Sam Henders kam um den Tresen herumgeeilt, nahm ihm Mantel und Hut ab und sah ihn dabei so angstvoll an, dass ihm ein Kälteschauder durch die Knochen jagte. Das flackernde Licht der Kerzen zuckte unruhig auf dem Gesicht des jungen Mannes. »Sind sie …?« Sam stockte.

Mr Darwy nickte. Manche Worte waren selbst geflüstert zu schwer zu ertragen. Er wandte seinen Blick ab und sah durch das Fenster hinüber zu *Darwy's Magical Watches*. Vierundzwanzig Stunden waren vergangen, seit dort drüben im Uhrenladen seines Bruders William das Unglück geschehen war.

Mit einer fahrigen Bewegung strich Mr Darwy sein Haar zurück. »Es ist der schwärzeste Tag meines Lebens, Sam«, flüsterte er und stockte, denn Clara, Sams Frau, kam die Treppe heruntergeeilt. Vor ihrem Bauch, in einem Tragetuch, schlief ihr wenige Monate alter Sohn Mat. »Edmond, sag, dass es nicht wahr ist. Nicht William und Evan!«

Mr Darwy ließ sich auf einenm der Barhocker sinken. »Doch, William und Evan. Ich habe sie gesehen, Clara. Mit meinen eigenen Augen. Er hat sie kaltblütig ermordet.« Mehr konnte er nicht hervorbringen. Er hörte Claras leises Schluchzen, während sie mit Geschirr klapperte.

»Wo sind sie nun?« Clara stellte eine Tasse Tee vor ihn auf den Tisch und legte ihre Hand sanft auf seinen Arm.

»Im Time House in London. Master Gridlock meinte, man

müsste ihre Leichen untersuchen.« Mr Darwy nippte am Tee, der stark nach Rum schmeckte. »Wie geht es Charlotte?«

»Sie schläft. Es geht ihr gut, und dem Kind auch«, sagte Clara. »Die Hebamme meinte, es dauert nicht mehr lange, bis die Wehen einsetzen. Hat sie …?«

»Ja. Sie hat offenbar alles mitangesehen.« Mr Darwy stürzte den Tee in einem Zug hinunter.

»Arme Charlotte«, meinte Clara und liebkoste mit tränennassem Gesicht die kleinen Fäustchen ihres Sohnes. »Was glaubst du, Edmond? Warum hat er sie nicht auch …?«

Die Teetasse klapperte laut, als Mr Darwy sie auf die Untertasse zurückstellte. »Das frage ich mich auch. Die ganze Zeit. Warum hat er sie nicht auch getötet?«

»Eben. Zumal er dann auch gleich das Kind in ihrem Leib mitgetötet hätte. Ein Mischblut«, fiel Sam in Mr Darwys Gedanken ein und sah Clara beschwörend über die Theke hinweg an.

»Es kann darauf nur eine Antwort geben«, sagte eine leise Frauenstimme hinter ihnen. Mr Darwy fuhr erschrocken herum.

Es war Charlotte. Sie stand in ihrem weißen Nachthemd wie ein Geist mit entrücktem Blick auf der Treppe. Das rote Haar umrahmte ihr blasses Gesicht, der gewölbte Bauch zeichnete sich deutlich ab, und sie wirkte so zerbrechlich, dass Mr Darwy und Sam auf sie zueilten, um sie zu stützen.

»Er braucht das Kind«, flüsterte Charlotte, dann taumelte sie. Sam und Mr Darwy trugen sie die Treppe hinunter und setzten sie in einen der Sessel vor dem lodernden Kamin.

»Was meinst du damit, er braucht das Kind?«, fragte Mr Darwy und zog sich einen Stuhl heran.

»Es ist für mich kein Zufall, dass er ausgerechnet Evan

angegriffen hat«, sagte Charlotte schwach. »Evan ist … war etwas Besonderes.« Ihre Stimme versagte, Tränen zeichneten nasse Spuren auf ihre Wangen, in denen sich der zuckende Feuerschein spiegelte.

»Das stimmt. Evan war etwas sehr Besonderes«, flüsterte Clara und streichelte ihrer Freundin über den Rücken.

»Das meine ich nicht. Edmond, hast du nie etwas bemerkt?«, fragte Charlotte mit kraftloser Stimme.

Edmond Darwy nickte. »Doch, ich glaube schon. Evan trug ausgesprochen vielseitige Zeiterbenkräfte in sich. Meinst du das?«

Sam und Clara tauschten überraschte Blicke, als Charlotte nickte und ihre Hände auf den gewölbten Bauch legte. »Was ich euch jetzt anvertraue, muss unter uns bleiben.« Charlotte sah sie mit glasigen Augen nacheinander an, dann flüsterte sie: »Evan trug die Zeitgene der Minute und Sekunde in sich. Er ist … er war der einzige Zeiterbe, der die Gene zweier Ahnengruppen in sich vereinigte. Ich selbst bin Erbin der Stunde. Versteht ihr, was das bedeutet? Für Chronos wäre dieses Kind ein wertloses Mischblut. Warum sollte er es also verschonen? Das würde nur dann Sinn machen, wenn dieses Kind hier anders ist und er das weiß. Es ist doch möglich, dass er mich nur deshalb verschonte, weil er unser Kind für seine finsteren Pläne braucht.«

»Was wir zu verhindern wissen!«, rief Sam.

»Du bist nicht allein, Charlotte«, sagte Clara mit tränenerstickter Stimme. »Ich verspreche dir, was immer auch geschieht, wir sind für euch da. Meine Familie ist deine Familie.«

Charlotte presste stöhnend beide Hände auf den Leib. »Es ist bald so weit.«

»Wir müssen uns beeilen«, sagte Mr Darwy und sah hinauf zur Wanduhr. »Es ist gleich Mitternacht.«

»Bringt sie nach oben«, sagte Clara. »Ich rufe die Hebamme.«

»Nein, ich springe mit Charlotte nach London in den Black Swan«, wehrte Mr Darwy hastig ab und fing Charlottes verwunderten Blick auf. »Es ist alles mit Gridlock besprochen.«

Sam horchte auf. »Ein Zeitfenstersprung? So kurz vor Mitternacht? Der Tag der Sommersonnenwende beginnt gleich, und in wenigen Stunden ist schon Sonnenstillstand. Niemand würde jetzt noch einen Zeitfenstersprung wagen, Edmond. Es wimmelt heute Nacht da draußen nur so von Dämonen und Schattenhunden!«

»Es ist alles abgesichert. Wir nutzen euer Zeitfenster, und Charlotte und ich springen gemeinsam. Im Black Swan stehen Odette und Gridlock schon bereit, uns in Empfang zu nehmen. Und zwar in weniger als zehn Minuten.« Edmond Darwy stand auf, um seinen Mantel von der Garderobe zu holen.

»Das ist Wahnsinn«, flüsterte Clara. »Edmond, das ist verrückt. Warum muss sie nach London springen? Jetzt? Mit Wehen? Lasst sie doch zuerst das Kind kriegen.«

»Sie wäre hier nicht in Sicherheit, Clara«, sagte Mr Darwy, schlüpfte in seinen Mantel und half dann Charlotte, aufzustehen. »Wenn es so ist, wie Charlotte vermutet, und er das Kind will, dann kommt er zurück, wenn es geboren ist. Er wird das Kind hier vermuten, und ich rate euch dringend, ebenfalls unterzutauchen.«

»Edmond hat recht«, sagte Sam und öffnete die Tür zur Zeitkabine. Er nickte Charlotte und Mr Darwy stumm zu.

»Charlotte, ich wünschte, ich könnte dir helfen«, schluchzte Clara und umarmte ihre Freundin fest.

Charlotte löste sich aus der Umarmung. »Edmond«, sagte sie und zog ihre Kette hervor. Eine Uhrenkette mit einem Totenkopfanhänger. »Diese Uhr ist Fluch und Segen zugleich. Sie hat Evans Mutter getötet, sie wird auch mich verraten. Aber in ihr liegt auch der Schlüssel zu jeder unserer Fragen. Falls mir etwas passiert: Hüte sie für mich, bis unsere Tochter sie einst weitertragen kann.«

Edmond Darwy nickte, machte aber eine abwehrende Geste, als Charlotte die Uhr abnehmen wollte. »Versprochen, Charlotte. Aber es wird dir nichts geschehen. Du hast ja uns! Wir beschützen dich, und du behältst deine Uhr. Und jetzt? Bist du bereit?«

»Bereit, um nach Hause zu gehen«, flüsterte Charlotte, griff nach Edmond Darwys Hand und stieg gemeinsam mit ihm durch das Zeitfenster. Momente bevor der Zeitstrom sie davontrug, sah Mr Darwy, wie Charlottes Finger das Silber der Totenkopftaschenuhr fest umklammerten.

Finstere Gassen

Seit Tagen schwirrte die Sommerhitze über den Pflastersteinen des Clockmakers Market. Sie trieb fischigen Abwassergeruch von der Themse durch die schmalen Gassen hinunter auf den kleinen Marktplatz, der in den Ferien von Touristen belagert wurde. Diese bestaunten die Galionsfiguren über den Eingängen der kleinen Shops und tuschelten hinter vorgehaltener Hand über die eigenartigen Dinge, die in den Läden angeboten wurden. Wozu man Schwerter kaufen sollte, denen die Klinge fehlte, erschloss sich ihnen ebenso wenig wie die kleinen Hosentaschengaleonen, die man bei Browns kaufen konnte und die laut Werbeplakat irgendetwas vorhersagen konnten. Nur was? »Alles Gaukler, Schurken, Scharlatane, dafür ist der Clockmakers Market bekannt«, schimpfte ein dicklicher Mann und warf die kleine Galeone achtlos zurück in den Korb.

Jade Ryder grinste. Sie lehnte an der Häuserwand im kleinen Weg zwischen dem Witch Brew und Linnaker & Sons. In diese schmalen, schattigen Gassen verirrte sich kaum jemand, und man konnte in Ruhe auf den Fünf-Uhr-Schlag der großen 24-Stunden-Uhr über dem Eingang des Clockmakers Market warten.

Seit sechs Wochen hatte Jade keines ihrer Schulbücher mehr

geöffnet. Stattdessen hatte sie Odette bei den anfallenden Arbeiten und Besorgungen für den Black Swan geholfen, und selbst das hatte sich wie Urlaub angefühlt. In all den Jahren zuvor hatte Jade die Sommerferien mit Lady Graham auf Graham Hall verbringen müssen und war von ihr behandelt worden, wie man ihrer Meinung nach mit Waisenkindern ungewisser Herkunft umgehen sollte: streng und herzlos. Nie hatte Lady Graham einen Hehl daraus gemacht, dass Jade ihr lästig war und sie sich für sie schämte. Seit etwas mehr als einem Jahr wusste Jade, warum Lady Graham sie trotzdem in jedem Jahr wieder aufgenommen hatte: Das Testament ihres Mannes Sir Arthur Graham hatte sie dazu gezwungen.

Wie immer, wenn Jade an Sir Arthur dachte, überkam sie eine große Sehnsucht. Seit sie hier im Clockmakers Market wohnte, fühlte sie sich ihrem Großvater noch näher, denn hier hatte er viel Zeit verbracht. Und hier hatte er eine heimliche Affäre mit der Zeiterbin und Pensionsleiterin vom Black Swan Hannah Ryder gehabt, aus der zwei Töchter hervorgegangen waren: ihre verstorbene Mutter Charlotte und ihre Tante Odette, bei der sie nun lebte.

Jade sah sich im überfüllten Clockmakers Market um und lächelte. Sir Arthur wäre glücklich, wenn er wüsste, wie Jade ihre Ferien verbracht hatte. Viele Stunden hatte sie bei Mr Darwy in der unterirdischen Clockmakers-Bibliothek zugebracht, um in den alten Schriften der Zeiterbengesellschaft Hinweise zu den vermissten Uhrzeigern zu suchen. Sie hatte Mr Linnaker in seinem Uhrenladen besucht und sich immer wieder die Legende um ihre geheimnisvolle Taschenuhr erzählen lassen. Und sie war täglich durch den Clockmakers Market gestreift, um seine engen Nebenstraßen zu erkunden, die sich vom Hauptplatz aus sternförmig durch diesen Londoner Stadtteil schlängelten, als wären sie Adern, in denen schwarzes Blut pulsierte.

»Halte dich besser von den kleinen Gassen fern. Da wimmelt es nur so von zwielichtigen Gestalten«, hatte Odette sie erst heute Morgen gewarnt. Und Betsy, die Köchin, hatte heftig dazu genickt. »Mir ist da mal ein Wolf begegnet, am helllichten Tag. Drüben, in dem Gang zwischen Browns und Kingsley's.«

Jade seufzte und sah die Gasse hinunter. Sie hatte hier in den vergangenen Wochen nichts Aufregendes finden können. Viele der kleinen Türen und Fenster waren zugenagelt oder mit alten Zeitungsseiten zugeklebt, und außer ein paar Ratten, streunenden Katzen und einem halb verhungerten Fuchs waren ihr nur wortkarge, geschäftige Menschen begegnet, die von ihr keine Notiz genommen hatten.

Als die Uhr über dem Clockmakers Market zu schlagen begann, zog Jade ihre Kette mit dem Totenkopfanhänger hervor, und wie an jedem Tag seit über zehn Jahren hielt sie sich die kleine Taschenuhr zuerst ans Ohr. Ticktack, klopfte es in dem kleinen mechanischen Uhrwerk; so vertraut war das Pochen, dass sie sich ohne ihre Taschenuhr geradezu nackt fühlte. Und einmal war das tatsächlich schon geschehen. Selda Brice, ihre Lehrerin für Zeitsprünge, hatte ihr vor einigen Monaten die Uhr abgenommen. Als es an jenem Abend auf fünf Uhr zugegangen war und sie zum ersten Mal die Taschenuhr nicht wie gewohnt aufziehen konnte, hatte sie Todesangst gehabt. Denn sowohl Sir Arthur als auch Mr Linnaker hatten sie gewarnt, dass ein menschliches Herz aufhören würde zu schlagen, wenn diese Uhr stehen bliebe.

Jade klappte den Unterkiefer des Totenkopfes herab und drehte dreimal an dem kleinen Rädchen, um die Uhr aufzuziehen. Gerade wollte sie die beiden Kiefer des Totenkopfes wieder zuklappen lassen, als eine Hand danach schnappte. Scharf schnitt ihr die Kette in den Nacken, bevor sie zerriss.

»Au! Was …?« Jade sah auf und erkannte Lavena Parker. »Was soll das, Lavena? Gib mir die Uhr zurück!«, fauchte Jade und wollte ihr die Kette mit dem Totenkopfanhänger aus der Hand reißen, doch Lavenas lange, perfekt manikürte Finger schlossen sich um die Uhr.

»Was haben wir denn da?«, fragte sie leise und zuckersüß. Lavena sprach immer leise und zuckersüß, vermutlich sogar dann, wenn sie einem Dämon aus der Unwelt gegenüberstehen würde. »Du könntest sie mal polieren lassen, das angelaufene Silber ist ja scheußlich«, flüsterte sie und hielt Jades Taschenuhr an der zerrissenen Kette hoch.

Jade schnappte nach ihrer Uhr, doch Lavena war schneller. Geschwind schlossen sich ihre Finger wieder um die Uhr. »Und dann erst dieser grässliche Totenkopf«, raunte sie lächelnd. »Gruselst du dich eigentlich nie davor? Kein Wunder, dass du immerzu solch irrsinnige Geschichten erfindest wie die, dass deine Uhr besondere Kräfte hat und dich zur Meridian Princess geführt hat. Oder die Lügen um Lady Mortimer. Diese arme, alte Frau. Viele Jahre hat sie sich als Lehrerin für die Schüler in unserer Academy eingesetzt. Und du hast sie einfach getötet.« Lavena lächelte noch immer und schüttelte ihren Kopf, sodass ihre schulterlangen, blonden Locken wippten.

»Lady Mortimer war eine Totengängerin, die von Chronos geschickt worden ist, um mich zu jagen.« Jade bemühte sich, ihre Stimme ruhig klingen zu lassen.

»Sagte ich es nicht? Diese Uhr tut dir nicht gut, liebe Jade Ryder. Sie hat dich zu einer Mörderin gemacht.« Lavena ließ die Taschenuhr in Jades offene Hand fallen und sah sich in der hinter ihr liegenden Gasse um. »Gib acht, dass diese Uhr nicht eines Tages dir selbst zum Verhängnis wird. Außerdem ist es nicht ratsam, sich in den Gassen aufzuhalten, wenn man Chronos gegen sich aufgebracht hat«, sagte sie sanft, als wäre es ein gut gemeinter Rat.

»Dann gib du lieber acht, dass Chronos sich nicht zuerst dich schnappt, du falsche Schlange«, sagte Jade.

»Hör mal, Kleines«, sagte Lavena, doch das Grinsen war ihr vergangen. »Das hier ist kein Spiel. Ein Fehler, und du versinkst in der Schattenkluft. Oder du verlierst deine Kräfte durch einen Dämonenfraß! Du solltest wirklich aus Mats Schicksal lernen.«

Jade zuckte zusammen. Lavena hatte ihren Finger in ihre schlimmste Wunde gelegt, und sie schien sichtlich Freude daran zu haben. Jade vermisste Mat so sehr, dass sie es kaum aushalten konnte. Seit sie denken konnte, waren sie befreundet. Seit ihrem ersten Tag auf St. Creakles hatten sie sich miteinander verschworen. Damals, als sie beide mit sechs Jahren ins schottische Internat einzogen und keine Ahnung von ihrer eigentlichen Bestimmung hatten. Und nun hatte ausgerechnet Mat einen Dämonenfraß erlitten. All seine Zeiterbenkräfte hatte er dabei verloren und die Academy verlassen müssen.

»Wenn hier eine von uns beiden nichts kapieren will, dann ja wohl du, Lavena«, raunte Jade und bemühte sich um einen ruhigen Ton.

»Ich habe schon gehört, dass er nach den Ferien nicht wiederkommen wird«, sagte Lavena lächelnd. »Arme Jade, es muss tragisch sein, wenn der beste Freund zum Versager wird und von der Academy fliegt.«

»Glaub doch, was du willst«, sagte Jade, ließ die Taschenuhr in ihre Hosentasche sinken und stieß sich von der Hauswand ab. Im gleichen Augenblick hätte sie beinahe das Gleichgewicht verloren, denn die Zeit blieb ohne Vorwarnung stehen.

Von der Heftigkeit des Zeitstillstandes überrascht, blickte Jade sich argwöhnisch um. Es hatte nur kurz geruckt, die Geräusche vom Clockmakers Market waren schlagartig verstummt. Eiseskälte tastete sich über den Boden, schlängelte sich um die Häuserecken und breitete sich in Sekundenbruchteilen bis in die letzten Winkel aus.

Jade fing sich wieder, richtete sich auf und sah sich nach Lavena um, die sich leise fluchend die Hosenbeine abklopfte. Offenbar war auch sie vom Silentium überrascht worden und durch die Heftigkeit des Rucks gestürzt. Doch Jades Blick fiel auf etwas anderes hinter Lavena. Hatte sich dort nicht etwas in der Dunkelheit der Gasse bewegt? »Raus hier!«, stieß Jade hervor.

Lavena sah Jade verblüfft an, dann warf sie den Kopf in den Nacken und lachte laut auf. Eine weiße Wolke bildete sich dabei vor ihrem Mund.

Doch Jade war sich ganz sicher. Sie fühlte es mehr, als dass sie es sehen konnte. Im Schutz der Finsternis der kleinen Gasse bewegte sich etwas auf sie zu. Langsam, aber unaufhörlich kam es näher. Und roch es nicht nach Verwesung?

»Verdammt, Lavena, ich glaube, da ist ein Schattenhund!«, rief Jade und zog den Schwertgriff aus ihrer Hosenschlaufe.

»Ein Schattenhund? Hier im Clockmakers Market. Am helllichten Tag. Ich sag doch, du hast sie nicht alle.« Lavena kriegte sich kaum ein vor Lachen.

Doch Jade fühlte die lähmende Eiseskälte, die nur ein Dämonenwesen aus der Unwelt zu verbreiten vermochte. Gruselige Bilder, von denen sie wochenlang geträumt hatte, zuckten durch ihren Kopf.

»Hör mal, du kleine Möchtegern-Berühmtheit«, zischte Lavena. In ihrer Stimme schwang ein beleidigter Unterton mit. »Ich gehe jetzt durch diese Gasse nach Hause, nur um dir zu beweisen …«

In dem Moment löste sich ein Mann aus der Deckung und kam auf sie zu. Er trug einen Mantel, und sein Gesicht war unter seiner Haarmähne und in der Finsternis der Häuserschlucht kaum zu erkennen.

»Beeindruckend, wie treffsicher du Schattenhunde witterst«, raunte Lavena höhnisch, als der Mann kurz neben ihnen verharrte. »Guten Tag, Sir«, sagte sie freundlich zu dem Mann. »Ich hab Sie hier noch nie gesehen, aber da Sie nicht erstarrt sind, müssen Sie ein Zeiterbe sein …«

Der Mann lief wortlos weiter.

Jades Finger umklammerten den Griff ihres Dämonenschwertes. Fauliger Gestank drang ihr in die Nase. Sie spürte, wie sich etwas zusammenbraute.

»Können wir Ihnen irgendwie helfen, Sir?«, fragte Lavena.

Der Mann verharrte erneut. Er drehte sich langsam zu ihnen herum und kam näher.

Im nächsten Augenblick sah Jade, dass es nicht der Mann war, der sich auf sie zubewegte, sondern ein Wesen aus schwarzem Rauch, das sich aus dem Schatten des Mannes löste und sich blitzschnell zu einem hundeähnlichen Wesen formte.

Lavena kreischte, als der Schattenhund sie ansprang. Sie warf sich zu Boden, schlug die Arme schützend über sich.

Der Schattenhund ließ von ihr ab und sammelte sich vor Jade.

Jade atmete schwer und hob ihr Schwert. Eine silbrig glänzende Klinge erschien. Als der Schattenhund zum Sprung auf sie ansetzte, machte sie einen schnellen Schritt nach vorne. Der Hund aus schwarzem Rauch und Nebel zuckte zurück. Noch immer hielt Jade das hell leuchtende Dämonenschwert vor sich und ging langsam auf den Schattenhund zu. Da verzog sich der Hund und verschmolz wieder mit der dunklen Gestalt in der Gasse.

Jade wartete mit erhobenem Schwert, ihr Atem ging stoßweise. Der Mann lief langsam weiter, die Gasse hinab.

»Wo ist er?«, raunte Lavena und hob vorsichtig den Kopf.

»Ich glaube, er ist noch hier«, flüsterte Jade. Die Anspannung kribbelte ihr im Nacken.

Als sie sich wieder nach dem Mann umsah, war er fort. Einzig ein gewöhnlicher Tourist in einem Mantel und mit langer Haarmähne, eine Papiertüte vom Witch Brew in der Hand tragend, verließ gerade die finstere Gasse. Jetzt erst fiel Jade auf, dass die Zeit nicht mehr stillstand. Der Tourist verharrte am Ende der Gasse und drehte sich zu ihnen herum. »Alles klar, Mädchen?«, rief er und bog, ohne eine Antwort abzuwarten, in den Clockmakers Market ein.

Jade ließ sich gegen die Wand fallen und sah zu, wie das Silberlicht ihres Dämonenschwertes langsam erlosch.

»Du bist ja vollkommen irre!«, flüsterte Lavena, als der Mann fort war, und rappelte sich auf.

»Wie?«, fragte Jade verdutzt.

»Wieso hetzt du mir einen Schattenhund auf den Hals?«, fragte Lavena und sah sich hektisch um.

»Ich habe ihn nicht heraufbeschworen!«

»Selbstverständlich hast du das«, sagte Lavena. »Wo soll er denn sonst so plötzlich hergekommen sein?«

»Schattenhunde verlassen die Unwelt bei einem Zeitstillstand durch den sich öffnenden Nullmeridian, muss ich dir das wirklich erklären?«, fragte Jade.

»Und die Schattenhunde haben nichts Besseres zu tun, als mich hier in dieser Gruselgasse zu überfallen?«, fragte Lavena, und ihre Stimme klang ungewohnt schrill. »Nein, du hast ihn heraufbeschworen und auf mich gehetzt.«

»Ach, glaub doch, was du willst.« Jade steckte ihren Schwertgriff zurück in die Gürtelschlaufe und rieb sich wärmend über die Arme.

Lavena baute sie sich vor Jade auf. »Dir ist schon klar, dass ich Master Gridlock darüber informieren muss?«

»Tu, was du willst, Lavena«, stieß Jade hervor. »Und erkläre Master Gridlock doch auch gleich, warum du dein Dämonenschwert nicht heraufbeschworen hast. Man stelle sich nur mal vor, der Schattenhund hätte es bis auf den Marktplatz geschafft mit all den erstarrten Menschen dort.«

»Du willst jetzt aber nicht auch noch behaupten, dass du die Menschen vor *dem* Schattenhund gerettet hast, den du selbst auf sie losgelassen hast?«, fragte Lavena und zog ihre Augenbrauen hoch. »Du bist wirklich vollkommen irre.« Sie schüttelte den Kopf. »Ich habe es mir übrigens anders überlegt. Ich werde zuerst Ms Brice ins Vertrauen ziehen. Sie nimmt die Angelegenheit sicher genauso ernst wie ich.« Damit huschte Lavena durch die Gasse davon, bog am Ende in den Clockmakers Market ein und war verschwunden.

Jades Herz klopfte bis zum Hals. Das lag zum einen an Lavenas Drohung, sie ausgerechnet bei Selda Brice anzuschwärzen, aber viel mehr noch lag es an dem Modergeruch, der ihr noch immer in die Nase kroch.

Im Witch Brew

Jade verließ die schmale Gasse und ließ sich mit dem Touristenstrom über den Clockmakers Market Richtung Witch Brew treiben. Noch immer klopfte ihr Herz rasend schnell, und sie sah sich immer wieder nach dem Schattenhund um. Sie atmete einmal tief durch, dann drückte sie die Klinke zum Witch Brew herab.

»Ja, nur hereinspaziert. Es sind neue Kratzdisteln aus Schottland eingetroffen«, raunte es aus der Grünen Hexe, der Galionsfigur über der Eingangstür.

Jade schloss die Ladentür hinter sich. »Orla? Ms Mallows?«, rief sie durch den schummrigen Ladenraum und sah sich suchend um. An den kleinen Holztischen saßen ein paar Gäste und tranken Kräutertee oder Engelwurzlikör und unterhielten sich leise. Ein Mann in einem Seidengewand und mit einer Kappe auf dem Kopf warf klackernd Runensteine auf ein Tablett.

»Orla?«, rief Jade noch einmal und lief durch den Laden zum Verkaufstisch. Eigentlich dauerte Orlas Schicht noch etwa zwanzig Minuten, aber heute konnte Jade nicht so lange warten. Sicher würde Ms Mallows das verstehen, zumal Orla ihren Ferienjob sonst sehr ernst nahm.

»Ah, Jade, gut dass du so früh kommst!«, rief Orla von hinten aus der offenen Küche, in der sie mit Ms Mallows ein grünes, dickflüssiges Gebräu in Glasfläschchen abfüllte. Jade schob sich am Verkaufstisch vorbei in die Küche, aus der man den Ladenraum überblicken konnte. Sie lehnte sich an einen der dicken Holzpfeiler, und der Geruch der vielen Kräuterbündel, die unter der Holzdecke befestigt waren, kroch ihr vertraut in die Nase. Seit Orla im Witch Brew arbeitete, holte Jade sie abends ab. Jade war gerne hier. Es kam ihr immer so vor, als würde sie beim Betreten des Witch Brew eine andere Welt betreten, in der die Gefahren der Unwelt keinen Zutritt hatten. Und auch jetzt spürte sie, wie die Anspannung von ihr abfiel.

Orla hielt ihr die Suppenkelle entgegen. »Du kannst gleich mal meinen neuen Bibernellenaufguss kosten. Ms Mallows meint, der ist mir richtig gut gelungen. Ehrlich, Jade, der kann sogar Tote zum Leben erwecken.«

Ms Mallows, eine ältere, grauhaarige Zeiterbin, die ihre Gäste immer ernsthaft, ja nahezu feierlich bediente, sah erschrocken von ihrem Kessel auf. »Orla, du sollst diese Art von Scherzen doch bitte lassen. Also wirklich, Tote zum Leben erwecken. Das überlassen wir doch besser Chronos und kümmern uns um die rechtmäßigen Dinge.«

»Sie meinen Baldrian-Bibernellen-Aufguss? Wozu wird der eigentlich eingesetzt?«, fragte Orla und setzte den Trichter auf die nächste Glasflasche.

Jade grinste. Man merkte es Orla überhaupt nicht an, dass sie gar keine Minutengene in sich trug und nichts von der Kleinkunst der Gaukelei, Hexentränkebrauerei und Wahrsagerei verstand. Sie ging in ihrem Ferienjob auf und verdiente sich nebenbei ein ansehnliches Taschengeld.

Ms Mallows stellte einen Karton auf den Tisch und begann, die vollen Flaschen einzupacken. »Baldrian-Bibernellen-Aufgüsse wirken hervorragend gegen Schwindel, ausgelöst durch Zeitstillstände zum Beispiel, oder auch bei Reisekrankheit, wenn man sehr viele Zeitsprünge in kurzer Zeit gemacht hat. Offiziell verkaufen wir diesen Aufguss für Nichteingeweihte als Naturheilmittel zur allgemeinen Entspannung.«

»Zahlen, bitte!«, rief da jemand im Verkaufsraum.

»Ich komme schon!« Eifrig wischte Orla sich die Hände an der schwarzen Witch-Brew-Schürze ab und eilte an Jade vorbei in den Verkaufsraum.

Jade lehnte sich vor, um Orla zu beobachten. »Das macht fünf Pfund, Madam«, sagte diese gerade zu einer älteren Dame. »Für sieben Pfund gebe ich Ihnen noch einen Bund getrocknete Vogel-Wicke obendrauf. Geben Sie einfach ein paar der schwarzen Hülsenfrüchte in die Hosentaschen oder in Ihre Schuhe, und Sie haben im kommenden Winter nie wieder kalte Finger oder Füße.«

Jade und Ms Mallows grinsten sich an. Eigentlich waren die Vogel-Wicken gegen die Kälte bei einem Zeitstillstand gedacht, aber das durfte man den Touristen natürlich nicht verraten. Viele der Gäste waren ja gar keine Zeiterben und hatten demnach keine Ahnung, dass vor wenigen Minuten die Zeit stillgestanden hatte und sie erstarrt vor ihrem Kräuteraufguss gesessen hatten.

Orla begleitete die Dame zur Tür und sagte: »Ms Mallows braut übrigens gerade ihren berühmten Wermut-Koriander-Trank. Sehr zu empfehlen, wenn Sie Ihre Energie aufladen möchten. Heute, in der Vollmondnacht, wird er abgefüllt. Also, dann, besuchen Sie uns bald wieder.«

Orla winkte der Kundin hinterher und schloss leise die Eingangstür. Mit einem breiten Grinsen kam sie zurück in die Küche.

»Orla, du bist ein Verkaufsgenie«, flüsterte Ms Mallows. »Seit du da bist, mache ich doppelt so viel Umsatz.« Sie drehte sich zu Jade herum. »Ach, Jade. Bist du bei Kingsley's Tickets & Maps vorbeigekommen? Hast du gesehen, ob die neue Ausgabe des *Daily Time Catcher* schon ausliegt? Die war doch für heute angekündigt worden.«

»Stimmt, die Zeitung!«, rief Jade.

Ms Mallows wischte sich mit dem Handrücken über ihre geröteten Wangen, griff nach dem Karton mit den gefüllten Glasfläschchen und seufzte. »Seitdem vor ein paar Wochen dieser Artikel über Lady Mortimer erschienen ist mit dem Gerücht über mich, werde ich immer ganz nervös, wenn es Zeit für die neue Ausgabe ist.« Ms Mallows schraubte das Fläschchen zu und schüttelte den Kopf. »Mir zu unterstellen, ich hätte Lady Mortimer mit meinem Baldrian-Bibernellen-Aufguss vergiftet!«

»Tut mir leid, Ms Mallows. Ihre Zeitung habe ich ganz vergessen vor Schreck«, sagte Jade entschuldigend.

»Wieso?«, fragte Orla interessiert. »Ist was passiert?«

»Ja«, flüsterte Jade und beugte sich vor. »In der Gasse zwischen dem Witch Brew und Linnaker & Sons ist gerade bei dem Zeitstillstand ein Schattenhund aufgetaucht.«

»Ein Schattenhund?«, rief Orla entsetzt.

»Orla!« Klirrend ließ Ms Mallows den Karton mit den Flaschen zurück auf den Tisch fallen.

Jade war zusammengezuckt. Ein paar Gäste sahen neugierig auf.

»Das war aber noch nicht alles«, raunte Jade deshalb noch leiser. »Lavena Parker hatte mir aufgelauert. Sie behauptet, ich hätte den Schattenhund heraufbeschworen, um sie anzugreifen. Und jetzt ratet mal, bei wem sie mich verpetzen will?«

»Master Gridlock«, sagte Orla und zeigte mit dem Trichter auf Jade.

»Viel schlimmer!«

»Ms Brice?«, hauchte Orla entsetzt.

Jade nickte. »Und als wäre das alles noch nicht ärgerlich genug, hat sie mir sogar unterstellt, ich hätte Lady Mortimer ermordet.« Jade lehnte sich an die volle Spüle.

»Was ja irgendwie stimmt«, sagte Orla und schüttete den Rest des Baldrian-Bibernellen-Aufgusses in eine leere Flasche.

»Also wirklich, Orla«, sagte Ms Mallows kopfschüttelnd. »Ein Totengänger kann gar nicht ermordet oder vergiftet werden, weil er doch schon tot ist.«

»Was ich sagen wollte: Wer auch immer Lady Mortimer wieder in die ewigen Schattengründe zurückbugsiert hat, verdient einen Orden. Nehmen Sie es sich also nicht so zu Herzen, vielleicht sollte das damals in dem Zeitungsartikel ein verstecktes Lob sein.«

»Die Frage ist aber: Wer streut solche Gerüchte?«, flüsterte Ms Mallows. »Ich hatte damals wochenlang keine Gäste mehr. *Ms Mallows ist eine Giftmischerin*, haben sie sich hinter vorgehaltener Hand zugeflüstert. Das habe ich wohl gemerkt.«

»Bei mir war es wie gesagt Lavena Parker, aber die kann ja auf keinen Fall damals den Artikel für den *Daily Time Catcher* verfasst haben«, überlegte Jade.

»Wer auch immer diesen Artikel verfasst hat, muss wissen, dass ich Lady Mortimer in regelmäßigen Abständen Baldrian-Bibernellen-Aufguss verkauft habe. Und den hat sie erst nach ihrer Zeit in Schottland getrunken. Als sie also schon eine Totengängerin war. Früher, also als sie noch lebendig war und in der Clockmakers Academy unterrichtete, hat sie hier immer einen Elderbeerenlikör getrunken. Nur einen, und immer genau um fünf. Dort drüben hat sie dann gesessen und ihre Tarotkarten gelegt.« Ms Mallows deutete auf einen kleinen Tisch am Fenster.

»Ah, seht mal, wer da kommt!«, rief Orla, die Ms Mallows' Blick auf den Clockmakers Market hinaus gefolgt war. Ein alter Mann mit Hut und Stockschirm steuerte auf das Witch Brew zu.

»Mr Darwy!«, rief Jade erfreut.

Mr Darwy war Bibliothekar in der Clockmakers-Bibliothek, doch für Jade war er viel mehr als das. Während ihrer Zeit im Internat hatte Mr Darwy nämlich dort den Bibliotheksdienst übernommen, und erst im vergangenen Jahr hatte Jade erfahren, dass er nur ihretwegen neun Jahre auf St. Creakles gewesen war, um sie und Mat dort zu beschützen und sie an das tägliche Aufziehen der Taschenuhr zu erinnern.

Es klingelte in der Küche, als Mr Darwy die Tür öffnete und eintrat. Jade eilte um den Tresen herum auf ihn zu. »Sie sind zurück, Mr Darwy! Wir war Ihr Sommer?«, fragte Jade. »Sagten Sie nicht, Sie fahren nach York?«

»Nach York?« Orla kam mit einem Karton der neu befüllten Fläschchen in den Verkaufsraum. »Stammen Sie etwa aus der Gilde der Yorker Gaukler, Mr Darwy? Haben Sie dort eine Wohnung?«

»In der Tat«, sagte Mr Darwy und setzte sich an den Tresen. Er legte die neueste Ausgabe des *Daily Time Catcher* auf den Tisch. Selbst an diesen heißen Sommertagen verzichtete Mr Darwy nicht auf seinen Anzug und den schmalkrempigen Hut. »Eigentlich ist es die Wohnung meines verstorbenen Bruders und dazu eines der ältesten Häuser Yorks. Liegt in der Mad Watchmakers Lane, in der auch die Henders wohnen.«

»Dann haben Sie Mat getroffen!«, sagte Jade, und ihr Herz machte einen Sprung.

»Er lässt schön grüßen«, sagte Mr Darwy. »Er war mit seinem Vater für ein paar Wochen in Edinburgh. Sie haben dort ein weiteres Witch Brew eröffnet, draußen in Leith gegenüber dem Anleger für den Timeless Sleeper. Clara erzählte mir, dass die Henders nun schon sieben dieser Lokale führen und sie sich auch außerhalb der Zeiterbengesellschaft immer größerer Beliebtheit erfreuen. Es soll einen richtigen Magie-Boom in York und Edinburgh geben.«

»Also bei uns hier ist Orla für den Magie-Boom verantwortlich«, sagte Ms Mallows belustigt, die zwei weitere Kartons voll Baldrian-Bibernellen-Aufguss auf dem Verkaufstisch abstellte. Ihr Blick blieb an Mr Darwys Zeitung hängen. Hastig griff sie danach und überflog die Überschriften.

»Aber wie geht es Mat?«, fragte Jade und setzte sich neben Mr Darwy.

Mr Darwy nahm seinen Hut ab, legte ihn auf den Tresen und strich sich seufzend über das glatte, graue Haar. »Er ist ein tapferer Kerl, Jade. Hat tausend Pläne im Kopf, wie er auch ohne Zeiterbenkräfte der Gesellschaft nützlich sein könnte.«

Jade nickte. Das war Mat, aufgeben passte nicht zu ihm.

Mr Darwy klopfte sich auf die Anzugjacke und zog einen Briefumschlag hervor. »Für dich«, sagte er und gab Jade den Brief. »Mat macht sich große Sorgen um dich. Auch Mr und Ms Henders sind beunruhigt und fürchten, dass die Sache mit Lady Mortimer womöglich erst der Anfang war.«

Jade nahm den Brief und steckte ihn schnell in ihre hintere Hosentasche. Hier war nicht der richtige Ort, um ihn zu lesen. Sie sah Mr Darwy nachdenklich an. Für einen Moment überlegte sie, ob sie ihm von dem Schattenhund erzählen sollte.

»Sind Sie mit dem Timeless Sleeper gereist, Mr Darwy?«,

fragte Orla, die sich den nächsten Karton vom Verkaufstisch holte, um die Flaschen ins Regal einzuräumen.

»Nein, leider nicht«, sagte Mr Darwy lächelnd. »Der fährt gleich erst in Edinburgh ab und kommt morgen Nachmittag wieder hier an. Und so lange konnte ich nicht warten, meine Ferien gehen heute zu Ende. Wenn ich morgen früh nicht pünktlich zum Dienst in der Bibliothek erscheine, sucht Sophera Fogg sich einen neuen Mitarbeiter.«

»Sie sind also per Zeitfenstersprung gereist?«, fragte Jade.

»Ja, ich war vor zehn Minuten noch in York«, flüsterte Mr Darwy und sah sich um. »Sagen Sie, Ms Mallows, haben Sie wohl ein Glas kalten Wermut-Koriander-Trank für mich?«

»Puh«, machte Ms Mallows erleichtert und legte die Zeitung zurück auf den Tisch. »Nichts. Gar nichts. Sogar Bertha Kingsleys Horoskop für die kommende Woche ist rosig. Wenigstens für mich.« Dann nickte sie Mr Darwy zu. »Ein Glas kalter Wermut-Koriander-Trank, kommt sofort. Ist aber noch vom letzten Vollmond und daher etwas bitter.«

Orla schnappte sich die Zeitung. »Was steht denn bei Stier?« Sie blätterte zur letzten Seite und las vor: »Endlich kriegen Sie für Ihre harte Arbeit den verdienten Lohn. Vorsicht: Kräuteraufgüsse nicht an Vollmond abfüllen. Sie neigen zu Schwatzhaftigkeit und haben in dieser Woche ein ausgesprochen hitziges Gemüt.« Mit hochgezogenen Augenbrauen sah Orla von der Zeitung auf.

Jade grinste. »Du kennst doch Bertha Kingsleys Weissagungen. Und was steht denn bei mir? 21. Juni, also Zwillinge?«

Orla suchte die Horoskopspalte ab. »Ah, hier. Den Zwillingen steht eine turbulente Woche bevor. Sie ziehen alles wie magisch an: Unfälle, Liebe, Dämonen. Falls Sie am Tag der Sommersonnenwende geboren sind: Obacht. Jemand trachtet Ihnen nach dem Leben.«

Ein lautes Klirren hinter Orla ließ sie alle herumfahren. Ms Mallows stand wie vom Donner gerührt hinter dem Verkaufstisch und hatte offenbar das Getränk für Mr Darwy fallen lassen. Doch das schien sie gar nicht bemerkt zu haben. Sie starrte durchs Schaufenster auf den Clockmakers Market und flüsterte: »Habt ihr ihn auch gesehen?«

»Wen?«, fragte Orla besorgt.

»Er lief mitten durch die Menschenmenge«, flüsterte Ms Mallows und deutete mit zitternder Hand nach draußen. »Dort drüben war er. Und er hat *hier* hereingesehen.«

»Ja aber wer denn, Ms Mallows?«, fragte Mr Darwy ungeduldig.

Ms Mallows stützte sich an den Verkaufstisch und raunte: »Der Schattenhund.«

Das Turmzimmer

Nach Ms Mallows' Behauptung, sie hätte einen Schattenhund mitten im Clockmakers Market gesehen, hatte Mr Darwy den Silbergriff seines Stockschirms abgezogen und war in wenigen Sätzen nach draußen geeilt. Jade und Orla waren ihm gefolgt, doch einen Schattenhund hatten sie zu ihrer Erleichterung nicht gesehen. Ms Mallows hatte das allerdings nicht beruhigen können. Sie blieb bei ihrer Behauptung und war sich sicher, dass der Schattenhund sogar in das Witch Brew hineingesehen hatte.

Jade und Orla waren noch fast eine Stunde bei Ms Mallows geblieben, bis diese das Witch Brew kurzerhand früher als üblich geschlossen und sich nach oben in ihre Wohnung zurückgezogen hatte.

Als Jade und Orla nach Hause in den Black Swan gingen, empfing sie Elliott Baker, der Empfangschef der Zeiterbenpension, schon an der Eingangstür. »Was war denn mit Edmond Darwy vorhin los? Ich sah ihn ganz aufgeregt durch die Menschenmenge eilen.«

»Ms Mallows behauptet, sie hätte einen Schattenhund gesehen«, sagte Jade.

»Ist nicht zu fassen«, sagte Elliott Baker. Er verschloss hastig die Eingangstür hinter ihnen und schlurfte zurück zum

Empfang. »Ein Schattenhund im Clockmakers Market, und das ohne Zeitstillstand? Habt ihr ihn auch gesehen?« Elliott Baker strich sich nervös über die polierte Glatze und klemmte einen Bleistiftstummel hinter sein rechtes Ohr.

»Keine Spur«, sagte Jade und sah argwöhnisch zur Treppe hinauf, von wo ein leises Summen kam.

»Wenn Sie mich fragen …«, begann Orla und suchte das Treppenhaus ab, denn das Summen wurde immer lauter. »Ich glaube, Ms Mallows steht ein wenig neben sich. Der Zeitungsartikel kürzlich … Achtung!«, rief sie und zeigte auf einen großen Schwarm schwarzer Libellen, der direkt auf sie zugeschossen kam. Im letzten Moment duckten sie sich, und Jade hörte das Rauschen über ihren Köpfen.

»Warum hält Odette eigentlich immer noch diese lästigen Teufelsnadeln?«, überlegte Jade laut, als sie dem Schwarm hinterhersah, der wieder im Treppenhaus verschwand. »Wir benötigen doch gar nicht mehr so viele Prognosetiere, seitdem es ihr wieder besser geht und sie bei den Zeitstillständen nicht mehr erstarrt.«

Elliott Baker rückte seine Fliege zurecht. »Wir sind nun mal leider zu Prognosetieren verpflichtet. So wie jeder Zeiterbenhaushalt. Fragt euch nur mal, ob euch Feuerschrecken, die alles in Brand setzen könnten, oder Sumpfunken, die kurz vor einem Zeitstillstand einen bestialischen Geruch von sich geben, wirklich lieber wären.«

»Sie haben recht«, sagte Jade grinsend. »Da nehmen wir doch lieber die Teufelsnadeln in Kauf, die einen übel juckenden Hautausschlag auslösen können, wenn man sie aus den Augen lässt und von ihnen getroffen wird.«

»Ja, sie sind eindeutig das kleinste Übel. Und jetzt beeilt euch lieber!«, sagte Elliott Baker und deutete auf die Tür zum Speisesaal. »Es ist schon Viertel vor sieben. Wenn ihr noch etwas vom Abendbüfett abkriegen wollt, dann wird es Zeit. Ihr solltet mit dem Schokoladenpudding anfangen.« Er zwinkerte ihnen verschwörerisch über den Rand seiner Brille zu.

Im Speisesaal ging es noch sehr ruhig zu. Nur vereinzelt saßen an den Gästetischen Zeiterben, die beim Abendessen Zeitung lasen oder sich leise murmelnd unterhielten. Der lange Novizentisch vor den Fenstern war sogar ganz leer. Das würde sich morgen wieder schlagartig ändern, wenn die Novizen der Clockmakers Academy anreisten. Alle Novizen, die keine Verwandtschaft in London hatten, wohnten nämlich für die Schulzeit im Black Swan.

Jade und Orla hatten sich gerade die zweite Portion Schokoladenpudding geholt, als Jenna fauchend in der Tür stand. »Wie lange muss ich eigentlich noch warten, bis ich eure Zimmer für die neuen Novizen vorbereiten kann? Alles, was ich jetzt noch dort finde, wird per Zeitfenster in euer altes Zuhause geschickt.«

Erschrocken sahen Orla und Jade sich an. »Und der Schokopudding?«, fragte Orla bedauernd. Doch Jenna hatte schon auf dem Absatz kehrtgemacht und eilte die Treppen hinauf.

Jade sprang auf. »Komm schon, Orla. Jenna macht am Ende noch Ernst, und meine Tagebücher und Süßigkeitenvorräte landen bei Lady Graham.«

»Ich sehe schon«, meinte Orla schulterzuckend und ging zum Büfett. Sie schnappte sich eine der großen Puddingschüsseln. »Essen wir ihn eben später in Ruhe, wenn der Spuk vorbei ist.«

Jade grinste und schnappte sich zwei große Löffel aus dem Besteckkorb, bevor sie hinter Jenna hereilte.

Es war ein mühsamer Weg hinauf ins Stockwerk Dreieinhalb. Das ganze Treppenhaus hing voller Galionsfiguren, und auf dem Weg nach oben musste man über deren riesige ausgestreckte

Arme steigen und sich um geflügelte Schiffsfiguren aus Holz herumwinden. Und nebenbei durfte man die Teufelsnadeln nicht aus den Augen lassen.

»Wir müssen unser Zimmer heute noch räumen?«, rief Jade nach Luft japsend, als sie im obersten Flur ankamen.

Jenna schob ungerührt den Putzwagen in Jades Zimmer hinein. »Wie lange bist du nun inzwischen bei uns? Etwas länger als ein Jahr, oder? Alle Novizen, die in den Ferien hierbleiben, ziehen am vorletzten Ferientag um, weil morgen Abend die Neuen anreisen.«

Jade sah sich zu Orla um, die mit offenem Mund in ihr chaotisches Zimmer blickte.

»Orla, was stehst du denn so untätig herum? Und ist das etwa eine Schüssel vom Büfett?«, polterte Jenna, die mit dem Staubwedel auf Orlas Puddingschüssel zeigte. »Stell sie auf meinen Putzwagen. Und dann fang endlich an zu packen und bring alles in dein neues Zimmer. Das ist eine Etage tiefer, linker Flügel, Stockwerk Zweieinhalb. Kannst du gar nicht verfehlen, es hat die Galeone der Lady Pommery.«

Orla sah Jade augenrollend an, während sie die Puddingschüssel auf Jennas Wagen stellte, und verschwand dann leise fluchend in ihrem Zimmer.

Jade schluckte und folgte Jenna in ihr eigenes Zimmer. Hier oben, unter dem Dach des Black Swan, hatte sie sich so wohlgefühlt. »Aber warum ist das so?«, fragte Jade und sah sich etwas verzweifelt um. Gerade heute Morgen hatte sie mit Odette zusammen bei Clockworks neue Kleidung für das kommende Schuljahr eingekauft, und es würde eine ganze Weile dauern, bis sie all die verstreuten Dinge wieder zusammengepackt hatte.

»Warum die Novizen in jedem Jahr ein Stockwerk tiefer

ziehen?«, fragte Jenna und begann, die Gardinen abzunehmen. »Das hängt mit dem Stand eurer Ausbildung zusammen. Je unerfahrener ihr seid, desto mehr müsst ihr beschützt werden. Die Neunovizen kommen also in die verstecktesten Räume hier oben unter dem Dach.«

»Und was soll das bringen?«, fragte Jade und zog ihren alten Koffer mit dem losen Tragegriff und der kaputten Schnalle aus dem Kleiderschrank.

»Ein simpler Schutz vor Angriffen. Ist ein weiter Weg hier hinauf«, sagte Jenna und trug die Vorhänge an Jade vorbei zur Tür.

»Angreifer?«, fragte Jade grinsend. »Also wirklich, Jenna. Als wenn Schattenhunde, Zeitritter oder Totengänger einfach so in den Black Swan spazieren könnten.«

»Man hat schon Pferde vor der Apotheke kotzen sehen …«, rief Jenna, während sie durch den Flur zur Treppe lief. »Ich bringe die Gardinen in den Waschkeller und bin gleich zurück. Hoffentlich bist du dann fertig.«

»Du machst Witze, oder?«, rief Jade durch den Flur, doch Jenna war schon fort. Jade ging zurück in ihr Zimmer, das ohne die schweren Vorhänge seltsam bedrohlich auf sie wirkte.

»Was glaubst du, warum die mich in dieses hinterste Zimmer gebracht haben?«, flüsterte es hinter Jade, und Harper, das kleine Geistermädchen, kam aus ihrer Galeone gekrochen. Sie setzte sich auf den Schreibtisch und sah Jade mit weit aufgerissenen Augen beim Packen zu. »Was wird aber aus mir, wenn du gehst?«, flüsterte sie, und ihre Stimme zitterte.

»Ich weiß es nicht, Harper«, murmelte Jade und fühlte sich selbst auch ganz elend. Harper war ihre Vertraute hier im Black Swan geworden. Das kleine Galeonsmädchen mit den abstehenden Elfenohren und den viel zu dünnen Armen und Beinen hatte für Jade vor ein paar Monaten all ihren Mut zusammengenommen und sich als große Hilfe und Freundin erwiesen. Es war für Jade unvorstellbar, das Zimmer nicht mehr mit Harper zu teilen. Und noch schlimmer war die Vorstellung, dass ab morgen eine andere Novizin das Zimmer mit Harper teilen würde.

»Ja, so ist das Geisterleben«, sagte Harper schniefend und schwebte hinüber zur Fensterbank. »Seit über einem Jahr wohne ich nun in diesem Zimmer. Alle Galeonen hier im Clockmakers Market haben Ausgangssperre. Nur beim Zeitstillstand dürfen wir unsere Galeonen verlassen, und ich frage mich, wann das endlich anders wird. Wann, Jade? Wann haben wir Schutzgeister wieder ein freies Leben?«

Jade stellte sich neben Harper ans Fenster. Sie legte ihren Arm um Harpers Schultern und zog ihn erschrocken wieder weg, denn ihre Hand war durch das Geistermädchen hindurchgerutscht. Für einen Moment hatte sie vergessen, dass Harper ein Geist war.

Seufzend sah Jade hinunter auf den Clockmakers Market. Von hier oben konnte man den ganzen Pflasterplatz überblicken. Über jedem der Hauseingänge hing eine große Galionsfigur, und in ihnen wohnten die Galeonen, die Schutzgeister für die Zeiterben des Clockmakers Market. Mitten durch den Clockmakers Market verlief der Nullmeridian, und dieser wurde bei den Zeitstillständen zu einer finsteren Schattenkluft, durch die man in die Totenwelt, eine von Dämonenwesen, Schattenhunden und Totengängern bewohnte Unwelt, geraten konnte, aus der es kein Entkommen gab. Seitdem die Schattenkluft sich mit den Zeitstillständen geöffnet hatte, stiegen immer wieder die Monster aus der Unwelt empor und brachten Tod übers Land, denn sie ernährten sich von Lebenszeit, die sie ihren Opfern entzogen. Herrscher über die Monster der Unwelt war Chronos, der selbsternannte Gott der Zeit. Und Chronos wollte mehr. Viel mehr. Er wollte auch die Herrschaft über die Lebenden, über die Zeit, über *ihre* Zeit. Und aus irgendeinem Grund schien er sie, Jade, dafür zu brauchen. Seit ihrem fünfzehnten Geburtstag und ihrer Aufnahme in die Clockmakers Academy verfolgte er sie, indem er ihr seine finsteren Kreaturen auf den Hals hetzte.

»Weißt du eigentlich, wovon ich träume?«, wisperte Harper und riss Jade damit aus ihren Gedanken. »Wenn ich meine dreijährige Bewährungszeit hier im Black Swan bestehe, dann möchte ich auf dem Timeless Sleeper arbeiten.«

»Was für eine schöne Idee!«, rief Jade und lächelte Harper begeistert an. Der Timeless Sleeper war das Schiff der Zeiterben, das aber eher wie ein schwimmender Nachtzug aussah. Sie war selbst schon einmal an Bord gewesen und konnte Harper gut verstehen. Der Timeless Sleeper war absolut magisch. Er pendelte jede Nacht zwischen Edinburgh, Hull in Yorkshire und London. Zweimal überquerte der Timeless Sleeper dabei den Nullmeridian in jeder Nacht, und es brauchte die kühnsten aller Galeonen, denn man geriet in schottischer See auch sehr nahe an die Nessby heran, das Gefängnisschiff der Zeiterben, das dort oben vor Schottlands Küste auf dem Nullmeridian lag und von dem es kein Entkommen gab. Jade wollte sich lieber nicht vorstellen, wie verschreckt Harper beim Anblick der Nessby und ihrer beiden Skelettgaleonen sein würde.

»Ihr beide seid ja immer noch hier. Dass Jenna euch nicht schon längst rausgeschmissen hat!«, sagte da plötzlich eine Stimme hinter ihnen. Jade drehte sich herum und sah noch aus dem Augenwinkel, wie Harper zurück in ihre Galeone huschte.

In der offenen Zimmertür stand Odette, die schwer atmend eine große Galeone im Türrahmen abstellte. Es war die Galionsfigur einer streng aussehenden, grauhaarigen Dame mit einem festen Knoten auf dem Kopf und einer weißen Spitzenbluse. »Seien Sie doch bitte vorsichtiger, wenn Sie mich schon so ungefragt herumbugsieren«, schimpfte die Geisterdame.

Odette verdrehte die Augen und grinste Jade an. Sie war die jüngere Schwester von Jades Mutter Charlotte, und erst an ihrem fünfzehnten Geburtstag hatte Jade von ihr erfahren. »Puh, das war schwer«, sagte Odette und pustete sich eine lange, rote Locke aus dem Gesicht. »Dagegen wird das Tragen von Harpers Galeone ja eine Leichtigkeit sein.«

»Nun werden Sie mal nicht unverschämt!«, schimpfte die Stimme in der Galeone.

»Hat Odette gerade gesagt, dass meine Galeone fortgetragen wird?«, fragte da eine zittrige Stimme hinter ihnen.

Jade und Odette sahen grinsend zu Harpers Galeone, denn das Geistermädchen hatte noch einmal seinen Kopf hervorgestreckt. »Aber wohin?«, fragte Harper und wirkte plötzlich noch blasser als sonst.

Odette stemmte die Hände in die Hüften. »Ich dachte, du ziehst mit Jade ins neue Zimmer um. Oder etwa nicht, Harper? Habe ich die Galeone von Nanny Sternly etwa umsonst die vielen Treppen hier hinaufgetragen?«

»Ich? … Mit hinunter in den zweiten Stock? … Aber was sagt denn der Marschall dazu?«, wisperte Harper aufgeregt.

»Er meinte, es würde höchste Zeit, dass du aus deinem Versteck kommst«, sagte Odette grinsend.

»Recht hat er!« Jade drehte sich glücklich zu ihrer Geisterfreundin herum. Sie stürmte auf Harper zu und wollte sie schon umarmen, als sie schnell zurückzuckte. »Das ist der erste Schritt zum Timeless Sleeper, warte es ab«, raunte sie Harper leise zu.

In der nächsten Stunde packten Orla und Jade ihre Sachen und trugen sie hinunter in den zweiten Stock.

»Guck mal, unsere Zimmer liegen genau nebeneinander. Aber das ist noch nicht das Beste!«, rief Orla aufgeregt, als Jade mit Harpers Galeone im Arm in den Stock Zweieinhalb einbog.

Das kleine Geistermädchen war aufgeregt vorangeflogen und schwebte jauchzend durch Jades neues Zimmer. »Das ist das schönste Zimmer des ganzen Hauses!«, jubelte Harper.

Jade blieb in der Tür stehen und sah sich um. Das Zimmer war viel größer als ihre kleine Kammer unter dem Dach. Das Bett stand auf einem kleinen Podest, und man konnte die Vorhänge rundherum zuziehen. Der Schreibtisch stand vor dem deckenhohen Sprossenfenster, durch das man bis zum Eingang auf der gegenüberliegenden Seite des Clockmakers Market blicken konnte. An den Wänden hingen silberne Kerzenleuchter, und es gab sogar einen kleinen Kamin. Unter der Rohrpostklappe hing eine kleine, kunstvoll verzierte Messingschale für die eingehenden Rohrpostkugeln. An der Wand neben der Tür war ein heller Fleck auf der bronzefarbenen Tapete, und Jade vermutete, dass dort die Galeone von Nanny Sternly gehangen hatte, die Odette vorhin nach oben in ihr altes Zimmer getragen hatte.

»Wartet nur, bis ihr das hier gesehen habt«, sagte Orla und ging zu einem großen Spiegel. Sie zog an einem kleinen Griff, der Jade gar nicht aufgefallen war, und der Spiegel ließ sich wie ein Fenster nach innen öffnen. »Bei mir ist es ein altmodisches Gemälde, durch das man in diesen Geheimgang gelangt. Hab ich nur entdeckt, weil er nicht ganz verschlossen war.« Orla stieg durch die kleine Öffnung. »Nun komm schon, Jade, das musst du dir ansehen.«

Jade stellte Harpers Galeone ab und folgte Orla durch die

niedrige Öffnung. Sie musste den Kopf einziehen, um hindurchzugehen, und dahinter war es kühl und schummrig. Sie standen in einem engen Treppenhaus, in dem das spärliche Licht von oben kam. »Diese Tür hier«, sagte Orla und klopfte an die gegenüberliegende Wand, »die Tür führt in mein Zimmer.«

»Und wohin führt diese Treppe?«, fragte Jade und zeigte auf eine schmale Wendeltreppe.

»Komm mit!«, sagte Orla und winkte sie die schmalen Stufen hinauf. Jade folgte ihr, und sie gelangten in das kleine Turmzimmer am rechten Flügel des Black Swan, das Jade von außen schon so oft bewundernd angesehen hatte.

»Ich kann es nicht glauben!«, sagte Jade und sah sich in dem winzigen Turmzimmer glücklich um. Es war gerade mal groß genug für zwei und hatte genau zwei Fensterbänke vor den tiefen Fenstern. »Orla, das bedeutet, wir können uns nun treffen, wann immer wir wollen, wir können ganze Nächte durchquatschen, und niemand, noch nicht einmal Elliott Baker, wird es mitbekommen.«

»Freiheit!«, rief Orla und drehte sich mit ausgebreiteten Armen um sich selbst. Es gab nämlich im Black Swan eine nächtliche Ausgangssperre, und wenn man sein Zimmer nach halb elf verlassen wollte, musste man zuvor eine Rohrpostnachricht an den Empfang senden und auf Elliott Baker oder einen Pagen warten.

»Jetzt zeige ich dir mein Zimmer«, sagte Orla. Sie stiegen die Wendeltreppe wieder hinab und verließen das Treppenhaus durch die andere Tür, die in Orlas Zimmer führte. Jade sah sich um. Es war genauso eingerichtet wie ihr eigenes. Nur konnte man aus Orlas Fenster nicht auf den Clockmakers Market hinaussehen, sondern auf den Giebel von Linnaker & Sons. Und eine wuchtige Galeonsdame hing an der Wand neben der Zimmertür. Es war die Figur einer fülligen, älteren Dame in einem grauen Spitzenkleid und mit Poncho über den Schultern. Auf ihrer braunen Lockenpracht trug sie ein weißes Häubchen, das wie ein zipfliges Spitzentaschentuch aussah.

»Ich kriege Gesellschaft!«, jubelte es aus der Galeone. »Da macht man nur ein kurzes Nickerchen und verpasst offenbar das Beste. Ich habe mich in den Sommerferien hier oben aber auch schrecklich gelangweilt. Lady Pommery ist mein Name, und wer seid ihr?«

»Lady Pommery?«, sagte Orla überrascht. »Sind Sie etwa *die* berühmte Lady Pommery aus dem Seefahrerlied?«

»Guten Abend, guten Abend«, sagte die Geisterdame, kam aber nicht aus ihrer Galeone hervor. »Sehr richtig. Die berühmte Lady Pommery höchstpersönlich. Ach, wir werden eine vergnügliche Zeit miteinander haben.« Und dann lachte sie so schrill, dass Jade und Orla sich verwundert ansahen.

»Hier seid ihr!«, sagte Odette, die mit einem Korb voller Rohrpostkugeln in Orlas offener Zimmertür auftauchte. »Ihr müsst euch bitte schnell an eure neuen Zimmernummern gewöhnen, denn die braucht ihr ja fürs Versenden einer Rohrpost. Wir erleben hier jedes Jahr ein ziemliches Chaos mit falschen Absendern in den ersten Wochen nach dem großen Zimmertausch.«

»Was für ein herrlicher Spaß!« Lady Pommery lachte schallend in ihrer Galeone. Odette sah sie daraufhin mit hochgezogenen Augenbrauen an. Dann ging sie zu einer schmalen Tür in Orlas Zimmer, gleich vorne neben der Zimmertür. »Habt ihr schon gesehen, dass ihr euch ein Badezimmer teilt?«, fragte sie und öffnete die Tür.

Jade und Orla folgten ihr und sahen ihr über die Schulter. Tatsächlich hatten sie den beidseitigen Zugang zum Badezimmer bislang übersehen.

»Ich dachte, es macht euch nichts aus, deshalb habe ich euch beiden diese Zimmer gegeben«, sagte Odette, und sie klang beinahe entschuldigend. »Und immerhin habt ihr ja ansonsten nun gewisse Extras.« Ihr Blick schweifte vorbei an dem großen Bild, hinter dem in Orlas Zimmer der geheime Eingang zum Turmzimmer verborgen war, und landete bei der Galeone von Lady Pommery. »Wenn ihr beim Umzug keine Hilfe mehr benötigt, kümmere ich mich jetzt um die Zimmerverteilung für die Neuen.«

»Vielen Dank, Odette«, sagte Jade und umarmte sie. »Auch für das schöne Zimmer. Nicht mal im Traum hätte ich es mir so ausmalen können.«

»Dann habe ich es ja richtig gemacht«, sagte Odette und lächelte Orla und Jade zufrieden an. »Für das Geheimnis dieses Zimmers gibt es übrigens zwei Schlüssel und einen eigenen Absatz in der Hausordnung auf Seite hundertsiebzehn.«

Jade horchte auf. »Und was besagt der Absatz?«

Odette ging lachend aus dem Zimmer. »Soll das etwa heißen, du hast die Hausordnung nicht gelesen? Lass das besser nicht Elliott Baker hören!«, rief sie, während sie durch den Flur davonging.

Orla wühlte in ihrer Bücherkiste und zog das schwere, in schwarzes Leder gebundene Buch hervor, auf dem in goldenen Lettern *Black Swan, London Greenwich, est. 1769 – Gästehandbuch für Zeiterben* stand. »Hast du da schon mal reingeguckt?«, fragte sie und pustete den Staub vom Buchdeckel.

»Nur mal kurz reingelesen. Aber nicht bis Seite hundertsiebzehn«, gab Jade zu. »Was steht denn da?«

Orla blätterte in dem Buch. »Hundertsiebzehn, hundertsiebzehn … ah, hier. Paragraf 23, Abschnitt 7e. Turmzimmer an der rechten Black-Swan-Außenfassade. Dieser Raum wird ausschließlich von Schutzgeistern genutzt. Er dient ihnen im Falle eines Angriffs als Notunterkunft. Sollten Sie einen Zugang zum Turmzimmer entdecken, behalten Sie ihn unbedingt für sich.«

Es wurde still im Stockwerk Zweieinhalb. Die meisten Zimmer waren noch unbewohnt, und nur Jenna huschte noch mit Stapeln Bettwäsche und frisch gewaschenen Vorhängen durch die Flure.

»Geschafft«, sagte Orla und sah sich zufrieden in ihrem neuen Zimmer um.

Jade, die sich erschöpft auf Orlas Bett geschmissen hatte, sah sich grinsend um. »Also fertig bist du aber noch nicht«, sagte sie und deutete auf das Chaos.

»Darum kümmere ich mich später«, sagte Orla und kramte in ihren Taschen. »Mann, hab ich jetzt Hunger. Äußerst schade, dass Jenna mir die Puddingschüssel abgenommen hat. Aber ich hatte doch noch irgendwo eine Tüte von Browns salzigem Karamellfudge«, murmelte sie. Augenblicke später hielt sie die Papiertüte mit den Süßigkeiten hoch. »Und jetzt wird erst mal gefeiert!«

»Und ich weiß auch schon wo«, sagte Jade, sprang auf und zog das schwere Ölgemälde von der Wand.

Sie saßen auf den beiden Fensterbänken, reichten die Tüte Fudge hin und her und spekulierten über die neuen Novizen, die morgen Abend anreisen würden. Unten auf dem Clockmakers Market wurde es still, und die Dunkelheit legte sich wie eine schützende Decke über den Marktplatz und die Nullmeridianlinie. All die Gefahren da draußen und vor allem all ihr Kummer schienen plötzlich so weit weggerückt zu sein, als Jade klar wurde, dass sie nicht mehr allein war. Auch wenn Mat ihr immer fehlen würde.

Es war schon weit nach Mitternacht, als sie zurück in ihre Zimmer gingen und sich eine Gute Nacht wünschten.

Jade kramte aus ihren Taschen einen Pyjama hervor, und als sie aus ihrer Hose schlüpfen wollte, fiel ihr etwas vor die Füße. Es war der Brief, den Mr Darwy ihr nachmittags gegeben hatte. Sie öffnete den Umschlag und zog den Zettel hervor, der eng mit Mats Handschrift beschrieben war.

Liebe Jade,
ich weiß, dass Du Dir große Sorgen um mich machst. Das musst Du aber nicht. Es geht mir gut. Ich helfe Dad beim Einrichten des neuen Witch Brew in Edinburgh, und er meinte heute Abend, dass wir im September nach London fahren, weil wir das Witch Brew im Clockmakers Market renovieren wollen. Ich mache mich nützlich (ich glaube, dass es Dad gefällt) und lese nebenbei in allen Zeiterbenbüchern, die mir in die Hände fallen. Es muss doch einen ähnlichen Fall wie meinen schon einmal gegeben haben. Ich bin doch bestimmt nicht der Erste, der durch einen Dämonenfraß seine Zeiterbenkräfte verloren hat.
Bitte sei vorsichtig. Chronos muss eine ungeheure Wut auf Dich haben, denn Du hast ihm die Meridian Princess vor der Nase weggeschnappt und ins Time House zurückgebracht. Durch Dich sind die Zeiterben stärker geworden. Ich habe Mr Darwy in York getroffen. Er war im Haus seines Bruders und hat uns täglich im Witch Brew besucht. Er hat uns erzählt, dass es Odette wieder gut geht. Du kannst Dir gar nicht vorstellen, wie sehr ich mich darüber freue.
Meine Angst ist aber, dass Chronos es wieder versucht. Er will die Macht über die Zeit. Um jeden Preis. Mum und Dad sagen

das auch. Ich soll Dich übrigens schön grüßen. Wir sehen uns dann im September.
Alles Liebe, Mat

PS: In wenigen Tagen fängt der Unterricht wieder an. Wir wissen beide, dass Selda Brice Dich hasst. Selbst die Galeonen flüstern es sich leise zu. Sei also vorsichtig, wenn Du nun in ihren Gaukeleikurs einsteigst.
PPS: Schick mir doch bitte eine Liste mit den Büchern für das zweite Academyjahr. Ich werde heimlich mitlernen in der Hoffnung, dass ich irgendwie meine Kräfte zurückbekommen kann.
PPPS: Halte Dich besser von Henry fern. Er sieht Dich immer so komisch an. Zum Glück ist er jetzt nicht mehr Dein Mentor.

Jade ließ den Brief sinken. Sie würde Mat wiedersehen. Schon bald. Vorher aber würde sie Henry wiedertreffen. Und im Moment wusste sie nicht genau, aus welchem Grund ihr Herz so schnell klopfte. Jade lehnte sich an die Fensterbank und beobachtete die vereinzelten Menschen, die des Nachts über den Clockmakers Market liefen. Schon morgen würde auch Henry wieder über diesen Platz laufen. Plötzlich sah sie ihn beinahe vor sich, wie er dort unten stand und zu ihr hinaufsah. So wie damals, an ihrem ersten Abend im Black Swan, als sie noch nicht wusste, dass er ihr Mentor werden würde. Für einen Augenblick spürte sie einen Kloß im Hals, als ihr bewusst wurde, dass Henry im neuen Schuljahr nicht mehr so viel Zeit mit ihr verbringen würde, weil er nicht mehr ihr Mentor war.

Jade schluckte. Sie wusste nicht, ob sie schon bereit war, ohne Mentor in der Zeiterbengesellschaft zurechtzukommen. Ohne Mentor – und ohne Mat.

Die Vorladung

Am nächsten Morgen wurde Jade von lautem Gekicher geweckt. Als sie Orlas Stimme erkannte, erinnerte sie sich, wo sie war. Sie setzte sich auf und sah sich in ihrem neuen Zimmer um. Überall standen ihre Taschen herum, und auf dem Boden stapelten sich Bücher, denn zum Einräumen hatte sie gestern Abend keine Lust mehr gehabt.

Jade schlüpfte aus dem Bett und lief zum Fenster. Unten, auf dem Clockmakers Market, ging es schon geschäftig zu. Die Ladentüren der Shops standen weit offen, und die ersten Touristen schlenderten über den Pflasterplatz. Jade entdeckte Bertha Kingsley, die mehrere Stapel Zeitungen in ihren Laden trug. Am Ende des Clockmakers Market stieg Mr Darwy gerade die Treppen zur unterirdischen Clockmakers-Bibliothek hinab, ein Abstieg, der wie ein historischer Londoner U-Bahn-Eingang aussah. Vor dem Witch Brew hängte Ms Mallows getrocknete Kräuter an die großen Haken, und auch die Doppeltür zur Dämonenschwerterschmiede Clarkes & Parker stand weit offen. Aus dem Schornstein stieg dunkler Rauch empor. Mr Parker stellte sicher gerade die Dämonenschwerter für die heute anreisenden Neunovizen her.

»Jade? Bist du schon wach?«, flüsterte es da hinter ihr, und

Jade drehte sich herum. Orla stand grinsend in der Badezimmertür und band sich die Witch-Brew-Schürze um. »Diese Lady Pommery hat mir die halbe Nacht von ihren Seeabenteuern erzählt. Wenn die so weitermacht, werde ich im kommenden Academyjahr vor lauter Lachen nichts lernen.«

»Du musst arbeiten?« Jade sah zur Uhr. Es war erst kurz vor acht und der letzte Ferientag. Odette hatte sie erst später für den Küchendienst eingeplant, und so griff sie nach dem neuen Schulbuch für Gaukelei und beschloss, noch einmal zurück ins Bett zu kriechen.

Orla nickte und kam näher. »Ja, Frühschicht. Die letzte für diese Ferien. Ms Mallows hat vergangene Nacht bei Vollmond die Kräuteraufgüsse hergestellt, und die müssen jetzt alle abgefüllt werden.« Orla nahm Jade das Buch aus der Hand. »Und dir soll ich schöne Grüße von Betsy bestellen. Du hast Küchendienst. In ...«, Orla sah auf ihre Armbanduhr, »... sieben Minuten.«

Ruckartig setzte Jade sich auf. »Küchendienst? Jetzt? Aber ich war doch gar nicht so früh eingeteilt!«

»Stimmt«, sagte Orla grinsend und ging zur Zimmertür. »Aber Jenna fällt aus, die muss noch alle Rohrpostschächte reinigen.«

Jade seufzte. »Okay, nehmen wir es gelassen. Wenn wir beide früh mit unserem Dienst fertig sind, können wir am Nachmittag hinunter zum Greenwich Pier gehen und auf die Ankunft des Timeless Sleepers warten. Wetten, dass heute jede Menge Novizen an Bord sind?« Ihr Herz klopfte schon wieder schneller, denn höchstwahrscheinlich war auch Henry an Bord. Seitdem sie sich vor ein paar Monaten einmal geküsst hatten, war er ihr auffällig aus dem Weg gegangen.

»Geht es dir um *jede Menge Novizen*, oder doch eher um einen ganz bestimmten Fahrgast?«, fragte Orla grinsend.

»Orla, du bist unmöglich!« Jade warf lachend ihr Kopfkissen nach ihr, doch Orla war schon durch die Tür gehuscht.

Jade schlüpfte in ihr kleines Bad und zog sich hastig an. Nur wenige Minuten später eilte sie durchs Treppenhaus hinunter in den Speisesaal.

Einige Gäste saßen gerade beim Frühstück. Der Sand in den großen Sanduhren, die in der Mitte eines jeden Tisches standen, rieselte leise vor sich hin, der Libellenschwarm zog eine Runde durch den Saal, und am Novizentisch räumte Betsy gerade benutztes Geschirr ab.

»Guten Morgen, Betsy«, sagte Jade und lief quer durch den Speisesaal, in dem auch an diesem letzten Augustmorgen ein knisterndes Feuer im Kamin brannte.

»Ah, Jade, Liebes«, sagte Betsy gutmütig, woraufhin einige Gäste neugierig aufsahen. »Schön, dass du so schnell kommen konntest. Nimm dir doch erst einmal Frühstück, und keine Eile, ja?« Sie raffte die Zeitung vom Tisch und hastete mit dem vollen Geschirrtablett aus dem Speisesaal.

Verwundert sah Jade Betsy hinterher und ging dann erst einmal zum Büfett und lud sich Toast mit Butter auf einen Teller. Als sie an den kleinen runden Tischen für die übrigen Pensionsgäste vorbeikam, fiel ihr Blick auf eine Sonderausgabe des *Daily Time Catcher*. Sie lag neben einem Mann, der offenbar gerade sein Frühstück beendet hatte. Vorne auf der Titelseite stand in fetten Buchstaben: **Schattenhunde im Clockmakers Market?**

»Darf ich?«, fragte Jade den Mann, der gerade seinen Tee austrank. Er nickte und stand auf.

Jade schnappte sich das Sonderblatt und verzog sich damit an den Novizentisch. Sie faltete das Blatt auseinander und las den Artikel unter der Schlagzeile.

Mehrere Meldungen von Sichtungen eines Schattenhundes im Clockmakers Market sind gestern innerhalb kürzester Zeit im Time Court eingegangen. Aus internen Kreisen drang die Nachricht nach außen, dass die Meldungen von insgesamt drei unterschiedlichen Personen gemacht wurden. Eine dieser Personen erhebt laut vertraulichen Informationen schwere Vorwürfe gegen Miss Jade Ryder, die erst vor wenigen Monaten die Meridian Princess zurück ins Time House brachte (wir berichteten). Auf Nachfrage unserer Redaktion soll Miss Ryder noch heute vom Time Court zu den Vorwürfen befragt werden. Alle weiteren Entwicklungen in diesem Fall lesen Sie in der Sonderausgabe am Abend.

»Verdammt, Lavena!« Jade knüllte das Sonderblatt zusammen.

Odette, die mit einer Tasse Kaffee an den Tisch getreten war, sah Jade mitleidig an. »Mach dich nicht verrückt, okay?« Sie setzte sich auf den Stuhl neben Jade und reichte ihr eine kleine Metallkugel. »Hier, das ist vorhin für dich aus dem Time House gekommen«, sagte sie, strich die Zeitung glatt und tippte auf den Artikel. »Es war mir klar, dass es nicht allen in der Zeiterbengesellschaft gefällt, dass du die Meridian Princess zurückgebracht hast. Wenn du möchtest, begleite ich dich zum Time Court.«

»Das ist lieb von dir, aber das schaffe ich schon.« Jade schüttelte den Kopf und schraubte die Rohrpostkugel auseinander. Die Nachricht war von Master Gridlock. »Jade, wir erwarten dich um vier Uhr im Time House«, las sie vor. Dann sah sie Odette an. »Ich weiß sogar, wer mich angeschwärzt hat«, sagte Jade und senkte dann die Stimme. »Lavena Parker. Da war wirklich ein Schattenhund. Gestern Nachmittag um kurz nach fünf. Ich habe ihn gesehen, Odette, er war in der Gasse zwischen dem Witch Brew und Linnaker & Sons. Aber ich habe ihn nicht heraufbeschworen.«

»Das weiß ich«, sagte Odette. »Auch Master Gridlock weiß das. Sag einfach nur die Wahrheit, dann geschieht dir nichts.« Odette stand auf, ging zum Kamin und warf das Sonderblatt ins Feuer. Dann drehte sie sich lächelnd zu Jade herum. »Aber bis dahin müssen wir noch eine Menge tun. Wir müssen heute sämtliche Kamine und Rohrpostschächte reinigen. Anweisung vom Time House.«

Jade horchte auf. »Weil sie fürchten, dass Schattenhunde durch die Kamine ins Haus kommen könnten?«

Odette nickte. »Sie nehmen die Meldungen über die Schattenhundsichtungen offenbar sehr ernst.«

In den kommenden Stunden waren Jenna und Odette damit beschäftigt, die Kamine des Black Swan zu reinigen. Jade half währenddessen Betsy in der Küche bei der Vorbereitung des großen Abendessens. Das Ende der Ferien und die Rückkehr der Novizen in den Black Swan wurde jedes Jahr mit einem Festschmaus gefeiert. Für die Neunovizen gab es zudem heute Abend die Novizenbriefe, die Auskunft darüber gaben, zu welcher der drei Ahnengruppen der Zeiterbengesellschaft sie gehörten, und ihnen damit auch ihre magischen Fähigkeiten verraten würden.

»Nimm es dir nicht so zu Herzen, hörst du?«, sagte Betsy, als Jade die letzte Kiste Gemüse vom Empfang in die kleine Vorratskammer hinter der Küche getragen hatte.

»Ich bin einfach nur wütend, Betsy«, sagte Jade und band sich eine Schürze um. »Da war wirklich ein Schattenhund, das stimmt. Aber ich habe ihn aufgehalten, nicht heraufbeschworen.«

»Ach, Mädchen«, seufzte Betsy und deutete auf eine Schale dampfender Kartoffeln. »Die müssen gleich gepellt werden, und vorher kannst du ein paar Zwiebeln hacken.« Betsys Gesicht verzog sich zu einem Lächeln. »Also mir hilft das bei Wut immer am besten.«

Jade ging zur Arbeitsplatte und begann, die Zwiebeln klein zu hacken. Verdammte Lavena. Vielleicht war ja das Empfangsessen für die Neuen, das sie gerade mit Betsy kochte, ihre eigene Henkersmahlzeit. Betsy schien ähnliche Gedanken zu haben, denn immer wieder fing Jade ihren unheilvollen Blick auf.

Gegen zwei Uhr, gerade als Jade die letzten Töpfe abgetrocknet und an die Haken über dem Herd zurückgehängt hatte, kam Orla in die Küche gestürmt und lehnte sich an den Herd. »Oh Mann, Jade, du musst zum Time Court? Das hat mir Ms Mallows heute Morgen erzählt. Sie hat immer wieder beteuert, dass sie dich mit keinem Wort erwähnt hat bei ihrer Meldung wegen des Schattenhundes.«

»Ich weiß«, sagte Jade, nahm die Topflappen und holte die letzten Yorkshire-Puddings aus dem Ofen. »Fertig, Betsy. Kann ich dann gehen?«

»Wie gut das hier überhaupt duftet!«, sagte Orla und beugte sich tief einatmend über die kleinen Puddings.

Betsy begutachtete zufrieden die vielen Speisen. »Wir hatten Glück, dass die Zeit nur ein einziges Mal am Vormittag stehen geblieben ist. Besonders die Yorkshire-Puddings fallen bei den Zeitstillständen immer in sich zusammen. Ja, geh nur und zieh dich um. Es wird bald Zeit für den Time Court.« Sie wischte sich mit ihrer gestärkten Schürze über das erhitzte Gesicht und zog Jade dann stürmisch in ihre Arme. »Soll ich mitkommen? Soll ich denen mal so richtig die Leviten lesen? Wie können sie es auch nur für möglich halten, dass ein winziger Funken Wahrheit in dieser abscheulichen Behauptung stecken könnte?« Sie schob Jade auf Armlänge von sich. Eine dicke Träne rollte über ihre roten Wangen.

»Jeder, der sich mit dir anlegt, kriegt es mit mir zu tun. Das habe ich deiner Mutter damals nach deiner Geburt versprochen.«

»Hab ich was verpasst?«, fragte Orla mit vollem Mund. Sie hatte sich einen der Yorkshire-Puddings genommen und sah Betsy interessiert an. »Jade soll doch lediglich vom Time Court befragt werden, oder? Das hörte sich jetzt gerade so an, als würde Jade gleich zu zehn Jahren auf der Nessby verurteilt.«

»Raus mit euch, raus!«, rief Betsy daraufhin und schob Jade und Orla zur Küchentür.

Kaum hatten sie sich umgezogen, machten sich Orla und Jade auf den Weg zum Hafen. Auf der Themse steuerte der Timeless Sleeper gerade in einem großen Bogen den Greenwich Pier an, und schon in wenigen Minuten würde er anlegen.

»Ich bin schon total gespannt, wie die neuen Novizen so sind«, sagte Orla. Sie liefen am Pier entlang, um auf den Bug des Schiffes sehen zu können. Der Schaffner sprang als Erster von Bord und befestigte die Taue am Steg. »Willkommen in Greenwich!«, rief er dabei. »Und beehren Sie uns bald wieder auf dem Timeless Sleeper, dem einzigen Schiff mit Schutzgeistern.«

»Wieso schreit er das denn über den ganzen Anleger?«, fragte Orla erschrocken und sah sich hastig um. »Der verrät mit einem einzigen Satz noch die ganze Zeiterbengesellschaft.«

Jade lachte und winkte ab. »Das macht er immer. Schon letztes Jahr, als ich mit Mr Darwy mit dem Timeless Sleeper von Edinburgh nach London gereist bin. Ich glaube, die Menschen halten ihn für verrückt, und deshalb nimmt ihn keiner ernst.«

Die kleinen Schiffstüren wurden geöffnet, und Menschen mit Koffern und schwerem Gepäck strömten heraus. Der Greenwich Pier füllte sich. Jade entdeckte ein paar bekannte Novizen.

»Hast du Henry schon gesehen?«, fragte Orla.

»Nein«, sagte Jade und suchte die Menschenmassen ab. »Und Henry *muss* mit dem Timeless Sleeper fahren. Er begleitet doch nach den Ferien seine Schwester zur Academy. Und die darf ja noch gar nicht per Zeitsprung reisen.«

»Vielleicht hat Henry es sich anders überlegt und macht doch keine Uhrmacherlehre hier in Greenwich?«, überlegte Orla. »Und wir wissen ja gar nicht, wie seine Schwester aussieht. Vielleicht war sie ja gerade dabei?«

»Du glaubst, Henry bleibt in Edinburgh?«, fragte Jade und strich sich verunsichert die vom Wind verwirbelten Locken aus dem Gesicht.

»Ist doch möglich«, sagte Orla. »Immerhin ist er mit seiner Zeiterbenausbildung fertig.«

Sie warteten noch lange, setzten sich auf eine Bank am Pier und beobachteten die Nachzügler, die den Timeless Sleeper noch vereinzelt verließen. Orla kaufte ihnen ein Eis am Eisfahrrad. Sie schwärmte abwechselnd vom Eis, vom Sommerwetter und von der weiten Sicht auf die gesamte Londoner Skyline. Jade hörte ihr aber nur mit halbem Ohr zu, denn eigentlich lauschte sie auf irgendein Geräusch aus dem Timeless Sleeper und wollte die Hoffnung noch nicht aufgeben, dass vielleicht doch noch jemand an Bord war. Erst als der Schaffner die Außentüren abschloss und mit den Worten »Und jetzt ein kühles Snat im Heulenden Hund!« quer über den Hafenplatz davonlief, glaubte Jade auch, dass Henry heute nicht mehr nach London zurückkehren würde.

»Ist nicht dein Tag, was?«, sagte Orla mitfühlend und legte ihren Arm um Jades Schultern. »Komm, es ist schon zwanzig vor vier. Ich begleite dich zum Time House.«

Sie liefen über den Hafenplatz hinüber zum Greenwich Park

und steuerten das Flamsteed House auf dem Hügel inmitten des Parks an. Unzählige Touristen standen im Innenhof der ehemaligen Sternwarte für die königlichen Hofastronomen und posierten für Fotos von sich auf dem Nullmeridian. Jade wunderte sich jedes Mal darüber, dass sie nichts von dem mitbekamen, was um sie herum geschah. Sie schienen überhaupt nicht zu merken, dass mehrere Menschen mit schwarzen Richterroben auf dem Arm sich stumm zunickten und durch einen Seiteneingang ins Flamsteed House verschwanden.

Auch Orla und Jade betraten das Haus durch diesen Seiteneingang und liefen durch einen langen Flur zum Empfang, wo Ernest Strout an seinem Platz saß. Der Time-House-Sekretär war gerade dabei, eine fette braune Kröte in einen Käfig zu setzen. »Bitte? Sie wünschen?«, fragte er, ohne aufzusehen.

»Ich bin's, Jade Ryder, ich komme zur Anhörung«, sagte Jade.

Strout zuckte kurz zusammen, und die Kröte hüpfte ihm dabei aus der Hand. »Ach, verflixt!«, jammerte er und klopfte suchend über den Schreibtisch. Dann sah er Jade und Orla durch seine dicken Brillengläser prüfend an. »Ja, Miss Ryder, bitte warten Sie noch kurz im Wartezimmer, ich rufe Sie dann auf. Nur, Ihre Freundin kann Sie gleich leider nicht in den Time Court begleiten. Anhörung unter Ausschluss der Öffentlichkeit.«

»Oh nein«, sagte Jade niedergeschlagen.

»Ist vielleicht besser so«, meinte Orla. »Keine Öffentlichkeit, keine Presse, keine Gerüchte. Arme Lavena, das wird ihr aber gar nicht gefallen. Ich warte hier auf dich. Wir gehen danach zusammen zurück, und du erzählst mir alles. So lange helfe ich Mr Strout, seine Kröte einzufangen.«

Als Jade und Orla in den Warteraum traten, saß dort schon jemand.

Der Stuhl der Wahrheit

»Lavena? Was tust du denn hier?«, fragte Orla erstaunt, als sie sich im Warteraum hinsetzten.

»Vermutlich das Gleiche wie Jade«, sagte Lavena Parker lächelnd.

»Meine Anhörung, die ich bestimmt dir zu verdanken habe, ist nicht öffentlich«, sagte Jade.

»Oh, ich bin nicht nur als Gast hier. Ich wurde als Zeugin vorgeladen.« Lavena verschränkte die Arme vor der Brust und sah Orla und Jade abschätzig an. »Ich vermute, es ist dein letzter Tag an der Clockmakers Academy«, sagte sie seufzend.

»Mach dir keine Sorgen, so leicht wird man mich nicht los«, sagte Jade und fühlte Wut in sich aufsteigen.

»Jade Ryder?«, rief Ernest Strout vom Empfang in den Warteraum.

»Hier!«, rief Jade und sprang auf.

»Viel Glück!«, rief Orla ihr hinterher.

»Ja, das kann sie wahrlich gebrauchen«, seufzte Lavena Parker, als Jade kopfschüttelnd an ihr vorbeilief.

»Kommen Sie, Miss Ryder, der Time Court hat Sie aufgerufen«, drängelte Strout, der vor dem Empfang auf Jade wartete. Er ging voran, den langen Flur entlang bis zum Abstieg ins Time

House. Dort nahm er zwei Fackeln aus den Halterungen und reichte Jade eine davon.

»Mr Strout, ich kenne den Weg durchs Time House«, sagte Jade schmunzelnd.

»Sicher«, antwortete Strout und beugte sich verschwörerisch vor. »Ich darf Sie aber nicht alleine in den Gerichtssaal gehen lassen. Zeugen und Angeklagte müssen vom Time-House-Sekretär begleitet werden. Wäre ja möglich, dass Sie auf dem Weg nach unten von jemandem abgefangen und beeinflusst werden.«

Wie damals an ihrem ersten Tag in Greenwich lief Ernest Strout vor Jade her und stieg die vielen Stufen und Abgänge hinab in die Tiefe. Das geheime Time House der Zeiterbengesellschaft lag unter dem Flamsteed House, und auf dem Weg in die unterirdischen Katakomben überquerte man mehrmals den Nullmeridian, der als goldene Linie im Boden eingezeichnet war. Jedes Mal, wenn sie den Nullmeridian überquerten, holte Strout mit einem Bein weit aus und machte einen schnellen Sprung über die Linie. Inzwischen hatte Jade schon mehrmals miterlebt, wie sich die Nullmeridianlinie bei einem Zeitstillstand weit öffnete zu einer finsteren Schlucht aus Felsen und Schatten. Einer Schattenkluft, die denjenigen, der in ihr versank, für immer in die Unwelt beförderte.

»Wird schon nicht so schlimm werden, Mädchen«, sagte Strout, als er vor einer doppelflügeligen Tür stehen blieb, und riss Jade damit aus ihren Gedanken. Er steckte ihre Fackeln in die Halterungen, dann klopfte er mit seiner knochigen Hand laut an die Tür, auf der in großen Lettern *Time Court – Zutritt nur nach Aufforderung* stand.

Von drinnen waren laute Schritte zu hören. Wenig später öffnete Arana Moore die Tür.

»Ms Moore?«, sagte Strout und schob Jade vor. »Ich bringe Ihnen Miss Ryder zur Anhörung.«

»Ja, da bin ich«, sagte Jade und sah Arana Moore trotzig an. Seit die Gerichtsdienerin damals Master Gridlock nicht das Vertrauen ausgesprochen hatte, fühlte Jade jedes Mal, wenn sie ihr begegnete, wieder diesen Zorn.

Arana Moore musterte Jade mit hochgezogenen Augenbrauen. An Strout gewandt fragte sie: »Und ist die vorgeladene Zeugin ebenfalls anwesend?«

»Ja, sitzt oben im Warteraum«, sagte Strout.

»Bitte schicken Sie uns die Zeugin, Mr Strout. Treten Sie ein, Miss Ryder«, sagte Arana Moore und machte Jade ein Zeichen, in den Gerichtssaal hereinzugehen.

Jade atmete einmal tief durch und betrat dann den Gerichtssaal. Hier, in diesem kirchenähnlichen Gewölbe tief unter dem Flamsteed House, fanden die Zeiterbenversammlungen und Gerichtsverhandlungen statt. An den Wänden hingen zahlreiche Galeonen, und dazwischen flackerten in großen Feuerschalen offene Feuer. Echte Kerzen steckten in den riesigen Kronleuchtern, die von der gewölbten Decke herabhingen. Wie anders würde diese Halle morgen auf sie wirken, denn dann fand hier die Schulversammlung der Clockmakers Academy statt. Alle Novizen der drei Jahrgänge würden in wenigen Stunden in diesem Saal versammelt die Schulhymne singen, und die Neunovizen würden ihre Mentoren für das erste Ausbildungsjahr zugeteilt bekommen. Während Jade zögerlich durch den Gang nach vorne lief, wünschte sie sich sehnlichst, dass es schon morgen wäre und sie sich in der Schülermenge verstecken könnte. Ihre Schritte hallten auf dem Steinboden, als sie Arana Moore durch den Gerichtssaal folgte. Zwischen den Bodenplatten schimmerte matt die goldene Meridianlinie.

Vorne im Gerichtssaal erkannte Jade sechs Personen an dem langen Richtertisch. Sie waren, zusammen mit Arana Moore, die Vertreter der Zeiterbengesellschaft.

»Miss Ryder ist vor dem Time Court zur Anhörung erschienen«, verkündete Arana Moore und stieg die Stufen zum Richtertisch hinauf.

Jade stand nun allein vor dem Time Court. Ihr Herz klopfte wie wild, als sie in die ernsten Gesichter blickte. Mehr noch als das machte sie aber der Sessel nervös, der vor ihr mitten auf der Meridianlinie stand. Es war der sogenannte Stuhl der Wahrheit, der so verzaubert war, dass derjenige, der auf ihm saß, nur die Wahrheit sagen konnte. Sollte aber jemand versuchen, auf dem Stuhl zu lügen, würde dieser Stuhl denjenigen in die Schattenkluft befördern. Doch was sie sah, war nur ein verschlissener Sessel mit hochgezogener Rückenlehne.

»Guten Tag, Jade«, sagte da der Mann in der Mitte des Tisches in ihre Gedanken hinein und lächelte sie freundlich an. Es war Master Gridlock, der Vorsitzende der Zeiterbengesellschaft. Wie immer trug er seine Fuchspelzmütze.

»Hallo«, sagte Jade und versuchte ebenfalls ein Lächeln.

»Ich hoffe, du hattest schöne Ferien«, sagte Master Gridlock, und bevor Jade auch nur nicken konnte, fuhr Selda Brice, die rechts neben ihm saß, Jade an. »Was soll das werden? Small Talk?«, zischte sie. Ihr Gesicht lief vor Wut rot an. »Wir haben uns hier heute Nachmittag mit einem überaus ernsten Vorwurf gegen dich auseinanderzusetzen, Jade. Es wäre falsch zu glauben, dass wir dich einfach so davonkommen lassen.«

»Entschuldige, Selda«, sagte da Evelyn Griggs sanftmütig. Sie saß zu Master Gridlocks linker Seite und beugte sich nun etwas vor, um an Master Gridlock vorbei Selda Brice anzusehen. »Es ist immer noch Master Gridlock, der die Befragung durchführt, und nicht du.«

»Danke für die Belehrung, Evelyn, aber dann soll er auch gefälligst mit der Befragung beginnen«, gab Selda Brice spitz zurück.

Master Gridlock schlug mit dem Richterhammer auf den Tisch. »Jade«, begann er, »du hast sicher schon von den Vorwürfen gegen dich gehört.«

Jade nickte. »Ich habe davon in der Zeitung gelesen.«

Die Mitglieder des Time Court nickten sich kurz zu.

Archer Switch, der Lehrer für nautische Geräte, beugte sich zu Bertha Kingsley herüber und sagte: »Weiß man schon, wer den Artikel verfasst hat und wer das Leck in unserem Gremium ist?«

»Das wüsste ich auch zu gerne«, seufzte Bertha Kingsley.

Peter Polkins, das jüngste Time-Court-Mitglied, meldete sich ordnungsgemäß und per Handzeichen zu Wort.

Jade grinste. Peter Polkins war ein furchtbarer Wichtigtuer und im ersten Academyjahr Orlas Mentor gewesen.

»Ich verlange eine Untersuchung des Vorfalls. Einem Journalisten des *Daily Time Catcher* wurden Time-Court-Interna zugetragen. Das ist Eidbruch. Wie wäre es denn, wenn wir uns alle der Reihe nach auf den Stuhl der Wahrheit setzen und die Frage beantworten, ob wir geheime Informationen weitergegeben haben?«

»Machen Sie sich nicht lächerlich, Polkins«, schimpfte Selda Brice, und Arana Moore nickte zustimmend. »Wir sind hier heute versammelt, weil wir Miss Ryder zu befragen haben, und nicht uns selbst.«

»Nun, Peter«, sagte Master Gridlock und beugte sich vor, um Peter anzusehen. »Dein Vorschlag ehrt dich, und es sollte allen hier Anwesenden damit klar sein, dass du ganz sicher nicht das Leck bist.«

»Danke, Master Gridlock«, sagte Peter Polkins, der inzwischen dunkelrot angelaufen war.

»Nun aber zurück zu dir, Jade.« Master Gridlock sah Jade fragend an. »Erzähle uns bitte von gestern Nachmittag.«

»Einen Augenblick«, warf Arana Moore ein. »Es ist eine Augenzeugin anwesend, die in wenigen Augenblicken hier unten ankommen sollte und die Miss Ryders Aussagen bestätigen kann. Oder eben nicht. Und außerdem liegt mir ein Antrag eines Time-Court-Mitglieds auf Vereidigung von Miss Jade Ryder vor.«

Bertha Kingsley, Archer Switch und Peter Polkins steckten aufgeregt ihre Köpfe zusammen und tuschelten miteinander, was Jade ganz nervös machte.

»Wer war das?«, rief Master Gridlock mit zitternder Stimme und sprang auf. Er umrundete den Richtertisch und baute sich vor der Versammlung auf. »Ich frage noch einmal: Wer war das?«

Jade war vollkommen verwirrt. Vor ihr stand der kleine Master der Zeiterben, und sie hatte ihn noch nie so wütend gesehen. Bertha Kingsley, Archer Switch und Peter Polkins hatten aufgehört zu tuscheln und starrten alle drei entsetzt Master Gridlock an.

In dem Moment klopfte es an der Tür des Gerichtssaals. Ohne Master Gridlock zu antworten, stand Arana Moore auf und lief durch den Saal, um die Tür zu öffnen. »Ah, Miss Parker. Schön, dass Sie da sind. Kommen Sie rein. Und danke, Strout, das wär's dann für heute. Sie können sich nun mit den Novizenbriefen befassen.«

Jade drehte sich nicht zu Lavena Parker herum, als diese zusammen mit Arana Moore durch die Halle zum Richtertisch kam. Sie hörte ihre Schritte immer näher kommen, doch sie tat Lavena nicht den Gefallen, ihr auch nur einen Moment ihre Aufmerksamkeit zu schenken oder die Genugtuung zu bereiten, die Angst in ihren Augen zu sehen.

»Time Court? Zeugin Lavena Parker«, sagte Arana Moore und ging zurück zu ihrem Platz am Richtertisch.

Jade konnte Lavenas Anwesenheit nahezu fühlen, aber sie sah starr geradeaus.

Master Gridlock stand noch immer vor dem Richtertisch und sah irritiert an Jade vorbei. »Setzen. Nun setzen Sie sich doch!«, rief er Lavena zu.

»Danke, sehr gerne«, sagte Lavena. Ihre Stimme war ganz nah, und Jade drehte sich der Magen um beim Klang ihrer süßen Worte.

»Können wir nun bitte mit der Befragung fortfahren?«, fragte Selda Brice mit verschränkten Armen.

Master Gridlock fuhr zu Selda Brice herum. »Das ist *Ihr* Antrag, nicht wahr?«

Arana Moore hob ihre Akte und rief dazwischen: »Es ist einem jeden Time-Court-Mitglied erlaubt, einen Antrag zu stellen, und sie oder er muss diesen Antrag nicht begründen oder verteidigen.« Sie legte die Akte vor sich auf den Tisch und zog ein Schriftstück daraus hervor. »Eine vereidigte Befragung eines Angeklagten oder zu Verhörenden hat unter Einsatz des Stuhls der Wahrheit zu erfolgen. Paragraf 4a, erstes Gesetzbuch der Zeiterben.«

Eine Gänsehaut kroch Jade den Rücken hinauf, als alle sie anstarrten.

»Jade«, sagte Master Gridlock und machte einen Schritt auf sie zu. Er fuhr sich seufzend über das Gesicht. »Ich kann es dir leider nicht ersparen. Ms Moore hat recht. Das Gesetz verlangt den Stuhl der Wahrheit bei dieser Art des Antrags. Ich muss dich nun bitten, dich auf den Stuhl der Wahrheit zu setzen. Bitte höre mir zuvor aufmerksam zu. Wir werden dich befragen, während du dort sitzt, und du antwortest uns. Versuche nicht, etwas vor uns zu verbergen oder gar zu verdrehen, es hätte keinen Nutzen, und wir wollen dir die Qualen ersparen. Bist du bereit?«

Jade schluckte. Sie blickte in die erstarrten Gesichter der Time-Court-Mitglieder. Nur auf Selda Brice' Gesicht lag ein hämisches Grinsen, und Peter Polkins rutschte unruhig auf seinem Stuhl nach vorne.

Jade nickte. Was sollte schon geschehen? Sie hatte nicht vor, zu lügen. Und überhaupt wusste sie ja gar nicht so genau, ob der Stuhl der Wahrheit wirklich so gefährlich war, wie Mr Darwy damals behauptet hatte. Wie sollte so ein altes Möbelstück schon in der Lage sein, jemanden in die Unwelt zu verfrachten?

Der Stuhl war genau vor dem Richtertisch über die Meridianlinie gestellt worden. Jade trat vor, und Master Gridlock nickte ihr aufmunternd zu. Jade ließ sich langsam auf dem Sessel nieder, und nichts geschah. Gar nichts. An diesem Sessel war gar nichts anders als an den Sitzmöbeln im Black Swan. Sie rutschte ein wenig zurück.

»Bist du bereit, Jade?«, fragte Master Gridlock und sah ihr aufgrund seiner kleinen Statur nun genau in die Augen.

»Bereit«, sagte Jade und wurde im gleichen Augenblick von einer großen Kraft ins Polster gezogen.

Master Gridlock ging zurück zu seinem Platz am Richtertisch. »Jade«, sagte er, und seine Stimme klang auf einmal so, als wäre er in weiter Ferne. »Warst du gestern Nachmittag gegen fünf Uhr im Clockmakers Market unterwegs?«

Jade nickte. »Ja«, sagte sie und erschrak über ihre eigene Stimme, die überall in ihrem Kopf widerhallte.

»Und hast du dort Lavena Parker getroffen?«, fragte Selda Brice.

»Nicht im Clockmakers Market, sondern in der Gasse zwischen dem Witch Brew und Linnaker & Sons«, sagte Jade leise, doch das Echo ihrer Stimme klang genauso laut wie zuvor in ihrem Kopf.

»Und, Jade«, sagte Evelyn Griggs. »Hast du dort in der Gasse noch etwas gesehen?«

»Ja, Ms Griggs«, antwortete Jade. Der Widerhall in ihrem Kopf machte sie noch verrückt. »Ich habe plötzlich einen schwarzen Schatten bemerkt und diesen modrigen Geruch in der Nase gehabt. Ich war mir sicher, dass ein Schattenhund in der Gasse ist.«

»Klar warst du dir sicher«, sagte Selda Brice. »Du selbst hast ihn ja heraufbeschworen.«

Jade schluckte. Sie wollte aufspringen, diesem Theater ein Ende machen. Doch sie konnte noch nicht mal die Arme von der Sessellehne heben. Sie klebte förmlich am Sessel. »Nein, das habe ich nicht!«, sagte Jade zornig.

Die Mitglieder des Time Court sahen sich an.

»Jade, bitte«, sagte Master Gridlock daraufhin ruhig. »Berichte uns dann doch, was wirklich in der Gasse geschehen ist.«

Jade nickte. »Es war fünf Uhr, und ich zog gerade meine Taschenuhr auf. Da tauchte Lavena plötzlich auf und riss mir meine Uhr weg, die Uhrenkette ist dabei zerrissen. Und dann bemerkte ich diesen Schattenhund. Ich warnte Lavena, rief ihr zu, dass wir verschwinden sollen. Sie hat darüber gelacht und noch nicht einmal ihr Dämonenschwert gezogen. Und dann hat der Schattenhund uns angefallen. Erst als ich mein Schwert gegen ihn erhoben habe, hat er sich verdrückt.«

»Pah, da haben wir es! Sie lügt! Niemals würde ein Schattenhund sich freiwillig zurückziehen«, donnerte Selda Brice.

Evelyn Griggs beugte sich lächelnd vor und sagte an Selda

Brice gewandt: »Sie kann nicht lügen, sie sitzt im Stuhl der Wahrheit.«

»Dann funktioniert er eben nicht«, zischte Selda Brice. »Wann hat ihn das letzte Mal jemand überprüft?«

»Ich. Vor wenigen Tagen erst, Ms Brice«, sagte Bertha Kingsley, und Jade meinte, dass sie ihr zugezwinkert hatte.

»Miss Ryder«, sagte Arana Moore und klappte die Akte zu, in der sie gerade gelesen hatte. »Verraten Sie uns, was Sie in der Gasse suchten?«

»Gar nichts«, sagte Jade. »Ich habe dort einfach gewartet.«

»Auf den Schattenhund, den sie zuvor heraufbeschworen hatte!«, hörte Jade Lavena hinter sich rufen.

Jade wollte herumfahren, doch der Sessel hielt sie im eisernen Griff, und sie war zu keiner Bewegung fähig. »So ein Schwachsinn! Ich habe darauf gewartet, dass meine Freundin mit ihrem Dienst im Witch Brew fertig ist.«

»Miss Parker«, sagte Master Gridlock. »Noch ein Zwischenruf, und ich lasse Sie aus dem Gerichtssaal entfernen.« Er sah fragend in die Runde der Time-Court-Mitglieder. »Wenn dann keiner mehr eine Frage an Jade Ryder hat, beende ich hiermit ihre eidliche Befragung.« Er wollte schon mit seinem Hammer auf den Tisch hauen, als Selda Brice aufstand.

»Ich habe noch eine Frage«, sagte sie.

Jades Herz klopfte wie wild. Sie versuchte sich aus dem Sessel zu schälen, doch je mehr sie sich wehrte, desto fester wurde sie ins Polster gedrückt.

»Jade«, sagte Selda Brice und blickte sie kühl an. »Was genau ist das Geheimnis deiner Taschenuhr?«

Von Kröten und Kelchen

In Jades Kopf rasten die Gedanken durcheinander. Sie wollte sich aus dem Klammergriff des Sessels befreien, doch es schien, als würde der Sessel sie immer tiefer ins Polster ziehen, je mehr sie sich wehrte.

»Antworte!«, sagte Selda Brice streng. »Was ist das Geheimnis deiner Taschenuhr?«

Jade öffnete den Mund, doch sie brachte keinen Ton hervor. Ihre Kehle war trocken, und sie sah Hilfe suchend zu Master Gridlock.

»Das ist eine unzulässige Frage!«, rief Master Gridlock und schlug mit seinem Hammer auf den Tisch. »Die Befragung ist hiermit beendet. Jade, du kannst den Stuhl der Wahrheit verlassen.«

Im gleichen Augenblick spürte Jade, wie der Sessel nachgab und sie sich wieder bewegen konnte. Sie drückte sich hoch und fühlte sich plötzlich federleicht.

»Einen Moment noch, Jade«, sagte Master Gridlock, und so blieb Jade vor dem Richtertisch stehen.

»Sie Narr!«, zischte Selda Brice Master Gridlock an. »Wir hatten gerade die einmalige Gelegenheit, das Geheimnis dieser Taschenuhr zu erfahren und darüber hinaus Miss Ryder vor weiteren Alleingängen zu schützen.«

»Es wäre mir neu, dass Sie ein tiefergehendes Interesse an Miss Ryders Schutz haben, Ms Brice«, warf Bertha Kingsley mit hochgezogenen Augenbrauen ein.

Peter Polkins nickte. »Können wir nun bitte mit der Abstimmung weitermachen?«, fragte er, und als alle ihn ansahen, zuckte er mit den Schultern. »Ich habe ja nicht den ganzen Nachmittag Zeit. Immerhin ist morgen mein erster Tag als Lehrhilfskraft an der Academy, und ich habe noch viel vorzubereiten.«

»Wer hat den eigentlich in den Time Court gewählt?«, zischte Lavena Parker von hinten.

Jade warf Lavena einen wütenden Blick über die Schulter zu.

»Time Court von London!«, rief da Arana Moore und stand auf. Sie stellte sich neben Jade vor den Richtertisch. »Wer ist dafür, Jade Ryder von allen Anklagepunkten freizusprechen?«

Peter Polkins, Archer Switch und Bertha Kingsley hoben umgehend ihre Hände. Jade beobachtete nervös die anderen Time-Court-Mitglieder. Master Gridlock und Evelyn Griggs flüsterten sich leise etwas zu. Da endlich blickten sie auf und hoben beide ihre Hand.

Arana Moore wartete noch einen Moment, dann fragte sie: »Wer ist der Meinung, Jade Ryder sollte der Anklage nach schuldig gesprochen und von der Academy verwiesen werden?«

Jade sah Selda Brice an, die einen zornigen Blick in die Runde warf und dann kurz ihre Hand hob.

»Master Gridlock? Das Ergebnis ist fünf Stimmen für den Freispruch, eine Stimme für die Verurteilung und eine Enthaltung«, sagte Arana Moore und ging zurück zu ihrem Platz.

»So wird Jade Ryder von allen Anklagepunkten freigesprochen!«, rief Master Gridlock und schlug mit seinem Hammer laut auf den Tisch. »Die Sitzung ist beendet.«

Peter Polkins sprang als Erster von seinem Platz auf. Er umrundete den Richtertisch und eilte auf Jade zu. »Gratuliere«, flüsterte er, während er ihr kräftig die Hand schüttelte. »Der Stuhl der Wahrheit ist ein Albtraum, nicht wahr? Aber nur für denjenigen, der etwas zu verbergen hat«, fügte er mit grinsendem Seitenblick auf Lavena hinzu und verließ dann hastig den Gerichtssaal.

»Wie hast du das gemacht, im Stuhl der Wahrheit zu lügen?«, fragte Lavena, die vorgetreten war.

»Ich habe nicht …«, begann Jade, doch sie wurde von Master Gridlock unterbrochen. »Lavena Parker!« Er sah Lavena über den Rand seiner Brille ernst an. »Eine falsche Zeugenaussage ist ein ernst zu nehmender Anklagepunkt, ist dir das eigentlich bewusst?«

»Machen Sie sich nicht lächerlich!«, rief Selda Brice, die schon aufgestanden war und Papiere in ihre Tasche stopfte. »Jade Ryder hat soeben unter Eid gelogen. Darum sollten Sie sich sorgen. Lavena Parker ist eine gewissenhafte Schülerin, ab morgen sogar eine Senior-Novizin unserer Academy, und ich werde sie bei den nächsten Wahlen für den Time Court vorschlagen.«

Ms Brice schnappte ihre Tasche und kam geradewegs auf Lavena zugeeilt. »Komm, Lavena, das hast du nicht nötig nach diesem schockierenden Erlebnis, das du gestern dank Miss Ryder durchstehen musstest.« Jade würdigte sie dabei nicht eines Blickes. Sie nickte Lavena auffordernd zu und lief von ihr gefolgt durch den Gerichtssaal.

»Gratuliere, Miss Ryder«, sagte Archer Switch, der sich tief zu Jade herabbeugte und ihr erfreut die Hand schüttelte. Als er sich wieder aufrichtete, ordnete er mit einer fahrigen Bewegung seine langen Haare, die ihm rund um eine ausgeprägte Glatze bis hinunter auf die Schultern hingen.

»Danke, Mr Switch«, sagte Jade lächelnd. Sie mochte den Lehrer für nautische Geräte sehr, auch wenn er immer ein wenig zerstreut wirkte.

»Ach, hätte ich nur auf meine Karten gehört«, sagte Bertha Kingsley, die Archer Switch zur Seite schob und Jade mitleidig eine Hand auf die Schulter legte. »Dreimal habe ich heute Morgen die *Fünf der Kelche* gezogen. Deutlicher kann man doch gar nicht auf unerwartete Störungen hingewiesen werden.«

Jade lächelte Bertha Kingsley an. »Es ist ja alles gut gegangen.«

Sie sah, wie Arana Moore und Evelyn Griggs gemeinsam den Stuhl der Wahrheit ins Zimmer hinter dem Gerichtssaal trugen, und erst jetzt fühlte Jade sich wirklich erleichtert.

»Ja, es ist gut gegangen«, sagte da Master Gridlock neben Bertha Kingsley. Jade lächelte. Neben Bertha Kingsleys imposanter Erscheinung wirkte Master Gridlock wie ein Kind. Er rieb sich über die Bartstoppeln und sah Jade nachdenklich an. »Dennoch hat es einen solchen Vorfall, seit ich denken kann, noch nie in der Academy gegeben.«

Archer Switch räusperte sich. »Wenn Sie mich fragen, dann war das reines Kalkül. Ein Versuch, Miss Ryder von der Academy zu entfernen.«

Jade horchte auf. »Aber warum?«

Master Gridlock sah Bertha Kingsley und dann auch Archer Switch warnend an. »Wir werden hier nicht weiter spekulieren und Miss Ryder nun schnell zurück in den Black Swan schicken. Immerhin ist dort heute das große Coming-Home-Fest.«

»Ach, herrlich!«, rief Archer Switch und sah schwärmerisch zur Gewölbedecke hinauf. »Wenn ich an meine Zeit im Black Swan zurückdenke, dann auch immer an diese lange Novizentafel.« Plötzlich sah er Jade fragend an. »Ist eigentlich immer noch die Galeone von Lady Pommery im Black Swan?«

Jade nickte. »Ja, ich habe sie heute Morgen gesehen. Warum fragen Sie?«

»Lady Pommery war im zweiten Ausbildungsjahr meine Zimmergaleone, und ich kann dir sagen, die hat mich ganz schön abgelenkt«, sagte Archer Switch lächelnd. Dann nickte er noch einmal in die Runde und lief durch den Gerichtssaal zu Tür. Dabei sang er leise: »Merry Lady Pommery, all the joy you brought to me, as I was sailing …«

Jade musste lachen bei der Vorstellung, was Orla in diesem Schuljahr bevorstehen würde.

»Kommen Sie, Miss Ryder«, sagte Bertha Kingsley und schob ihren fülligen Arm unter Jades. »Ich begleite Sie hinauf zu Ernest Strout.«

»Und wir sehen uns dann morgen«, sagte Master Gridlock und drehte sich herum, um auf die Hintertür des Time Court zuzusteuern.

Als sie den Gerichtssaal verlassen hatten, wollte Jade nach einer Fackel greifen, doch Bertha Kingsley hielt sie zurück. Sie schüttelte den Kopf, sah sich hektisch um und ging im Dunkeln voran. »Komm mit«, flüsterte sie und winkte Jade hinter sich her, die Stufen im Time House herauf.

»Aber, Ms Kingsley, was ist denn los?«, fragte Jade, während sie ihr folgte.

Als sie am Zeitsprüngeraum vorbeikamen, verharrte Bertha Kingsley abrupt und starrte auf eine Fackel neben der Tür. »Sonderbar«, murmelte sie.

»Was ist sonderbar, Ms Kingsley?«, fragte Jade.

Doch Bertha Kingsley legte einen Finger an die Lippen, hastete die wenigen Stufen hinauf zum Raum für die Time-Maps-Kartografie, schloss die Tür auf und winkte Jade herbei. »Hier herein. Schnell.«

»Stimmt was nicht, Ms Kingsley?«, fragte Jade verwundert und trat ein. Im Raum brannte schummriges Licht, das von purpurfarbenen Stoffbahnen gedämpft war. Auf dem Boden lagen ordentlich verteilt große Meditationskissen. Alles war für den Unterrichtsbeginn morgen vorbereitet.

»Wir sind hier unten nicht allein«, flüsterte Bertha Kingsley und verriegelte die Tür von innen. »Da war gerade jemand. Ich habe deutlich seine Aura gespürt.«

»Wessen Aura?«, fragte Jade belustigt.

»Das kann ich aus irgendeinem Grund nicht genau sagen. Und das macht mich ganz nervös, denn es ist mir noch nie passiert«, jammerte Bertha Kingsley. Doch schon im nächsten Augenblick hellte sich ihr Gesicht auf. »Wo wir schon mal hier sind …«, murmelte sie und ging zu einem hohen Wandschrank. Sie zog ihren Schlüsselbund erneut hervor und schloss drei Schlösser am Schrank auf. Das oberste Schloss lag in einer Rosenverzierung verborgen, das zweite Schloss befand sich seitwärts an der Schrankwand, und das dritte Schloss erschien erst im Türgriff, als sie ihn nach links drehte. Die schweren Schranktüren sprangen quietschend auf. Bertha Kingsley kramte in den vielen Fächern, zog Schubladen auf und schubste sie wieder zu. »Das kann doch gar nicht sein.«

»Ich will ja nicht drängeln, Ms Kingsley, aber meine Freundin Orla wartet oben auf mich«, sagte Jade, als Bertha Kingsley anfing, den Schrank auszuräumen. »Was suchen Sie denn da?«

»Meinen Orakelkelch«, murmelte Bertha Kingsley.

»Einen Kelch?«, fragte Jade und betrachtete amüsiert das Chaos.

»Ja, den Kelch der Sieben Augen. Eigentlich ist er nur eine verzierte Schale mit sieben roten Rubinen«, sagte Bertha Kingsley und sah auf. »Aus ihm empfange ich meine Prophezeiungen.«

»Verstehe«, sagte Jade.

»Ich fürchte, du verstehst gar nichts«, jammerte Bertha Kingsley und zog die Schubladen erneut auf.

Jade zuckte mit den Schultern. »Vielleicht haben Sie ihn ja mit nach Hause genommen?«

Bertha Kingsley sah überrascht auf. »Nach Hause? Den Kelch der Sieben Augen? Niemals. Wenn er nicht hier ist, dann kann das nur eins bedeuten.«

»Und was?«

»Dass er gestohlen wurde«, raunte Bertha Kingsley und sah beinahe verzweifelt aus. »Und das wäre eine Tragödie!«

»Aber warum?«, fragte Jade und half Bertha Kingsley, die ausgeräumten Gegenstände wieder in den Schrank zu räumen. »Weil ich fürchte, dass jemand mit exzellenten schwarzmagischen Fähigkeiten in der Lage wäre, aus diesem Kelch meine Prophezeiungen zu entschlüsseln.«

Als alles wieder an Ort und Stelle lag, verschloss Bertha Kingsley gewissenhaft den Schrank.

»Was haben Sie denn so prophezeit?«, fragte Jade interessiert.

Bertha Kingsley lachte kurz auf. »Woher soll ich das denn wissen?«, fragte sie überrascht. »Ich bin doch nur das Medium. Prophezeiungen vertrauen sich immer nur dem an, für den sie bestimmt sind. Erst heute Morgen bat mich Master Gridlock, dich mal versuchen zu lassen, meine Prophezeiungen aus dem Kelch heraufzubeschwören. Immerhin hast du ja anscheinend eine besondere Aufgabe in unserer Zeiterbengesellschaft. Und jetzt …?« Sie sah fassungslos aus. »Jetzt ist der Kelch verschwunden.«

»Sie meinen, in den Prophezeiungen war womöglich eine Nachricht für mich?«, fragte Jade heiser.

Bertha Kingsley nickte und ging zur Tür, um sie wieder aufzuschließen. »Master Gridlock vermutete das«, sagte sie und öffnete die Tür einen Spalt breit, um hinaus in den Flur des Time Houses zu sehen. »Gehen wir. Ich werde dem Master Bericht erstatten müssen über den Diebstahl. Aber zuerst werde ich nach Hause gehen und alles absuchen. Du hast vielleicht recht, und ich habe den Kelch der Sieben Augen einfach nur versehentlich mitgenommen.«

Jade schlüpfte an Bertha Kingsley vorbei in den Flur hinaus. »Wer hat eigentlich von Master Gridlocks Vorschlag mit dem Orakelkelch gewusst?«

»Niemand«, sagte Bertha Kingsley, verließ hinter Jade den Raum und verschloss die Tür. »Also, der Time Court war anwesend, aber Master Gridlock hat mich zur Seite genommen.«

»Möglich wäre es also schon, dass es jemand gehört hat«, vermutete Jade.

»Nicht ganz ausgeschlossen«, sagte Bertha Kingsley. »Aber bevor wir uns nun verrückt machen, werde ich erst einmal zu Hause suchen. Ist ja schon lange her, dass ich die Prophezeiungen empfangen habe. Sehr lange. Und so oder so: Kein Wort zu irgendwem!«

»Okay«, sagte Jade.

Als Jade und Bertha Kingsley aus dem unterirdischen Time House stiegen, stand Orla an Strouts Empfang und redete auf den Time-House-Sekretär ein.

»Riechst du das auch?«, fragte Bertha Kingsley irritiert, während sie durch den Flur liefen.

Jade nickte und verzog das Gesicht. Es roch abscheulich, wie nach faulen Eiern. »Hey, Orla!«, rief sie.

Orla drehte sich zu ihnen herum. »Na endlich! Lavena und Ms Brice sind schon längst fort. Sie waren die Ersten, die das Time House verlassen haben. Sogar noch vor Peter Polkins.«

Jade und Bertha Kingsley warfen sich einen kurzen Blick zu bei dieser Information. Weder Selda Brice noch Lavena konnten also die Person gewesen sein, deren Anwesenheit Bertha Kingsley im Time House gespürt hatte.

»Gerade wollte Mr Strout nachsehen gehen, ob mit dir alles in Ordnung ist«, sagte Orla.

»Ja, alles gut, Orla«, sagte Jade strahlend.

»Und wie!«, fügte Bertha Kingsley grinsend hinzu. »Von allen Anklagepunkten freigesprochen. Ein voller Erfolg.«

»Ach, ach, ach«, murmelte Strout, der an seinem Platz saß und über einem Stapel Briefe brütete.

»Alles in Ordnung mit Ihnen, Mr Strout?«, fragte Bertha Kingsley besorgt und trat näher an den Tresen. »Und bitte, was ist das hier eigentlich für ein übler Gestank?«

»Das ist es ja, Ms Kingsley«, sagte Strout und sah Bertha Kingsley durch seine dicken Brillengläser verzweifelt an. »Gerade als ich die Novizenbriefe heute Mittag alle fertig kuvertiert hatte, hat meine Prognosekröte einen Zeitstillstand angekündigt. Nun ja, Sie wissen selbst, Prognosekröten geben kurz vor dem Silentium diesen übel riechenden Gestank ab. Dummerweise saß meine Prognosekröte zu dem Zeitpunkt auf dem Novizenbriefestapel.« Strout reichte Bertha Kingsley einen der Briefe. »Überzeugen Sie sich selbst.«

Bertha Kingsley nahm den Briefumschlag und hielt ihn sich unter die Nase. Sie verzog angeekelt das Gesicht. »Nein, Mr Strout«, sagte sie und warf den Brief auf seinen Schreibtisch zurück. »Die Briefe können in diesem Zustand unmöglich an unsere Neunovizen herausgehen.«

»Ich fürchte, ich habe keine andere Wahl«, sagte Mr Strout und wedelte mit dem Umschlag, als könne er damit den üblen Geruch vertreiben. »Hab es schon mit Geißbartkraut versucht, aber selbst das hilft nicht. Und das Neuschreiben der Briefe ist ausgeschlossen, denn wie Sie ja wissen, ist jeder Novizenbrief im Time Court beschlossen und unterschrieben worden.«

»Ich verstehe nun Ihr Dilemma, Mr Strout«, sagte Bertha Kingsley und rieb sich nachdenklich das Kinn. »Warum halten Sie aber auch ausgerechnet eine Prognosekröte?«

Jade und Orla grinsten sich an.

Strout blickte schulterzuckend auf. »Was würden Sie denn vorschlagen? Teufelsnadeln? Damit jeder Besucher das Time House mit einem juckenden Hautausschlag verlässt? Oder eine Feuerschrecke? Dann gehen mir die Briefe beim nächsten Mal gleich in Flammen auf. Oder warum nicht gleich Bombardierwanzen, die vor jedem Zeitstillstand eine Explosion verursachen?«

»Hmm«, machte Bertha Kingsley. »Ich verstehe. Wir müssen diese Briefe also wohl oder übel nun in diesem Zustand verteilen.«

»Ach, das ist aber sehr freundlich von Ihnen, dass Sie sich anbieten«, sagte Strout und legte ein paar Briefe vor Bertha Kingsley auf den Tresen. »Diese Briefe gehen alle an Neunovizen, die zu Hause wohnen. Ist nicht viel Lauferei, sind alles Adressen im Clockmakers Market oder in einer der Nebengassen. Ganz oben ist der Novizenbrief für Ihren Neffen, der ja bei Ihnen wohnen wird.«

»Also so war das nun nicht gemeint, Mr Strout«, wehrte Bertha Kingsley ab, doch Strout hörte ihr gar nicht mehr zu. Er legte einen großen Stapel Novizenbriefe vor Jade auf den Tresen und sagte: »Und das sind die Briefe für den Black Swan. Ach, wunderbar! Das hat mir jetzt wirklich sehr geholfen. Da kann ich mich nun endlich dem Bügeln der drei Schulfahnen für die Schulversammlung morgen früh widmen.« Strout stand auf, setzte die Prognosekröte in seine Anzugtasche und schlurfte davon.

Verblüfft sah Jade ihm nach.

Auch Bertha Kingsley war ausnahmsweise sprachlos. »Was soll man dazu sagen?«

»Nichts. Kommen Sie«, sagte Orla und reichte Bertha Kingsley die Briefe für den Clockmakers Market. Sie zwinkerte Jade belustigt zu. »Bereiten wir nun also den Neunovizen eine dufte Überraschung.«

Als Orla und Jade kurz darauf über den Clockmakers Market liefen, stand Elliott Baker in der offenen Tür des Black Swan und klopfte auf das Glas seiner Taschenuhr.

»Hallo, Mr Baker«, sagte Orla und trat an ihm vorbei in die Empfangshalle.

»Da sind Sie beide ja endlich. Es wurde schon nach Ihnen gefragt«, sagte Elliott Baker und schloss die Pensionstür hinter ihnen. »Die Novizen sitzen schon alle beisammen im Speisesaal, und jeden Moment erwarten wir auch die Ankunft der Novizenbriefe.«

»Wir haben die Briefe dabei«, sagte Jade und wedelte mit dem Stapel Briefumschläge.

»Uh«, machte Elliott Baker und verzog das Gesicht. »Die sind aber in diesem Jahr nicht zu überriechen.« Er deutete auf die Speisesaaltür. »Und nun zeigen Sie sich schon. Alle warten auf die Briefe.«

Sie gingen quer durch die Eingangshalle zum Speisesaal. In der Tür blieb Jade stehen und ließ ihren Blick neugierig über die versammelten Novizen wandern. Einige Gesichter waren ihr fremd. Orla war schon durch den Speisesaal gelaufen und begrüßte freudig einige Novizen der älteren Jahrgänge.

»Da bist du ja endlich«, sagte da eine leise Stimme hinter Jade. Eine Stimme, von der sie geträumt hatte.

»Henry?« Sie drehte sich herum und lächelte ihn an. Er war also doch wiedergekommen. Er wirkte älter auf sie, unter seinen Augen lagen tiefe Schatten. »Wann bist du angekommen?«, fragte sie. »Auf dem Timeless Sleeper warst du jedenfalls nicht.«

»Wir sind mit dem Zug gereist«, sagte Henry grinsend. »Aber schön, dass du mich abholen wolltest.«

»Also, Orla und ich waren eigentlich am Timeless Sleeper, um zu sehen, welche Neunovizen …« Jade merkte, dass sie sich um Kopf und Kragen redete.

»Sicher. Ich freue mich auch, dich wiederzusehen. Gut siehst du aus, hast dich anscheinend von dem Schreck wegen der Sache mit Mat gut erholt«, sagte Henry leise. Er beugte sich weit zu Jade vor und flüsterte ihr ins Ohr: »Aber was um alles in der Welt stinkt denn hier so?«

Jade spürte, wie ihr die Hitze ins Gesicht schoss. Verdammt, die Briefe von Strout! »Das sind die Novizenbriefe. Es gab einen kleinen Unfall damit.«

Henry hatte sich wieder aufgerichtet und blickte ein Mädchen an, das neben ihm stand und das Jade nun neugierig ansah. »Jade? Das ist meine Schwester Lucy.«

»Hallo, Lucy«, sagte Jade und musterte sie. Lucy trug schwarze Kleidung, und ihr dunkles Haar hing ihr glatt über die Schultern. Ihre Haut war sehr blass, und sie verzog keine Miene. Doch so schnell gab Jade nicht auf. »Schön, dass du nun auch hier im Black Swan wohnst. Hast du dein Zimmer schon bezogen?«

»Ja, 316, dein altes Zimmer.« Es war Henry, der antwortete.

»Mein altes Zimmer, wirklich?«, fragte Jade und lächelte Lucy noch immer an. »Dann hast du einen tollen Blick über den Clockmakers Market. Ich habe mich da jedenfalls sehr wohlgefühlt und ...«

Lucy verdrehte die Augen, dann kippte sie langsam zur Seite.

Bevor sie auf dem Boden aufschlagen konnte, fing Jade sie geistesgegenwärtig auf.

Lucy Ballantyne

Die Zeit stand still.

Die Kerzen und auch das Feuer im Kamin erloschen. Die Teufelsnadeln verharrten unter der Zimmerdecke. Eiseskälte breitete sich aus, kroch an den Wänden empor und beschlug frostig die Fensterscheiben.

Jade hockte neben Lucy auf dem Boden und sah erschrocken zu Henry auf.

»Verdammt, Lucy, nicht schon wieder!«, rief Henry und beugte sich zu seiner Schwester herab. »Schnell, sie braucht gleich Wärme. Wir müssen sie auf das Sofa vor den Kamin legen.« Henry hob seine Schwester hoch und machte Jade ein Zeichen, ihm tragen zu helfen.

»Das liegt bestimmt am Zeitstillstand«, sagte Jade, während sie ihre Arme unter Lucys Rücken schob.

»Was ist mit ihr?« Orla eilte ihnen zu Hilfe und griff nach Lucys Beinen. »Ist das ihr erster Zeitstillstand?«

Auch andere Novizen kamen neugierig näher. »Die ist bestimmt gar keine Zeiterbin!«, rief Michael Willowby hinter ihnen. Jade presste zornig die Lippen aufeinander. Dieser Michael war ihr schon im ersten Academyjahr auf die Nerven gegangen mit seiner Wichtigtuerei.

»Sie kippt ständig um«, sagte Henry, während sie Lucy durch den Speisesaal trugen und aufs Sofa legten. »Und dabei ist sie schon seit über zwei Monaten fünfzehn.«

»Was glaubst du, woran das liegt?« Jade betrachtete Henrys Schwester, die flach atmete und mit herabhängendem Arm wie eine Tote aussah.

Henry zuckte mit den Schultern. »Dr. Smith meinte, das gäbe es hin und wieder, wenn ein Zeiterbe nur eine schwache Erbanlage der Zeiterbigkeit hat.«

»Henryyy!«, jauchzte es in dem Moment, und etwas Silbernes kam quer durch den Speisesaal auf ihn zugeschossen.

»Lady Sybille!«, rief Henry erfreut und lächelte die aufgeregte Galeonsdame an, die vor ihm in der Luft zum Stehen kam. »Wundervoll erholt schauen Sie aus. Da sehen Sie mal, wie lange wir uns nicht gesehen haben.«

»Viel zu lange, Henry, viel zu lange!«, jaulte Lady Sybille und strich sich kokett über die Korkenzieherlocken, die an ihrer ursprünglichen Galionsfigur leuchtend gelb waren. Als ihr Blick an Lucy hängen blieb, zuckte sie zurück. »Wer ist das?«

»Das ist Lucy«, sagte Jade. »Sie ist mit Henry aus Schottland gekommen.«

Lady Sybille stemmte ihre Hände in die Hüften und blickte Henry drohend an. »Was soll das heißen, sie ist mit dir gekommen, Henry?«

Henry lächelte ein wenig verlegen, vermutlich weil inzwischen alle Novizen seiner Unterhaltung mit Lady Sybille lauschten. »Selbstverständlich ist sie mit mir gekommen. Nie würde ich sie alleine die weite Reise machen lassen. Sehen Sie doch nur ihren Zustand. Sie fällt andauernd in Ohnmacht.«

»Und wen interessiert das?«, fragte Lady Sybille schnippisch.

Sie rauschte zu Lucy herüber, hob ihren Arm an und ließ ihn wieder herabfallen. »Jedenfalls simuliert sie nicht …«

»Mich interessiert das, Lady Sybille. Mich. Lucy bedeutet mir alles«, fügte Henry leise hinzu.

Lady Sybille kam auf Henry zugeschossen. »Was soll das heißen, sie bedeutet dir alles?«

»Sie haben wohl keine Schwester, Lady Sybille?«

»Schwester?«, echote Lady Sybille. Dann trommelte sie mit ihren silbrigen Geisterfäusten gegen Henrys Brust. »Sag das doch gleich!«

»Na, na!«, mahnte ein Galeonsgeist, der durch die Decke herabgeschwebt kam. Es war der Marschall der Sieben Meere, und er warf einen prüfenden Blick auf Lucy. »Ah ja, altersbedingter Ohnmachtsanfall beim Silentium, kein Grund zur Sorge.« Er schwebte zu den anderen Novizen herüber. »Guten Abend, und den Neunovizen ein herzliches Willkommen im Black Swan. Wie schön, dass ihr anderen nicht in Ohnmacht gefallen seid, so kann ich mich euch gleich vorstellen: Ich bin der Marschall der Sieben Meere, vorsitzender Galeonsgeist der Vereinigung freier Galeonen und mit allen Wassern gewaschen.« Er sah die verschüchtert aussehenden Neunovizen aufmunternd an. »Keine Angst vor uns Geistern, meine Lieben, an unsere Anwesenheit werdet ihr euch schnell gewöhnen.« Er holte tief Luft, um weiterzusprechen. »Was ist das eigentlich für ein irritierender Geruch, der mir da in die Nase steigt?« Einige Novizen lachten.

»Da fragen Sie am besten Jade Ryder, Marschall«, sagte Henry und grinste Jade an.

»Die Briefe!«, rief Jade und sah sich um. Die Novizenbriefe waren ihr bei Lucys Ohnmachtsanfall aus der Hand gerutscht und lagen noch immer an der Tür zum Speisesaal.

Doch schon im nächsten Moment verstummte das Gelächter der Novizen, denn ein riesiger Drachenkopf fuhr aus dem Kamin und warf einen Feuerschwall haarscharf an Lucy vorbei in den Speisesaal.

Einige der Neunovizen schrien vor Schreck auf.

»Keine Panik!«, rief Orla besänftigend und lief zurück zum Novizentisch. »Das ist unser Kamindrache. Der bläst mit seinem Feuer bei einem Zeitstillstand die Schornsteine frei und verhindert so, dass Schattenhunde in den Black Swan eindringen können. Seht ihr? Das Feuer verpufft immer sofort wieder.«

»Also dann, Henry«, sagte Lady Sybille und strich ihm unter dem Kinn entlang. »Mein Angebot steht. Ein Wort von dir, und ich hole dich ins Reich der Geister, und dann brennen wir durch.«

»Einverstanden, Lady Sybille. Ich gebe Ihnen dann ein Zeichen, wenn es so weit ist«, sagte Henry schmunzelnd.

Im nächsten Moment waren die Schutzgeister verschwunden, denn die Zeit lief weiter. Die Kerzen flackerten wieder auf und ebenso das Feuer im Kamin. Der Sand in den Stundengläsern auf den Tischen rieselte weiter, und es wurde Jade schlagartig wieder wärmer. Sie warf einen prüfenden Blick auf Lucy – und erschrak.

Lucy hatte blaue Lippen und zitterte am ganzen Körper. »Was ist mit ihr?«, rief Jade und beugte sich zu Lucy herab.

»Verdammt!«, rief Henry. Er zog Lucy in seine Arme und trug sie näher ans Feuer. »Komm schon, Lucy, werd warm.«

Jade warf Orla einen panischen Blick zu, als diese zum Kamin geeilt kam und in ihren Hosentaschen kramte. »Irgendwo hatte ich doch noch eine …«, murmelte sie. »Ha, hier ist sie ja!« Sie hielt eine winzig kleine, schwarze Kugel auf ihrer ausgestreckten flachen Hand. »Das wird helfen.« Sie zerbiss die erbsengroße

Frucht in zwei Hälften und zerrieb sie dann zwischen ihren Fingern zu einem schwarzen Pulver.

Dann ließ sie sich neben Henry auf die Knie fallen und streute Lucy das Pulver in den Mund.

Plötzlich fing Lucy an zu husten.

»Was tust du denn da, Orla?«, rief Henry entsetzt.

»Sieh doch!« Orla deutete auf Lucys Gesicht, das allmählich wieder eine normale Farbe annahm. Sogar ihre Lippen wurden wieder rosig, und das Zittern ebbte ab.

Jade konnte es gar nicht glauben. »Wahnsinn, Orla. Wie hast du das gemacht?« Sie ließ sich neben Orla auf die Knie sinken und betrachtete die erwachende Lucy, die noch immer in Henrys Armen lag.

»Schon wieder, Henry?«, flüsterte sie leise.

Henry nickte, und als er aufsah, traf sein Blick Jade. Für einen Moment kam es Jade vor, als könne sie viel tiefer in Henrys Wesen blicken als je zuvor. So viel Sorge und Verletzlichkeit lag in seinen Augen. Dann sah er Orla dankbar an. »Das war genial, Orla. Was war das?«

»Geräucherte Vogel-Wicken-Hülsenfrucht«, sagte Orla und stand auf. »Gibt es im Witch Brew, und ich würde euch empfehlen, immer ein paar davon in der Tasche zu haben.«

»Sind das etwa die Novizenbriefe?« Odette stand an der Speisesaaltür und sammelte die Briefe ein.

»Ja!«, rief Jade Odette über die Schulter zu. »Sind mir runtergefallen, als Lucy umkippte.«

Odettes Blick fiel auf Lucy, die sich an Henry lehnte und ihre Hände vor dem Kaminfeuer wärmte. Eilig kam sie durch den Speisesaal. »Was ist mit ihr?«

»Lucy hatte einen Ohnmachtsanfall gerade beim Silentium«,

sagte Jade. »Und danach hat sie plötzlich furchtbar gezittert. Aber Orla wusste Rat.«

»Tatsächlich?«, fragte Odette. Sie klang besorgt und neugierig zugleich. »Geht es dir wieder besser, Lucy?«, fragte sie. Als Lucy nickte, sah Odette Orla interessiert an. »Jetzt würde ich aber wirklich gerne wissen, was du getan hast, damit es Lucy wieder besser geht.«

»Ich hab ihr einfach nur eine zermahlene Hülsenfrucht der Vogel-Wicke gegeben. Das sind prima Wärmespeicher, sagt Ms Mallows immer.«

»Fabelhaft, die haben mir auch immer am besten geholfen«, sagte Odette. »Ich kann mich nur nicht daran erinnern, dass die Vogel-Wicken so einen extrem üblen Geruch haben.«

Orla, Jade und Henry grinsten sich an, dann deutete Jade auf den Stapel Briefe in Odettes Hand. »Mr Strouts Prognosekröte hat heute Mittag ihre Duftnote ausgerechnet auf die Novizenbriefe gesetzt.«

Odette roch mit ungläubigem Blick an den Briefumschlägen. »Puh! Nicht dass mir hier gleich alle Neunovizen in Ohnmacht fallen.« Sie ging Richtung Novizentisch und rief: »Die Briefe sind da! Jetzt bekommen die Neunovizen unter euch also die Mitteilung über ihre Bluttestergebnisse bezüglich euer Ahnengruppe und eurer besonderen magischen Fähigkeit.«

Aufgeregtes Gemurmel erklang.

»Komm, Lucy«, sagte Henry und stand auf. Er reichte seiner immer noch auf dem Boden vor dem Kamin sitzenden Schwester die Hand, um ihr aufzuhelfen. »Die Zeit bleibt jetzt bestimmt erst mal nicht mehr stehen. Mach dir keine Sorgen. Und ich kaufe gleich ein paar Vogel-Wicken im Witch Brew, dann musst du das nie wieder durchmachen.«

»Hoffentlich«, meinte Jade sie leise flüstern gehört zu haben, doch es war kaum vernehmbar in der allgemeinen Aufregung im Speisesaal. Der Blick jedoch, den Lucy Henry dabei zuwarf, sprach stumm von ihrer Angst.

Jade und Orla folgten Henry und Lucy an den Novizentisch, wo Odette schon die ersten Briefe verteilt hatte.

»Du bist bestimmt furchtbar aufgeregt«, sagte Orla, die sich zwischen Lucy und Jade an den Novizentisch setzte und sich ein wenig Kürbispastete auf den Teller lud. Jade beugte sich lächelnd vor, um an Orla vorbeizusehen, und beobachtete, wie Lucy die Augenbrauen zusammenzog.

»Tommy«, rief Odette und reichte ihm seinen Brief über den Tisch hinweg.

»Urghs, wie das stinkt!«, beschwerte sich der Junge.

»Mila Brown.«

»Jacob Trembley.«

»Hey, ich bin eine Princess!«, rief ein blondes Mädchen mit rot glühenden Wangen, als sie von ihrem Brief aufsah.

»Und ich gehöre zur Minute, Ahnengruppe der Gaukler, Prince«, sagte ein schlaksiger Junge.

»Lucy Ballantyne«, sagte Odette in dem Moment und reichte ihr lächelnd den Briefumschlag. Lucy schnappte danach und steckte in ihre Hosentasche.

»Hey, willst du gar nicht wissen, welcher Ahnengruppe du angehörst und ob du überhaupt eine Zeiterbin bist?«, fragte Orla verblüfft.

Doch Lucy antwortete nicht. Sie blickte stur auf ihren leeren Teller und schwieg.

»Na gut, wie du meinst«, sagte Odette, und Jade fing ihren verwunderten Blick auf.

An diesem Abend blieben die Novizen noch lange zusammen im Speisesaal sitzen und unterhielten sich aufgeregt über ihre Ahnengruppen und besonderen Fähigkeiten. Charlie Anderson, ein sehr begabter Gaukler, demonstrierte den Neuen das Feuerwerfen, und Henry ließ sich von Orla dazu überreden, seine Geisterfertigkeiten zu demonstrieren, indem er die Finger seiner linken Hand in silbrig schimmernde Geisterfinger verwandelte. Alle waren sehr aufgeregt und gespannt, wer am nächsten Morgen zu ihrem Mentor in der großen Schulversammlung ernannt werden würde. Nur Lucy saß den ganzen Abend stumm an ihrem Platz.

Später machten sich Jade und Orla im Turmzimmer über den Schokoladenpudding her, den sie von Betsys Büfett mitgenommen hatten.

Sie beobachteten Henry, der über den Clockmakers Market huschte und an die Tür vom Witch Brew klopfte. »Er besorgt bestimmt die Vogel-Wicken für Lucy«, sagte Orla. »Liegen hinten links im Regal neben den anderen Mitteln zur Behandlung von Nebenwirkungen des Silentiums. Vicia-Villosa-Brause würde sogar noch schneller helfen, man bekommt aber grässlich lauten Schluckauf davon.«

Im Witch Brew flammte Licht auf, und Henry wurde hereingelassen. »Also, wenn du mich fragst, dann hat Henry nun keine einzige freie Minute mehr«, meinte Orla.

Jade nickte. »Diese Lucy ist mehr als sonderbar. Hast du schon einmal von einer Novizin gehört, die Monate nach ihrem fünfzehnten Geburtstag immer noch in Ohnmacht fällt?«

»Und«, flüsterte Orla, »die noch nicht einmal neugierig auf ihren Novizenbrief ist!«

»Vielleicht hat Michael ja recht, und sie ist gar keine Zeiterbin«, überlegte Jade. Der Gedanke gefiel ihr, und sie wunderte sich über sich selbst.

Die Tür vom Witch Brew wurde wieder geöffnet, und Henry trat hinaus auf den Pflasterplatz. Er war ein paar Schritte zum Black Swan gelaufen, als er stehen blieb und zu ihnen hinaufsah.

Jade zuckte zurück.

»Keine Panik, er kann uns hier oben nicht sehen«, flüsterte Orla.

»Da bin ich mir nicht so sicher«, raunte Jade zurück. »So, wie er hier heraufgesehen hat?«

»Und wennschon«, sagte Orla. »Was läuft da eigentlich zwischen Henry und dir?«

»Was meinst du?« Jade sah Henry nach, bis er aus ihrem Blick verschwunden war. Dann sah sie Orla an. »Okay, okay. Wir haben uns einmal geküsst. Und Henry hat sich sofort danach dafür entschuldigt. Der Kuss war ein Versehen, Orla, nichts weiter.«

»Ach, herrlich!«, jauchzte da Lady Pommery, die ins Turmzimmer geschwebt kam. Sie setzte sich neben Orla auf die Fensterbank und sah Jade aus ihren großen Geisteraugen interessiert an. »Versehentliche Küsse?« Dann warf sie den Kopf in den Nacken und lachte laut schallend los. Jade hatte ernstlich Angst, dass sie die ganze Pension aufwecken würde. »So etwas gibt es nicht. Das, was du einen versehentlichen Kuss nennst, war der vielleicht ehrlichste Kuss deines Lebens. Und der leidenschaftlichste. Glaub mir, ich kenne mich da aus. Da fällt mir ein …« Ihr Geistergesicht strahlte, und ihre Augen blitzten vor Vergnügen. »Hab ich euch schon einmal die Geschichte von Dick Smythe erzählt?«

»Ja, allerdings«, sagte Orla stöhnend. »Und nicht nur einmal.«

Lady Pommery winkte ab. »Ach, das macht ja nichts. Die ist so schön, da schadet es nicht, sie öfters zu hören.« Sie presste sich eine Hand auf die Brust. »Es war in einer klirrend kalten Winternacht, so kalt, dass alles vor Frost glitzerte. In solchen Nächten kann man uns Geister kaum erkennen, besonders nicht, wenn es auch noch schneit. Wir lagen im Hafen von Leith in Schottland. Die Mannschaft unseres Schiffes war in den nächsten Pub gegangen. Ich schlummerte tief und fest in meiner Galeone. Da hörte ich plötzlich Schritte auf den Bohlen. Ich war hellwach. Eine fremde Person schlich über unser Schiff, das konnte nur ein Dieb sein. Ich machte mich also auf die Suche. Unterwegs schnappte ich mir eine Ankerkette, um den Räuber in die Flucht zu schlagen. Und tatsächlich: Kaum hatte ich das Deck erreicht, sah ich ihn. Ein Bild von einem Mann. Ich hob die Ankerkette, schoss auf ihn zu und wollte ihm ordentlich eins überbraten. Doch als ich ihm nahe kam, war es um mich geschehen. Ich ließ die Kette sinken und – küsste ihn. Hach«, Lady Pommery hielt sich verträumt die Wangen und sah verliebt ins Nichts.

»Können denn Geister Menschen küssen?«, fragte Jade verblüfft.

»Wie unromantisch du bist«, sagte Orla grinsend.

»Und wie«, hauchte Lady Pommery und sah Jade groß an. »Für einen Kuss braucht man vor allem Seele, mein Kind. Ach, und dieser Dick Smythe hatte Seele.«

»Und dann?«, fragte Jade gespannt.

»Dann fiel Lady Pommery die Ankerkette aus der Hand, Dick Smythe erschrak und suchte das Weite«, vollendete Orla die Geschichte.

»Und das war's?« Jade war enttäuscht.

»Aber nein«, jauchzte Lady Pommery. »Das war doch erst der Anfang. Dick Smythe kam danach jeden Tag in den Hafen. Er fragte die Seeleute nach einer Frau, die auf dem Schiff gewesen war, die ein wenig Ähnlichkeit mit der Galionsfigur des Schiffes hatte und in die er sich unsterblich verliebt hatte. Ach, der Arme. Er schrieb Gedichte und Lieder über mich. Er schmachtete meine Galeone stundenlang an. Aber was sollte ich tun?«

»Wollen Sie damit sagen, Sie haben ihn nie wieder geküsst?«, fragte Jade erstaunt.

»Selbstverständlich nicht.« Lady Pommery lachte laut auf. »Ich küsse jeden immer nur ein Mal. Zweite Küsse zerstören den ganzen Zauber und die Leidenschaft.« Lady Pommery erhob sich von der Fensterbank und schwebte durch die Wand. Einen Augenblick später kam sie zurück. »Glaubst du, Dick Smythe hätte all diese Lieder über mich gesungen, wenn wir uns ständig geküsst hätten? Gute Nacht, meine jungen Herzen.«

»Dumm gelaufen«, sagte Orla kichernd. »Wenn Henry dich anbeten soll, dann war's das mit der Küsserei.«

»Orla!« Jade grinste. Sie drückte ihre Stirn gegen die kühle Fensterscheibe und sah sehnsüchtig hinaus auf den Clockmakers Market. Henry war also zurück.

Der erste September begann strahlend hell. Unten auf dem Clockmakers Market war es noch still. Dafür war es im Black Swan umso betriebsamer. Der Speisesaal war erfüllt von aufgeregtem Geschnatter. Fast alle Novizen trugen Jeans und dazu eins der Poloshirts, die es bei Clockworks am anderen Ende des Clockmakers Market gab und die das Wappen einer der drei Ahnengruppen trugen. Es gab zwar keine vorgeschriebene Schulkleidung, eigentlich wollte man ja gerade nicht auffallen, aber fast alle Novizen kleideten sich mit den Shirts und Pullovern ihrer Ahnengruppe ein. Die Stundenerben trugen Dunkelrot, die Minutenerben Dunkelgrün und die Sekundenerben Schwarz.

Auch Jade hatte sich bei Clockworks mit Pullovern, Anoraks

und Poloshirts eingedeckt. Es war für sie ein ganz neues Gefühl gewesen, genug Geld für all diese Dinge zu haben. So viel Geld, dass sogar noch ein Rucksack dazukam und Stifte, Notizbücher und eine Gürtelschnalle für ihren Dämonenschwertgriff. Seit sie in Greenwich wohnte und Master Gridlock Odette die Miete von Lady Graham monatlich für Jade überwies, hatte ein völlig neues Leben für sie begonnen. Und für Orla ebenso, denn seit sie ihren Ferienjob bei den Henders im Witch Brew machte, hatte auch sie keine Geldsorgen mehr.

Sie luden sich Toast, Butter und Marmelade auf Teller und balancierten alles hinüber zum fast voll besetzten Novizentisch. Besonders die Neunovizen unterhielten sich aufgeregt und überlegten, welche Lehrer sie bekommen würden. Nur Lucy, die neben Henry saß, sah noch nicht mal auf, als sie sich an den Tisch setzten.

»Ich bin so aufgeregt, als wäre ich eine Neunovizin«, sagte Orla und ließ sich auf den freien Platz Henry gegenüber fallen.

»Immerhin können wir heute selber zu Mentoren ernannt werden«, sagte Jade.

»Was eher unwahrscheinlich ist.« Henry sah Jade und Orla kopfschüttelnd an. »Dass Lavena Parker im letzten Sommer Mats Mentorin wurde, war eine große Ausnahme. Normalerweise werden nur die Senior-Novizen aus dem dritten Jahr zu Mentoren ernannt.« Er zog einen kleinen Zettel aus seiner Poloshirttasche. »Meistens werden sogar fertig ausgebildete Zeiterben dafür ausgewählt. Ich jedenfalls muss zu eurer Schulversammlung erscheinen und deshalb gleich am ersten Tag meiner Ausbildung freibekommen.«

»Ach, stimmt«, sagte Jade und warf einen kurzen, irritierten Blick auf Lucy, die in einer Schale Haferbrei herumstocherte. »Du machst ja nun eine Ausbildung bei Mr Linnaker. Echt toll, dass du die Stelle gekriegt hast. Er meinte, er wäre sehr wählerisch und du wärst sein erster Lehrling seit sieben Jahren. Ich stelle mir ja besonders das Herstellen von magischen Stundengläsern sehr schwer vor.« Jade lächelte Henry stolz an.

»Da sagst du was«, sagte Henry. Ein Strahlen legte sich auf sein Gesicht. »Ich habe in meinem Praktikum zugesehen, wie Mr Linnaker die Gläser verzauberte. Das scheint höchste Uhrmacherkunst zu sein.«

»Ich finde das so wahnsinnig spannend«, sagte Jade und sah Henry bewundernd an. »Ich werde dich bestimmt ganz oft im Uhrenladen besuchen kommen, um dir bei der Arbeit zuzusehen.«

Lucy steckte ihren Löffel in den Haferbrei und sah Jade genervt an.

Orla stand auf und schob ihren Stuhl an den Tisch. »Aber dann hast du nicht viel Zeit, Mentor zu sein, Henry. Und ich auch nicht. Ich habe ehrlich gesagt schon mit dem Job im Witch Brew und Lady Pommery genug um die Ohren.« Sie beugte sich vor und stürzte ihren Tee hinunter. »Ich muss jetzt schon mal vorgehen und die Freiheit des zweiten Academyjahres genießen. Der erste Morgen ohne Peter Polkins. Ihr versteht das.«

Jade lächelte Henry kurz an, doch der verzog keine Miene.

»Kommst du mit, Jade?«, fragte Orla und stellte ihre Tasse auf den Tisch.

Jade begegnete Lucys düsterem Blick und lächelte sie aufmunternd an. »Ich war auch sehr nervös an meinem ersten Morgen an der Academy. Aber das legt sich gleich.«

Lucy sah Jade noch immer stumm an.

»Hör mal«, sagte Jade irritiert. »Du glaubst jetzt aber nicht, dass du uns drei Jahre lang anschweigen kannst, oder?«

»Komm schon, Jade«, drängelte Orla. Dann grinste sie Lucy an.

»Entweder du sprichst mit uns, oder wir bringen dir die Galeone von Lady Pommery aufs Zimmer. Die bringt dir das Reden ruckzuck bei.«

Jade und Orla lachten amüsiert, als Lucy und Henry sich verdutzt ansahen.

»Ist doch wahr«, sagte Orla leise zu Jade, als sie den Speisesaal verließen. »Die tut ja, als wären wir alle ihre Feinde. Aber spätestens Selda Brice wird sie schon zum Reden bringen.«

»Apropos Selda Brice«, sagte Jade seufzend. »Die habe ich in diesem Academyjahr nun jeden Tag am Hals.«

»Dann nichts wie los. Wir sind ja auch mit Peter Polkins fertiggeworden«, sagte Orla strahlend.

Schulversammlung

Orla schubste die Flügel der Eingangstür des Black Swan weit auf und trat hinaus auf die oberste Stufe. »Was für ein Morgen!«, sagte sie und breitete ihre Arme aus. »Die Sonne lacht, und kein Peter Polkins weit und breit.«

Jade trat neben ihr nach draußen und stieg die Stufen hinab. Aus den Häusern des Clockmakers Market und den umliegenden Gassen strömten Novizen über den Pflasterplatz, und die meisten von ihnen steuerten eine kleine Außentreppe direkt neben dem Black Swan an. Die Stufen führten hinunter zum Eingang eines geheimen Tunnels, der den Clockmakers Market unterirdisch mit dem Time House verband.

Als Jade und Orla den Black Swan umrundeten und auf die Außentreppe zusteuerten, musste Jade an Mat denken. Im vergangenen Jahr hatte er immer dort an dem Treppengeländer morgens auf sie gewartet. Doch heute stand dort niemand.

»Puh«, machte Jade. »Ich darf gar nicht an Selda Brice denken, dann wird mir gleich wieder schlecht. Und ausgerechnet jetzt, wo ich in die Gauklerklasse wechseln muss, ist Mat nicht mehr da.«

»Ach, du tust mir wirklich leid!« Orla drückte die Klinke zur Metalltür herunter, die in den Tunnel führte. Sie wollte die Tür schwungvoll aufschubsen, doch die gab schon vorher nach.

»Jetzt mal nicht so stürmisch!«, rief jemand, der im Gang stehen geblieben war und in der Dunkelheit des Tunnels nicht zu erkennen war. »Ich frage mich ja immer, warum heutige Neunovizen nicht mehr vor Aufnahme an die Academy die Lektüre der Historie der Zeiterben studieren. Sich ein wenig mit den Regeln vertraut zu machen, vereinfacht die Angelegenheit hier für jeden. Im Tunnel wird nicht gerannt. Neunovizen gehen am ersten Tag nur in Begleitung eines Time-Court-Mitgliedes und –«

»Peter Polkins?«, sagte Orla überrascht. Jade sah, wie ihre Wangen sich augenblicklich röteten.

»Orla Dorchester!«, rief Peter Polkins nicht weniger überrascht und trat hinaus ins Licht. Er betrachtete sie von Kopf bis Fuß. »Hast du dich etwa verletzt?«, fragte er ungewohnt sanft.

Jade grinste. Dass es zwischen den beiden knisterte, merkte ja sogar eine blinde Galeone.

»Alles okay«, sagte Orla und lächelte ihn an.

Plötzlich veränderten sich Peters Gesichtszüge, und er sah Orla streng an. »Warst du etwa diejenige, die hier so gerannt ist?«

Orla sah ihn ungläubig an. »Gerannt? Ich? Als wenn mir mein Mentor im ersten Academyjahr nicht täglich die Regeln eingebläut hätte.«

»Stimmt«, sagte Peter, blickte an Orla vorbei und nickte Jade zu. »Hallo, Jade, das war übrigens eine blitzsaubere Leistung gestern, dein Verhör auf dem Stuhl der Wahrheit.«

»Danke, Peter, aber ich habe nichts getan, außer die Wahrheit zu sagen«, sagte Jade schulterzuckend.

»Was immer noch nicht alle glauben«, murmelte Peter. Er nickte ihnen noch einmal zu und stieg dann die Treppe hinauf zum Clockmakers Market.

»Ausgerechnet er«, wisperte Orla.

»Übrigens«, rief Peter Polkins von oben und beugte sich über das Treppengeländer, »ich hole nur die Neunovizen im Auftrag des Time Court ab! Aber wir sehen uns später.«

Orla verdrehte die Augen, und Jade zog sie hinter sich her in den Tunnel hinein. Der unterirdische Weg ins Time House war von Galeonen gesäumt, und in großen Abständen flackerten Fackeln an den Wänden, die den Weg nur spärlich beleuchteten.

Am Ende des Tunnels wartete wie im vergangenen Jahr Arana Moore auf die Novizen. »Bitte haltet die Novizenbriefe bereit und teilt euch die Fackeln, Mr Strout kommt gar nicht mit dem Zurückbringen hinterher«, rief sie, während sie die ankommenden Novizen durchs Time House bis in den Gerichtssaal dirigierte.

Jade nahm für sich und Orla gemeinsam eine Fackel aus der Halterung, und dann stiegen sie im Time House nach oben, wobei sie mehrmals über die golden schimmernde Meridianlinie springen mussten.

Als sie an der weit offen stehenden Time-Court-Tür ankamen, war Jade plötzlich genauso aufgeregt wie im letzten Jahr. Sie trat hinter Orla in den Gerichtssaal und sah sich mit klopfendem Herzen um. Die drei großen Fahnen mit den unterschiedlichen Wappen hingen von der Decke. Ein paar Novizen waren schon angekommen und setzten sich auf die Bänke unter ihre jeweilige Fahne.

Orla drehte sich zu Jade herum und fragte: »Wechselst du eigentlich gleich heute zu den Minutenerben?«

Jade nickte. »Ja, Master Gridlock hält das für sinnvoll.«

»Dann sehen wir uns also später«, sagte Orla und rutschte auf eine der Bänke für die Sekundenerben. Über ihr hing eine große Fahne, auf der *Secundus* stand.

Jade ging nach rechts zu den Minutenerben, über deren Sitzreihen die *Minute*-Flagge hing. Es waren erst vereinzelte Novizen des zweiten und dritten Jahres anwesend. Jade entdeckte Lavena Parker bei den Sekundenerben in der Reihe hinter Orla.

Ganz links außen waren die Bänke für die Schüler der Stunde, *Hora* laut Flagge, doch auch dort waren die Reihen noch fast leer.

Jade ließ ihren Blick durch den Gerichtssaal schweifen. Vor einem Jahr am ersten September hatte sie bei ihrer ersten Schulversammlung erfahren, dass sie alle drei Zeitgene der Zeiterben in sich trug. Ein Phänomen, so hatte es damals jedenfalls Master Gridlock bezeichnet, das noch nie in der Geschichte der Zeiterbengesellschaft vorgekommen war. In ihrem ersten Ausbildungsjahr hatte Jade am Unterricht der Stundenerben teilgenommen, was besonders die Gestaltwandlung beinhaltete. Wenn sie nur daran dachte, wie sie durch die Augen dieses Eichhörnchens Selda Brice und Lavena Parker mitten im Greenwich Park belauscht hatte, vermisste sie schon jetzt Master Gridlocks Unterricht in Gestaltwandlung. In diesem zweiten Jahr an der Academy musste sie aber leider an Selda Brice' Unterricht für die Minutenerben in Gaukelei teilnehmen.

Hinter ihr im Time Court wurde es laut, und Jade drehte sich neugierig herum. Die Reihen hatten sich schnell gefüllt, denn auch Peter Polkins war nun mit den Neunovizen angekommen. Er führte sie durch den Gerichtssaal und dirigierte sie an ihre Plätze: »Hierher setzt ihr euch, wenn in eurem Novizenbrief die Erbanlage der Sekunde nachgewiesen wurde … ach, hallo, Orla … in die Mitte setzt ihr euch, wenn ihr Erben der Minute seid, und ganz links außen sortiert ihr euch ein, wenn ihr zu den Stundenerben gehört.«

Jade sah in blasse, aufgeregte Gesichter, als Arana Moore durch die vorderen Reihen ging und den Text der Schulhymne an die Neuen verteilte. Jade suchte Lucy unter ihnen und fand sie schließlich bei den Sekundenerben in der hintersten Bank neben Henry sitzend, der ihr nahezu liebevoll eine Hand auf den Arm legte. Jade schluckte. Warum nur wünschte sie sich ausgerechnet jetzt, an Lucys Stelle zu sein?

Peter Polkins setzte sich in die Bank links neben Jade und sah ganz feierlich nach vorne, wo die kleine Tür neben der großen 24-Stunden-Uhr geöffnet wurde. »Es ist doch immer wieder ein erhebendes Gefühl, bei der Aufnahme der Neunovizen zuzusehen.«

»Sag mal, Peter, welche Fächer unterrichtest du eigentlich?«, fragte Jade. »Du bist doch jetzt Hilfslehrkraft.«

»Pssst«, machte Peter Polkins nur und deutete nach vorne, wo Master Gridlock, Selda Brice und Evelyn Griggs in den Gerichtssaal kamen. Ein paar Schutzgeister lösten sich aus ihren Galeonen und versammelten sich vor dem Richtertisch. Mr Farag Tabu Tabu baute sich vor dem Galeonenchor auf und stimmte das Schullied an.

Bist du ein Erbe der Zeit
Willkommen und sprich deinen Eid
Wir verstehen uns auch in Magie
An der Clockmakers Academy

So sei wie die Stunde, die Wandlung bringt
Sei wie die Minute, die die Karten zinkt
Sei wie die Sekunde, die als Geist aufschwingt
Sei wie die Zeit, die sich selbst nur bezwingt

Mr Farag Tabu Tabu wirbelte herum und sah auffordernd in die Schülermenge. »Nicht so schüchtern. Jetzt alle!«, rief er mit schief sitzendem Turban und stimmte das Schullied ein zweites Mal an.

Jade sah amüsiert zu Peter herüber, der aus voller Kehle sang, als wäre er selbst noch ein Schüler der Clockmakers Academy. Als Jade sah, dass er sich eine Hand aufs Herz presste, hätte sie beinahe laut losgelacht.

»Geht doch«, sagte Mr Farag Tabu Tabu zufrieden, nachdem sie die Schulhymne beendet hatten. Die Schutzgeister huschten zurück in ihre Galeonen, und Master Gridlock sah lächelnd in die Runde. »Herzlich willkommen zu einem neuen Schuljahr an der Clockmakers Academy! Ich freue mich, bekannt geben zu können, dass auch in diesem Jahr alle zur Testung eingeladenen fünfzehnjährigen Nachkommen von Zeiterben nachweislich das Zeitgen in sich tragen und damit an der Clockmakers Academy aufgenommen sind.«

Peter Polkins klatschte laut in die Hände, und andere machten es ihm nach.

»Bevor wir nun aber gleich mit der Mentorenzuteilung anfangen …«, begann Master Gridlock und wartete, bis das Geraune verebbte, »… habe ich eine Ankündigung zu machen. Es ist mir eine große Freude, eine neue Lehrkraft an der Clockmakers Academy begrüßen zu können: Peter Polkins!« Master Gridlock nickte ihm freundlich zu. »Peter Polkins wird uns fortan in den Fächern Historie der Zeiterbengesellschaft und Gestaltwandlung unterstützen. In beiden Fächern hat er sich schon im vergangenen Schuljahr mehr als bewährt.« Das Gemurmel im Saal wurde sogleich wieder lauter.

»Das kapiere ich nicht«, sagte Jade und sah Peter verwirrt an. »Wieso übernimmst du den Unterricht in Gestaltwandlung? Du bist doch ein Gaukler, oder?«

Andere Novizen mussten sich das wohl auch gerade fragen, denn sie diskutierten nun leise tuschelnd miteinander, von irgendwoher erklang sogar ein Pfeifen. Jade sah, dass Peter Polkins' Gesicht rot angelaufen war, aber er lächelte Master Gridlock stolz an, während er Jade leise zuflüsterte: »Natürlich bin ich ein Gaukler. Aber ich kenne mich eben in den anderen Fächern auch gut aus. Du kannst fast alles lernen, wenn du fleißig bist.«

Für einen Moment überlegte Jade, ob sie Peter richtig verstanden hatte. Sie beugte sich vor, um Orla anzusehen. Doch die hatte nur Augen für Peter und himmelte ihn an.

»Wir wünschen Peter Polkins für seine Tätigkeit an der Clockmakers Academy alles Gute!«, rief Master Gridlock, und die durcheinanderredenden Novizen beruhigten sich etwas.

»*Sie* wünschen Mr Polkins alles Gute«, sagte Selda Brice scharf. »Ich kann mich nicht erinnern, dass ich Sie gebeten habe, in meinem Namen zu sprechen. Auch habe ich nicht für Mr Polkins' Ernennung gestimmt.«

Master Gridlock überging Selda Brice' Anmerkung und fuhr fort. »Mit den Zeitgenen wurde euch auch ein bestimmtes magisches Vermögen vererbt, das an die jeweiligen Zeitgene gekoppelt ist. Ein Erbe der Stunde ist immer auch ein mehr oder weniger guter Gestaltwandler. Ein Nachkomme der Minute hingegen beherrscht zumeist die Gaukelei, und ein Sekundenerbe schließlich ist immer auch ein Geistergeher.« Er zog ein zusammengefaltetes Dokument hervor. »Welcher Ahnengruppe ihr angehört, habt ihr durch euren Novizenbrief ja gestern Abend schon erfahren. Und ja, es ist mir zu Ohren gekommen, dass diese Briefe es in sich hatten.«

Das Gemurmel schwoll wieder an, und Jade schnappte Satzfetzen auf wie »Stinkbombenbriefe waren das« oder »der Gestank hat mir die ganze Nacht Tränen in die Augen getrieben«.

Master Gridlock schmunzelte, dann rief er: »Machen wir nun

weiter. Die ahnengruppenübergreifenden Fächer werden für alle Novizen eines Jahrgangs gemeinsam unterrichtet. Ihr bekommt den Stundenplan gleich vor der ersten Unterrichtsstunde ausgehändigt. Ich verlese jetzt noch die Liste mit der Mentorenzuteilung, die besonders wichtig für das spätere Dämonenabwehrtraining ist, und dann kann das neue Schuljahr beginnen.«

Es wurde still im Time Court. Jade sah sich neugierig um. Orla zappelte auf ihrem Platz, Henry flüsterte mit Lucy, und Peter Polkins strahlte noch immer Master Gridlock an.

»Tommy Davies erhält Amber Morton zur Mentorin. Thea Roberts Mentorin ist Meggie Martin. Michael Smiths Mentorin ist Eva Jones. Lucy Ballantynes Mentorin wird Lavena Parker sein«, fuhr Master Gridlock fort.

Jade drehte sich um und sah, wie Henry Master Gridlock mit weit aufgerissenen Augen ansah. Er sprang auf und rief: »Master Gridlock, da muss ein Fehler vorliegen! Wir hatten doch besprochen, dass ich –«

»Nun, Henry«, sagte Evelyn Griggs mit sanfter Stimme. »Wir haben uns gestern Abend noch einmal beraten und sind zu dem Schluss gekommen, dass eine Mentorin, die selbst noch Schülerin an der Academy ist, geeigneter für Lucy ist.«

»Und seit wann dürfen überhaupt Novizen, oder besser gesagt *ehemalige* Novizen, bestimmen, ob und wen sie als Mentor betreuen?«, sagte Selda Brice spitz.

Master Gridlock hob abwehrend die Hände. »Bitte, Henry, komme gleich zusammen mit Lucy und Lavena in mein Büro, dort werden –«

Ein dumpfer Knall ließ ihn verstummen.

Lucy Ballantyne war von der Bank gefallen und in den Mittelgang gekippt.

Einen Moment später erloschen die Flammen der Kerzen in den Kronleuchtern und die offenen Feuer in den Feuerschalen. Galeonsgeister schälten sich aus ihren geschnitzten und bunten Schiffsfiguren. Sie schwebten nun silbrig glänzend über der goldenen Meridianlinie, die sich zu einer felsigen Schlucht öffnete.

»*Henry, schnell!*«, rief Master Gridlock in den Moment der atemlosen Stille und deutete auf Lucy.

Jade sprang auf. Ihr war klar, was Master Gridlock meinte: Lucy lag genau auf der sich öffnenden Meridianlinie.

Einige Neunovizen schrien vor Angst, denn mit der offenen Schattenkluft strömte Eiseskälte in den Gerichtssaal. Eine Kälte, die mit nichts zu vergleichen war, schon gar nicht mit einem winterlichen Frost. Es war eher ein eisiger Schauder, der einen packte und der sich ums Herz zu legen schien.

»Bleibt ganz ruhig!«, rief Peter Polkins und zog sein Dämonenschwert. »Ihr seid hier an einem der sichersten Orte schlechthin. Seht all die Galeonsgeister. Sie bewachen die Meridianlinie und sorgen dafür, dass kein Schattenhund oder eine andere Kreatur aus der Schattenkluft steigt.«

Jade beobachtete, wie Henry Lucy hochzog und auf den Arm nahm, als wäre sie federleicht. In wenigen Schritten trug er sie aus dem Gerichtssaal.

Jade wollte zu ihm, doch sie hatte keine Chance. Die Meridianlinie klaffte weit auseinander und teilte den Gerichtssaal in zwei Hälften. Aus der felsigen Schlucht drangen Eiseskälte und Modergeruch hervor. Irgendwo auf der anderen Seite erblickte sie Orla, die genau wie Peter Polkins ihren Schwertgriff gezogen hatte.

»Was ist denn nur mit dieser Lucy, weiß man da was?«, raunte Peter Polkins Jade leise zu. Jade drehte sich überrascht zu Peter herum. »Das müsstest du doch wissen, Ms Griggs sagte doch gerade, dass es gestern eine Beratung wegen ihr gab.«

»Das hat mich auch verwundert«, antwortete Peter leise und ließ seinen Blick dabei wachsam durch den Gerichtssaal schweifen. »Eine offizielle Time-Court-Sitzung war es nämlich nicht.«

»Nicht?« Jade zog überrascht die Augenbrauen hoch und hauchte sich in die Hände, um sie zu wärmen.

»Das müssen die drei unter sich ausgemacht haben«, wisperte Peter und deutete mit dem Kopf nach vorne zu Master Gridlock, Selda Brice und Evelyn Griggs, die beruhigend auf die Neunovizen einsprachen. »Wäre ja auch kein großes Ding, wenn es nicht so komisch wäre, dass …« Peter stockte.

»Dass was?«, hakte Jade nach.

»Es ist doch sehr sonderbar, dass jemand schon Sekunden vor einem Zeitstillstand ohnmächtig wird, oder nicht?« Peter Polkins sah Jade beschwörend an.

»Was soll daran komisch sein? Wir haben ja auch Prognosetiere, die das vorher wissen«, sagte Jade lächelnd.

»Jade«, raunte Peter Polkins eindringlich. Sein Atem bildete eine weiße Wolke. »Lucy Ballantyne ist kein Prognosetier. Sie ist eine Neunovizin mit unausgebildeten Zeitkräften. Dennoch spürt sie einen Zeitstillstand, bevor er eintritt. Da ist was faul.«

Aufruhr im Clockmakers Market

Am Nachmittag, als Jade und Orla nach dem Unterricht durch den Tunnel zurück zum Clockmakers Market liefen, erzählte Jade ihr von Peters Verdacht.

»Ach, der sieht Gespenster und will sich nur mal wieder aufspielen«, sagte Orla und sah sich um. »Es soll tatsächlich etwas geben, das er sich nicht erklären kann? Ausgerechnet Peter Polkins, das wandelnde Geschichtsbuch? Niemals.«

»Ich glaube so wie Peter, dass da etwas nicht stimmt«, sagte Jade.

»Also wenn, dann stimmt schon eher mit Peter Polkins etwas nicht.« Orla lachte so laut, dass es durch den ganzen Tunnel hallte.

»Pssst«, tönte es aus den Galionsfiguren zurück.

»Immer diese Neunovizen«, jammerte die weinerliche Stimme aus der Galeone einer alten Frau. »Ich glaube, ich bin für diesen Trubel hier unten zu alt. Jeden Tag nur lärmende Schülerscharen.«

Die Stimme aus der Galionsfigur eines jungen Seemanns lachte laut. »Dann lassen Sie sich ins Maritime Museum versetzen, da haben Sie Ihre Ruhe.«

»Wenn mit Lucy alles stimmt, wieso spürt sie das Silentium immer schon vorher?«, flüsterte Jade. »Sie fällt bestimmt nicht freiwillig jedes Mal vor einem Zeitstillstand in Ohnmacht.«

»Vielleicht hat sie mal ein Prognosetier vernascht?« Orla grinste. »Hat Master Gridlocks Gesine das nicht auch getan?«

»Richtig«, flüsterte Jade. »Aber Gesine geht deswegen auch jedes Mal vor einem Zeitstillstand in Flammen auf.«

Orla blieb stehen und sah Jade einen Moment lang verdutzt an. »Lucy … in Flammen aufgehen … stell dir das mal vor!«, rief sie und hielt sich den Bauch vor Lachen.

»Pssst«, raunte es da wieder durch den Tunnel.

Sie brachten ihre Taschen in den Black Swan und machten sich dann noch einmal auf den Weg, um in den Shops des Clockmakers Market die Dinge von den Unterrichtslisten zu besorgen.

»Lass uns zuerst zu Kingsley's gehen, okay?«, sagte Jade und steuerte auf Bertha Kingsleys Shop zu.

»Hast du schon gesehen, was wir allein für ihren Unterricht in Time-Maps-Kartografie alles benötigen?«, fragte Orla und überflog die Liste. »Je einen Hexen- und Mondkalender und drei Bögen Kohlepapier mit Wachsstift in Geistsilber zum Einzeichnen der Galeonsbewegungen. Aber wozu brauchen wir denn das Hexenbrett? Sollen wir jetzt mit den Dämonen sprechen?«

»Nicht mit den Dämonen. Mit den Geistern«, sagte da jemand hinter ihnen. Jade und Orla drehten sich herum und sahen den Jungen irritiert an. Jade hatte ihn morgens schon gesehen. Er war ein Neunovize – klein, picklig und mit einer riesigen Hornbrille.

»Kennen wir uns schon?«, fragte Orla.

»Ja«, sagte der Junge. »Also … *ich* kenne *euch*. Äh … dich.« Der Junge sah Jade bewundernd an. »Jade Ryder, stimmt's? Ich habe von dir im *Daily Time Catcher* gelesen. Wahnsinn, das mit dem Stundenuhrzeiger.«

Jade nickte und zeigte lächelnd auf Orla. »Und das ist meine Freundin Orla. Du bist Neunovize?«

»Ja, ich bin Tom«, der Junge deutete auf die Tür von Kingsley's Tickets & Maps. »Thomas Kingsley.«

»Der Neffe von Ms Kingsley!«, sagte Jade.

»Du wohnst bei ihr?«, fragte Orla.

Tom nickte und ging an ihnen vorbei. »Und nachmittags helfe ich ihr im Laden.« Er öffnete die Ladentür, deren Fensterscheibe mit den Abfahrtsplänen des Timeless Sleepers zugeklebt war, und ließ Orla und Jade eintreten.

Es war voll bei Kingsley's. Novizen drängelten sich vor dem Verkaufstisch. An der hinteren Wand hing eine riesengroße, schwarze Time Map, auf der silbern schimmernde Lichtpunkte die aktuellen Standorte aller Schutzgeister anzeigten. Mittendrin stand Bertha Kingsley und rief über die Köpfe zwei Neunovizen etwas zu. »Ey, ihr da drüben! Bitte die Geisterstifte nicht so schütteln, die verlieren doch die Orientierung.«

»Gebt mir eure Liste«, sagte Tom zu Orla und Jade. »Ich suche euch alles zusammen.«

»Jade Ryder braucht natürlich eine Sonderbehandlung«, sagte eine zuckersüße Stimme hinter ihnen, als Tom mit den Listen im Gewühl verschwunden war.

»Lavena«, stöhnte Jade.

»Puh«, machte Orla. »Bei den negativen Schwingungen hier macht man sich gleich Sorgen, dass die Geistertinte erstarrt.«

»Seit wann werden Verbrechertöchter um ihre Meinung gebeten?«, sagte Lavena und lächelte gleichzeitig in Ms Kingsleys Richtung.

Tom kam mit zwei Papiertüten zurück und nahm von Orla und Jade das Geld entgegen.

»Hör mal, Kleiner«, sagte Lavena, schob sich zwischen Jade und Orla nach vorne und baute sich dann vor Tom auf. »Es gibt ungeschriebene Regeln in der Clockmakers Academy. Eine davon ist: Gib dich nicht mit Kindern von Nessbyhäftlingen ab.«

Tom sah an Lavena vorbei Jade und Orla an, und schob mit ernster Miene seine Brille zurück.

»Vielen Dank für deine Hilfe«, sagte Jade hastig und schob Orla vor sich her aus dem Laden.

»Diese Lavena«, stieß Orla zwischen ihren Zähnen hervor. »Irgendwann mische ich ihr schwarzmagischen Schweigstillsaft unters Essen.«

»Und der bewirkt was?«, fragte Jade und sah sich um, denn die Ladentür von Kingsley's flog auf, und ein Schwarm Neunovizen kam herausgestolpert.

»Schweigstillsaft verursacht unerträgliche Schmerzen beim Sprechen. Sagt Ms Mallows.« Orla grinste. »Drei Tropfen von dem Saft, und es kommt zehn Tage lang kein einziges Wort aus Lavenas Mund.«

»Das merken wir uns«, sagte Jade und hakte sich lachend bei Orla unter. Sie liefen quer über den Clockmakers Market zum Witch Brew.

»Ich frage mich, wozu ich den Totenschädel einer Ratte benötige«, sagte Jade und zog ihren Zettel hervor. »Der steht nämlich auf Selda Brice' Liste für die Gaukelei.«

»Igitt!«, rief Orla und schüttelte sich. »Und wo soll es die geben?«

»Hm, ich weiß es nicht. Lass uns doch Ms Mallows fragen!«

Jade kaufte das Hexenbrett und Runensteine im Witch Brew und fragte Ms Mallows nach dem Rattenschädel.

Ms Mallows, die gerade dabei war, Jades Runensteine in einen

Stoffbeutel zu füllen, sah erschrocken auf. »Einen Rattenschädel? Bist du dir sicher? Zeig mir mal deine Liste.«

Jade zog die Liste aus ihrer Hosentasche und legte sie auf den Verkaufstisch.

»Dann lass mich mal sehen«, murmelte Ms Mallows und beugte sich über die Liste. »Kohlepapier … Wachsstift in Geistsilber … Mondkalender … Hexenbrett«, murmelte sie und blickte dann auf. »Da steht kein Rattenschädel auf deiner Liste.«

Jade sah Ms Mallows irritiert an. »Doch, hier, sehen Sie?« Sie tippte auf das Ende der Liste, wo *ein Rattenschädel, skelettiert* stand.

Ms Mallows drehte den Zettel hin und her und hielt ihn gegen das Licht. Dann gab sie die Liste Orla. »Steht da was von einem Rattenschädel?«

Orla betrachtete die Liste und schüttelte den Kopf. »Ehrlich, Jade, da steht nichts.«

»Aber wie kann das sein?«, rief Jade verwundert und zeigte auf die Liste. »*Ein Rattenschädel, skelettiert.* Ich kann es deutlich lesen.«

»Pssst«, machte Orla und deutete ins Restaurant. Der Mann im Seidengewand, den Ms Mallows immer als Schamanen bezeichnete, saß an seinem Stammplatz. Er sah sie neugierig an und ließ dabei ein paar Runensteine in seiner Hand aneinanderklappern.

Jade nahm ihre Liste und faltete sie zusammen. »Ms Mallows, ich schwöre, dass dort der Rattenschädel auf der Liste steht. Wie also ist es möglich, dass Sie und Orla das nicht sehen können?«

Ms Mallows zuckte mit den Schultern. »Es ist mir ein Rätsel.« Sie nahm eine Papiertüte und legte Jades Einkauf hinein. »Könnte es sein, dass deine Liste verzaubert ist?«, fragte sie leise und reichte Jade die Tasche. »Skelettierte Rattenschädel wirst du jedenfalls im Clockmakers Market nicht finden. Tut mir sehr leid.«

Sie verabschiedeten sich von Ms Mallows und gingen zu Browns Souvenirs, um sich eine große Tüte salziges Karamellfudge zu kaufen. Dann schlenderten sie mit ihren Einkäufen bepackt über den Clockmakers Market.

»Ich glaube, Ms Mallows hat recht«, sagte Orla und fischte sich ein besonders großes Fudge aus der Tüte. »Ms Brice will dich testen. Vermutlich hofft sie, dass du am Rattenschädel scheiterst und durchfällst.«

Jade seufzte. »Ich *werde* daran scheitern. Du hast ja Ms Mallows gehört. Rattenschädel sind im Clockmakers Market nicht zu finden.« Sie blieb stehen und deutete zum Black Swan, wo Elliott Baker in der offenen Eingangstür stand und heftig winkte.

»Was hat er denn?«, fragte sie und lief schneller.

»Ist alles in Ordnung mit Ihnen, Mr Baker?«, rief Orla, die neben Jade die Stufen zum Black Swan hinaufsprang.

»Ich warte auf Dr. Smith!«, rief Elliott Baker und deutete quer über den Pflasterplatz. Jade folgte seinem Blick, und tatsächlich sah sie am Ende des Clockmakers Market Dr. Smith mit ihrer Arzttasche näher kommen.

»Sie haben Dr. Smith gerufen?«, fragte Jade erschrocken. »Für wen?«

»Für Lucy. Sie liegt im Salon, Odette ist bei ihr«, antwortete Elliott Baker und deutete fahrig auf die Salontür.

Orla und Jade stürmten an Elliott Baker vorbei und quer durch die Eingangshalle in den Salon. Odette kniete neben der am Boden liegenden Lucy, die offensichtlich noch immer ohnmächtig war.

»Was ist mit ihr?«, flüsterte Jade. Sie hockte sich neben Odette und starrte mit Herzklopfen die leichenblasse Lucy an. Aus einer Wunde an ihrer Stirn sickerte Blut. Odette nahm ein Taschentuch und presste es darauf.

»Sie ist schon wieder ohnmächtig geworden und kommt nicht so recht wieder zu sich«, sagte Odette. »Gut, dass ihr kommt. Fasst mal mit an. Wir legen sie aufs Sofa und schieben sie näher an den Kamin heran.«

Kaum hatten sie die bewusstlose Lucy aufs Sofa gelegt, kam Dr. Smith in den Salon geeilt. Elliott Baker schloss leise hinter ihr die Salontür.

Orla, Jade und Odette traten zurück, um Platz für Dr. Smith zu machen. Sie leuchtete Lucy mit einer Taschenlampe in die Augen und kontrollierte die Reflexe an ihren Ellbogen. Dann entfernte sie das Taschentuch und befestigte einen provisorischen Verband auf Lucys Stirn.

»Ich glaube, da stimmt was nicht«, flüsterte Jade Orla leise zu.

Da flog mit einem Knall die Salontür auf, und Henry stürmte herein. »Was ist mit Lucy?«, rief er.

»Henry«, sagte Dr. Smith und blickte ihn besorgt an, »gut, dass Sie kommen! Ich muss Lucy mitnehmen in die Krankenstation. Sie hatte einen schweren Ohnmachtsanfall und wacht gar nicht wieder auf. Sehen Sie?«

»In die Krankenstation? Warum? Sie ist doch immer nur ganz kurz ohnmächtig gewesen«, sagte Henry, und er klang wütend und verzweifelt zugleich. »Ich hatte ihr doch extra die Vogel-Wicken besorgt.«

»Ich kann noch nichts Genaues sagen, aber ich fürchte, sie fällt uns ins Zeitkoma, wenn wir sie nicht schnell behandeln und herausfinden, was mit ihr ist«, sagte Dr. Smith.

»Was ist das, ein Zeitkoma?«, fragte Jade erschrocken.

»Ein Zeitkoma ist das Erstarren der Lebenszeit, so wie bei einem Zeitstillstand, nur würde Lucy nicht wieder aufwachen und weiterleben. Sie würde zwar nicht sterben, aber sie würde auch nicht altern und wäre für immer und ewig eingefroren im Jetzt.« Dr. Smith blickte sich um. »Wir sollten uns beeilen. Wie aber transportieren wir sie in die Krankenstation?«

»Ein Zeitfenstersprung?« Odette deutete auf die Kabine in der Eingangshalle, die wie eine Londoner Telefonzelle aussah.

»Nein«, lehnte Dr. Smith kopfschüttelnd ab. »Eine ungeübte Reise auf dem Zeitstrom würde ihren Zustand nur noch verschlechtern.«

»Verdammt, ich trage sie einfach«, rief Henry verzweifelt. Er hob Lucy kurzerhand vom Sofa hoch.

»Das wird wohl das Beste sein«, sagte Dr. Smith, schloss ihre Tasche und nickte Henry zu. »Wir gehen durch den Tunnel.«

»Ich komme mit!«, rief Jade.

»Ich auch!«, sagte Orla heftig nickend, als Henry an ihnen vorbeiging, die leblose Lucy auf seinem Arm.

»Danke, ihr zwei«, sagte Odette. »Ich gehe nach den Novizen im Speisesaal sehen. Die sind bestimmt noch ganz geschockt. Die Platzwunde an der Stirn hat aber auch wirklich dramatisch ausgesehen.«

Orla und Jade eilten nach draußen und liefen vor, um die Metalltür zum Tunneleingang zu öffnen. Dr. Smith folgte Henry und sah immerzu prüfend die reglose Lucy an, die blass und schlaff in seinen Armen lag.

Jades Herz klopfte schnell, als sie und Orla je nach einem Bein von Lucy griffen und Henry so ein wenig der Last abnahmen. Sie eilten durch den spärlich beleuchteten Tunnelgang. Als Henry kurz verschnaufte, schob Dr. Smith sich an ihm vorbei. Sie öffnete mit zwei verschiedenen Schlüsseln die beiden Schlösser und legte dann ihren Time Pass in eine Öffnung neben der Tür. Augenblicke später sprang die Tür auf.

»Nehmt Fackeln und leuchtet Henry den Weg nach oben«, sagte Dr. Smith zu Jade und Orla. »Achtet auf die Meridianlinie. Ich gehe vor und bereite das Krankenzimmer vor.« Dann huschte sie ohne Fackel durch die Dunkelheit davon.

Orla und Jade nahmen sich eine Fackel und warteten, bis Henry wieder zu Luft kam. Er hatte sich gegen die felsige Wand gelehnt, den Oberkörper der noch immer nicht aufgewachten Lucy fest an sich gedrückt. Jade sah, wie ihm der Schweiß von der Stirn tropfte. »Fertig?«, fragte er und drückte sich von der Wand ab. Es waren vielleicht nur wenige Minuten, die der Weg durchs Time House dauerte, aber es kam Jade wie eine Ewigkeit vor, bis sie am Krankenzimmer ankamen.

»Hier herein!«, rief Dr. Smith, die in der offenen Tür stand und auf sie wartete. Als sie Lucy auf das Krankenbett gelegt hatten, schob Dr. Smith Jade und Orla hinaus auf den Flur und schloss die Tür zum Krankenzimmer hinter ihnen. Sie steckten ihre Fackeln in Halterungen an der Wand und ließen sich dann auf die Stühle im kleinen Wartebereich gegenüber des Krankenzimmers fallen.

»Hast du gesehen, wie blass Lucy war?«, fragte Jade und griff sich an den Hals.

Orla nickte betroffen. »Ob sie überhaupt noch lebt?«

Jade sah Orla erschrocken an. Und dann starrten sie beide auf die Holztür mit dem roten Kreuz und warteten.

Immer wieder zog Jade ihre Taschenuhr aus der Hosentasche hervor. Sie konnte nicht glauben, wie langsam die Zeit verging. Nach etwa einer halben Stunde öffnete sich endlich die Tür zum Krankenzimmer, und Henry kam heraus. Er schloss die Tür leise hinter sich und lehnte sich dagegen, während er sich mit beiden Händen durch sein dunkles Haar fuhr.

Jade fuhr hoch und stürzte auf ihn zu. »Wie geht es ihr?«

Henry lehnte seinen Kopf gegen die Krankenzimmertür und schloss die Augen. Dann öffnete er sie langsam wieder und sah Jade verzweifelt an. Ohne auch nur ein Wort zu sagen, riss er Jade in seine Arme und drückte sie so fest an sich, dass ihr für einen Moment die Luft wegblieb.

»Ich weiß nicht, was mit ihr ist«, flüsterte er leise. »Dr. Smith untersucht sie noch und hat mich vorsorglich Blut für sie spenden lassen. Ich soll später wiederkommen.«

»Dann kommen wir mit dir«, flüsterte Jade und lauschte dem wilden Klopfen seines Herzens. Einen Augenblick später ließ Henry sie genauso abrupt wieder los, wie er sie an sich gezogen hatte, und lief, ohne eine Fackel mitzunehmen, davon.

»Henry«, rief Jade, »warte doch!« Sie nahm sich eine Fackel, auch Orla sprang auf, aber Henry war schon fort. Sie rannten durchs verwinkelte Time House nach oben, doch Henry holten sie nicht mehr ein.

Er war wie vom Erdboden verschluckt.

Henry blieb verschwunden.

Er tauchte auch nicht zum Abendessen im Black Swan auf, bei dem Odette ihnen die gute Nachricht überbrachte, dass Lucy laut einer Rohrpost von Dr. Smith aus dem Time House endlich aufgewacht sei.

Abends saßen Orla und Jade in ihrem Turmzimmer auf den Fensterbänken, sahen auf den Clockmakers Market hinaus und grübelten über Henry und Lucy nach.

»Was ist nur in Henry gefahren?«, überlegte Orla. »Zuerst umarmt er dich, dass einem schon beim Zusehen schwindelig wird, und dann lässt er uns beide einfach wortlos stehen.«

»Henry macht sich Sorgen um Lucy«, sagte Jade so unbeteiligt wie möglich. »Mich interessiert gerade auch viel mehr, was mit ihr ist.«

»Vielleicht hat sie einen Dämonenfraß?«, überlegte Orla.

»Das glaube ich kaum«, sagte Jade. »Erinnere dich doch an Mats Dämonenfraß. Das war doch ganz anders.«

Sie sahen schweigend auf den Pflasterplatz hinab.

»So langsam gebe ich dir recht«, sagte Orla nach einer Weile. »Irgendwas stimmt mit Lucy nicht, und wir sollten uns mal dringend mit Peter Polkins darüber unterhalten.«

Jade grinste. »Ja, der weiß schließlich alles ...« Sie stutzte. Unten auf dem Clockmakers Market kamen zwei Personen aus der Gasse zwischen dem Witch Brew und Linnaker & Sons, und eine der Personen war Henry. Er blieb unter einer der Straßenlaternen stehen, die den Clockmakers Market in ein blasses Licht tauchten.

Die andere Person war ein Mann, deutlich älter als Henry, und er redete wild gestikulierend auf ihn ein. Jade konnte nicht viel von dem Mann erkennen. Er trug einen Mantel, und allein das war sonderbar in einer so warmen Spätsommernacht. Sein dunkles Haar hing ihm struppig bis auf die Schultern. Er legte Henry die Hände auf die Schultern, dann schlich er davon; zurück in die kleine Gasse, aus der die beiden gerade gekommen waren.

»Hast du den auch gesehen?«, wisperte Orla so leise, als befürchtete sie, jemand könne sie hören.

»Hab ich«, antwortete Jade. Unten auf dem Clockmakers Market stand Henry noch immer unter der Laterne und blickte zu ihnen herauf. »Na super«, flüsterte sie. »Spätestens jetzt denkt er, dass wir ihn beobachten.«

Am Morgen klopfte der Regen laut gegen die Fensterscheiben des Black Swan. Noch lauter war aber Jennas Hämmern um kurz nach sieben an Jades Zimmertür. »Aufstehen, du stehst im Plan für den Küchendienst.«

»Lass mich schlafen, Jenna, ich habe meinen Dienst mit Michael getauscht.« Jade zog sich die Decke über den Kopf, doch sie konnte nicht wieder einschlafen.

Also stand sie auf und war wenig später die Erste im Speisesaal. Nur ein paar Pensionsgäste saßen schon an den kleinen Tischen, und Jenna staubte die Galeone des Kamindrachen ab. Ein Schwarm Teufelsnadeln rauschte durch den Speisesaal und verschwand dann wieder im Treppenhaus.

Jade legte ihre Schultasche auf einen Stuhl am noch leeren Novizentisch und wollte sich gerade Frühstück vom Büfett holen, als ihr Blick durchs Fenster auf die weit offen stehende Tür von Linnaker & Sons fiel. Sie zog ihre Taschenuhr aus der Hosentasche und ließ den Unterkiefer des Totenschädels herunterklappen. Es war noch nicht einmal halb acht, und normalerweise öffnete Mr Linnaker seinen Uhrenladen erst um neun.

Odette kam in den Speisessaal, begrüßte mit ein paar freundlichen Worten die frühen Pensionsgäste und entdeckte dann Jade, die zum Büfett gegangen war. »Guten Morgen! Konntest du nach der Aufregung gestern nicht gut schlafen, oder warum bist du heute so früh? Küchendienst?«

»Guten Morgen. Nein, kein Küchendienst«, sagte Jade und deutete nach draußen auf Linnaker & Sons. »Ich frage mich, warum Mr Linnaker schon so früh seine Ladentür offen stehen hat.«

Odette beugte sich vor, um durchs Fenster hinaussehen zu können. »Stimmt!« Sie zuckte mit den Schultern. »Vielleicht putzt und lüftet er?«, vermutete sie und goss sich eine Tasse Tee ein.

Doch Jade ließ die offene Ladentür keine Ruhe. Sie lief zurück zum Novizentisch und schnappte sich ihre Tasche. »Bin gleich zurück«, sagte sie zu Odette, als sie durch den Speisesaal zur Tür lief.

»Du gehst schon?«, rief Odette ihr hinterher.

»Ja, Mr Linnaker muss sich noch meine Uhr ansehen. Die Kette ist doch zerrissen.«

In der Eingangshalle war Elliott Baker gerade damit beschäftigt, leere Rohrpostkugeln zu polieren. Sonst traf Jade niemanden. Sie verließ den Black Swan und atmete tief die kühle Morgenluft ein. Der Sommer hatte sich nun also verabschiedet. Bald schon würde es Herbst werden. Regen lag in der Luft. Sie blickte hinauf in den wolkenverhangenen Himmel, als sie den Clockmakers Market überquerte und zu Linnaker & Sons hinüberging. Mr Linnaker war der Einzige, dem sie ihre Taschenuhr anvertrauen würde.

»Guten Morgen, Mr Linnaker!«, rief sie an der offen stehenden Ladentür. Niemand antwortete ihr. »Mr Linnaker?«, rief Jade noch einmal und wanderte langsam durch den Laden nach hinten in seine Uhrmacherwerkstatt. Ihr fiel gleich auf, dass in Mr Linnakers Werkstatt nun zwei Stühle an dem Schreibtisch standen. Sie lächelte, als ihr einfiel, dass Henry ja seit gestern Mr Linnakers Auszubildender war und der Stuhl bestimmt für ihn gedacht war.

»Mr Linnaker? Sind Sie hier?«, rief Jade noch lauter. Dann blieb ihr Blick an der halbhohen Holztür hängen, die in das geheime Uhrenarchiv im Keller führte. Die Tür stand einen Spalt breit offen. Jades Herz klopfte schneller, als sie die Tür weiter aufschubste und »Mr Linnaker?« in die dahinter liegende Dunkelheit rief.

Ein leises Stöhnen war die Antwort.

»Was ist denn, Mr Linnaker? Sind Sie okay?«, rief Jade und

zog ihren Dämonenschwertgriff hervor. Sie beschwor eine hellsilbern schimmernde Klinge daraus hervor und stieg dann langsam hinab in den Keller. Ihre Augen mussten sich zuerst an das Dämmerlicht gewöhnen. Der lange Flur, in dem sie erst vor wenigen Monaten zusammen mit Orla, Mr Linnaker und Mat das Geheimnis ihrer Taschenuhr gelöst hatte, war leer. Die Tür am Ende des Ganges war wieder verschlossen worden.

Wieder stöhnte jemand, dann ein leises Flüstern: »Hier! Hier bin ich.«

Jade ging langsam durch den Flur, das Dämonenschwert vor sich haltend. Sie leuchtete in die kleinen Kammern hinein, die links und rechts von dem Flur abgingen und in denen alte Dokumente, aber auch historische Uhren und nautische Geräte aufbewahrt wurden.

Plötzlich entdeckte sie ihn. Das Stöhnen kam tatsächlich von Mr Linnaker. Er lag zusammengekrümmt in einer der Kammern auf dem Boden, beide Hände auf die Augen gepresst, als hätte er große Schmerzen.

»Mr Linnaker?«, rief Jade erschrocken und ließ sich vor ihm auf die Knie fallen. »Was ist geschehen? Sind Sie gestürzt?«

Mr Linnaker hob seinen Kopf, ließ die Hände sinken und sah sie mit glasigen Augen an. »Schat…ten…hund«, hauchte er, dann sackte er zurück auf den Steinboden.

»Sie sind von einem Schattenhund angefallen worden?«, rief Jade entsetzt.

Mr Linnaker nickte kaum merklich.

Von Panik ergriffen sah Jade sich um. Sie konnte Mr Linnaker nicht alleine aus dem Keller tragen.

Auf einmal vernahm Jade in der Finsternis des Kellers ein leises Geräusch, das ihr bekannt vorkam: das Hecheln eines Hundes. Es kam immer näher. Jade strengte ihre Augen an, um in der Dunkelheit etwas zu erkennen. Ihre Finger umklammerten den Schwertgriff. Das röchelnde Atemgeräusch wurde immer lauter. Sie bildete sich ein, den modrigen Gestank in der Nase zu haben, und fühlte sogar die Eiseskälte, die sich scheinbar auf ihre Haut legte.

»Ich hole Hilfe!«, rief Jade und sprang auf. Einen Moment zögerte sie. Sie blickte auf Mr Linnaker herab. Verdammt, sie musste ihn mit dem Schattenhund allein lassen. Aber sie hatte keine Wahl, denn allein konnte sie ihm nicht helfen. »Hören Sie mich, Mr Linnaker? Ich bin sofort zurück!«

»Ja, schnell«, hauchte Mr Linnaker. Jade rannte durch den Keller und die Treppe hinauf.

Erst als sie oben im Uhrenladen ankam, ließ sie ihr Dämonenschwert sinken, und die Klinge erlosch. Im Laufen steckte sie den Griff zurück in ihre Gürtelschlaufe.

Sie steuerte das Zeitfenster in der Gasse hinter Linnaker & Sons an und blieb vor dem Fensterrahmen stehen. Für Unwissende mochte dieses Fenster wie ein lange ausgedientes Schaufenster aussehen, das von oben bis unten mit Papierbahnen zugeklebt war, aber Jade wusste es besser.

Sie vergewisserte sich, dass sie unbeobachtet war, konzentrierte sich auf ihr Ziel, und öffnete das Fenster. Entschlossen schritt sie hindurch und wurde im nächsten Moment vom Zeitstrom erfasst und davongetragen.

In derselben Sekunde kam sie in einer der Zeitfensterkabinen im Zeitsprüngeübungsraum des Time Houses an und stolperte aus der Kabine hinaus, die wie eine alte Telefonzelle aussah. Sie stürmte los, um Dr. Smith zu benachrichtigen, als sie von jemandem fest am Arm gepackt wurde.

Gaukelei

Es war Selda Brice.

»Was tust du hier so früh am Morgen?«, zischte sie und sah Jade prüfend an. »Du heckst doch wieder was aus.«

»Ich muss Hilfe holen«, antwortete Jade knapp und riss sich los.

Doch Selda Brice ließ ihren Klammergriff um Jades Arm erneut zuschnappen. »Hilfe? Für wen?«

In Jades Kopf surrten die Gedanken wie wild umher. Sie erinnerte sich noch gut an Selda Brice' Attacke auf Mr Linnaker, als sie gerade das Geheimnis ihrer Taschenuhr gelöst hatten. Es war besser, Selda Brice nicht einzuweihen. »Das sag ich nur Dr. Smith«, antwortete sie deshalb stur.

»Es gibt also gar keinen Notfall«, schloss Selda Brice und schob Jade zur Tür. »Gehen wir also gemeinsam zu Dr. Smith.«

Jade hastete durch die dunklen Flure und Treppenaufgänge im Time House und versuchte, Selda Brice abzuschütteln. Doch ohne Fackel waren viele Ecken und Flure so finster, dass sie immer wieder stolperte und von Selda Brice eingeholt wurde. Sie spürte sie in ihrem Nacken, und als sie wenige Minuten später vor der Krankenstation stehen blieb, war es Ms Brice, die mit ihrer knochigen Hand an die Tür klopfte.

Von drinnen rief kurz darauf jemand: »Herein.«

»Dr. Smith!«, rief Selda Brice, öffnete die Tür und folgte Jade, die zuerst ins Krankenzimmer gestürmt war. »Miss Ryder muss Ihnen etwas sehr Wichtiges sagen.«

Dr. Smith blickte von ihrem Schreibtisch auf und sah Jade prüfend an. »Ist alles in Ordnung mit dir?«

»Mit mir ja«, sagte Jade verzweifelt. »Es geht um Mr Linnaker. Er ist überfallen worden, und ich glaube, er hat einen Dämonenfraß.«

»Pah.« Selda Brice lachte höhnisch auf.

Dr. Smith sah Jade erschrocken an. »Wo genau befindet er sich?«

»In einer Kammer in seinem Uhrenarchiv, das ist im Keller unter seinem Uhrenladen«, sagte Jade.

»Ich gehe sofort nach ihm sehen«, sagte Dr. Smith, sprang auf und griff nach ihrer Tasche.

»Also Sie werden Miss Ryder doch diesen Unsinn nicht glauben, Doktor!«, rief Selda Brice entrüstet. »Wie soll eine Novizin, eine unerfahrene Zweitklässlerin, denn bitte schön in der Lage sein, einen Dämonenfraß zu diagnostizieren? Ich untersage Ihnen, diesem Unfug Glauben zu schenken.«

Dr. Smith blieb so nah vor Selda Brice stehen, dass ihre Nasen sich beinahe berührten. »Ich bin hier die Ärztin, und wenn ich einen Notruf erhalte, dann mache ich mich auf den Weg. Ganz gleich für wen, zur Not auch für Sie.« Dann ließ sie Selda Brice stehen und eilte hinaus ins dunkle Time House, wo ihre schnellen Schritte auf dem Steinboden bald verhallten.

»Das wird Konsequenzen für dich haben, Jade!«, rief Selda Brice wütend. »Wenn sich herausstellt, dass du irgendetwas mit dem Angriff auf Mr Linnaker zu tun hast oder …«

»Mr Linnaker wurde angegriffen?«, fragte eine leise Stimme hinter ihnen, und Jade fuhr herum. In der Tür zur Krankenstation stand Master Gridlock und sah Jade ernst an. »Ist Dr. Smith schon benachrichtigt?«

»Ja, sie ist schon auf dem Weg«, sagte Jade.

»Gut!« Master Gridlock sah Selda Brice fragend an. »Warum haben Sie Dr. Smith nicht begleitet, Ms Brice?«

»Weil ich mich von einer Novizin nicht an der Nase herumführen lasse«, zischte Selda Brice. »Miss Ryder hat ein ganz besonderes Talent, sich in den Mittelpunkt zu drängen, und ich werde mich sicher nicht ihrem Fanclub anschließen.« Sie warf Jade einen wütenden Blick zu und rauschte dann ohne ein weiteres Wort aus der Krankenstation.

»Wo ist Mr Linnaker überfallen worden?«, fragte Master Gridlock, als Selda Brice' Schritte nicht mehr zu hören waren.

»In seinem Uhrenarchiv«, sagte Jade. »Ich glaube, er hat einen Dämonenfraß.«

Master Gridlock nickte. »Geh in mein Büro und warte dort auf mich. Dort bist du sicher. Ich mache einen Zeitsprung und sehe, ob ich Dr. Smith behilflich sein kann. Man muss ja auch immer mit der Möglichkeit rechnen, dass der Schattenhund noch an Ort und Stelle ist.«

Jade schluckte. Eine Gänsehaut kroch ihr den Rücken hinauf bis zum Nacken, wenn sie sich vorstellte, dass der arme Mr Linnaker noch immer mit dem Schattenhund alleine war. »Dann komme ich auch mit«, sagte sie entschlossen.

»Nein«, lehnte Master Gridlock entschieden ab. »Es könnte ein Hinterhalt sein, und eigentlich wollen sie dich und deine Uhr.« Er nickte Jade noch einmal zu, dann verschwand auch er im Time House.

Während Jade durchs Time House zu Master Gridlocks Büro lief, dachte sie über seine Vermutung nach. Was, wenn er recht hatte und es tatsächlich ein Hinterhalt gewesen war, der eigentlich für sie bestimmt war? Hatte sie nicht wirklich das Gefühl gehabt, dass sich ein Schattenhund in der Finsternis des Uhrenarchivs versteckte?

Jade bog in den Vorraum zu Master Gridlocks Büro ein.

»Ach, sieh an, Miss Ryder mal wieder«, tönte es da höhnisch über der Tür. Über der Eingangstür zu Master Gridlocks Büro wachte eine zweiköpfige Drachengaleone.

»Was hat sie wohl dieses Mal wieder auf dem Kerbholz?«, grummelte es aus der rechten Seite der Galeone.

»Mit Kerbhölzern kennen sich Galeonen ja bestens aus«, sagte Jade nur und schlüpfte ins Büro. Im Kamin prasselte wie immer ein Feuer, und auf dem Teppich davor saß eine kleine Haselmaus.

»Hallo, Gesine«, sagte Jade und ließ sich auf dem Teppich neben der Maus nieder. Sie streckte ihre Hand aus und ließ Gesine daraufklettern, die neugierig an ihr schnüffelte.

Jade streichelte Gesine mit einem Finger über das weiche Fell und starrte ins Kaminfeuer. Hoffentlich waren Dr. Smith und Master Gridlock vorsichtig. Und hoffentlich kamen sie für Mr Linnakers Rettung nicht zu spät.

Um kurz vor neun kam Master Gridlock zurück. Er schloss sorgfältig die Bürotür hinter sich, dann sah er Jade kopfschüttelnd an, die noch immer auf dem Teppich vor dem Kamin saß. »Es war ein Hinterhalt«, sagte er seufzend. »Und ich stelle mir die ganze Zeit vor, was passiert wäre, wenn du nicht so überlegt gehandelt hättest.«

»Was meinen Sie mit Hinterhalt? Und wie geht es Mr Linnaker?«, fragte Jade und stand auf.

»Es war wirklich ein Schattenhund im Uhrenarchiv. Wir konnten ihn aber leider nicht unschädlich machen. Er ist geflohen. Und Mr Linnaker hat tatsächlich einen Dämonenfraß.«

Jade schlug sich die Hand auf den Mund.

»Aber«, fügte Master Gridlock hinzu, »es ist zum Glück nur ein ganz leichter Dämonenfraß, wie Dr. Smith mir gerade sagte. Sie wird ihn ein paar Tage in der Krankenstation von Klagegeistern behandeln lassen, und er wird wieder gesund werden. Da ist sie sich ganz sicher.«

»Ich habe also den Schattenhund gestört«, folgerte Jade. »Früh genug, bevor er Mr Linnaker einen größeren Schaden zufügen konnte?«

»Nein, Jade«, sagte Master Gridlock kopfschüttelnd. »Ich nehme eher an, dass er Mr Linnaker ganz bewusst so leicht verletzte, dass dieser dich noch ins Uhrenarchiv hinabrufen konnte. Warst du mit Mr Linnaker verabredet? Oder hattest du einen anderen Grund, warum du so früh auf die Gefahr aufmerksam wurdest?« Master Gridlock sah Jade fragend an.

»Mir ist sofort aufgefallen, dass die Ladentür von Linnaker & Sons weit offen stand, als ich ganz früh in den Speisesaal kam.« Jade überlegte. »Eigentlich hätte ich ja Küchendienst gehabt.«

»Eigentlich, Jade?« Master Gridlock sah sie alarmiert an.

»Ich habe mit Michael Willowby getauscht. Jenna wusste das nicht, weil ich noch im Plan eingetragen war, und hat mich geweckt.«

»Was bedeutet, dass jeder davon ausgehen konnte, dass du die Erste im Speisesaal sein würdest und die offene Ladentür entdeckst. Es ist demnach wirklich möglich, dass es ein Hinterhalt war.« Master Gridlock rieb sich nachdenklich das Kinn. »Wir werden es erst genau wissen, wenn Mr Linnaker uns sagen kann, was aus seinem Uhrenarchiv fehlt.«

Im Vorraum wurde plötzlich laut gestritten. »Was ist denn da los?«, murmelte Master Gridlock verwundert und öffnete die Bürotür.

»Ungeheuerlich, diese garstigen Galeonen über Ihrer Bürotür!«, schimpfte Selda Brice und kam unaufgefordert ins Büro. »Ich verlange, sofort darüber aufgeklärt zu werden, was es nun mit dem zweifelhaften Notruf von Miss Ryder auf sich hat. Und dann verlange ich ein Verfahren gegen Miss Ryder für diverse Vergehen, die sie heute Morgen begangen hat. Angefangen von einem falschen –«

»Ms Brice«, sagte Master Gridlock und ging zu seinem Schreibtisch. Er setzte sich und wirkte sofort größer und zugleich unnahbar. »Miss Ryder hat mehr als umsichtig und verantwortungsvoll gehandelt. Sie verdient eine Auszeichnung, keine Anschuldigungen. Und wenn Sie sich für Mr Linnakers Gesundheitszustand interessieren, dann schlage ich Ihnen nun vor, ihn im Krankenzimmer zu besuchen und sich davon zu überzeugen, wie er sich von seinem Dämonenfraß erholt.« Master Gridlock zwinkerte Jade kaum merklich zu.

Ms Brice hatte für einen Moment die Luft angehalten. »Nun?«, sagte sie spitz, nachdem sie einmal tief ausgeatmet hatte. »Es gibt allerdings keine Entschuldigung für das Zuspätkommen Miss Ryders zu meinem Unterricht in Gaukelei, in …« Sie schüttelte den Ärmel ihrer Jacke hoch, um auf ihre Uhr zu sehen. »In exakt zwei Minuten und siebenunddreißig Sekunden. Und es obliegt einzig mir, die gerechte Zusatzaufgabe für Miss Ryder zu bestimmen.«

»So sind die Academyregeln«, bestätigte Master Gridlock.

Jade sprang auf, setzte Gesine zurück auf den Teppich und rannte los.

Gaukelei wurde im Versammlungsraum hinter dem Time Court unterrichtet. Als Jade nach Luft japsend eintrat, war Selda Brice schon da. Verblüfft starrte Jade sie an.

»Nun, da Miss Ryder uns auch endlich die Ehre erweist und sich zu unserem profanen Unterricht herablässt, werden wir ihr demonstrieren, was ein Minutenerbe im ersten Lehrjahr an der Academy gelernt hat und was sie hoffentlich durch eigenes Bemühen parallel einstudiert hat.«

Sie winkte Jade zu sich nach vorne und ließ dann die anderen Schüler sich immer zu zweit voreinander aufstellen. Jade sah im Vorbeigehen, dass Susan Evans sich vor Linda Smith aufbaute und Michael Willowby vor Joe Patell.

»Die Gaukelei umfasst die gesamte Kleinkunst, also die Zauberei, die Heilkunst, die Heiltränkebrauerei, die Wahrsagerei, die Kunst der Feuerwerferei und vor allem das Verhexen und Verfluchen«, sagte Selda Brice.

Jade hörte in ihrer Stimme den Stolz, mit dem sie von ihrer eigenen Ahnengruppe sprach.

»Lange wurden die Gaukler verachtet und waren nicht angesehen in der Gesellschaft. Gaukler hatten keinerlei Rechte, zogen von Ort zu Ort und waren doch verrufen als Taschendiebe und Austrickser, denn jemand, der sich in der Gaukelei nicht versteht, kann natürlich nicht nachvollziehen, woher ich diesen Feuerschwall nehme.«

Selda Brice formte ihre linke Hand zu einer Schale und beschwor eine große, züngelnde Flamme daraus hervor, die sie mitten in den Raum warf. Das Feuer verpuffte augenblicklich, aber Susan sprang dennoch erschrocken zurück, Michael hingegen sah Selda Brice nahezu ehrfürchtig an.

Diese lächelte nur. »Im siebzehnten Jahrhundert ließen sich viele Gaukler in York nieder, und bis heute findet man dort Zauberer, Wahrsager, Kräutermischer, Verflucher und Verhexer. Es ist also kein Wunder, dass sich viele Minutenerben unserer Zeiterbengesellschaft ihnen anschlossen und dass bis heute eine große Gilde unserer Gaukler dort beheimatet ist. Gaukler, die einst ihren wahren Ursprung hier in Greenwich fanden.«

Sie machte eine kurze Handbewegung, und die Novizen stellten sich immer zu zweit voreinander auf. Dann winkte sie Jade zu sich. »Tja, Jade, so ergeht es einem, wenn man zu spät kommt. Du wirst in diesem Academyjahr mit mir vorliebnehmen müssen. Gehe ein paar Schritte und stelle dich dann so vor mir auf, als würdest du dein Dämonenschwert halten.«

Jades Herz klopfte schnell, als sie unter den neugierigen Blicken der anderen Novizen ein paar Schritte durch den Raum machte. Dann drehte sie sich zu Selda Brice herum und hob ihre Arme vor sich.

»Ich werfe jetzt einen einfachen Feuerschwall auf dich. Lasse ihn in der Luft erstarren«, sagte Selda Brice, hielt ihre linke Hand zu einer Schale geöffnet und beschwor eine Flamme herauf.

»Warten Sie, Ms –«

Doch Selda Brice holte aus, als werfe sie einen Ball, und schleuderte Jade die Flammen entgegen.

Jade hob abwehrend ihre Hände vor das Gesicht, aber die Flammen trafen sie am Arm, bevor sie verpufften. Es wurde für einen Augenblick entsetzlich heiß, sodass Jade sich erschrocken auf den Ärmel schlug, wo ein kleines Brandloch entstanden war.

»Jade, willst du mir allen Ernstes sagen, dass du noch nicht einmal einen einfachen Erstarrungsfluch hinbekommst?«, fragte Selda Brice zornig. »Was hast du im ersten Jahr an der Academy denn überhaupt gelernt? Was willst du tun, wenn ein Schattenhund oder ein anderes Dämonenwesen auf dich zukommt? Du willst dich nicht ernsthaft auf deiner sonderbaren Erbanlage ausruhen.«

Jade drückte sich die Hand auf den Arm. Die Stelle, an der die Feuerkugel sie getroffen hatte, brannte. Sie sah sich Hilfe suchend unter den Novizen um, doch sie fing nichts weiter als einen missbilligenden Blick von Michael auf.

»Wir beenden das praktische Training und schreiben nun einen Aufsatz über die Feuerwerferei. Eigentlich wollte ich heute mit den Schwebeflüchen anfangen, aber wir geben Miss Ryder die sechs Tage Zeit, sich den Stoff des letzten Schuljahres anzueignen.« Selda Brice sah nickend in die enttäuschten Gesichter von Michael Willowby und Linda Smith.

»Aber in sechs Tagen kann niemand den Stoff eines ganzen Schuljahres nachholen!«, rief Jade verzweifelt.

Selda Brice sah Jade mit hochgezogenen Augenbrauen verärgert an und zischte: »Ich denke, dass es sehr fair von mir ist, dir diese Extrazeit zu geben. Wenn du dich noch länger darüber beschwerst, streiche ich dir diese Zusatztage wieder. Und nun geh schon zu Dr. Smith ins Krankenzimmer und lasse dir etwas gemeinen Beinwurz auf die Brandwunde geben. Und ich erwarte, dass du in wenigen Minuten zurück bist.«

Jade kämpfte gegen den Drang an, Selda Brice anzuschreien. Doch stattdessen schob sie nur trotzig ihr Kinn vor und stürmte mitten durch die Reihen der neugierig wartenden Novizen davon.

Nachhilfe

Jade und Orla waren nach dem Unterricht ins Witch Brew gelaufen, weil Jade sich ein wenig gemeinen Beinwurz kaufen wollte. Sie war am Morgen nicht zu Dr. Smith gegangen und hatte ihre Brandwunde nur kurz im Waschraum gekühlt. Seit der Sache mit den Blutegeln im letzten Jahr machte sie am liebsten einen großen Bogen um die Krankenstation.

Jade sah sich um. Das Witch Brew war noch fast leer, nur vereinzelt saßen Gäste an den kleinen Tischen und unterhielten sich leise murmelnd. Jade betrachtete fasziniert den Mann im Seidengewand, der heute eine Gesichtsbemalung wie ein Tattoo aufgetragen hatte. Die Wirbel und Bögen zogen sich über seine Wangen und Stirn. Er schien nichts um sich herum wahrzunehmen und warf wie jeden Nachmittag stumm seine Runensteine, die nun laut klackerten.

Orla und Ms Mallows sahen Jade betroffen an, nachdem sie ihnen von Selda Brice' Angriff und ihrem ungeheuerlichen Auftrag erzählt hatte. »Nur sechs Tage?«, riefen sie erschrocken im Chor.

»Ja«, sagte Jade und hob ratlos die Hände. »Und jetzt ist der erste Tag schon bald herum, und ich habe noch nicht einmal den Hauch einer Ahnung von der Gaukelei.«

»Du brauchst Nachhilfe, Kind«, murmelte Ms Mallows. »In Kräuterkunde und Hexentränke kann ich dir alles beibringen. Aber die Wahrsagerei? Die Flüche und Verhexungen? Das habe ich bis heute nicht gelernt.«

»Sehen Sie?«, sagte Jade niedergeschlagen und ließ sich auf einen Hocker fallen. »Und ich habe nur sechs Tage Zeit dafür.«

»Wir brauchen also einen Nachhilfelehrer«, sagte Orla und ging in der kleinen Küche auf und ab. »Wer ist denn ein Minutenerbe, also ein Gaukler, der dir in kürzester Zeit das Wichtigste beibringen könnte?«

»Mr Darwy vielleicht?«, überlegte Ms Mallows. »Obwohl er sicher nicht viel Zeit haben wird. Sophera Fogg wird ihn nicht für Nachhilfe freistellen.«

»Nein, ich weiß, wer!«, rief Orla. »Peter Polkins.«

»Nein, Orla, nein«, protestierte Jade und schüttelte heftig den Kopf. »Nur über meine Leiche.«

»Wenn du auch nur den Hauch einer Chance haben willst, irgendetwas in der Kürze zu lernen, dann musst du da durch«, sagte Orla und lief zur Eingangstür. »Ich gehe ihn gleich mal fragen.«

»Diese Orla«, sagte Ms Mallows schmunzelnd zu Jade. »Aber vermutlich hat sie recht. Peter Polkins ist wohl deine einzige Chance.«

Jade ließ sich auf einen Hocker am Verkaufstisch fallen und sah Orla durchs Schaufenster hinterher. »Woher sie wohl weiß, wo Peter gerade ist?«, überlegte sie und rieb sich über den schmerzenden Arm.

»Ach ja, der Beinwurz!«, rief Ms Mallows und pflückte von einem Kräuterbündel, das über dem Verkaufstisch hing, ein paar Zweige ab. »Ich mache dir einen Aufguss, den kannst du trinken. Das brennt nicht so auf der Haut und hilft von innen. Leiste mir doch Gesellschaft und sieh zu, wie man Beinwurz aufbrüht. Dann kannst du dir den Aufguss nach dem nächsten Unterricht bei Ms Brice selbst aufgießen.«

Jade lachte. »Sie haben genau den gleichen Humor wie Orla, wissen Sie das, Ms Mallows?« Doch irgendwas sagte ihr, dass Ms Mallows das ernst meinte.

Zwanzig Minuten später kam Orla mit Peter Polkins zurück ins Witch Brew, das sich inzwischen gefüllt hatte.

»Ich hörte, hier gibt es einen Notfall«, sagte Peter interessiert und setzte sich neben Jade auf einen Hocker.

»Peter, es ist wirklich sehr freundlich von dir, dass du mir helfen würdest, aber in weniger als einer Woche kannst selbst du mir die Gaukelei nicht beibringen«, sagte Jade.

»Nun?«, sagte Peter Polkins und streckte seinen Rücken durch. »Es geht hier nicht nur um dein Zeugnis oder meine Ehre, es geht hier vor allem darum, sich Selda Brice entgegenzustellen und ihr den Triumph nicht zu gönnen. Wann fangen wir also an?«

»Äh, heute?«, krächzte Jade.

»Ja, je eher, desto besser«, sagte Orla nickend.

Peter Polkins stand auf. »Also, in Hexentränke und Kräuterkunde lässt du dir am besten von Ms Mallows das Wichtigste zeigen, okay?« Er warf einen kurzen Seitenblick zu Ms Mallows.

»Ach, sicher«, sagte Ms Mallows gutmütig. »Wir haben ja gerade schon angefangen, nicht wahr, meine Liebe?«

Peter Polkins nickte. »Es geht sowieso das Gerücht, dass Selda Brice sich selbst nicht gut damit auskennt. Aber dafür ist sie eine verdammt gute Verhexerin, und es soll niemanden geben, der sich jemals getraut hat, sich mit ihr in Verfluchungen zu messen.«

Jade schluckte. »Sie hat heute einen Feuerschwall auf mich geworfen und wollte, dass ich diesen erstarren lasse.«

Peter Polkins grinste. »Standard. Das macht sie immer als Erstes. Fangen wir also mit dem Feuerwerfen an.«

»Was denn? Hier, im Witch Brew?«, rief Ms Mallows, und einige Gäste sahen neugierig auf.

»Bitte, Ms Mallows«, sagte Peter. »Ich kann Jade schlecht mit ins Time House nehmen. Eigentlich darf ich gar keine Nachhilfe geben. Nur mit Zustimmung des jeweiligen Fachlehrers. Jetzt raten Sie mal, was Ms Brice antworten würde.«

Ms Mallows nickte. »In Ordnung. Ich sehe auch überhaupt nichts, was dagegenspricht, dass sich ein paar junge Zeiterben hier nützlich machen«, sagte sie augenzwinkernd. Dann fügte sie leise hinzu: »Allerdings müsst ihr vorsichtig sein und euch nach hinten verdrücken.«

»Vielen Dank, Ms Mallows«, sagte Jade erleichtert. »Das ist vielleicht meine Rettung.«

»Ja, ich kümmere mich dann mal um Beinwurz-Nachschub«, sagte sie und lief in die Küche.

Jade und Orla fielen sich vor Erleichterung um den Hals.

Peter räusperte sich. »Das Feuerwerfen also.«

»Ich bin sehr gespannt!« Orla stellte sich hinter den Verkaufstisch und himmelte Peter mit aufgestützten Armen an.

Peter hielt seine linke Hand genau so zu einer Schale geformt, wie Selda Brice es am Morgen getan hatte. »Der ganze Trick bei der Gaukelei ist deine Vorstellungskraft«, sagte er und bewegte leicht seine Finger. Er murmelte mit geschlossenen Augen »Feuer … Feuer … Feuer«, und auf einmal bildeten sich tatsächlich Flammen in seiner Hand.

»Abgefahren!«, rief Orla.

»Um nun keinen Brand zu verursachen, muss ich meine Gedanken von den Flammen lösen, sobald ich sie wegwerfe«, sagte Peter. Er holte aus, warf den Feuerball, sah Orla augenzwinkernd dabei an, und die Flammen verpufften noch in der Luft.

Nur der Mann im Seidengewand, der noch immer seine Runensteine deutete, sah irritiert auf.

»Verzeihung, Sir«, sagte Peter Polkins. »Ich habe nur etwas demonstriert. Komm, Jade, verziehen wir uns lieber weiter nach hinten, dort sind gerade keine Gäste.«

»Versengt mir nicht die getrockneten Kräuterbündel!«, rief Ms Mallows aus der Küche.

Peter und Orla schoben schnell ein paar Tische und Stühle zur Seite.

Jade hob ihre linke Hand zu einer Schale und konzentrierte ihre Gedanken auf züngelnde Flammen. Peter Polkins richtete ihre Hand aus und schüttelte bedauernd den Kopf. »Nichts«, murmelte er und beugte sich weiter vor. »Nicht einmal eine kleine Rauchwolke. Bist du dir sicher, dass du die Zeitgene der Minute in dir trägst und überhaupt zur Gaukelei fähig bist?«

Jade sah ihn verblüfft an. »Master Gridlock und Dr. Smith behaupten das jedenfalls.«

»Gut, dann werden wir weiterüben. Wäre doch gelacht, wenn du nicht mal ein kleines Flämmchen hervorrufen könntest!«, sagte Peter. »Das kam ja noch nie vor.«

»Doch«, sagte Jade und sah Orla grinsend an. »Mat hat das mit dem Feuerwerfen auch nie hinbekommen. Erinnerst du dich?«

»Oh ja«, sagte Orla kichernd. »Aber später bei Selda Brice hat es dann ja doch geklappt, und er hat gleich mal ihre Prognosemotte verkohlt.«

»So also sprecht ihr über mich, wenn ich nicht da bin!«, sagte jemand hinter ihnen, und Jades Herz machte einen Sprung. Sie wirbelte herum.

»Du?«, rief sie ungläubig. Es war Mat, der grinsend in der Tür stand. Er sah erholt aus, seine lange Krankheit sah man ihm nicht mehr an. Jade flog ihm entgegen und umarmte ihn stürmisch. »Hab ich dich vermisst!«, rief sie. Dann ließ sie Mat abrupt los, denn hinter ihm stand sein Vater. »Mr Henders? Wo kommen Sie beide denn so plötzlich her?«

»Hat Mr Darwy dir meinen Brief nicht gegeben?«, fragte Mat irritiert und strich sich das Haar aus der Stirn. »Ich hatte dir doch geschrieben, dass wir Anfang September herkommen, weil wir das Witch Brew renovieren wollen.«

»Sicher, den Brief habe ich bekommen. Ich habe es nur noch nicht geschafft, dir zu antworten.«

»Das Witch Brew renovieren?«, rief Ms Mallows hinter ihm. »Wehe, ihr macht einen so neumodernen Laden daraus, dann kündige ich aber!«

Mr Henders drehte sich zu Ms Mallows herum und legte ihr besänftigend seine Hände auf ihre Schultern. »Seien Sie ganz unbesorgt, Ms Mallows. Wir werden Sie bei jeder Veränderung um Ihre Zustimmung und Ihren Rat fragen.«

»Von mir aus«, murmelte Ms Mallows und zuckte mit den Schultern. »Pfffh, Renovierung. Wozu denn überhaupt. Hier ist doch alles tipptopp und gemütlich noch dazu.«

Während Peter Polkins und Orla Mat und seinen Vater begrüßten, sah Jade nach hinten in die Küche. Sie ließ ihren Blick an den verkohlten Wänden hinauf zur verrußten Zimmerdecke wandern und schmunzelte.

»Nun kommt schon«, sagte Ms Mallows. Sie ging zurück in den Verkaufsraum und schob kurzerhand zwei Tische zusammen.

»Ihr müsst hungrig sein. Ich habe auch einen wirklich guten Ingwer-Eistee.«

»Ihr übt gerade das Feuerwerfen?«, fragte Mat Peter Polkins interessiert, als sie sich an die Tische setzten.

»Ja, ich versuche es ihr beizubringen«, sagte Peter, verschränkte die Arme vor der Brust und lehnte sich stöhnend zu Mat hinüber. »Aber Jade scheint kein besonders ausgeprägtes Talent in der Gaukelei zu haben. Sie kriegt noch nicht einmal eine winzige Flamme heraufbeschworen.«

»Da hörst du es«, beschwerte Jade sich bei Mat. »Ich bin hoffnungslos unbegabt, und Peter Polkins wird gerade zur zweiten Selda Brice.«

Mat und Mr Henders lachten.

»Das Geheimnis der Gaukelei …«, sagte Mr Henders und setzte sich neben Jade. »Man muss es im Grunde nur einmal geschafft haben. Ich sage dir, Jade, wenn du einmal weißt, wie du eine Feuerkugel heraufbeschwören kannst, wenn du es gespürt hast, dann kannst du es immer. Und besonders hilfreich bei der Beschwörung sind starke Gefühle, besonders die Wut.«

»Wut?«, fragte Orla, die Gläser auf die Tische abstellte. »Wieso hilft Wut bei der Gaukelei?«

»Also darauf hätte ich aber wirklich selbst kommen müssen«, sagte Peter Polkins und schlug sich vor die Stirn. »Bei mir war es damals auch so. Ms Brice stand vor mir, und weil ich in der ersten Stunde gleich sämtliche Kräuter auswendig benennen konnte, warf sie einen Feuerball auf mich. Er hat mich übrigens ebenfalls am Arm getroffen, und es tat höllisch weh. So weh, dass ich es ihr heimzahlen wollte. Also habe ich ein Feuer heraufbeschworen, das niemand in dieser Größe je gesehen hatte, und auf sie geworfen. Leider wusste ich damals aber nicht, dass ich es in meinen

Gedanken loslassen muss, und hab Ms Brice' Richtertalar und den Stapel Hausaufgaben versengt.«

Sie sahen Peter Polkins für einen Moment sprachlos an, dann lachten sie so laut los, dass alle Gäste im Witch Brew verwundert aufsahen.

»Also, Peter!«, rief Orla nach Luft japsend. »Ich hätte nie gedacht, dass du auch mal versagt hast.«

»Orla!«, schimpfte Peter Polkins entrüstet.

Jade lachte in ihr Glas Ingwer-Eistee, genauso wie Mat und sein Vater. »Schade, dass *du* mir nicht helfen kannst«, flüsterte sie Mat zu, und hätte ihre Worte am liebsten gleich wieder zurückgenommen.

Mat sah sie gekränkt an. »Was glaubst du eigentlich, wie es mir geht? Hast du dich das auch nur einmal gefragt?« Dann stand er auf und meinte: »Ich bin total müde von der langen Fahrt. Ich trage unser Gepäck rauf in die Wohnung, okay, Dad?«

»Mat!«, rief Jade und sprang auf. »Das habe ich doch gar nicht so gemeint.«

Mr Henders sah verwundert zwischen Jade und Mat hin und her und nickte dann. »Klar. Ich komme bald nach, und morgen fangen wir dann mit der Arbeit hier an.«

Mat nickte den anderen am Tisch kurz zu und ging dann durchs Witch Brew zur Garderobe neben der Eingangstür. Er schnappte sich die beiden Koffer und lief nach hinten zu einer Tür, die ins Treppenhaus führte.

»Mat!«, rief Jade ihm nach. »Es tut mir leid.«

»Ist nicht einfach für ihn, die Situation«, sagte Mr Henders. Er trank seinen Eistee aus und stand auf. Dann lächelte er Jade aufmunternd an. »Aber du kennst ihn ja. Er lässt sich nicht unterkriegen.«

Noch eine ganze Stunde hatten Jade und Peter Polkins weitertrainiert. Die ganze Zeit hatte Jade dabei die Tür zum Treppenhaus nicht aus den Augen gelassen in der Hoffnung, dass Mat noch einmal zurückkommen würde. Doch er kam nicht.

Als Ms Mallows die ersten Stühle umdrehte und auf die Tische legte, verließen Jade, Orla und Peter Polkins das Witch Brew. Sie waren noch nicht weit über den Clockmakers Market gelaufen, da kamen ihnen Henry und Lucy entgegen. Lucy war noch sehr blass, soweit Jade das im fahlen Licht der Straßenlaternen erkennen konnte. Henry wich ihr nicht von der Seite.

»Hallo!«, rief Jade und machte ein paar Schritte auf Henry und Lucy zu, doch die beiden liefen grußlos weiter.

»Was ist denn mit Henry los?«, wisperte Orla, als sie den beiden Geschwistern nachsahen. Henry und Lucy verließen den Clockmakers Market und bogen ab in die schmale Gasse zwischen Witch Brew und Linnaker & Sons. Augenblicke später waren sie von der Dunkelheit verschluckt.

»Seltsam«, murmelte Peter Polkins und rieb sich das Kinn. Dann blieb sein Blick an der großen Uhr am Eingang des Clockmakers Market hängen. »Ich schlage vor, dass wir uns morgen Abend nach Schulschluss treffen. Am besten wieder im Witch Brew.«

»Ja, das halte ich für das Beste«, sagte Jade. »Auch im Black Swan kriegen es sonst noch andere Novizen mit.«

»Abgemacht! Und, Jade? Ich empfehle dir die Seiten 180 bis 320 in *Grundlagen der Gaukelei* als Nachtlektüre.« Er nickte ihnen kurz zu, dann verschwand auch er in einer schmalen Gasse, die vom Clockmakers Market abging.

»Also, das verstehe einer«, sagte Orla kopfschüttelnd. »Der hat doch nicht mehr alle Geister beisammen.«

»Klar, 140 Seiten bis morgen zu studieren wird hart, aber ...«

»Unsinn. Ich meine doch nicht Peter. Ich spreche von Henry«, sagte Orla und sah Jade beschwörend an, während sie den Clockmakers Market überquerten und auf den Black Swan zusteuerten. »Findest du sein Verhalten nicht sonderbar? Mal küsst er dich oder zieht dich so heftig in seine Arme, dass man glaubt, ihr seid ein Paar, und dann wiederum ignoriert er dich, sieht durch dich hindurch, als wärst du nichts weiter als ein Geist.«

»Ich muss mich doch wirklich über Sie beschweren«, raunte es aus der tiefschwarzen Schwanengaleone über der Eingangstür des Black Swan.

»Ach, Verzeihung«, sagte Orla hastig. »Ich spielte wirklich nur auf Ihre Durchsichtigkeit an.«

»Entschuldigung angenommen«, sagte die Galeone. »Aber seid zukünftig nicht so respektlos. Ohne uns Schutzgeister sähen hier alle nämlich ganz schön alt aus.«

»Wer hier wohl alt aussieht«, murmelte Orla und stieg die Stufen zum Black Swan hinauf.

»Was war das?«, empörte sich die Galeone.

»Meine Freundin lobte Ihre Erfahrungen, Sir«, sagte Jade und hastete lachend hinter Orla her in den Black Swan.

Die nächsten Abende verbrachten Jade und Orla im Witch Brew. Peter Polkins feierte sich bei jedem Fortschritt Jades selbst. Am zweiten Abend kam dann auch endlich Mat wieder dazu. Zwei Tage lang hatte Jade ihn nicht gesehen.

Gerade als ihr ein winzig kleiner Feuerball gelungen war, öffnete sich die Treppenhaustür zum Ladenraum. Jade wirbelte herum. »Mat!«, rief sie erleichtert. Der Feuerball löste sich aus ihrer Hand und schoss genau auf Mat zu, der sich gerade noch rechtzeitig ducken konnte. Die Feuerkugel klatschte knapp über Mats Kopf an die Tür zum Treppenhaus und verpuffte.

Jade hatte erschrocken der Feuerkugel hinterhergesehen. Jetzt aber stürmte sie auf Mat zu und fiel ihm um den Hals. »Bin ich froh, dich zu sehen.«

»Ja, ich auch«, sagte Mat und sah Jade grinsend an. Dann deutete er hinter sich, auf den großen, schwarzen Rußfleck an der Tür. »Aber deshalb musst du ja nicht gleich das ganze Witch Brew abfackeln.«

Jade lachte. Eine riesige Sorge war gerade von ihr abgefallen. »Gut, dass ihr sowieso renovieren wollt, was?«

Am dritten Abend gelang Jade ein ansehnlicher Feuerball. Sie war so aufgeregt, dass sie vergaß, sich gedanklich von den Flammen zu lösen, während sie den Feuerschwall Richtung Fenster warf. Innerhalb weniger Sekunden gingen die Vorhänge in Flammen auf, und Mr Henders musste mit dem Feuerlöscher ein Übergreifen der Flammen verhindern. »Kein Problem!«, rief er, nachdem das Feuer im Keim erstickt war. »Dann gibt es jetzt auch endlich neue Vorhänge.«

Ms Mallows war noch ganz blass, als sie wieder, wie an jedem Abend, die zwei Tische zusammenschob und einen Linsen-Pie auf den Tisch stellte. »Wir werden übrigens beobachtet. Ich habe heute einen merkwürdigen Mann auf dem Clockmakers Market gesehen«, sagte sie, während sie den Pie in Stücke schnitt und auf Teller verteilte. »Er sah sehr ungepflegt aus und er ist mir nur deshalb aufgefallen, weil er dort drüben unter der Straßenlaterne stand und immerzu hier ins Witch Brew hineinsah.«

»Haben Sie einen Verehrer, Ms Mallows?«, fragte Orla und sah Ms Mallows augenzwinkernd an.

»Ach was, so düster, wie der aussicht, hat der eher einen Mord geplant«, schimpfte Ms Mallows.

Jade und Orla warfen sich amüsierte Blicke zu, als Ms Mallows die leere Backform in die Küche trug.

»Ich habe ihn auch gesehen«, sagte Mat und sah ernst in die Runde. »Der Typ ist echt eine gruselige Gestalt, Ms Mallows übertreibt nicht. Ich habe ja heute Nachmittag mit Dad zusammen die Fensterrahmen draußen abgeschliffen, und der Typ hat die ganze Zeit zu uns rübergestarrt.«

»Ist mir gar nicht aufgefallen«, sagte Mr Henders kauend.

»Was glaubst du, was er von euch will?«, fragte Jade, die Mat gegenübersaß.

»Von uns?«, fragte Ms Mallows erschrocken, die sich gerade wieder an den Tisch setzte.

»Das ist bestimmt ganz harmlos«, sagte Orla und deutete mit ihrer Gabel auf die Verkaufsregale. »Vielleicht hat er einen fiesen Ausschlag, braucht dringend Calendula gegen die Eiterpusteln und traut sich nicht rein.«

»Orla!«, sagte Peter mit angewiderter Miene und schob seinen Teller von sich, als wäre ihm nun der Appetit vergangen.

»Ich glaube auch, dass ihr Gespenster seht«, sagte Jade. »Chronos wird seine Anhänger jedenfalls nicht mitten auf dem Clockmakers Market positionieren.«

»Und wenn doch?«, fragte Mat. »Wie war es denn mit Lady Mortimer?«

»Das stimmt«, sagte Peter Polkins und verschränkte seine Arme. »Und denkt nur an den Schattenhundüberfall auf Mr Linnaker.«

»Wie geht es ihm überhaupt?«, fragte Ms Mallows in die Runde. »Hat man da schon etwas gehört?«

Jade schüttelte den Kopf. »Nein. Aber ich könnte Henry fragen, der macht ja jetzt eine Ausbildung bei Mr Linnaker.«

»Ph«, machte Mat und zog die Augenbrauen hoch. »Als wenn das bedeutet, dass er über Mr Linnakers Zustand informiert ist.«

»Weiß man schon, warum Mr Linnaker überfallen wurde?«, wandte sich Mr Henders an Peter Polkins.

»Ja, man hat einen Verdacht«, sagte Peter und warf Jade einen warnenden Blick zu. »Aber ich bin nicht befugt, darüber zu sprechen.«

»Was der Schattenhund wohl ausgerechnet in Mr Linnakers Uhrenarchiv gesucht hat?«, überlegte Ms Mallows. »Und wie ist er da überhaupt reingekommen, habt ihr euch das nicht auch schon gefragt?«

»Es gibt ja nur zwei Möglichkeiten«, sagte Orla. »Entweder er kam direkt aus der Schattenkluft und hat einen unterirdischen Zugang zum Archiv genutzt. Vielleicht sogar rein zufällig. Oder –«

»Oder er kam in Form eines Totengängers und hat im Uhrenarchiv etwas ganz Bestimmtes gesucht«, sagte Jade. Wie oft hatte sie mit Orla über den Überfall auf Mr Linnaker schon gerätselt!

»Ja, aber was denn?«, rief Ms Mallows verwundert.

»Einen Hinweis auf die verschollenen Uhrzeiger vielleicht«, sagte Jade.

»Oder alles war noch ganz anders«, sagte Peter Polkins. »Apropos Uhrzeiger. Wisst ihr, dass ich in den letzten Sommerferien Master Gridlock zur Totenstadt unter Edinburgh begleitet habe, weil es einen Hinweis auf einen Uhrzeiger dort gab?«

»Wirklich?«, rief Orla und sah Peter beeindruckt an. »Davon hast du uns ja noch gar nichts erzählt.«

»Nun?«, sagte Peter und lehnte sich zurück. »Man geht ja auch nicht mit seinen Heldentaten hausieren.«

»Ja, davon habe ich gehört«, sagte Mr Henders. »Allerdings hat mir Master Gridlock erzählt, dass ihr euch in der unterirdischen Stadt verirrt habt und erst nach Stunden von einem Fremdenführer durch Zufall gefunden und gerettet worden seid.«

»Äh, ja. Es handelte sich tatsächlich um eine falsche Fährte«, gab Peter Polkins zerknirscht zu und strahlte im nächsten Moment Ms Mallows an. »Also, Ms Mallows, dieser Linsen-Pie ist einfach himmlisch.«

Jade und Mat grinsten sich über den Tisch hinweg an.

Orla sah Peter fragend an. »Hast du schon etwas zu Mr Linnaker in Erfahrung bringen können, Peter? Du sitzt doch jetzt an der Quelle!«

»Meine liebe Orla«, sagte Peter und legte sein Besteck auf den Teller. »Du willst doch damit wohl nicht andeuten, dass ich meine neue Position als Lehrkraft an der Academy für Spitzeleien ausnutzen würde, um mich dann mit dem Wissen wichtigzumachen?«

»Niemand würde so etwas von dir denken, mein lieber Peter«, sagte Orla in exakt der gleichen Tonlage und sah Peter unschuldig an.

Jade beugte sich tief über ihren Teller und grinste. Es war wirklich nicht zu übersehen, wie verknallt Orla und Peter waren. Nur wussten das anscheinend alle außer den beiden selbst.

»Ich kann euch nur so viel sagen«, sagte Peter leise. »Mr Linnaker wird wieder vollständig gesund werden und schon bald wieder in seinem Uhrenladen anzutreffen sein.«

»Aber warum ist er überfallen worden?«, fragte Mat ebenso leise. »Denkt ihr, dass es etwas mit einem der Uhrzeiger zu tun hat?«

Jade hörte in Mats Stimme Hoffnung und Verzweiflung

zugleich. Sie legte ihr Hand auf seine und flüsterte: »Ja, das glaube ich. Irgendwas muss es mit den Uhrzeigern zu tun haben. Wir werden sie finden. Früher oder später.«

»Hoffentlich früher«, murmelte Mat und lächelte in die Runde.

»Selbstverständlich früher«, sagte Peter und beugte sich weit über den Tisch. »Früher als Chronos und seine verfluchte Bande auf jeden Fall.«

»Mit *Bande* meinst du die Time Knights?«, fragte Orla.

»Pssst«, raunte Peter. »Es muss ja nicht jeder hier hören, dass es Gerüchte im Time Court gibt, dass sich die Time Knights wieder versammelt haben sollen.«

Sie sahen sich alle bedrückt an.

»Und?«, fragte Jade. »Weiß man denn im Time Court, wer zu den Time Knights gehört?«

Peter Polkins schüttelte den Kopf. »Wenn man das wüsste, liebe Jade Ryder, dann würde man sie alle miteinander auf die Nessby verfrachten.«

Henrys Geheimnisse

»Jade«, flüsterte jemand ganz nah an ihrem Ohr.

Jade öffnete kurz die Augen. Harper saß neben ihr auf dem Kopfkissen. »Ich muss dir was sagen, wach doch auf.«

»Lass mich schlafen, Harper«, murmelte Jade. »Es ist Samstag, ich habe heute frei.«

»Es ist aber wichtig!«, jaulte das Geistermädchen und legte ihr die eiskalte Geisterhand auf die Wange.

»*Uah!*«, rief Jade und schüttelte sich. Sie richtete sich auf und rieb sich den Schlaf aus den Augen. Es war noch dunkel draußen, das Licht der Straßenlaternen warf nur ein schwaches Licht durch die Spalten der Vorhänge. »Was ist denn los, Harper?«

»Es geht um Lucy Ballantyne«, sagte Harper und legte einen ihrer silbrig schimmernden Finger an die Lippen. »Ich habe sie erwischt.« Harper riss ihre Augen weit auf.

»Erwischt?«, fragte Jade lächelnd. »Was hat sie getan? Ist sie heute Nacht in Betsys Vorratskammer eingedrungen?«

Harper schüttelte heftig den Kopf. »Sie hat die Pension verlassen. Mitten. In. Der. Nacht.«

»In der Nacht?«, fragte Jade. »Du meinst, nach halb elf?«

»Es war sogar halb drei«, hauchte Harper.

»Wohin ist sie gegangen?« Jade setzte sich auf die Bettkante.

»Jetzt werde mal nicht witzig«, sagte Harper schimpfend, erhob sich und baute sich vor Jade auf, die Hände in die Hüften gestützt. »Soll ich ihr etwa folgen? Mitten in der Nacht?«

»Und wenn sie schlafwandelt?«, überlegte Jade. »Wer weiß, oder?«

»An die Möglichkeit habe ich nicht gedacht«, sagte Harper geknickt. »Sie sah so wach aus.«

Jade sprang mit einem Satz aus dem Bett und lief zur Wand mit dem Rohrpostschacht. Sie nahm eine leere Metallkugel und öffnete die Klappe zum Schacht.

»Was tust du denn da?«, rief Harper erschrocken.

»Ich löse den Alarm aus«, sagte Jade, schloss die Klappe und wollte gerade die 001 in die Tastatur auf der Metallklappe eintippen.

»Nicht!«, rief Harper dazwischen. Ihre Geisterhände flatterten dabei wie kleine Vögel. »Sie ist doch schon längst wieder zurück. Und verpetzen wollen wir sie doch nicht.«

»Sie ist zurückgekommen?«, fragte Jade verblüfft. »Ja, aber wo war sie denn? War Henry vielleicht bei ihr?«

»Nein, niemand. Sie ist aus dem Black Swan raus, quer über den Clockmakers Market und dort drüben in die kleine Gasse hinein«, sagte Harper und deutete mit ihrem Geisterarm zum Fenster hinaus auf die Gasse zwischen dem Witch Brew und Linnaker & Sons.

»Das wird ja immer sonderbarer«, flüsterte Jade und nahm die leere Metallkugel schnell wieder aus dem Rohrpostschacht.

»Vielleicht hat Miss Lucy sich ja mit jemandem da drüben getroffen?«, überlegte Harper.

»Vielleicht. Aber mitten in der Nacht? Und bei strengster Ausgangssperre?«, fragte Jade. »Wer so viel aufs Spiel setzt, der muss einen verdammt guten Grund haben.«

»Fragen wir doch Henry«, schlug Harper vor.

Jade nickte. »Gute Idee, Harper. Nur für den Fall, dass sie wirklich schlafwandelt, sollte wenigstens Henry Bescheid wissen.«

Jade wartete bis kurz vor neun, dann verließ sie ihr Zimmer. Um halb zehn erwartete Ms Mallows sie zur Nachhilfe in Kräuterkunde und Heiltränkebrauerei im Witch Brew. Sie hatte also noch etwas Zeit. Doch sie ging nicht zum Frühstück in den Speisesaal, sondern trat hinaus auf den Clockmakers Market. Der Herbst hatte nun endgültig London erreicht, es war kühler und vor allem regnerischer geworden. Jade schlug den Kragen ihrer Jacke hoch und lief eilig über den Pflasterplatz.

Bei Linnaker & Sons stand die Ladentür weit offen, und Henry trug gerade ein Schild nach draußen.

»Hallo, Henry«, sagte Jade und versuchte, sich ihre Nervosität nicht anmerken zu lassen.

»Ah, Jade«, sagte er knapp, als er sie entdeckte, und ging dann zurück in den Laden.

Jade trat hinter ihm in den Uhrenladen und schloss die Ladentür, woraufhin Henry sich erstaunt herumdrehte. »Du willst zu mir?«

»Eigentlich möchte ich zu Mr Linnaker«, sagte Jade und zog ihre Taschenuhr hervor. »Meine Uhrenkette ist zerrissen. Aber ich weiß natürlich, dass Mr Linnaker noch in der Krankenstation ist.«

»Ist er nicht«, sagte Henry und deutete zur Zimmerdecke. »Er wurde entlassen und ist oben in seiner Wohnung. Er trägt noch die Augenbinden, daher kann er noch nicht arbeiten. Ich nehme die Reparaturen so lange an, sehe, was ich sofort erledigen kann. Also, wenn du willst, sehe ich mir deine Uhrenkette mal an.«

Jade zeigte ihm die Kette, und Henry nahm sie behutsam in die Hand.

Jade sah Henry fragend an. »Du hast ja gerade erst mit der Ausbildung angefangen. Ich kann wirklich auf Mr Linnaker warten …«

Henry ließ die Kette los und sah Jade schulterzuckend an. »Wie du willst.«

»Okay, dann«, sagte Jade und drehte sich zur Tür herum. Verdammt, dachte sie. Henry machte es ihr aber auch wirklich schwer. Wie sollte sie ihm denn etwas so Ernstes sagen, wenn er so abweisend war? »Deine Schwester …«

»Lucy?« Henry horchte auf. »Es geht ihr besser. Sie fällt auch kaum noch in Ohnmacht.«

»Sehr gut! Aber das meine ich nicht.« Jade drehte sich mit klopfendem Herzen zu Henry herum. »Ist es möglich, dass sie vielleicht …«

»Dass sie was?«, fragte Henry und kniff seine Augen halb zusammen.

»Dass sie … schlafwandelt?«, flüsterte Jade und hielt die Luft an. Henry sah sie so unergründlich an.

»Schlafwandeln? Lucy?«, fragte er überrascht. »Wie kommst du denn darauf?«

»Henry«, sagte Jade. »Ich mache mir wirklich nur Sorgen um deine Schwester, okay? Sie hat in der vergangenen Nacht um halb drei den Black Swan verlassen und ist hier vorne in eine Gasse eingebogen.«

Henry sah Jade stumm an.

»Und da dachte ich, weil das Verlassen des Black Swan in der Nacht ja streng verboten ist, dass sie vielleicht geschlafwandelt ist und das gar nicht mitbekommen hat. Ich wollte sie nicht verpetzen, aber *du* solltest vielleicht ein Auge auf sie haben. Schlafwandeln ist ja nicht ungefährlich.« Jade fühlte sich plötzlich unsicher. Wieso nur machte Henry es ihr so schwer, mit ihm zu reden?

Henry machte ein paar Schritte auf sie zu. Dann hob er ihr Kinn sanft mit den Fingern seiner rechten Hand an, sodass sie ihm in die Augen sehen musste. »Danke!«, flüsterte er und beugte sich langsam vor.

In Jades Kopf war Chaos. Wollte er sie jetzt etwa küssen? Nachdem er sich gerade noch so abweisend verhalten hatte?

»Bitte behalte Lucys Problem für dich, ja?«, murmelte Henry nah vor ihrem Gesicht.

Jade sah ihm tief in die Augen. »Das hatte ich vor. Deshalb bin ich zu dir gekommen.«

Ein lautes Klopfen ließ sie beide auseinanderfahren. Vor dem Laden stand Mat und sah sie durch das Schaufenster an.

»Seit wann ist Mat wieder hier?«, fragte Henry und wich von Jade zurück.

»Seit drei Tagen«, sagte Jade und ließ ihre Uhr in die Hosentasche sinken. »Habt ihr euch noch nicht getroffen?«

»Nein«, murmelte Henry und sah Jade vorwurfsvoll an. »Warum hast du es mir nicht erzählt?«

»Wann denn?«, zischte Jade. »Du hast ja keine Zeit mehr für irgendwen, seitdem deine Schwester hier ist.«

Die Ladentür flog auf, und Mat kam herein. »Störe ich?«, fragte er, die Hände in den Hosentaschen und den finsteren Blick auf Henry gerichtet.

»Unsinn«, sagte Jade. Sie strich sich umständlich eine Locke aus der Stirn und starrte dabei auf die Taschenuhr in ihrer Hand.

»Hey, Mat«, sagte Henry und nickte ihm zu. »Gut, dich wiederzusehen. Wie lange bleibst du?«

»Vielleicht noch zwei Wochen«, sagte Mat, der immer noch düster dreinblickte.

Henry nickte und lächelte dann Jade an. »Wir sehen uns. Und überleg es dir mit deiner Uhr.«

»Danke, Henry«, sagte Jade und schob sich an Mat vorbei nach draußen. Gerade als sie durch die Ladentür trat, hörte sie, wie Mat zu Henry sagte: »Vielleicht bleibe ich aber auch für immer.«

Mat verließ den Laden und ließ die Tür hinter sich zuknallen.

»Für immer?«, fragte Jade aufgeregt.

»Warum nicht?«, fragte Mat schulterzuckend. »Aber eigentlich habe ich es nur gesagt, damit Henry aufhört zu grinsen. Der hat sich wohl eingebildet, dass ich dich ihm schutzlos überlasse.« Er lief quer über den Pflasterplatz Richtung Witch Brew.

Jade blieb völlig perplex vor Linnaker & Sons stehen und sah ihm hinterher. Dann warf sie den Kopf in den Nacken und lachte laut. »Nun warte doch auf mich!«, rief sie und eilte hinter ihm her.

»Behaupte nicht, ich hätte dich nicht vor Henry gewarnt«, sagte Mat, als Jade ihn eingeholt hatte. Er musterte sie aus seinen blauen Augen. »Hat er dir gedroht?«

»Gedroht?«, fragte Jade überrascht.

»Du merkst es nicht!«, fauchte Mat.

Jade erschrak. So zornig hatte sie ihn noch nicht oft erlebt.

»Ich habe genau gesehen, wie er dich angeschaut hat, okay?«, sagte Mat, als sie vor den Stufen zum Witch Brew ankamen.

»Du täuscht dich in ihm«, flüsterte Jade.

»Ach ja?«, sagte Mat wütend und schubste die Tür zum Witch Brew weit auf.

»Hallo, Mat!«, hörte Jade Ms Mallows rufen, als sie hinter ihm das Witch Brew betrat. Doch Mat lief stur an ihr vorbei.

»Was ist denn mit dem los?«, rief Ms Mallows aus der Küche und winkte Jade zur Begrüßung zu. »Guten Morgen, Jade! Ich habe mich schon gefragt, wann du herkommst, damit ich dir das Nötigste über die Kräuterkunde und Hexentränke beibringen kann.«

»Ms Mallows, ich …«, begann Jade und stockte, denn Mat verschwand wortlos im Treppenhaus.

»Mat!«, rief Jade ihm hinterher. »Ich kapier's nicht!«

Die Tür fiel hinter ihm ins Schloss. Mat kam nicht zurück.

Jade ging in die Küche zu Ms Mallows und lehnte sich seufzend an die Spüle.

»Um ehrlich zu sein, habe ich mich auch schon gefragt, wie lange Mat seinen Jammer noch unterdrücken kann«, sagte Ms Mallows. »Schon erstaunlich, wie entspannt er seine Situation bislang hingenommen hat.«

Jade nickte. »Ich weiß! Aber ich bin doch für seinen Zustand nicht verantwortlich.«

Ms Mallows lächelte. »Das stimmt. Du bist aber verantwortlich für deine Prüfung, und wir haben nur noch ein Wochenende Zeit, dir das Wichtigste in Gaukelei beizubringen. Wir sollten daher jetzt beginnen.«

Jade versuchte, die Gedanken an Mat wegzuschieben. Sie nickte und ging hinüber zur Anrichte, wo Ms Mallows mehrere Bücher bereitgelegt und aufgeschlagen hatte. »Ja, das sind die Grundrezepte sozusagen. Wenn du die Mischungen einmal draufhast, kannst du fast alles brauen.«

»Alles? Auch Hexentränke?«, fragte Jade und überflog die Rezepte für Kräuter- und Heilsäfte aus Gewürzen und Kräutern, von denen sie noch nie gehört hatte.

»Alles«, sagte Ms Mallows und blätterte weiter. Plötzlich sah sie Jade über den Rand ihrer Brille hinweg streng an. »Es sei denn, du meinst damit ein Gebräu, das nicht zur Heilung, sondern zur Verhexung hergestellt wird.«

»Ach, so was lernen wir nicht?«, fragte Jade enttäuscht.

Ms Mallows schüttelte den Kopf. »*Solche* Arten von Hexentränken sind in der Zeiterbengesellschaft streng verboten. Allein ihr Besitz wird mit einer Gefängnisstrafe auf der Nessby bestraft und mit der sofortigen Verbannung von der Gesellschaft natürlich.«

»Aber warum?«, fragte Jade und blätterte in den Büchern.

»Weil wir uns nicht gegenseitig mit unseren besonderen Gaben bekämpfen sollen«, sagte Ms Mallows. »Unsere Aufgabe ist es, den Nullmeridian zu bewachen und die Menschen bei Zeitstillständen zu beschützen, indem wir die Dämonen oder Schattenhunde zurückdrängen oder bestenfalls auslöschen, weil diese sich ja nun mal von Lebenszeit ernähren.«

»Und warum probt Ms Brice dann das Feuerwerfen und die Erstarrungsflüche mit uns?«, fragte Jade. »Das ist ja auch nicht heilsam, oder?«

Ms Mallows lächelte. »Ich sehe, du hast schon das Wichtigste verstanden. Das Feuerwerfen und das Verfluchen, also zum Beispiel das Erstarrenlassen, helfen uns direkt bei der Abwehr von Dämonenwesen. Die Heiltränke dagegen brauchen wir erst, wenn wir von diesen Dämonen angegriffen wurden.«

»Ich verstehe«, sagte Jade und blickte nachdenklich auf das Buch vor sich, denn die letzten vielleicht dreißig Seiten waren geschwärzt. »Was haben diese Schwärzungen zu bedeuten?«

»Da standen früher mal die Rezepte für die Verfluchungstränke oder Verhexungsbrauereien. Es ist streng verboten, Ausgaben dieser Bücher zu besitzen, in denen man die verbotenen Rezepte noch lesen kann.«

»Von mir aus«, sagte Jade. »Je weniger Rezepte ich lernen muss, desto besser.«

»Oh!« Ms Mallows lachte. »Im zweiten Ausbildungsjahr wirst du in Historie der Zeiterbengesellschaft von jedem Fall hören, in dem diese schwarze Magie eingesetzt wurde. Und ich verspreche dir, du wirst dir wünschen, es wären nur dreißig Rezepte.«

»Schwarze Magie?«, fragte Jade verwundert. »Das gibt es doch nur in Märchen und so.«

»Von wegen«, sagte Ms Mallows. »Als Schwarzmagie wird jeder Einsatz von übernatürlichen Fähigkeiten bezeichnet, der für egoistische oder böse Zwecke missbraucht wurde. Und leider gibt es davon viel mehr, als du dir vorstellen kannst.«

»Was passiert denn mit einem Zeiterben, wenn er schwarze Magie angewendet hat?«, fragte Jade interessiert.

»Man wird je nach Schwere des Falls entweder verwarnt, von der Zeiterbengesellschaft ausgeschlossen oder gar zu einer Gefängnisstrafe auf der Nessby verurteilt.« Ms Mallows lächelte. »An einen Fall kann ich mich erinnern, da gab es tatsächlich einen Freispruch. Aber da ging es auch nur um den Einsatz eines Liebestranks.«

Jade sah Ms Mallows schmunzelnd an. Da fiel ihr Blick durch das Küchenfenster, von dem man nach hinten hinaus in die kleine Gasse zwischen dem Witch Brew und Linnaker & Sons sehen konnte. Und durch diese Gasse schlich gerade Henry, der kurz stehen blieb, sich umsah und dann weiterging.

»Ich bin sofort zurück, Ms Mallows!«, rief Jade, sprang auf und stürzte zur Eingangstür. Die Ladentür fiel hinter ihr ins Schloss, und sie sah sich kurz auf dem Clockmakers Market um. Irgendwas war komisch mit Henry, und sie musste endlich herausfinden, was er immer so heimlich in dieser Gasse trieb. Sie ging ein paar Schritte am Witch Brew entlang und verharrte. Was, wenn Henry sich in der Gasse mit Lavena traf? Das Blut rauschte laut in ihren Ohren. Sie umrundete das Witch Brew und bog vorsichtig in die kleine Gasse ab.

Niemand war in der Häuserschlucht zu sehen, und so schlich Jade leise weiter. Immer wieder drückte sie sich in eine dunkle Nische, um zu lauschen. Sie wusste, dass Henry hier irgendwo sein musste, und sie wollte nicht noch einmal so überrascht werden wie damals von Lavena Parker und dem Schattenhund.

Immer weiter drang sie in die finstere Gasse ein. Die Häuser standen hier so nah aneinander, dass man das Gefühl hatte, ihre Giebel würden sich oben berühren. In manchen Häusern konnte Jade hinter zugeklebten Fenstern und Türen Licht brennen sehen.

Plötzlich hörte sie Stimmen. Als sie sich im nächsten Hauseingang verstecken wollte, bemerkte sie beinahe zu spät, dass die Tür nur angelehnt war. Fast wäre sie rückwärts durch die Tür gefallen.

»Wer schickt dich?«, hörte Jade eine krächzende Frauenstimme von drinnen. Ein ekelhafter Geruch, wie ein Gemisch aus faulen Rüben, Rauch und frischem Blut, kroch durch den Türspalt.

»Das darf ich nicht sagen.« Das war Henrys Stimme.

Jades Herz klopfte schneller. Was machte Henry hier in dieser düsteren Gegend?

»Dann kann ich dir nicht helfen«, sagte die Frau.

Jade beugte sich weiter vor, um durch den Türschlitz etwas sehen zu können. Henry stand mit dem Rücken zu ihr vor einem Verkaufstisch. Die Frau war nicht zu sehen. Der Raum, in dem er stand, war finster und musste ein ehemaliger Ladenraum sein.

Überall standen kleine zugestaubte Flaschen in Regalen, die von Spinnenweben zugehangen waren.

»Ich soll Ihnen das hier zeigen, dann wüssten Sie Bescheid.« Henry legte irgendwas leise klappernd vor sich auf den Tisch.

Die Frau gab einen kurzen Pfiff von sich. »Da sieh mal einer an!«

»Ich vermute, dass Sie mir nun helfen«, sagte Henry und steckte das soeben Vorgezeigte in seine Jackentasche. »Was benötigen Sie für den Trank?«

»Einen Finger- oder Zehennagel, ein kleines Stück der Kleidung und drei Tropfen Blut der Person«, krächzte die Frau heiser.

»Das war's?«, fragte Henry.

»Den Rest habe ich hier.«

»Dann warten Sie kurz. Ich bin in wenigen Minuten zurück«, sagte Henry und drehte sich herum.

Jade sah sich kurz um und huschte dann schnell in den nächsten Hauseingang. Ganz eng presste sie sich in den Schatten der Mauern.

Schon hörte sie Henrys Schritte auf der Stufe vor dem Laden, in dem er gerade mit der Frau gesprochen hatte. Eine Tür wurde geschlossen. Sekunden später lief er zentimeternah an ihr vorbei, die Gasse hinab. Jade lauschte auf seine Schritte, und erst, als sie schon deutlich leiser geworden waren, löste sie sich aus dem Schatten und sah sich um.

Die Gasse war bis zum Clockmakers Market hinab menschenleer. In der anderen Richtung sah sie ab und zu Henrys Gestalt aufblitzen.

Für einen Moment zögerte Jade. Sie erinnerte sich an Odettes Warnung vor diesen schmalen Gassen und den fiesen Gestalten, die hier angeblich herumlungerten. Aber was tat Henry dann hier? Und was waren das für Geschäfte, die er mit dieser eigenartigen Frau machte?

Jade war plötzlich fest entschlossen, herauszufinden, für wen Henry diesen Trank besorgen sollte. Sie folgte ihm weiter in die schmale Gasse hinein, wobei sie sich immer wieder in die Hauseingänge drückte, um nicht von ihm entdeckt zu werden.

Sie hatten sich schon ein ganzes Stück vom Clockmakers Market entfernt, als Henry vor der Tür einer kleinen Lagerhalle oder Werkstatt stehen blieb. Vielleicht eine Schreinerei, dachte Jade. Inzwischen arbeitete aber hier wohl niemand mehr. Wie bei allen Gebäuden in der Gasse waren auch hier die Fenster mit vergilbtem Zeitungspapier zugeklebt. Von der Tür und den hoch oben eingelassenen Fensterrahmen war längst die Farbe abgeblättert, manche der winzigen Scheiben waren zersplittert.

Jade blieb in einem dunklen Hauseingang gegenüber der Werkstatt stehen und hörte, wie Henry anklopfte. »Ich bin's«, raunte er.

Da wurde die Werkstattür von innen laut quietschend einen Spaltbreit geöffnet. Ein dunkler Haarschopf kam für einen Moment zum Vorschein.

»*Lucy?*«, flüsterte Jade und presste sich sofort die Hand auf den Mund.

Henry sah sich aufmerksam um.

Jade drückte sich noch enger in die Ecke des Hauseingangs.

»Hast du es?«, hörte Jade Lucy zischen. Henry antwortete: »Noch nicht.«

Erst als die Tür der Halle wieder geschlossen war, wagte Jade sich aus ihrer Deckung.

Die alte Werft

Ms Mallows wartete in der offenen Witch-Brew-Tür auf Jade. »Da war ein Schattenhund, nicht wahr?«, fragte sie ängstlich, als Jade zurückkam.

»Zum Glück nicht«, sagte Jade und lächelte Ms Mallows beruhigend an. Sie war sehr erleichtert, dass sie keine Ausrede für ihr plötzliches Verschwinden erfinden musste.

»Und das ist auch wirklich die Wahrheit?«, fragte Ms Mallows und beugte sich vor, um an Jade vorbei auf den Clockmakers Market hinauszusehen.

»Kein Schattenhund«, sagte Jade und schlüpfte an Ms Mallows vorbei ins Witch Brew.

»Also schön«, sagte Ms Mallows und folgte Jade hinein. »Dann lass uns nun die Grundrezepte für die Hexentränkebrauerei durchgehen. Die Zeit drängt ja.«

In den kommenden zwei Stunden erklärte Ms Mallows Jade geduldig die Zutaten für die einfachsten Hexentränke, doch Jade konnte sich nicht konzentrieren. Immer wieder musste sie an Lucy und Henry denken.

»Was ist los mit dir, Jade?«, fragte Ms Mallows irgendwann verwundert, als Jade zum dritten Mal die Blätter der hochgiftigen Berberitze mit dem harmlosen Andorn verwechselt hatte.

»Ich denke, wir machen Schluss für heute. Ist alles ein bisschen viel auf einmal für dich, was?«

Jade lächelte Ms Mallows daraufhin dankbar an. »Ja, Sie haben recht. Und gleich geht die Nachhilfe schon mit Peter Polkins weiter.«

Ms Mallows deutete hinaus auf den Clockmakers Market, wo Orla über den großen Pflasterplatz geschlendert kam. »Na, dann kommt Orla ja gerade recht, um dich ein bisschen abzulenken.«

»Ja, wie gerufen«, sagte Jade und war froh, dass sie Orla nun endlich von ihrer Beobachtung erzählen konnte.

»Lucy Ballantyne?«, fragte Orla fünf Minuten später leise. »Bist du dir sicher? Ich meine, warum versteckt sie sich denn da draußen in einer verlassenen Werkstatt? Sie ist doch eine Neunovizin und darf gar nicht die Schutzräume verlassen.«

»Das frage ich mich ja auch die ganze Zeit! Aber da war noch mehr komisch.« Jade sah sich sorgsam um. Sie saßen an einem kleinen Tisch ganz hinten im Witch Brew und warteten auf Peter Polkins. Außer zwei älteren Frauen, die im *Daily Time Catcher* lasen und von Ms Mallows einen Tee serviert bekamen, waren keine Gäste da. Trotzdem senkte Jade vorsichtshalber ihre Stimme: »Henry war in dieser Halle verschwunden, und es war totenstill. Zuerst habe ich sie noch ganz leise gehört, dann plötzlich nicht mehr. Ich bin also aus meiner Deckung hervorgekommen und habe an der Tür gelauscht. Aber ich konnte nichts hören. Gar nichts. Es kam mir so vor, als wären sie gar nicht mehr da.«

Orla horchte auf. »Du meinst, sie haben vielleicht einen Zeitsprung gemacht?«

Jade nickte. »Ja, das dachte ich auch. Ich bin davon ausgegangen, dass sie weg sind, und wollte gerade die Tür dieser Werkstatt öffnen, um mich dort mal umzusehen, als sie von innen geöffnet wurde.«

»Von wem?«, hauchte Orla entsetzt.

»Von Henry«, flüsterte Jade. »Er kam wieder heraus, als hätte er die ganze Zeit hinter der Tür gestanden. Aber ich schwöre dir, Orla, da war niemand. Das hätte ich doch gehört.«

»Hat er dich erwischt?«, fragte Orla.

»Nein. Aber das war pures Glück. Ich hatte keine Zeit mehr, mich zu verstecken. Also habe ich mich neben der Tür der Lagerhalle an die Wand gepresst und darauf gewartet, dass er mich entdeckt.«

»Oh Mann«, sagte Orla und fasste sich an den Hals.

»Er hat sich aber gar nicht umgesehen. Ist einfach zurück durch die Gasse zu diesem schummrigen Laden gelaufen. Ich bin ihm natürlich gefolgt.« Jade beugte sich weit zu Orla hinüber, damit niemand sie hören konnte. »Aber wozu brauchte er diese Dinge von Lucy, und was ist das für ein Trank, den diese Frau da für sie brauen soll?«

»Aus drei Tropfen Blut, einem Finger- oder Zehennagel und einem Stück Stoff der Kleidung«, zählte Orla auf und schüttelte sich. »Wenn du mich fragst, kann das nur schwarze Magie sein.«

Ms Mallows kam aus der Küche, und deshalb flüsterte Jade: »Aber Henry hat doch mit Schwarzmagie nichts zu tun.«

»*Er* braut diesen Trank ja auch nicht«, flüsterte Orla.

»Aber er braucht ihn offensichtlich für seine Schwester, und das ist ja irgendwie dasselbe«, raunte Jade. »Ich würde ja zu gerne Ms Mallows fragen, aber was, wenn sie gleich Alarm schlägt?«

Die Tür zum Witch Brew ging auf, und Peter Polkins kam herein. Er sah sich kurz suchend um und steuerte dann auf Orla und Jade zu.

»Ah, Peter, du kommst wie gerufen!«, sagte Orla und rutschte ein wenig zur Seite, sodass Peter sich neben sie auf die kleine Bank setzen konnte.

Peter warf seine Tasche und Jacke auf einen freien Stuhl. »Orla?«, begrüßte er sie wie immer mit einem lehrerhaften Unterton.

»Peter«, sagte Orla und zog ihn ungeduldig neben sich auf die Bank. »Kennst du dich mit Schwarzmagie aus?«

»*Orla!*«, rief Peter Polkins empört.

»Ach, doch nicht so, wie du jetzt denkst«, sagte Orla beschwichtigend. »Ich meine, theoretisch.«

Jade sah Peter zustimmend an. »Wir sind doch jetzt im zweiten Academyjahr …«

»Ach so«, sagte Peter und nickte. »Ich kann mit Fug und Recht behaupten, dass ich sämtliche Missbräuche von Schwarzmagie mit Datum, Namen der Beteiligten und Anwendungsort benennen kann.«

»Wie machst du das nur?«, fragte Jade und zwinkerte Orla kaum merklich zu. »Und ich kann mich noch nicht mal an die zehn Zutaten aus diesem einen Fall erinnern, wo so eklige Dinge wie Fußnägel und Blut und so was vorkamen.«

»Ach, das sagt mir jetzt aber gar nichts«, sagte Peter nervös. »Das höre ich heute zum ersten Mal. Es muss also ein Fall sein, der nach meiner Schulzeit in die Bücher aufgenommen worden ist.«

Jade sah Orla enttäuscht an.

»Denk doch noch mal scharf nach, Peter«, sagte Orla. »Ich meine *Fußnägel*, an so was erinnert man sich doch.«

Peter Polkins schüttelte den Kopf. »Nie gehört, tut mir leid.«

Plötzlich hatte Jade eine Idee. »Ich frage mich ja sowieso immer, wenn ich in Ms Mallows' Kräuterbüchern lese, wie es überhaupt noch möglich ist, schwarzmagische Tränke zu brauen. Die Rezepte dazu sind doch schon lange verboten und aus den Büchern verschwunden.«

Orla sah Jade zustimmend an. »Ja genau! Das fragen wir uns: Wie ist so was möglich?«

»Pah«, machte Peter Polkins und winkte ab. »Ihr habt ja keine Ahnung, wie viele Schwarzkopien der alten Bücher noch existieren. Mir selbst ist sogar schon einmal eins angeboten worden«, fügte er leise hinzu.

»Was? Wo denn?«, rief Jade.

»Das war damals in York. Aber ich wette mit euch, dass man diese Bücher sogar in den kleinen Gassen hier am Clockmakers Market finden kann.«

»Echt?« Jade und Orla sahen sich ungläubig an.

»Klar«, sagte Peter und stand auf. Er formte in seiner Hand eine kleine Feuerkugel. »Ich erforsche schon lange die Randbewegungen unserer Zeiterbengesellschaft. Höchst interessant, wer sich da so alles schon auf die schwarzmagische Seite geschlagen hat.« Völlig unvermittelt warf er die Feuerkugel auf Jade.

Jade, die gerade noch gespannt seinen Worten gelauscht hatte, hob geistesgegenwärtig ihre Hand, und die Feuerkugel fiel in winzigen Glutfunken auseinander und verglomm noch in der Luft.

»Wer sagt's denn!«, rief Orla.

»Machen wir also weiter mit den Erstarrungsflüchen«, sagte Peter und nickte anerkennend.

Drei Stunden später war Jade völlig erschöpft. »Schluss, Peter, meine Hände brennen vom vielen Feuer, und ich sterbe vor Hunger.« Peter Polkins sah auf die Uhr und stieß einen erschrockenen Pfiff aus. »Ich muss mich sputen«, sagte er und schnappte sich seine Tasche und Jacke. »Time-Court-Sitzung. Wir üben dann einfach morgen weiter, Jade. Hast schon gute Fortschritte gemacht. Ich kenne Minutenerben, die noch nicht so weit sind wie du.« Er lächelte Jade kurz aufmunternd zu. »Wir sehen uns, Orla«, sagte er und verließ das Witch Brew.

»So viel ist sicher«, sagte Orla. Dann seufzte sie. »Na endlich.«

»Wir brauchen einen Plan«, sagte Jade. »Am liebsten würde ich ja einfach zu dieser Frau in den schummrigen Laden gehen und mit ihr sprechen.«

»Genau das will ich schon seit drei Stunden tun, aber Peter kam ja nicht zum Schluss«, sagte Orla und stand auf. Sie knöpfte ihre Jacke zu und winkte Ms Mallows zum Abschied zu.

»Ach, Orla!«, rief Ms Mallows und kam ein paar Schritte auf sie zu. »Kannst du morgen einspringen? Dann hätte ich ein bisschen mehr Zeit für Jade.«

»Geht klar, Ms Mallows«, sagte Orla. »Nur jetzt haben wir es gerade eilig.«

»Du bist ja verrückt«, sagte Jade ungläubig, aber da Orla schon durch den Ladenraum lief, raffte sie hastig ihre Sachen zusammen. »Bis morgen dann und vielen Dank, Ms Mallows«, sagte sie und eilte Orla nach.

»Bis morgen, Jade«, sagte Ms Mallows schmunzelnd.

»Das ist nicht dein Ernst«, sagte Jade, als sie hinter Orla auf den Clockmakers Market hinaustrat. »Was willst du die Frau denn fragen? *Entschuldigung? Was genau brauen Sie denn aus drei Tropfen Blut, einem Finger- oder Fußnagel und einem kleinen Stück der Kleidung der Person?*«

»Nein.« Orla grinste. »Ich dachte eher, dass ich sie ablenke und du nach irgendeinem Hinweis guckst. Am besten natürlich nach dem Rezept.«

»Okay«, sagte Jade schulterzuckend. »Versuchen wir es. Der Laden ist hier, in dieser Gasse.«

Sie bogen in die Gasse ein, und genauso wie zuvor war sie menschenleer. Dieses Mal dachte Jade nicht einmal darüber nach, sich in den Häusernischen und Hauseingängen zu verstecken, und so kam ihr der Weg nun beim zweiten Mal viel kürzer vor.

»Hier ist es!« Sie blieb vor der niedrigen Ladentür stehen und drückte die Klinke herab.

Die Tür war nicht verschlossen, und als Jade sie weit aufstieß, läutete es irgendwo hinten in einem der Räume. Sie nickte Orla mit einem mulmigen Gefühl im Bauch zu.

Orla stieg die zwei Stufen hinab und lehnte dann die Tür hinter sich an.

»Hallo?«, hörte Jade sie rufen, als sie an der Tür wartete.

»Du hast dich verlaufen«, sagte eine Frauenstimme. Jade schob die Ladentür ein wenig weiter auf und guckte hinein. Es war eine gebeugt laufende Alte mit einer weißen Schürze über einem zerlumpten Kleid. Ihr graues Haar hing ihr in zwei dünnen, geflochtenen Zöpfen über die Schultern. Sie machte eine abwehrende Handbewegung und deutete dann zur Tür. »Raus mit dir!«

»Verzeihen Sie bitte die Störung«, sagte Orla und trat näher an den Verkaufstisch heran. »Aber ich wollte tatsächlich zu Ihnen, denn ich brauche etwas, das nur Sie mir geben können.«

Die Frau sah auf und lachte höhnisch. »Und was soll das sein?«

»Ein Liebestrank«, flüsterte Orla.

Die alte Frau lachte noch einmal auf. »Wie alt bist du? Fünfzehn? Sechzehn? Das wird wohl noch was mit der Liebe. Und jetzt raus mit dir.«

Jade trat von einem aufs andere Bein. Orlas Plan ging nicht auf.

»Aber der Trank ist ja nicht für mich«, schluchzte Orla plötzlich laut auf. »Er ist ja für meine Eltern. Sie wollen sich nämlich scheiden lassen, wissen Sie?«

Jade schluckte. Das hörte sich so echt an, dass selbst sie es ihr fast geglaubt hätte.

»Was geht's mich an«, nuschelte die Frau. »Verschwinde jetzt.«

»Aber es geht ja noch nicht mal um mich«, jaulte Orla weiter. »Ich sorge mich doch nur um meine sieben kleinen Geschwister, die noch sooo jung sind. Und da hab ich jetzt all meinen Mut zusammengenommen. Bitte helfen Sie mir. Ich werde es wirklich niemandem verraten und Sie gut bezahlen.«

Jade hörte, wie Münzen auf dem Tisch klapperten.

»Ach, komm schon mit«, sagte die alte Frau heiser, und Orla hob hinter dem Rücken für Jade den Daumen. Es hatte geklappt.

Als Orla hinter der alten Frau in einem der Hinterzimmer verschwunden war, stieg Jade hinab in den schummrigen Laden.

»Igitt!«, jaulte sie, als eine struppige Ratte über den Verkaufstisch rannte. Sofort hielt sie sich die Hand auf den Mund und lauschte. Doch nichts war zu hören. Leise zog sie die Schubladen hinter dem Ladentisch auf. »Urghs.« Jade presste sich vor Ekel eine Hand auf den Mund, denn sie fand Glasdosen gefüllt mit roten und schwarzen Würmern, Augen in sämtlichen Größen, Tierhaare in jeder vorstellbaren Länge und Farbe sowie getrocknete Tierkrallen und -schnäbel. In einem Glas lagen sogar Rattenschädel. »Ha, wer sagt es denn?«, flüsterte Jade und nahm einen der skelettierten Rattenschädel heraus. Schnell stopfte sie ihn in ihre Jackentasche und legte ein paar Münzen auf den Verkaufstisch. Sie suchte überall, sogar unter den Regalen, und sie fand wirklich alles, nur keine Schriften oder Bücher.

Plötzlich wurden die Stimmen aus dem Hinterzimmer wieder lauter. »Hiervon gibst du deinen Eltern dreimal täglich drei Tropfen in den Tee. Achte darauf, dass der Tee stark ist, sonst schmecken sie es sofort heraus. Ich empfehle immer Ingwertee, der überdeckt den leicht bitteren Geschmack am besten.«

»Verdammt!«, fluchte Jade leise und sah sich hektisch um. Überall in den Regalen standen nur kleine zugestaubte Flaschen und Gläser. Nirgends ein Buch.

Die Tür des Hinterzimmers wurde so überraschend aufgerissen, dass Jade nicht mehr nach draußen fliehen konnte. Sie sprang in wenigen Sätzen zur Ladentür und riss sie weit auf, sodass es hinten im Zimmer läutete.

»Taubenschlag«, murmelte die Alte, als sie von Orla gefolgt nach vorne in den Laden kam. »Was ist, Mädchen? Was willst du hier?«, rief sie krächzend, als sie Jade erblickte.

»Gar nichts weiter, Ms«, sagte Jade. »Ich war auf der Suche nach meiner Freundin und hatte gesehen, dass sie hier hereingegangen war.« Und an Orla gewandt fragte sie: »Bist du so weit? Was musstest du denn hier besorgen?« Sie hob fragend die Hände und versuchte Orla damit ein Zeichen zu machen, dass sie nichts gefunden hatte.

»Gar nichts weiter«, sagte Orla und nickte der Alten freundlich zu. Dann stutzte sie und sah suchend an sich herab. »Ach verflixt, Ms, ich habe meine Jacke in ihrer Küche liegen lassen. Ich hole sie nur schnell.«

Die alte Frau nickte nur und ließ Jade nicht aus den Augen. Sekunden später kam Orla zurück, zeigte ihre Jacke und lief zur Ladentür.

»Einen Moment mal!«, rief die Alte. »Du hast ja noch gar nicht bezahlt.«

»Ach, wie dumm von mir«, sagte Orla und kehrte um. Sie

stellte das Fläschchen mit dem Liebestrank auf den Verkaufstisch und sagte: »Wissen Sie was, Ms? Ich habe es mir gerade anderes überlegt. Vielleicht ist eine Scheidung doch das Beste. Diese ewigen Streitereien sind ja auch eine Zumutung für meine sieben Geschwister.«

»So geht das aber nicht!«, rief die Frau ihnen empört hinterher. »Wehe, ihr lasst euch hier noch einmal blicken!«

Hastig verließen Orla und Jade den schummrigen Laden und liefen durch die schmale Gasse Richtung Clockmakers Market.

»Sieben Geschwister«, sagte Jade lachend. »Du warst echt spitze, Orla. Nur leider habe ich nichts gefunden.« Dann stockte Jade: Sie waren nicht allein in der Gasse.

Am Ende des Weges bogen mehrere Personen in die Gasse ein und kamen ihnen entgegen. Wenn Jade es richtig erkannte, war Henry darunter.

»Nichts wie weg«, zischte Jade und zog Orla mit sich. »Wenn die mal nicht auf dem Weg zur Werkstatt sind.« Sie kehrten um und liefen durch die schattige kleine Gasse. Erst als sie an der Werkstatt vorbei waren, hielten sie an und versteckten sich in einer dunklen Häuserschneise.

Wie Jade vermutet hatte, steuerten die Personen die alte Werkstatt an, in der Henry schon vorhin Lucy getroffen hatte. Jade und Orla blieben in ihrem Versteck und wagten sich erst wieder heraus, als die Hallentür zugeschlagen wurde.

»Oh, oh«, flüsterte Jade. »Ich vermute, dass Lucy nun erwischt wird und von der Academy fliegt.«

»Und jetzt?«, fragte Orla, als sie in die Gasse hinaustraten und vor der verschlossenen Tür stehen blieben.

Jade überlegte und sah zu den Fenstern hoch. »Ich muss wissen, was da los ist. Aber ich sehe keine Möglichkeit, zu lauschen.«

Jade lehnte sich mit dem Ohr an die Metalltür, aber sie konnte nichts hören, nicht einmal entferntes Stimmengemurmel.

»Das ist mit Sicherheit auch so gewollt.« Orla besah prüfend den alten, verrosteten Türgriff der Hallentür. »Sollen wir es versuchen?«

Jade nickte zögerlich. »Selbst wenn sie uns erwischen, für Neugierde können sie uns ja nicht von der Academy werfen.« Sie legte ihre bebende Hand auf den Türgriff und drückte ihn langsam herab. Das Quietschen kam ihr entsetzlich laut vor.

Orla, die währenddessen die Gasse im Blick behielt, jammerte: »Oh nein, leiser, Jade!«

Aus der Lagerhalle war noch immer kein Laut zu hören. Die Tür gab nach und sprang einen Spaltbreit auf. Vorsichtig lugte Jade in die Halle hinein.

Es war tatsächlich eine alte Schreinerei, oder das, was davon noch übrig war. Von den hohen Wänden war es überall aus dem alten Mauerwerk gebröckelt. Die Holzbalken der Decke hatten sich zum Teil gelöst und hingen schräg herab, und die langen Fenster, die ins Dach eingelassen waren, waren zersplittert. Auf dem feuchten, teilweise mit Moos bedeckten Boden lagen Steinbrocken, Holzbalken und Glassplitter durcheinander.

»Kannst du was sehen?«, wisperte Orla.

»Nein«, flüsterte Jade und ging vorsichtig einen Schritt in die Halle hinein. »Komm, Orla, hier ist niemand.«

Sie ließen die Hallentür zur Vorsicht offen stehen und huschten in den Schutz eines alten Schranks. Mitten im Raum stand eine historische Holzsäge, deren große Räder vom Rost zerfressen waren. Überall an den Wänden lagen Holzstapel und standen halb fertige oder vermoderte Möbel herum.

»Ich hab schon schönere Orte gesehen«, flüsterte Orla.

Jade legte einen Finger an die Lippen und lauschte.

Irgendwo tropften in regelmäßigen Abständen Wassertropfen in eine Pfütze, und ein leises Knistern verriet die Maus, die über ein vergilbtes Stück Zeitungspapier rannte.

Jade sah sich vorsichtig in der Werkstatt um. Am anderen Ende der Halle, hinter einem dicken Eichenbalken des einstigen Holzfachwerks, führte eine schmale Treppe in einen Keller. Sie winkte Orla, und sie pirschten im Schutz der Holzstapel und Möbel näher an die Treppe heran.

Auf einmal hörte Jade Stimmen. Sie legte einen Finger an die Lippen und lauschte. Das Gemurmel kam von unten – es waren mehrere Stimmen, doch sie konnte nichts von dem Gesagten verstehen.

»Ich gehe näher heran«, raunte sie Orla zu. »Warte hier und warne mich früh genug, wenn jemand kommt.«

Jade verließ den Schutz hinter dem Schrank und bewegte sich ein paar Schritte näher zur Treppe. Sie lehnte sich an die Wand neben der Treppe und lauschte konzentriert nach unten.

»Ich kann es nicht fassen«, sagte eine gedämpft klingende Frauenstimme in dem Moment. »Hier in diesem Loch hausen zu müssen, weil die Kräfte nicht reichen.«

»Nun?«, sagte eine schnaubende Männerstimme. Er lachte ein kurzes, bitteres Lachen. »Henry hat schon Vorsorge getroffen. Bald wird sich alles ändern. Bald, Lucy, ich verspreche es dir.«

Jade riss erstaunt die Augen auf. Es ging also tatsächlich um Lucy Ballantyne und um den Hexentrank, den Henry für sie in Auftrag gegeben hatte. Aber was um alles in der Welt machten all diese Personen dort unten?

»Bleibt nur noch eins«, sagte der Mann.

»Was?«, fragte ein anderer Mann mit aufgeregter Stimme.

»Können Sie bitte aufhören, in Rätseln zu sprechen?«, sagte die Frau ungehalten.

Jade überlegte, wie viele Personen dort unten wohl versammelt sein mochten.

»Ich glaube, ich weiß was«, zischte eine junge Frau in die Stille.

Jade überlegte fieberhaft, woher sie diese Stimme kannte. Und um was ging es dort eigentlich, dass sie sich alle so heimlich treffen mussten?

»Das Schwert der Wölfe«, sagte die junge Frau leise. Viel zu leise, um sie zu erkennen.

Nach einem Moment der absoluten Stille erklang ein Raunen.

»Jade, schnell, versteck dich«, warnte Orla sie plötzlich.

Jade fuhr herum. In der Gasse hörte man jemanden rennen. Sie duckte sich und huschte zurück zu Orla in den Schutz hinter dem Schrank. Keine Sekunde zu früh. Schon wurde die Tür weit aufgeschubst, und ein Mann stürmte durch die Halle. Es war der Mann im Seidengewand, der täglich im Witch Brew saß und seine Runensteine warf. Und er kannte sich hier anscheinend gut aus, denn er eilte zielsicher zur Treppe und lief hinunter in den Keller.

Jade wartete, bis seine Schritte verhallt waren, dann huschte sie hinter ihm her zum Treppenabgang, um weiter zu lauschen.

»Du kommst spät«, sagte die ältere Frau zornig.

»Lieber spät als unvorsichtig«, sagte der Mann mit tiefer Stimme. Vermutlich der Schamane. »Wieso steht die Hallentür offen? Da kann man sich ja gleich auf dem Marktplatz treffen.«

»Wer von euch hat die Tür offen gelassen?«, fragte der Mann wütend, der vorhin Lucy das Versprechen gegeben hatte.

»Niemand«, antwortete die Frau zischend. »Ich habe sie extra kontrolliert, bevor wir –«

»Dann ist euch jemand gefolgt!«, rief Lucy dazwischen.

Jade zuckte zurück und sah Orla erschrocken an. Orla schoss aus ihrem Versteck und rannte los zur Metalltür. Jade lief schnell hinter ihr her durch die Halle. Sie stolperte, Bretter fielen krachend zu Boden.

Hinter ihnen waren Schritte auf der Treppe zu hören. Jade hörte die junge Frau rufen: »Wer ist da? Stehen bleiben!«

Jade und Orla stürzten aus der Halle hinaus in die Gasse, und Jade schob schnell die Metalltür hinter ihnen zu. »Renn!«, rief sie.

Sie stürmten die Gasse entlang, als wären sämtliche Dämonen der Unwelt hinter ihnen her. Immer wieder warf Jade einen Blick über die Schulter, aber sie hatten ihre Verfolger abgehängt.

Erst als sie im Clockmakers Market ankamen, verlangsamten sie ihre Schritte. Jade lehnte sich schnaufend an die Wand neben der Eingangstür vom Witch Brew. »Das … war … knapp.«

»Und?«, fragte Orla nach Luft japsend. »Hast du was rausgekriegt?«

Jade nickte. »Lass uns nach oben in den Black Swan gehen. Hier draußen können wir das auf keinen Fall besprechen.«

Orla nickte. »Das wollte ich auch gerade vorschlagen, denn wenn mich einer hiermit erwischt, werde ich wohl augenblicklich von der Clockmakers Academy fliegen.«

Sie sah sich nach allen Seiten um und öffnete dann vorsichtig ihre zusammengerollte Jacke, die sie seit dem Besuch bei der alten Frau noch immer im Arm trug.

Jade riss ungläubig ihre Augen auf. »Du hast es?«

Das Schwert der Wölfe

Erst als Jade und Orla im Turmzimmer angekommen waren, atmeten sie erleichtert auf. »Oh Mann«, stöhnte Jade. »Erst dieser seltsame Hexenladen, dann die Lagerhalle, und zu guter Letzt werden wir auch noch um ein Haar von Elliott Baker mit dem verbotenen Buch erwischt.«

Orla nickte. »*Was haben Sie denn da in Ihrer Jacke versteckt, Miss Orla? Doch hoffentlich keinen elektronischen Gegenstand!*«, imitierte sie seine Stimme.

»War das knapp«, sagte Jade, lehnte sich an die kühle Wand und ließ sich langsam zu Boden sinken.

»Aber ehrlich«, stöhnte Orla und setzte sich neben Jade. »Ich frag mich ja, was die alle in dieser Lagerhalle wollten und warum sie sich heimlich treffen müssen.«

Jade nickte. »Ich sag dir, da ist was faul, Orla, und es hat mit Lucy zu tun, das habe ich gehört. Sie alle wissen, dass es Lucy bald besser geht, wenn sie nur diesen bestimmten Hexentrank zu sich genommen hat.«

»Dann wollen wir mal nachsehen, wofür der wohl ist«, sagte Orla und wickelte das Buch aus ihrer Jacke.

»Wie hast du das gemacht?« Jade schlug mit bebenden Fingern die hinteren Buchseiten auf, die allesamt nicht geschwärzt waren.

Orla sah Jade schmunzelnd an. »Es lag aufgeschlagen im Hinterzimmer auf dem Tisch. Ich musste nur einen Grund finden, um noch einmal zurückzugehen.«

»Ich kann es gar nicht glauben«, flüsterte Jade. Sie überflog die letzten Seiten bis zum Anfang des Abschnitts für schwarzmagische Hexentränke. »Als Erstes der Liebestrank. War ja klar!« Sie schob Orla das Buch hinüber. »Und jetzt sieh dir an, was da alles drin ist.«

Orla zog das Buch näher. »Lass mal sehen. *Setzen Sie einen Sud aus zehn Taubenaugen und drei getrockneten Elsternfüßen an …*« Sie sah angeekelt auf. »Das war in dem kleinen Fläschchen?«

Jade grinste. »Du hättest mal in die Schubladen dieser Dame sehen sollen. Da war alles voll von dem Zeug. Sogar das hier habe ich dort gefunden.« Jade zog den Rattenschädel aus ihrer Jackentasche.

»Igitt!«, rief Orla und schüttelte sich beim Anblick des skelettierten Tierschädels.

»Eklig, was?«, sagte Jade und grinste. »Aber immerhin werde ich jetzt Ms Brice' Test bestehen.«

»Stimmt! Und jetzt such mal nach den Zutaten für den Trank, den Henry bestellt hat«, drängelte Orla. »Ich bin ehrlich gesagt echt froh, wenn wir dieses Buch wieder los sind.«

Jade nickte und überflog die Rezepte. »*Schönheitstrank … Verschwiegenheitstrank … Elixier für Totengänger …*« Sie stockte. »Das ist er«, flüsterte sie und tippte auf das Rezept. »*Sie benötigen zehn Eulenhaare, fünf getrocknete Früchte des Maulbeerbaums, drei Blüten des Gedenkemeinkrauts, je einen Bund Salbei und Rosmarinkraut und ferner von dem Totengänger selbst: drei Tropfen Blut, einen Finger- oder Fußnagel, ein Stück Stoff der Kleidung.*«

Sie sahen sich erschrocken an.

»Soll das heißen, Lucy ist eine Totengängerin?«, flüsterte Orla schockiert.

Jade tippte auf das Rezept. »Warum sonst würde Henry bei dieser Gauklerin ein Elixier für Totengänger bestellen und die drei fehlenden Zutaten von Lucy holen?«

Orla zog das Buch zu sich heran. Sie blätterte alle schwarzmagischen Rezepte bis zum Schluss durch. »Es gibt jedenfalls kein anderes Rezept, in dem diese drei Dinge benötigt werden.«

»Dennoch komisch«, sagte Jade. »Lucy wirkt auf mich überhaupt nicht wie eine Totengängerin. Denk mal zurück an Ms Mortimer. Die hat so modrig gestunken, und ihre Augen lagen in diesen schwarzen Augenhöhlen. Lucy ist doch ganz normal. Was soll dieses Elixier denn genau bewirken?«

Orla blätterte zurück zu der Seite mit dem Totengängerelixier. »*Zubereitung ... Art der Anwendung ...* Ah, hier. *Wirkung. Das Elixier wahrt Ihre äußere menschliche Gestalt und unterbindet den typischen Modergeruch. Aber Achtung: Es muss jeden Tag zu genau derselben Stunde eingenommen werden und verursacht in den ersten Minuten Bauchkrämpfe, die aber bald nachlassen. Weitere Nebenwirkungen können vermehrter Haarwuchs und Ohnmachtsanfälle sein.*«

»Also doch«, flüsterte Jade entsetzt. »Erinnerst du dich daran, dass Lucy immer schon vor den Zeitstillständen umfiel? Ich schätze, jetzt wissen wir warum.«

»Ich kann es nicht glauben«, sagte Orla und schüttelte wie wild den Kopf. »Und Henry weiß es und sagt nichts? Was sollte das denn für einen Sinn haben?«

Jade schlug das Buch zornig zu. »Wir hätten dieses Buch niemals mitnehmen dürfen. Sicher verstehen wir hier gerade irgendwas völlig falsch. Oder der Trank, den Henry für Lucy braucht, wird noch für irgendwas anderes eingesetzt. Schlafwandeln zum

Beispiel. Ich glaube nicht, was hier steht. Das ist böses Hexenwerk.«

Orla zuckte mit den Schultern und wickelte das Buch wieder zurück in ihre Jacke. »Und was tun wir nun damit?«

»Wir bringen es zurück«, sagte Jade entschlossen und stand auf. »Gleich Montag, wenn die Shops wieder geöffnet haben.«

Den Sonntag verbrachten Jade und Orla im Witch Brew. Es regnete den ganzen Tag in Strömen, und so verirrten sich kaum Gäste ins Restaurant. Jade konnte auf Anhieb die richtigen Kräuter benennen, und Ms Mallows war darüber ganz aus dem Häuschen. Und auch Peter Polkins war sehr zufrieden mit Jades Fortschritten. Völlig geschafft und mit brennenden Handflächen von all den Feuerflüchen fiel Jade an diesem Abend ins Bett. Es hatte aufgehört zu regnen und war deutlich kühler geworden.

Am Montagmorgen war es so neblig, dass Jade aus ihrem Zimmerfenster nichts auf dem Clockmakers Market erkennen konnte. Sie hatte kaum geschlafen und wusch sich das Gesicht so lange mit kaltem Wasser, bis sie halbwegs wach war. Dennoch fror sie vor Müdigkeit. Sie zog ihren dicksten Pullover aus dem Schrank und ging hinunter in den Speisesaal. Auf dem Weg nach unten redete sie sich ein, dass sie es nicht darauf anlegte, Henry zu treffen. Und doch sah sie sich als Erstes nach ihm um, als sie den Speisesaal betrat.

Jade nahm sich einen Jasmintee und setzte sich damit an den Novizentisch. Draußen hingen die Nebelwolken so tief über dem Pflasterplatz, dass sie nichts erkennen konnte.

»Guten Morgen, Miss«, sagte eine Geisterdame im Vorbeischweben.

Jade sah auf und blickte der berühmten Dame ohne Arme verwundert nach. Überall schwebten die Galeonsgeister in Grüppchen durch den Speisesaal und unterhielten sich tuschelnd. Und das, obwohl die Zeit doch gar nicht stillstand. Der Sand in den Stundengläsern rieselte gleichmäßig, und die Teufelsnadeln zogen eine Schleife durch den Speisesaal, bevor sie wieder hinaus ins Treppenhaus flogen.

»Verzeihen Sie, Sir«, sagte Jade, als der Marschall der Sieben Meere an ihr vorbeigeschwebt kam.

»Miss Jade«, sagte der Marschall. »Haben Sie auch schon von der Tragödie gehört?«

»Eine Tragödie?« Jades Herz klopfte gleich doppelt so schnell. »Wovon reden Sie?«

»Na, von dem Einbruch bei Clarkes & Parker natürlich. Die Sonderblätter sind voll davon.« Der Marschall deutete auf den Stapel Zeitungen und schwebte eilig auf eine Geisterdame zu, die in den Speisesaal hereinkam und sich schluchzend ein Taschentuch vor den Mund drückte. »Ach, Nanny Sternly, welch ein Unglück! Und das unter den wachsamen Blicken der Galeonsgeister vom Clockmakers Market.«

Jade sprang auf, schnappte sich eines der Sonderblätter des *Daily Time Catcher* und las:

Einbruch bei Clarkes & Parker

In der vergangenen Nacht kam es zu einem Einbruch bei Clarkes & Parker, der Werkstatt für Dämonenschwerter im Clockmakers Market. Mr Parker, der noch zu so später Stunde mit der Fertigung der neuen Dämonenschwerter für die Neunovizen der Clockmakers Academy beschäftigt war, blieb dabei wie durch ein Wunder unverletzt. Gegen 01:30 Uhr sollen mehrere unbekannte

Täter in die Werkstatt eingedrungen sein. Nach unbestätigten Informationen soll mindestens ein Schattenhund in der Schmiede gesehen worden sein. Nach bisherigen Informationen soll nichts aus der Schwerterschmiede entwendet worden sein. Nähere Informationen zu dem angeblichen Schattenhund im Clockmakers Market, aber auch zur Beute der Einbrecher, erhalten Sie in der nächsten Sonderausgabe. (Lesen Sie zum Thema den Kommentar »Was verschweigt Gridlock uns?«.)

Jade drehte das Sonderblatt herum und suchte nach dem Kommentar. Ihr Blick wanderte von Bertha Kingsleys Tageshoroskop herab zu einer Werbeanzeige für den Heulenden Hund mit den Tagesgerichten der kommenden Woche. Darunter stand der Kommentar in der rechten Ecke:

»Was verschweigt Gridlock uns?«
Kommentar von Daniel Thomas

Es ist schon ein merkwürdiger Zufall, der sich in der vergangenen Nacht mitten im Clockmakers Market wiederholt haben soll. Da wird in ein alteingesessenes Ladenlokal eingebrochen, jedes Mal ist ein Schattenhund beteiligt, und gestohlen wurde wieder nichts. Man muss sich fragen, ob die Zeiterbengesellschaft alle Informationen über diese äußerst rätselhaften Verbrechen erhält oder ob Master Gridlock bewusst Ermittlungserkenntnisse zurückhält.

Jade blickte auf und versuchte hinüber zu Clarkes & Parker zu sehen, doch der Nebel war zu dicht. Alles schien still zu sein. In ihrem Kopf allerdings herrschte Chaos. Was hatte Henry mit all dem zu tun? Was war Lucys Problem, dass sie sogar einen verbotenen Hexentrank benötigte? Und wozu dieses heimliche Treffen in der alten Lagerhalle?

»Guten Morgen«, sagte da jemand ganz nah an ihrem Ohr. Jade fuhr herum und sah Henry ins Gesicht. Sie merkte, wie ihr Gesicht sogleich vor Hitze rot anlief. »Henry, hast du mich erschreckt!«, rief sie.

»Warum denn so schreckhaft?«, fragte er lächelnd und setzte sich mit seinem Frühstück neben Jade. Er strich Butter auf seinen Toast und ließ etwas Honig darauftropfen. »Ist alles in Ordnung mit dir?«, fragte er.

»Mit mir schon«, sagte Jade aufgewühlt. »Aber wie geht es Lucy?«

Henry sah Jade nickend an. »Es geht ihr nun besser. Dank einer besonderen Medizin.« Er reichte ihr seinen Toast. »Hier, nimm das.«

Jade atmete langsam aus und lehnte den Toast ab. Henry sprach ganz offen von dem Trank, den Lucy nehmen musste. Es konnte also gar nichts Verbotenes sein.

»Hast du schon vom Einbruch bei Clarkes & Parker gehört?« Sie schob Henry das Sonderblatt herüber.

Henry überflog die Seite. »Keine Ahnung, was das zu bedeuten hat«, sagte er. »Aber wozu diese Einbrüche, wenn dann doch gar nichts fehlt?«

»Ja, das frag ich mich auch«, sagte Jade nachdenklich.

»Stimmt es eigentlich, dass du bei Peter Polkins Nachhilfe nimmst?«, fragte Henry und sah Jade neugierig an.

»Ja«, sagte Jade. »Ms Brice hat mir nur ein paar Tage Zeit gegeben, um den ganzen Stoff des ersten Jahres nachzuholen.«

»Und?«, fragte Henry. »Wie läuft's?«

»Ganz gut, sagt Peter Polkins.« Jade lächelte.

»Also richtig gut, wenn der das sagt!« Henry trank den letzten Schluck seines Tees, als Elliott Baker mit einem Stapel Zeitungen in den Speisesaal kam.

Er lief zu ihnen an den Tisch, und auch die Geister, die immer noch aufgeregt durch den Black Swan schwebten, kamen neugierig näher.

»Es fehlt doch etwas bei Clarkes & Parker«, sagte er und hielt die einzelne Zeitungsseite hoch, auf der in großen Lettern *Sonderblatt* stand. Die Unterschrift darunter lautete: *Schwert der Wölfe gestohlen!*

»Nun sagen Sie schon!«, rief die Dame ohne Arme und quetschte sich durch die Geistermenge. »Was ist gestohlen worden?«

»Das Schwert der Wölfe!«, sagte Elliott Baker und sah die Geisterdame über den Rand seiner Brille alarmiert an.

Die Geister fuhren erschrocken zurück. Einige schrien sogar kurz auf. Nanny Sternly fiel bei der Nachricht in Ohnmacht, und der Marschall fing sie geistesgegenwärtig auf.

»Und was bedeutet das, Mr Baker?«, rief Jade in das Gemurmel. »Was ist überhaupt das Schwert der Wölfe?« Und wo habe ich davon schon einmal gehört?, fügte sie in Gedanken hinzu.

Elliott Baker warf die Zeitungsblätter auf den Tisch und sah Jade dann seufzend an. »Das Schwert der Wölfe gehörte einst dem besten Mann von Chronos. Dornfinger wurde er genannt. Keiner weiß, wer er wirklich war. Sein Schwert trug eine Wolfsklaue auf dem Griff. Mr Parker hat bis heute immer wieder beteuert, dass er dieses Schwert niemals hergestellt hat. Er hatte es für den Time Court in seinem Laden verwahrt, nachdem Dornfinger verhaftet worden war und nach seiner Verurteilung auf die Nessby gebracht wurde.«

Jade stupste Henry an, der noch immer auf die Sonderblätter starrte. »Hast du schon einmal von diesem Schwert oder einem Mann namens Dornfinger gehört?«

Henry beugte sich lächelnd zu Jade herüber. »Klar! Aber ich steh nicht so auf diese Panikmache. Vielleicht hat Mr Parker das Schwert verloren? Oder es fehlt schon lange, und das wurde erst jetzt entdeckt?«

Jade nickte. Henrys Worte klangen logisch. Sie drehte sich zu Elliott Baker herum. »Und, Mr Baker, warum fürchten sich überhaupt alle so vor dem Schwert?«

Elliott Baker schüttelte heftig den Kopf. »Nicht vor dem Schwert, sondern vor seinem Besitzer. Es gehorcht nur einem: Dornfinger.«

»Was heißt *gehorchen*?«, fragte Jade verwirrt.

»Das nennt man so«, erklärte Henry und stellte sein Geschirr zusammen. »Man kann nur aus seinem eigenen Schwertgriff eine Klinge heraufbeschwören und nicht etwa aus einem fremden Griff. Nur dein persönlicher Schwertgriff hört auf deinen Wunsch, die Klinge heraufzuschwören.«

»So ist es«, bestätigte Elliott Baker. »Das Schwert der Wölfe gehorchte nur Dornfinger. Überall, wo er damals an Überfällen beteiligt war, hat er mit seinem Schwert sein Zeichen hinterlassen: vier Kratzer einer Wolfsklaue. Dieses Zeichen wurde dann zum Symbol für die Time Knights. Und wenn er tatsächlich wieder im Clockmakers Market aufgetaucht ist, dann steht uns eine düstere Zeit bevor. Eine sehr, sehr finstere Zeit.« Elliott Baker verließ kopfschüttelnd den Speisesaal.

»Lass dir keine Angst machen, okay?«, sagte Henry und stand auf. »Ich muss jetzt zum Dienst. Bis später.« Er stellte seinen Teller auf den Geschirrwagen.

Jade stand auf und zog ihre Taschenuhr mit der zerrissenen Kette aus der Hosentasche. »Ich komme mit. Meine Uhrenkette ist immer noch kaputt.«

Elliott Baker saß ins Sonderblatt vertieft am Empfang, als Jade und Henry ihm kurz zuwinkten und den Black Swan verließen.

Der Nebel war eiskalt. *Eine merkwürdige Kälte,* schoss es Jade für einen Moment durch den Kopf. Im selben Moment nahm Henry ihre Hand. Jade war überrascht von der plötzlichen Berührung. Alles um sie herum verlor seine Bedeutung. Jade fühlte nur noch Henrys Wärme und den Druck seiner kräftigen Hand, als er sie hinter sich herzog, die Stufen zum Clockmakers Market hinab. Sie liefen Hand in Hand über den rutschigen Pflasterplatz, und wenn es nach Jade ging, würden sie noch eine ganze Weile so weitergehen. Doch kurz vor Linnaker & Sons ließ Henry ihre Hand los. Jemand stand an die Wand neben der Ladentür gelehnt.

»Mat«, rief Jade überrascht, »was tust du denn hier?«

»Das Gleiche könnte ich dich fragen«, sagte Mat.

»Ich bringe meine Uhr zur Reparatur«, sagte Jade und sah Mat auffordernd an. Doch er schwieg. Als Henry seinen Schlüssel aus der Tasche gezogen hatte, stieß Mat sich von der Wand ab.

Jades Blick blieb an einem Zeichen an der Hauswand hängen, das Mat verdeckt hatte. Es war ein Zeichen, das gestern noch nicht dort gewesen war, und sein Anblick jagte Jade einen Schauer über den Rücken.

An der Wand waren vier lange Kratzer einer Wolfsklaue.

Die Time Knights

»Komm«, flüsterte Mat, »ich will dir noch etwas zeigen.«

Sein Gesichtsausdruck war unergründlich. *Bitte, komm,* formten seine Lippen noch einmal lautlos.

Jade nickte. »Ich bin gleich zurück«, sagte sie zu Henry, der gerade die Ladentür aufschloss. Er hatte das Wolfszeichen an der Hauswand auch sofort bemerkt, das hatte Jade genau gesehen. Aber er hatte nicht darauf reagiert.

»Fein«, sagte Henry und lächelte sie an. Dann ging er in den Uhrenladen und schloss die Eingangstür.

»Ich hab's dir doch gesagt, Jade«, sagte Mat, als sie sich ein Stück vom Uhrenladen entfernt hatten. »Irgendwas stimmt nicht mit Henry.«

Jade blickte über die Schulter zurück zu Linnaker & Sons. Henry stand hinter der Tür und sah ihnen durch das Fenster nach.

»Du irrst dich! Mit Henry ist alles in Ordnung«, sagte sie. »Er macht sich Sorgen um seine Schwester, das ist ja verständlich. Was wolltest du mir denn eigentlich zeigen?«

»Komm mal mit.« Mat steuerte mit schnellen Schritten auf Clarkes & Parker zu. »Sieh dir das an«, sagte er und deutete auf die Schmiede. Als Jades Augen durch den Nebel die Schwerterschmiede erkennen konnten, stockte ihr der Atem. Auch dort war an der Hauswand neben der Eingangstür das Wolfszeichen angebracht worden.

»Das Wolfszeichen«, flüsterte Jade, trat näher heran und fuhr mit dem Zeigerfinger über die gebogenen Linien. »Was hat das zu bedeuten?«

»Das fragst du noch?«, flüsterte Mat.

Jade legte eine Hand an die Ladenscheibe und sah in die Schwerterschmiede hinein. Mr Parker stand hinter dem Verkaufstisch und sprach mit einer kleinen Person mit Fuchspelzmütze.

»Was macht Master Gridlock denn hier?« Jade öffnete die Ladentür und betrat die Dämonenschwerterschmiede. Mat folgte ihr und schloss die Tür hinter ihnen. Jade bemerkte, dass er an der Tür stehen blieb.

»Und lassen Sie sich bitte von Dr. Smith untersuchen«, sagte Master Gridlock gerade zu Mr Parker, der bei dem leisen Klingeln der Türglocke aufgesehen hatte und Jade zur Begrüßung anlächelte.

»Guten Morgen, Master Gridlock!«, sagte Jade. Ein Gefühl von Sicherheit durchströmte sie bei seinem Anblick. Er hatte sie all die Jahre beschützt. Schon damals, als sie in den ersten Jahren bei Sir Arthur aufwuchs. Und später, als sie nach Graham Hall gebracht wurde, hatte er ihr Mr Darwy zur Sicherheit geschickt.

»Ah, Jade und Mat, guten Morgen!«, rief Master Gridlock ihnen entgegen. Er schob seine Fuchspelzmütze ein wenig aus dem Gesicht. »Wie geht es dir, Mat?«

»Danke, sehr gut, Sir. Allerdings vermisse ich die Academy«, sagte Mat, kam näher und schüttelte Master Gridlocks Hand.

»Wir vermissen dich auch, Junge«, sagte Master Gridlock und blickte hinauf zu Mat.

Jade sah sich neugierig um. »Stimmt es, dass das Schwert der Wölfe gestohlen wurde?«

»Ja, so sieht es aus«, sagte Mr Parker.

»Und was hat das zu bedeuten?«, fragte Mat.

»Es ist zu früh, Schlüsse zu ziehen. Fest steht bislang, dass das Schwert der Wölfe gestohlen wurde und dass an beiden Orten eines kürzlichen Überfalls das Wolfszeichen gefunden wurde«, sagte Master Gridlock.

Jade schüttelte den Kopf. »Das sagt doch alles. Dornfinger hat die Time Knights wieder um sich versammelt.«

»Langsam«, sagte Master Gridlock und hob abwehrend die Hände. »Mir ist das alles eine Spur zu offensichtlich.«

Mr Parker nickte. »Was, wenn wir bewusst auf eine falsche Fährte geführt werden sollen?«

»Das macht doch keinen Sinn«, sagte Jade. »Wozu sollte sich jemand so viel Mühe geben, uns auf eine falsche Fährte zu locken?«

»Stimmt«, pflichtete Mat ihr bei. »Eine falsche Fährte legt man doch nur, wenn man im Hintergrund ungestört seine eigentlichen Pläne ausführen will. Aber welche Pläne könnten das denn sein?«

»Die beiden noch verschollenen Uhrzeiger vor uns zu finden«, sagte Master Gridlock und nickte Mr Parker zu. »Sie haben absolut recht mit dieser Theorie, Mr Parker, und es war gut, mich zu rufen.«

»Ich kapier gar nichts mehr, mag daran liegen, dass ich kein Zeiterbe mehr bin.« Mat sah ratlos von einem zum anderen. »Wozu sollten denn diese Anhänger von Chronos das alles inszenieren?«

»Wir sollen denken, dass sich die Time Knights wieder versammelt haben und dass Dornfinger ihr Anführer ist. Sie verteilen ihre Zeichen, um uns Angst zu machen. Angst lähmt nämlich, und man macht leichter Fehler.« Master Gridlock sah Jade nachdenklich an. »Da deine Taschenuhr dich offenbar zur Meridian Princess geführt hat, solltest besonders du aufpassen und dich nicht zu leichtsinnigen Aktionen hinreißen lassen.«

Master Gridlock knöpfte seinen Mantel zu und zog seine Fuchspelzmütze tief ins Gesicht. »Gibt es irgendetwas, das du mir sagen möchtest, Jade Ryder?«

Jade fühlte, wie ihr die Hitze durch den Körper schoss und wie sie augenblicklich feuchte Hände bekam. Es gab so vieles, das sie Master Gridlock sagen wollte. Die rätselhafte Krankheit von Lucy Ballantyne und das, was sie darüber gelesen hatten. Die seltsame Versammlung gestern in der alten Werkstatt. Henrys sonderbare Bestellung für ein Totengängerelixier. Das schwarzmagische Buch, das nun in Orlas Zimmer unter einer losen Bodendiele versteckt war und von dem sie nicht wussten, wie sie es wieder loswerden sollten. Sie wollte ihm berichten von dem Druck und der unmöglichen Aufgabe, die Selda Brice ihr gestellt hatte.

Als ihr bewusst wurde, dass sie Master Gridlock nichts von alledem erzählen konnte und besonders nicht von ihrer Sorge um Mat, der ihr seit dem Verlust seiner Zeiterbenkräfte nicht mehr so nah war wie in den vielen Jahren zuvor, flüsterte sie: »Eine Frage habe ich, aber die kann ich Ihnen nur unter vier Augen stellen.«

»Gut«, sagte Master Gridlock und sah noch einmal Mr Parker an. »Bitte denken Sie an die Untersuchung bei Dr. Smith, ja?«

Er verabschiedete sich von Mr Parker und Mat. Dann nickte er Jade zu und deutete hinaus auf den Clockmakers Market. »Lass uns ein paar Schritte gehen, Jade.«

»Okay«, sagte Jade und vermied es, Mat anzusehen. Dass er wütend war, erkannte sie schon allein an der Art, wie er seine

Hände in den Taschen vergrub und tief die Luft einsog, als Jade sich an ihm vorbeischob. Sie winkte Mr Parker kurz zum Abschied zu und folgte Master Gridlock hinaus auf den Marktplatz.

Die Pflastersteine waren nass vom Nebel. Sie gingen ein paar Schritte schweigend nebeneinanderher.

»Was ist es, das dir auf der Seele brennt?«, fragte Master Gridlock.

»Es geht um Mat«, sagte Jade leise. »Gibt es nicht irgendeine Möglichkeit, wie er seine Zeiterbenkräfte zurückerlangen kann?«

Master Gridlock blieb stehen und sah zu Jade auf. Er schüttelte mit trauriger Miene den Kopf. »Er bräuchte den Minutenuhrzeiger und obendrein dann noch ganz viel Glück und einen festen Willen. Manchmal lassen sich die abgestorbenen Zeitgene wiederbeleben. Aber das ist äußerst selten und mehr als unwahrscheinlich. Es tut mir wirklich leid, Jade.« Er nahm ihre Hand in seine und drückte sie fest. Dann ließ er sie stehen und lief Richtung Black Swan.

Als Jade sich herumdrehte, wischte sie sich hastig über das Gesicht und sah Mat lächelnd an. Er stand vor Clarkes & Parker und wartete auf sie, während sie langsam zurücklief. Mit einem finsteren Blick aus zusammengekniffenen Augen musterte er sie. »Willst du mir mal endlich erklären, was hier eigentlich los ist? Was gibt es denn so Vertrauliches mit Master Gridlock zu besprechen, dass ich es nicht hören darf? Seit wann sagen wir uns nicht mehr alles? Was habe ich verpasst, Jade! Nur weil ich keine Zeiterbenkräfte mehr habe, musst du mich ja nicht gleich aus deinem Leben streichen. Ich dachte bislang immer, dass wir Freunde sind. Zumindest das.« Er zuckte mit den Schultern und drehte sich um, um ins Witch Brew zu laufen.

»Davonlaufen macht es auch nicht besser!«, rief Jade und sah ihm fassungslos hinterher. Dann ließ sie ihren Tränen freien Lauf. Wieso behandelte Mat sie, als würde sie ihn hintergehen wollen? Spürte er denn nicht, dass sie sich große Sorgen um ihn machte und ihn furchtbar vermisste?

»Ach, der arme Junge«, flüsterte es in der Galeone über der Eingangstür von Clarkes & Parker. Es war die Figur eines jungen Mannes in Anzug und mit Zopf, der in der rechten Hand ein Schwert hielt, das er über seinem Kopf schwang.

»Pff«, machte Jade und schluchzte laut auf. »Er macht mir das Leben schwer und wird auch noch bedauert?«

Da flog die Tür der Dämonenschwerterschmiede auf, und Lavena Parker kam auf den Clockmakers Market hinaus.

Mist, dachte Jade, drehte ihr den Rücken zu und lief Richtung Black Swan.

Doch Lavena Parker hatte sie in wenigen Sätzen eingeholt. »Ich verstehe deine Tränen«, sagte sie freundlich und legte eine Hand auf Jades Arm. »Wirklich«, beteuerte sie. »Ich hätte auch Angst, wenn ein Mörder im Clockmakers Market auftaucht. Aber im Grunde bist du selbst schuld daran. Warum hast du Chronos auch gegen dich aufgebracht? Kein Wunder, dass er dich jetzt jagen wird. Oder besser: jagen lässt. Ach, ich möchte wirklich nicht in deiner Haut stecken.«

Jade sah Lavena zornig an. »Du kommst einfach nicht darüber hinweg, dass ich die Meridian Princess zurückgebracht habe, nicht wahr?« Dann ließ sie Lavena Parker einfach stehen und lief die Stufen zum Black Swan hinauf.

»Treffer und versenkt!«, rief Orla von oben aus Jades offenem Fenster. »Ich habe dich schon überall gesucht. Dachte schon, du hast dich vor Verzweiflung in die Schattenkluft gestürzt, nur weil du heute deine Prüfung bei Ms Brice hast.«

Jade schluckte. *Das* hatte sie ganz vergessen. »Oh nein. So ein Mist. Ich muss los.«

»Warte auf mich!«, rief Orla und verschwand vom Fenster.

Wenige Minuten später kam sie die Treppe vor dem Black Swan herabgesprungen. »Bleib ganz locker!«, sagte sie und lief dann neben Jade her zum Tunneleingang. »Du hast ja Peter gehört. Wenn der sagt, du hast es schon richtig gut drauf, dann heißt das in etwa, dass du unschlagbar bist.«

Am Tunnelende stand Arana Moore in der Sicherheitstür und leitete alle eintreffenden Novizen in den Time Court. »Außerordentliche Schulversammlung. Der Unterricht der ersten beiden Schulstunden fällt heute aus. Tut mir leid, aber das hat Master Gridlock soeben erst entschieden.«

Jade sah Arana Moore verblüfft an. Sie konnte es nicht glauben, dass ihr die Prüfung bei Selda Brice doch noch erspart bleiben sollte.

»Oh, oh«, sagte Orla leise, als sie sich eine Fackel nahmen und mit dem Schülerstrom nach oben in den Gerichtssaal liefen. »Wenn das mal nicht schlechte Nachrichten bedeutet.« Plötzlich blieb sie wie angewurzelt stehen. »Und wenn diese alte Frau uns auf die Schliche gekommen ist und bei Master Gridlock angeschwärzt hat?«

Jade stockte der Atem. »Dann ist das unser letzter Tag an der Academy«, sagte sie heiser und wünschte sich auf einmal, sie wäre auf dem Weg zu ihrer Prüfung bei Selda Brice.

Schon vor der Tür zum Time Court hörten sie das Gemurmel der Novizen. Sie steckten ihre Fackel in eine der Halterungen und wurden von Arana Moore zur Eile angetrieben. »Beeilt euch, ihr seid die Letzten!« Gerade noch rechtzeitig schlüpften sie in den Gerichtssaal, bevor Arana Moore die Tür verschloss. Eilig huschten sie auf freie Plätze. Orla setzte sich neben Lucy Ballantyne in die letzte Reihe, Jade auf die andere Seite des Ganges neben Peter Polkins.

»Da seid ihr ja«, sagte dieser, beugte sich vor und sah Orla prüfend an. »Ich habe mir schon Sorgen gemacht, dass wir uns hier so unplanmäßig versammeln, weil euch etwas zugestoßen ist.«

Vor dem Richtertisch versammelte sich der Galeonenchor, und dann stimmten sie alle wie immer zu Beginn einer Schulversammlung die Schulhymne an.

Bist du ein Erbe der Zeit
Willkommen und sprich deinen Eid
Wir verstehen uns auch in Magie
An der Clockmakers Aca–

Mit einem Knall flog die Tür neben der 24-Stunden-Uhr an der hinteren Wand des Gerichtssaals auf. Der Galeonenchor verstummte schlagartig mitten im Schullied. Master Gridlock schritt eilig zu seinem Platz am Richtertisch, und die Geister schwebten hastig zurück in ihre Galeonen.

Das aufkeimende Gemurmel verstummte wieder, und alle warteten atemlos darauf, zu erfahren, was der Grund für diese spontane Versammlung war. »Liebe Novizen«, sagte Master Gridlock und sah ernst in die Runde. »Ich habe euch heute hier zusammenkommen lassen, da ich es für wichtig halte, dass ihr informiert seid. Nur wer über Gefahren aufgeklärt ist, kann sich selbst schützen. Ihr habt es sicher schon durch die Sonderausgabe des *Daily Time Catcher* erfahren.« Er hob eine Zeitungsseite hoch. »Bei Clarkes & Parker wurde in der vergangenen Nacht eingebrochen und das Schwert der Wölfe gestohlen. Anfang September kam es bei Linnaker & Sons zu einem ähnlichen Angriff. In den frühen Morgenstunden wurden an beiden Gebäuden die Wolfszeichen angebracht. Für diejenigen unter euch, die nicht wissen, was dieses Zeichen zu bedeuten hat …«

Jade hatte eiskalte Hände. Sie sah sich zu Orla um, die sie erschrocken ansah.

»Das Wolfszeichen ist ein Zeichen der illegalen Time Knights, einer Versammlung von Menschen, die Chronos zu absoluter Macht über die Zeit verhelfen wollen. Sie streben eine Weltherrschaft der Unwelt an, sind besessen von dieser düsteren, zeitlosen Totenwelt. Viele Time Knights gehen irgendwann freiwillig in die Unwelt und verschenken ihre restliche Lebenszeit an Chronos. Und sie sind oftmals in höchstem Maße rassistisch. Alte und kranke Zeiterben sowie jene, die von ahnengruppengemischten Eltern abstammen, werden von ihnen als nutzlos und unwürdig betrachtet.«

Er sah besorgt in die Gesichter der versammelten Novizen. »Ich gebe zu, ich habe diese ersten Zeichen nicht ernst genug genommen. Doch gerade erhielt ich die Nachricht, dass heute Morgen ein weiterer Überfall stattgefunden hat.«

Peter Polkins zog laut hörbar die Luft ein. Die versammelten Novizen begannen lautstark zu diskutieren.

»Dieser Überfall …«, rief Master Gridlock in die Menge, »… dieser Überfall hat fernab des Clockmakers Market stattgefunden. In York, wo, wie ihr wisst, viele Gauklerfamilien der Zeiterbengesellschaft wohnen. Ich bin noch nicht über die genaueren Umstände informiert und kann auch keine Aussagen bezüglich etwaiger Personenschäden oder der Beute sagen.«

»Hoffentlich war das nicht im Witch Brew. Dort sind nämlich gerade Mats Mutter und seine Schwestern«, flüsterte Jade Peter Polkins zu und fing seinen besorgten Blick auf.

Master Gridlock hob beruhigend die Hände. »Ein paar Zeiterben sind nach York gesprungen, um sich ein Bild von der Lage dort zu machen. Ich werde ihnen in Kürze folgen, und bis zu meiner Rückkehr leitet Selda Brice die Academy und ist zudem eure Ansprechpartnerin, falls ihr eine Beobachtung macht. Ebenso werden Ms Griggs und Peter Polkins die Academy nicht verlassen.«

Ein Novize aus der ersten Reihe rief: »Wir sollen hier im Unterricht sitzen, während da draußen die Time Knights unsere Familien angreifen?«

»Im Time House seid ihr in Sicherheit!«, rief Master Gridlock, doch an dem Gemurmel der Novizen war zu erkennen, dass sie alle in großer Sorge waren. »Bitte geht immer in Gruppen und haltet euch nur in Schutzräumen auf. Vergesst niemals euer Dämonenschwert und spielt nicht den Helden, wenn ihr etwas beobachtet. Stattdessen macht bitte eine umgehende Meldung an die Schulleitung.«

»Klar«, zischte Peter Polkins erbost. »Als ob irgendein Schüler Selda Brice freiwillig aufsucht.«

Master Gridlock sah auf und nahm seine Brille ab. »Jade Ryder und Orla Dorchester kommen gleich einmal kurz in mein Büro, alle anderen können die verbleibende Zeit bis zur dritten Stunde für Hausaufgaben nutzen.«

Jade sah sich erschrocken zu Orla um, die totenbleich geworden war.

Das schwarzmagische Buch

Der Gerichtssaal leerte sich, nur Jade und Orla saßen noch auf ihrem Platz.

»Wenn sie das schwarzmagische Buch gefunden haben, dann war das hier heute unser letzter Tag an der Academy«, flüsterte Orla, als sie allein im Time Court zurückgeblieben waren und Jade sich neben sie setzte.

»Was ist mit euch?«, rief Arana Moore, die an der Tür zum Time Court stand und mit einem Schlüsselbund klimperte.

Jade nickte und stand auf. »Am besten geben wir es direkt zu!«

»Was?«, fragte Orla verwundert.

»Das mit dem schwarzmagischen Buch. Angriff ist die beste Verteidigung«, sagte Jade. »Wir haben nichts Unrechtes mit den Rezepten tun wollen. Wir wollten nur herausfinden, was mit Lucy los ist und warum andere Zeiterben sich schwarzer Magie bedienen müssen. Und genau das werde ich nun Master Gridlock erklären.«

Sie liefen schweigend durch das Time House.

Vor dem Büro von Master Gridlock warteten einige Novizen und sahen neugierig auf, als Jade und Orla um die Ecke bogen. Sicher saßen die nur dort, um aufzuschnappen, warum Master Gridlock sie in sein Büro bestellt hatte.

»Oh nein«, jammerte Orla leise. »In fünf Minuten weiß ganz London, dass wir Rezeptbuchdiebe sind.«

Als Jade in den Vorraum zu Master Gridlocks Büro abbog und, ohne zu zögern, an seine Tür klopfte, triumphierte Lavena. »Was habt ihr jetzt wieder angestellt? Von einer Verbrechertochter konnte man ja nichts anderes erwarten. Aber wer hätte gedacht, dass auch unsere einstige Heldin so schnell abstürzt?«

»Vielleicht haben wir aber auch nur eine Zeugenaussage zu machen, und du bist in Wahrheit diejenige, die tief fallen wird«, zischte Orla Lavena zu.

»Herein!«, tönte es von innen. Jade und Orla huschten ins Büro und schlossen die Tür hinter sich. Master Gridlock saß an seinem Schreibtisch und notierte gerade etwas. »Bitte setzt euch dort an den Kamin«, sagte er ruhig und freundlich.

Jade atmete tief durch, als sie sich auf das Sofa setzten. Im Kamin prasselte wie immer ein Feuer, und das Knistern machte sie heute noch nervöser. Auch Orla rieb unruhig ihre Hände aneinander.

»Master Gridlock, wissen Sie schon, wer in York überfallen worden ist?«, fragte Jade.

»Nein. Es wurde nur eine Schattenhundsichtung in der Mad Watchmakers Lane gemeldet und ein neues Wolfszeichen«, sagte Master Gridlock.

Jade horchte auf. Es gab nur eine einzige Straße, die sie in York kannte, und das war die Mad Watchmakers Lane. Sie stand im Absender auf allen Briefen, die Mat ihr jemals geschickt hatte, denn dort im Witch Brew war er zu Hause. »Mats Familie wohnt dort!«, flüsterte Jade.

Master Gridlock nickte. »Ich warte mit großer Besorgnis auf Nachrichten von dort. Mr Darwy ist sogleich rübergesprungen, und auch Ms Kingsley und Mr Switch haben sich ihnen angeschlossen. Auch daher rührt der morgendliche Schulausfall.«

Master Gridlock erhob sich aus seinem Schreibtischstuhl. »Es gibt anscheinend überaus gewitzte Novizen, die meinen, sie können die illegalen Pfade betreten, ohne aufzufliegen. Vorgestern Abend wurde eine unserer Schutzgeisterpatrouillen Augenzeuge eines Polizeieinsatzes in dem Alleyway zwischen dem Witch Brew und Linnaker & Sons«, sagte er ernst und setzte sich Jade und Orla gegenüber in einen Sessel. »Eine alte Frau, möglicherweise eine gewöhnliche Zauberin, wollte eine Anzeige gegen zwei Jugendliche aufgeben, die aus ihrem Laden ein seltenes Buch gestohlen haben, in dem sie ihre Rezepte für schwarzmagische Hexentränke verwahrte. Die Polizisten sollen gelacht haben und der Frau eine ärztliche Untersuchung ihres Verstandes empfohlen haben.«

Master Gridlock sah Jade und Orla eindringlich an und nahm seine Brille ab. »Der Besitz eines schwarzmagischen Rezeptebuches wird mit dem sofortigen Verweis von unserer Academy geahndet. Da die Personenbeschreibung der beiden Jugendlichen doch recht eindeutig war, hat Ms Brice heute Morgen eine Inspektion der entsprechenden Zimmer beantragt.«

Jades Herz klopfte schnell gegen ihre Rippen. Hektisch sah sie sich zu Orla um, die leichenblass geworden war.

Master Gridlock sah sie ernst an. »Ich musste dem Antrag zustimmen und erwarte Ms Brice und Ms Griggs gleich zurück hier in meinem Büro. Es war mir natürlich sofort klar, dass es sich bei den Jugendlichen um euch beide handelt. Wer von euch beiden hat das Buch denn genommen?«

»Ich war's!«, sagten Jade und Orla im Chor.

Master Gridlock schmunzelte. »Auch darauf hätte ich wetten können.«

Jade fasste all ihren Mut zusammen. »Master Gridlock, wir wollten das Rezeptbuch nicht für uns oder für irgendwelche schwarzmagischen Dinge verwenden. Wir hatten nie vor, es zu benutzen.«

Master Gridlock nahm seine Fuchspelzmütze ab, hob Gesine heraus und setzte sie auf den Teppich vor dem Kamin. »Dennoch ist schon allein der Besitz eines solchen Buches verboten.«

»Wir wollen dieses Buch ja gar nicht besitzen!«, rief Orla verzweifelt. »Wir haben nur nachgesehen, welchen Trank Hen… jemand von der Zeiterbengesellschaft bei dieser Frau bestellt hat und wofür er angewendet wird.«

»Und?«, fragte Master Gridlock und beugte sich vor. Er sah Orla fest in die Augen. »Um welchen Trank handelte es sich?«

»Um das Totengängerelixier.«

Wenn Master Gridlock sich wunderte oder gar erschrak, verbarg er es gut. Er lehnte sich wieder in seinem Sessel zurück. »Wer hat das Totengängerelixier bei dieser Zauberin bestellt?«

Jade und Orla sahen sich schweigend an.

»Wisst ihr, für wen es gedacht war?«, hakte Master Gridlock weiter nach.

Orla und Jade schwiegen wieder.

»Gut. Belassen wir es für den Moment dabei«, sagte Master Gridlock. »Aber sollte Ms Brice das Buch tatsächlich in einem eurer Zimmer auffinden, werdet ihr euer Schweigen brechen müssen, um nicht von der Academy zu fliegen.«

»Kann das Totengängerelixier auch aus einem anderen Grund eingenommen werden?«, fragte Jade, statt zu antworten.

»Nein«, sagte Master Gridlock. »Soweit ich weiß.«

»Mal angenommen«, sagte Orla, »jemand ist ein Totengänger und nimmt dieses Elixier. Er wirkt also wie ein ganz normaler, lebendiger Mensch. Würde Dr. Smith nicht beim Bluttest spätestens herausfinden, dass es sich bei der Person um einen Totengänger handelt?«

»Wieder nein«, sagte Master Gridlock. »Erstens machen wir ja nicht ständig Bluttests bei den Mitgliedern unserer Zeiterbengesellschaft, und zweitens würde ein gut gebrautes Totengängerelixier sogar das Blut des Totengängers wieder rot färben.«

»Verstehe«, sagte Orla. »Deshalb ist ihre Haut rosig und nicht so leichenblass mit schwarzen Rändern unter den Augen wie bei Lady Mortimer damals.«

»Eine Sie?«, fragte Master Gridlock überrascht, als hätte er *das* nicht erwartet.

Orla sah Jade erschrocken an und hob entschuldigend die Hände.

»Was glauben Sie, warum Lady Mortimer damals dieses Totengängerelixier nicht genutzt hat?«, fragte Jade ausweichend.

»Oh, es ist sehr teuer, und zudem muss man einen Finger- oder Zehennagel dafür opfern. Das bringt nicht jeder fertig«, sagte Master Gridlock. »Und es wirkt ja auch nicht sehr lange. Man muss es schon regelmäßig einnehmen, und es heißt, dass es furchtbare Bauchkrämpfe verursacht.«

»Sie kennen die Rezeptur?«, fragte Jade verwundert.

»Sicher«, sagte Master Gridlock schmunzelnd. »Was man im Kopf hat, muss man nicht in Schriftform besitzen. Das erleichtert einem das Leben ungemein an dieser Academy.« Master Gridlock erhob sich aus seinem Sessel und sah Jade und Orla eine Weile schweigend an. »Ich werde nun die Rohrpostnachrichten beantworten und muss euch bitten, hier auf die Rückkehr von Ms Brice und Ms Griggs zu warten. Überlegt es euch, vielleicht möchtet ihr euch mir anvertrauen.«

Sie warteten auf Selda Brice' und Evelyn Griggs' Rückkehr, und der Sand im großen Stundenglas auf Master Gridlocks Schreibtisch rieselte derweil so langsam wie nie.

Master Gridlock hatte mehrere Nachrichten geschrieben, sorgsam gefaltet und in Metallkugeln gelegt. Nachdem er jede Kugel einzeln versandt hatte, holte er ein Bonbonglas von seinem Schreibtisch und kam zurück zum Kamin. »Möchtet ihr auch ein gefülltes Pfefferminzbonbon? Ach, was habe ich mich auf diese Schokolade immer gefreut, wenn ich Sir Arthur besucht habe. Aber er war kauzig damit. Ein einziges gab er mir höchstens aus seinem Glas.« Er lächelte Jade an. »Manchmal habe ich mir bei einem Zeitstillstand heimlich welche genommen.« Master Gridlock öffnete das Glas und sah Jade und Orla fragend an. »Ich überlege immer noch, ob es irgendeinen anderen Trank gibt, für den man Finger- oder Fußnägel opfert. Sehr ungewöhnlich. Ach, na ja. Wie wär's nun erst einmal mit einem Pfefferminz?«

»Igitt!« Orla schüttelte sich. »Tut mir leid, aber wie können Sie nur in einem einzigen Atemzug von geopferten Finger- oder Fußnägeln und von Pfefferminzbonbons sprechen? Und das jetzt, wo in York vielleicht Zeiterben überfallen wurden und Jade und mir der Rauswurf aus der Clockmakers Academy droht?«

Master Gridlock wickelte eines der Pfefferminzbonbons aus und steckte es sich in den Mund. »Man lernt mit den Jahren, eine gewisse Gelassenheit zu bewahren. Ich gehe fest davon aus, dass in York niemand zu Schaden kam und dass am Ende auch dieser Angriff als Angstmacherei einzustufen ist. Außerdem kann ich mir nicht vorstellen, dass ihr ein solch gefährliches Buch einfach in eurem Zimmer aufbewahrt, ohne gewisse Sicherheitsvorkehrungen getroffen zu haben.« Er suchte sich noch ein zweites Bonbon aus dem Glas und blickte sie dann lächelnd an.

Orla und Jade sahen sich betroffen an. Jade schluckte. »Master Gridlock, ich fürchte, wir haben das Buch im Zimmer aufbewahrt, und wir haben keine –«

Bis ins Büro konnte man die Novizen auf dem Flur plötzlich durcheinanderreden hören. Sekunden später flog die Bürotür auf, und Selda Brice stürmte in den Raum. Ihr folgte Evelyn Griggs, die leise die Tür hinter sich schloss.

»Für diesen Gesetzesbruch bringe ich dich vor den Time Court!«, sagte Selda Brice wütend zu Jade und baute sich vor ihr auf. »Was zum Teufel hast du dir eigentlich dabei gedacht?«

»Sie haben also gefunden, wonach Sie suchten?«, fragte Master Gridlock überrascht.

»Nein, Sir«, sagte Evelyn Griggs, die langsam näher gekommen war. »Wir haben die Zimmer beider Novizinnen durchsucht. Ms Brice hat sogar einen Auffindefluch angewandt. Nichts.«

Jade sah Orla verdutzt an. Sie waren beide sprachlos. Wie konnte es sein, dass Selda Brice das Buch unter dem losen Dielenbrett in Orlas Zimmer nicht entdeckt hatte? Es hätte ihr doch bei der Anwendung des Auffindefluchs regelrecht um die Ohren fliegen müssen.

»Darum verlange ich nun den sofortigen Einsatz des Stuhls der Wahrheit«, sagte Selda Brice. »Wir müssen erfahren, wo diese beiden Novizinnen das Buch versteckt haben. Und außerdem könnte ich wetten, dass Miss Ryder im Besitz eines schwarzmagischen Rattenschädels ist, denn so einer wurde mit dem Rezeptebuch entwendet. Leere deine Taschen«, forderte sie.

Jades Herz klopfte bis zum Hals. Verdammt, dachte sie und wünschte sich, sie könnte den Schädel in ihrer Schultasche unsichtbar machen. Der Rattenschädel war eine Falle gewesen, keine Aufnahmeprüfung – und sie war drauf reingefallen.

»Genug«, sagte Master Gridlock. »Da Sie in den Zimmern nichts aufgefunden haben, werde ich Orla und Jade nun entlassen und nicht erlauben, dass Sie sie weiteren und immer neuen Anschuldigungen aussetzen. Und wir beraten, wie wir zukünftig mit Anschuldigungen einer gewöhnlichen Zauberin oder anderer Personen, die noch nicht einmal der Zeiterbengesellschaft angehören, umgehen möchten.«

»Sehr richtig«, stimmte Evelyn Griggs dem Schulleiter zu. »Es gab einen Verdacht, und Sie selbst haben festgelegt, wie in diesem Fall verfahren werden soll, Selda. Wir haben wirklich genug anderes zu tun, als hinter zwei unserer besten Schülerinnen herzuschnüffeln, meinen Sie nicht auch?«

»Unsere besten Schülerinnen?«, fragte Selda Brice mit hochgezogenen Augenbrauen und kalter Wut in der Stimme. »Miss Ryder kriegt noch nicht mal einen einfachen Feuerwerfer zustande. Aber, Master Gridlock, dafür gebe ich einzig und allein Ihnen die Schuld. Sie hatten ja von Anfang an diese irrsinnige Idee, dass Miss Ryder begabter als andere ist und in einem Jahr das lernen kann, wofür andere drei Jahre benötigen. Es ist an der Zeit, Miss Ryder in ihre Schranken zu verweisen – und für eine neue Schulleitung.«

Jade sprang vor Zorn bebend auf, und noch ehe sie richtig darüber nachdenken konnte, beschwor sie einen Feuerball herauf und schleuderte ihn ihr entgegen.

Selda Brice reagierte prompt. Mit einem lässigen Fingerschnips verpuffte der Feuerschwall und fiel in Funken zu Boden. Dann kam sie auf Jade zu und baute sich vor ihr auf. Jade hörte, wie Orla nach Luft schnappte. Ms Brice' Lippen waren weiß vor Zorn, als sie zischte: »Ich sehe, du hast geübt. Das ist auch ratsam, wenn du meinen Unterricht überleben willst.«

»Ihren Worten entnehme ich, dass Sie Miss Ryder in Ihren Kurs aufnehmen und sie daher vermutlich auch keinen weiteren Tests unterziehen wollen«, sagte Master Gridlock in die angespannte Stille hinein.

Jade drehte sich hellhörig geworden zu Master Gridlock herum. Woher wusste er von der Prüfung? Doch er verzog keine Miene und sah an Jade vorbei Ms Brice fragend an.

»Selbstverständlich verzichte ich auf die Prüfung«, sagte Ms Brice höhnisch und schob sich an Jade vorbei, ohne sie eines weiteren Blickes zu würdigen. »Oder glauben Sie allen Ernstes, dass ich Miss Ryder eine Gelegenheit biete, sich wieder einmal vor den anderen Novizen in den Vordergrund zu spielen?«

Jade fing Orlas verblüfften Blick auf.

»Nein, das werden Sie natürlich zu verhindern wissen«, sagte Master Gridlock. »Ich denke, dass wir dann die beiden Novizinnen entlassen sollten, damit sie sich auf den Weg in ihren Klassenraum machen können. Die dritte Stunde beginnt in weniger als fünfzehn Minuten.«

Ernsthaft?, dachte Jade ungläubig, als sie Selda Brice' unergründliche Miene betrachtete, mit der sie Master Gridlock von oben herab musterte. Sie und Orla sollten einfach so davonkommen? Kein Schulverweis wegen des Buchdiebstahls und keine Prüfung bei Ms Brice? Doch Master Gridlock deutete tatsächlich zur Bürotür.

Evelyn Griggs, die noch immer nahe der Tür stand, nickte ihnen lächelnd zu, als Orla und Jade sprachlos das Büro verließen.

»Sie kommen!«, rief Alexander Lewis, der im Vorraum gewartet hatte. Vermutlich hatte er sogar an der Tür gelauscht, denn sein linkes Ohr war feuerrot.

Das Gemurmel im Flur wurde lauter, und als Jade und Orla

aus dem Vorraum traten, stürmten ein paar Novizen auf sie zu, und alles schnatterte durcheinander.

»Müsst ihr die Academy verlassen?«, fragte Alexander Lewis atemlos.

Jade schob sich an den wartenden Novizen vorbei und sagte: »Lasst mich bitte durch. Ich würde jetzt gerne zum Unterricht gehen.«

Lavena saß noch immer auf dem Mauervorsprung und sah Jade herablassend an. »Zum Unterricht?«, fragte sie, sprang von ihrem Platz und kam langsam auf Jade zu. »Seit wann dürfen von der Academy verwiesene Schülerinnen noch am Unterricht teilnehmen?«

»Also da geht jetzt aber deine Fantasie mit dir durch«, sagte Jade und ließ Lavena stehen.

Orla kicherte. Dann rief sie über die Schulter: »Ach, Lavena, halt einfach mal die Luft an! Wenn man für Hochnäsigkeit auf die Nessby verbannt würde, hättest du eine eigene Zelle dort.«

Am späten Nachmittag, nachdem sich die letzte Stunde in Nautische Messgeräte bei Archer Switch wie ein langer, nicht enden wollender Zeitstillstand angefühlt hatte, eilten Orla und Jade endlich auf ihre Zimmer. Schon in Orlas Zimmertür blieben sie entsetzt stehen und blickten wütend auf das Chaos, das Selda Brice hinterlassen hatte.

»Lass uns mal nachsehen«, sagte Orla, trat in ihr Zimmer und hob das lose Dielenbrett an. Das Versteck war leer. Sie ließ sich auf die Knie fallen und suchte mit ihren Händen das Versteck ab. »Leer!«

»Das gibt es doch gar nicht«, sagte Jade, hockte sich auf den Boden und tastete mit ihrer Hand in dem Hohlraum unter dem

Dielenbrett. »Hast du es vielleicht heute Morgen herausgenommen?«

»Jade ist zurück!«, rief Harper von nebenan aufgeregt und schwebte Augenblicke später durch die Wand in Orlas Zimmer hinein. »Was hab ich gewartet. Nein, nein, so ein Tag!«, jammerte das Geistermädchen. »Zuerst diese hochgeheime Sache, und dann diese beiden Frauen, die eure Zimmer durchwühlt haben. Diese Ms Brice hat immer gerufen: Dafür fliegt Jade Ryder endgültig von der Academy. Und da dachte ich, du kommst nie-hiehie wieder.«

Harper lehnte sich an Jade und schluchzte leise.

»Also, Harper, ich bin doch hier«, sagte Jade und schüttelte sich vor Kälte, denn das Geistermädchen drückte sich noch enger an sie heran. »Was für eine hochgeheime Sache meinst du denn?«, fragte Jade und rückte ein klein wenig von ihr ab.

»Ach, das wisst ihr nicht?«, rief Harper überrascht und riss ihre feucht schimmernden Augen weit auf. »Jemand kam heute Morgen in den Black Swan und wollte mich sprechen. Mich, Harper, Schutzgeisterauszubildende im zweiten Lehrjahr.«

Orla grinste. »Und was wollte dieser Jemand von der Schutzgeisterauszubildenden im zweiten Lehrjahr?«

Harper druckste herum und sah Jade und Orla dann ängstlich an. »Zuerst müsst ihr beide versprechen, dass ihr nicht sauer werdet.«

»Wieso sollten wir sauer werden?«, fragte Jade lächelnd.

»Weil ich euch etwas gestohlen habe«, flüsterte Harper nach einer Weile.

»*Was?*«

»Ja«, sagte das Geistermädchen zerknirscht. »Das war aber nicht meine Schuld. ›Harper‹, hat der Jemand gesagt, ›mir ist zu

Ohren gekommen, dass du von einer Karriere auf dem Timeless Sleeper träumst. Heute möchte ich dich prüfen und sehen, ob wir dir so eine verantwortungsvolle Aufgabe schon zutrauen können.‹ Und ich habe es geschafft. Am zehnten Januar geht es los.« Sie flog jubelnd einen Salto durch Orlas Zimmer.

»Und was hast du bei deiner Prüfung machen müssen?«, fragte Orla irritiert.

Schlagartig verpuffte Harpers Freude, und sie ließ sich wieder auf den Boden neben Jade sinken. »Jemand hat mir gesagt, dass ein schwarzmagischer Gegenstand im Black Swan versteckt ist und dass ich, wenn ich ihn finde, ab Januar ein Praktikum auf dem Timeless Sleeper machen darf.« Sie zuckte mit den Schultern. »Ich bin also losgeflogen und habe alles abgesucht. War nicht weiter schwer. Ein gutes Versteck war es jedenfalls nicht. Das Buch hatte ich in wenigen Minuten gefunden. Tja, und dann hat der Jemand das Buch eingesteckt und mir zu meiner bestandenen Prüfung gratuliert.«

Jade und Orla sahen sich verblüfft an.

»Aber wer war es denn, Harper?«, fragte Jade.

»Das darf ich dir nicht sagen. Nie, nie, niemals nicht. Jemand hat gesagt, wenn ich den Namen nenne, ist es aus mit dem Praktikum auf dem Timeless Sleeper.« Harper presste sich ihre dünne Geisterhand auf den Mund und schüttelte so heftig den Kopf, dass ihre Flatterhaare nur so flogen. Dann sauste sie durch die Zimmerwand davon.

»Die Frage ist ja: Wer hat gewusst, dass wir das Buch geklaut und es hier im Black Swan versteckt haben und dass Harper von einem Praktikum auf dem Timeless Sleeper träumt?«, sagte Orla nachdenklich.

»Das kann niemand gewusst haben«, sagte Jade. »Zumindest

nicht alles davon. Und dann gibt es ja noch eine andere dringende Frage.«

»Du meinst die Frage, wer das Buch jetzt hat und ob er uns damit erpressen will«, sagte Orla düster.

Jade schüttelte den Kopf und deutete auf die Galeone von Lady Pommery. »Nein, ich frage mich, wer meine Zimmergaleone wird, wenn Harper auf dem Timeless Sleeper arbeitet.«

»Um Himmels willen, du hast recht«, sagte Orla. »Was, wenn sie dir Nanny Sternly zurückbringen und sie dich jedes Mal verpetzt, wenn du ins Turmzimmer gehst?«

Der Pförtner der Unwelt

In den kommenden Wochen tosten Herbststürme durch den Clockmakers Market. Jade und Orla hatten jede Menge zu lernen für die Zwischenprüfungen Ende Januar, und sosehr sie sich auch bemühten: Sie schafften es weder Lucys noch Harpers Schweigen zu durchbrechen.

An einem Abend Anfang Dezember blieben Orla und Jade nach dem Essen wie viele andere Novizen im Speisesaal am Tisch sitzen und machten ihre Hausaufgaben in Historie der Zeiterbengesellschaft. Odette sammelte gerade mit Jenna die Stundengläser von den Tischen ein. Seit Tagen wurde der Black Swan auf die Weihnachtszeit vorbereitet, und mit jeder Stunde wurde die sonst so mürrische Jenna besser gelaunt und sang – wie immer völlig schiefe – Weihnachtslieder. »Ding! Dong! Merrily on High, The Christmas bells are ringing …«

Orla beugte sich zu Jade herüber und flüsterte: »Fragst du dich auch immer noch, wer jetzt das schwarzmagische Buch wohl hat, warum er uns nicht verrät, und ob damit noch was passiert?«

»Ja. Und ich denke immerzu, dass es jemand sein muss, den Harper kennt. Ansonsten hätte sie das Buch wohl kaum rausgerückt, oder?«, raunte Jade und blickte sich um. Sie fing Henrys

Blick auf, der am Tischende neben Lucy saß. Auch er hatte aufgesehen und sah sie ernst an.

Jade überlegte, ob es richtig gewesen war, Master Gridlock nicht alles zu erzählen, was sie herausgefunden und beobachtet hatte. Was, wenn Lucy wirklich eine Totengängerin war? Was war dann wohl ihr Auftrag, und wieso schützte Henry sie?

Jade seufzte und sah gedankenverloren durch die Fenster hinaus auf den Clockmakers Market. Im Witch Brew brannte noch Licht. Aber Mat war nicht mehr da.

Sie zog einen ausgeschnittenen Zeitungsartikel aus ihrem Lehrbuch für die Gaukelei. Seit Wochen trug sie den Bericht über den Überfall in der Mad Watchmakers Lane in York mit sich herum. So oft hatte sie ihn inzwischen gelesen, dass sie ihn auswendig konnte.

Überfall in York

Das Time House meldet unter Berufung auf interne Kreise der Yorker Gauklergilde einen Überfall in der Mad Watchmakers Lane. Den Angaben zufolge soll es am späten Sonntagabend zu mehreren Schattenhundsichtungen gekommen sein. Am frühen Montagmorgen soll Mr Olivers, Nachtwächter der Yorker Gauklergassen, verdächtige Personen in einem unbewohnten Geschäftsgebäude beobachtet haben. Als er sich den Einbrechern bemerkbar machte, griffen ihn diese an und flohen in unbekannte Richtung. Mr Oliver trug ernste Verletzungen davon und wird im Gauklerspital in York behandelt. Gestohlen wurde nach bisherigen Erkenntnissen nichts, jedoch wurde das Wolfszeichen der Time Knights an dem ehemaligen Geschäftshaus entdeckt.

Jade legte den Artikel zurück in ihr Schulbuch und seufzte besorgt. Da bemerkte sie eine Bewegung vor dem Fenster. Sie sah genauer hin und fuhr vor Schreck zusammen.

Jemand sah zu ihnen herein. Es war ein Mann mit langem Haar und einem spitz zulaufenden Bart. Eine lange Narbe, die einen tiefen Schatten über sein Gesicht legte, zog sich von seiner Stirn über das rechte Auge bis hinunter auf seine Wange.

Jade sprang auf. »Da! Da ist er!«, rief sie und bereute es sogleich, denn alle sahen sie nun an.

»Jade? Alles klar?«, fragte Odette. Auch Jenna hatte bei Jades Schrei entgeistert aufgesehen und das Stundenglas, das sie gerade in ihren Händen hielt, nur mit Mühe auffangen können.

»Tut mir leid«, sagte Jade und beugte sich dann zu Orla herab. »Ich habe ihn auch gesehen. Ms Mallows hat recht. Dieser merkwürdige Mann stand gerade dort drüben vor dem Fenster und hat zu uns hereingesehen.« Sie raffte ihre Bücher zusammen. »Ich muss nachsehen, wohin er geht.«

»Du willst da jetzt raus? Und wenn es ein Anhänger von Chronos ist?«, zischte Orla und schüttelte heftig den Kopf. »Das ist viel zu gefährlich.«

»Unsinn«, sagte Jade und ließ die Schnalle ihrer Tasche zuschnappen. »Wir sind hier auf dem Clockmakers Market und umgeben von Schutzgeistern. Außerdem war er allein. Ich will nur sehen, wohin er geht.« Sie sah Orla noch einmal entschlossen an, dann drehte sie sich herum und eilte aus dem Speisesaal.

»Warte, ich komme mit dir!«, rief Orla ihr hinterher.

»Könnt ihr eigentlich nicht lesen?«, rief Jenna und deutete mit ihrem Staubwedel auf das Metallschild an der Speisesaaltür, das immer nach dem Abendessen dort aufgehängt wurde: *Bitte Ruhe, Studierzeit.*

»Tut mir leid, das vergesse ich immer!«, rief Jade entschuldigend über die Schulter.

»Kein Problem«, donnerte Jenna zurück. »Dafür gibt es ja Einprägungsflüche, nicht wahr? Können wir gleich mal ausprobieren.«

Erst in der Eingangshalle blieb Jade stehen und wartete auf Orla. »Was sind Einprägungsflüche?«, fragte Jade, als Orla angelaufen kam.

Orla verdrehte die Augen. »Das sind Flüche, die einer Person helfen sollen, sich die Regeln einzuprägen. Also körperlich. Ich hab davon in *Fluch der Flüche* gelesen. Du willst losrennen, und deine Beine bremsen automatisch ab. Du willst dein Zimmer nach halb elf verlassen, und die Türklinke versetzt dir einen kleinen elektrischen Schlag. Oder du willst eine fremde Rohrpost öffnen, die dann laut zu pfeifen beginnt. Führt zu unschönen Momenten, aber sicher ist, dass du es nie wieder vergisst.«

»Machst du Witze?«, fragte Jade lachend.

»Leider nein, und Jenna traue ich alles zu«, raunte Orla.

Sie schlüpften in ihre Jacken und deponierten ihre Taschen bei Elliott Baker. »Ihr wollt wohl noch auf ein Snat in den Heulenden Hund«, sagte Elliott Baker verständnisvoll. »Denkt dran, zusammenzubleiben. Niemand darf in diesen Tagen alleine raus.«

»Ja, wissen wir, Mr Baker«, sagte Orla.

Jade öffnete die Eingangstür und trat nach draußen.

Es war eine bitterkalte Nacht. Der Frost glitzerte auf den Pflastersteinen. »Hallo? Sind Sie noch hier?«, rief sie, und ihr Atem bildete eine weiße Wolke.

»Hältst du das immer noch für eine gute Idee?«, fragte Orla mit bibbernder Stimme und zog die Eingangstür des Black Swan leise hinter sich zu.

»Warum denn nicht? Vielleicht möchte er uns was sagen. Ehrlich, Orla, ich denke nicht, dass er gefährlich ist. Der lungert doch schon so lange hier herum. Und denk doch nur an Mat«, sagte Jade und stieg die Stufen hinab zum Clockmakers Market. »Was, wenn er einen Hinweis auf den Minutenuhrzeiger hat? Ich würde alles tun, um Mat zu helfen.« Sie strengte ihre Augen an, aber sie konnte nichts erkennen. Alles war wie gedämpft – dunkler und stiller als sonst.

»Da! Hast du das auch gehört?«, flüsterte Orla neben ihr und griff nach ihrer Hand.

Sie liefen an der zerfallenen Mauer vor dem Black Swan entlang, und außer Orlas schnellem Atem hörte Jade nichts.

Dann plötzlich vernahm sie es auch. Ein leises Knirschen, wie langsame Schritte auf frostigem Boden. Jade zog ihren Schwertgriff hervor, umklammerte ihn mit klopfendem Herzen und drehte sich herum. Doch hinter ihnen war niemand.

»Wir sollten uns jetzt ganz schleunigst in Sicherheit bringen«, flüsterte Orla besorgt.

»Das war bestimmt nur ein Tier«, sagte Jade beruhigend. »Wir suchen nur nach diesem Mann, nicht nach einem Dämon oder so was.«

»Und was, wenn es die Dämonen gar nicht interessiert, ob du sie jetzt erwartest oder nicht?«

Wieder erklangen Schritte, und Jade sah sich suchend auf dem Clockmakers Market um, doch sie konnte im blassen Lichtschein der Straßenlaternen nichts erkennen.

Immer weiter liefen sie am Black Swan entlang und hatten fast die Treppe zum Tunneleingang erreicht, als Jade ein leises Flüstern hörte. Ihr Herz hämmerte schnell, und ihre Hand verkrampfte sich um den Griff ihres Dämonenschwertes, als sie die hellsilbern schimmernde Klinge heraufbeschwor. Geblendet von dem Licht versuchte sie in der Schwärze der Nacht etwas zu erkennen. Auf einmal hörte sie es ganz deutlich: Schritte – und sie kamen auf sie zu.

»Verdammt«, raunte Orla, und ihr Dämonenschwert blitzte neben Jade auf.

»Wer ist da?«, rief Jade. Ihre Stimme zitterte. *Ruhig, Jade!*, redete sie sich in Gedanken gut zu. *Wir sind hier immerhin mitten im Clockmakers Market und von Schutzgeistern umgeben. Was kann hier schon geschehen?*

Da löste sich eine Gestalt aus der Dunkelheit des Tunneleingangs, und im nächsten Moment flammte ein Dämonenschwert kurz vor ihnen hellsilbern auf. Heller als alle Schwerter, die Jade bislang gesehen hatte. Dagegen waren ihre eigenen Klingen wie Kerzenflammen vor einem Scheinwerfer.

Geblendet vom hellen Licht konnte Jade das Gesicht des Schwertträgers kaum erkennen. Nur langsam gewöhnten sich ihre Augen an den grellen Schein. Vor ihnen stand eine groß gewachsene Gestalt, den Kragen des Mantels hochgeschlagen. Es war der Mann, der vorhin durchs Fenster hereingesehen hatte. Sein langes Haar hing ihm wirr ins Gesicht. Sie erkannte schemenhaft seinen spitz zulaufenden Bart und die lange Narbe, die im Silberlicht des Dämonenschwertes eine tiefe Furche quer über sein Gesicht zog. Nun hob er sein Schwert und reckte es hoch in die Luft.

Als wäre es ein Pokal, schoss es Jade durch den Kopf. Alarmiert sah sie Orla an. Wer war dieser Mensch, und was tat er denn da mit seinem Dämonenschwert? Hatte er womöglich einen Dämon aus der Unwelt gewittert?

»Jade Ryder«, zischte der Mann und ließ sein Schwert wieder sinken. »Der Teenager, vor dem sich die Unwelt fürchtet.«

»Was wollen Sie von uns?«, rief Orla und machte mit ihrem Dämonenschwert ein paar schnelle Schritte auf ihn zu. Im gleichen Augenblick schlug der Mann ihr das Dämonenschwert mit einem einzigen Schlag seiner mächtigen Schwertklinge aus der Hand. Orlas Schwert flog quer über den Marktplatz, verlosch und fiel irgendwo kurz vor dem Black Swan klirrend auf die Pflastersteine. »Noch ein Versuch, Mädchen, und du lernst die Kluften der Unwelt noch heute Abend kennen.«

»Verdammt, Jade, ich hab's geahnt«, sagte Orla und verbarg sich Schutz suchend hinter Jade.

Jades Herz klopfte wie verrückt, und sie umklammerte fest ihr leuchtendes Dämonenschwert. »Was wollen Sie von mir?«

Ein leises Quietschen hinter ihnen auf dem Clockmakers Market ließ Jade herumfahren. Aus dem Zeitsprungfenster neben Clarkes & Parker trat jemand auf den Marktplatz, und auch aus den Zeitsprungfenstern am Witch Brew und aus der Telefonzelle stiegen Gestalten. Sie waren dunkel gekleidet; die Person neben der Telefonzelle hatte ihre Hoodiekapuze tief ins Gesicht gezogen. Es kamen noch weitere von ihnen per Zeitfenstersprung an, und sie alle gaben sich nicht zu erkennen. Manche trugen Wollmützen und hochgezogene Rollkragen, andere hatten sich ein Tuch vor Nase und Mund gebunden. Sie blieben neben den Zeitfenstern, denen sie entsprungen waren, stehen. Als wollten sie sie daran hindern zu fliehen, dachte Jade.

»Es funktioniert also noch immer«, raunte der Mann, der sein Schwert nun erneut hoch in die Luft reckte.

»Was soll das hier werden?«, fragte Jade mit zitternder Stimme.

»Genau«, pflichtete Orla ihr bei. »Wirklich coole Vorstellung, aber wir gehen dann mal.« Sie raunte Jade zu: »Nichts wie weg!« Dann stürmte sie los Richtung Black Swan.

Da blieb die Zeit stehen. Ohne Vorwarnung, ohne Rucken. Alles verstummte – nur ein Dröhnen unter ihren Füßen schwoll an. Jade sah Orla entsetzt hinterher. Der Nullmeridian öffnete sich zu einer felsigen, düsteren Kluft – einer Kluft, die sie unüberwindbar voneinander trennte.

»Jade!«, schrie Orla.

Jade sah sich entsetzt nach einem Ausweg um, doch die Schattenkluft trennte sie nicht nur von Orla, sie schnitt sie auch vom Black Swan ab. Hinter ihr gab es keine Fluchtmöglichkeit, denn die dunklen Gestalten blockierten die Zeitfenster und Abzweigungen zu den kleinen Gassen und zum Tor, das aus dem Clockmakers Market hinausführte.

Da lösten sich die ersten silbern schimmernden Galeonsgeister aus ihren Figuren. Jade atmete tief durch. Sie waren nicht allein. Doch schon im nächsten Augenblick verpuffte ihre Hoffnung jäh, denn die dunklen Gestalten richteten ihre hell aufflammenden Dämonenschwerter gegen die Geister, die sich laut schreiend wieder in ihre Galeonen verkrochen.

»Ich hole Hilfe!«, rief Orla, drehte sich herum und stürmte los Richtung Black Swan. Da sprang ihr eine der dunklen Personen – eine groß gewachsene, hagere Gestalt in einem bodenlangen Kapuzenmantel – in den Weg. Die Person hob ihre Hand gegen Orla und ließ sie erstarren. Orla war mitten im Lauf eingefroren, als wäre sie ein gewöhnlicher Mensch ohne Zeitgen.

»*Orla!*«, rief Jade wie von Sinnen. »Was haben Sie getan?« Sie richtete ihr Dämonenschwert auf den Mann, als ihr ein glühend heißer Schmerz durch die Hand schoss; ihr Schwert klirrte zu Boden und rutschte auf dem eisigen Kopfsteinpflaster weg.

»Hatte ich nicht gesagt, kein weiterer Versuch?«, zischte der Mann und kam langsam auf Jade zu. Er murmelte leise vor sich hin, das silbern schimmernde Schwert auf die Schattenkluft gerichtet, und ließ Jade nicht aus den Augen.

»Was wollen Sie von mir?«, fragte Jade und rieb ihre schmerzende Hand. Sie sah sich Hilfe suchend um. Doch es war hoffnungslos: Orla war erstarrt, die Schutzgeister waren geflohen, und die Fensterscheiben der umliegenden Häuser waren allesamt vom Frost des Zeitstillstands blind. Niemand bekam mit, in welcher Gefahr sie gerade schwebte.

Da raschelte es zu ihren Füßen. Sie blickte herab und sah, wie sich ein riesiges Spinnenbein aus der Schattenkluft emporschob. Ihr Magen zog sich zusammen, und sie machte einen hastigen Schritt zurück.

Der Mann murmelte noch immer; sein Dämonenschwert hielt er auf das Spinnentier gerichtet, das mehr und mehr zum Vorschein kam. Zuletzt hob die Spinne ihren Kopf aus der Schattenkluft empor: Es war ein faltiger, eingefallener Katzenkopf mit schwarzen Augenhöhlen.

Jade brach der kalte Schweiß aus, und sie wich leise wimmernd zurück.

Das Spinnentier richtete sich zu seiner vollen Größe auf und überragte den Mann mit dem Dämonenschwert deutlich.

Jade machte ein paar Schritte zurück, sah sich gehetzt nach einer Fluchtmöglichkeit um, doch die dunklen Gestalten schlossen den Kreis hinter ihr und kamen langsam näher.

»Pförtner der Unwelt?«, sagte der Mann zu der Spinne, die etwa doppelt so groß war wie er. »Das Mädchen ist bereit.«

Jades Atem ging immer schneller, als die Spinne mit ihren haarigen Beinen laut raschelnd über das Kopfsteinpflaster lief und auf sie zukam. Das Spinnentier stellte sich auf seine Hinterbeine und rieb seine Vorderarme in der Luft aneinander. Jade sah, dass sich ein schwarzer, rauchähnlicher Faden zwischen den Armen bildete. Dann sank die Spinne zu Jade herab.

Jade sah sich nach ihrem Dämonenschwert um, doch das war unerreichbar für sie. Und sie konnte auch keinen einzigen Galeonsgeist sehen, der ihr zur Seite springen würde. Sie war allein und schutzlos diesem Monster ausgeliefert, das nun sein haariges Bein um sie legte.

»Iiih, verzieh dich!«, rief Jade und fühlte einen Würgereiz in ihrer Kehle. Da blitzte Peter Polkins' Stimme in ihrem Kopf auf: *Bei einem Überraschungsangriff hebe einfach deine linke Hand und konzentriere dich auf die Erstarrungsformel. Sieh dabei deinem Feind ins Auge und bewirf ihn mit dem Fluch.*

Jade formte ihre linke Hand zu einer Schale und murmelte in Gedanken: *Erstarren soll alles Böse und der Bösen Fluch.* Sie sah dem Spinnentier ins runzlige Gesicht. Ein Schauder lief ihr dabei über den Rücken. Dann hob sie ihre linke Hand und schleuderte der Spinne ihren Erstarrungsfluch entgegen.

Der Mann lachte laut auf, und die Spinne zuckte noch nicht einmal zurück. Sie umschlang Jade mit ihren geschickten Spinnenbeinen und begann sie mit ihrem Rauchfaden einzuwickeln. Jade bebte vor Kälte. Nicht mehr lange, und sie würde wie ein zusammengeschnürter Kokon auf dem Clockmakers Market liegen – erfroren und ihrer Lebenszeit beraubt.

Wieder hob sie ihre linke Hand. Dieses Mal beschwor sie einen Feuerball herauf. Feuerbälle waren einfacher, sie entsprangen ihr nun beinahe so schnell, wie man ein Zündholz entflammen konnte. Doch der Feuerball war recht klein geraten, sie fror einfach zu sehr. Er versengte dem Spinnentier gerade einmal ein paar Härchen auf dem Vorderbein.

Wieder lachte der Mann laut auf. Sein Dämonenschwert war

nach wie vor auf die offene Schattenkluft gerichtet. Da fühlte Jade eine ungeheure Wut in sich aufsteigen. Er war es, der mit seinem Schwert dieses Spinnentier kontrollierte wie eine Marionette.

Jade formte in ihrer linken Hand einen weiteren Feuerball. Verzweifelt versuchte sie sich aus dem frostigen Netz der Spinne zu befreien.

»Sie wehrt sich wie ein eingesponnenes Insekt«, höhnte der Mann. »Und sie ahnt nicht, dass sie damit das Netz nur noch enger um sich zieht.«

Jade holte aus mit ihrer linken Hand, die sie noch bewegen konnte. All ihr Zorn entlud sich in diesem einen Wurf, der hell glühend am Pförtner der Unwelt vorbeischoss und den Mann an der rechten Hand traf. Er schrie auf, klirrend fiel sein Dämonenschwert zu Boden und kam nur wenige Zentimeter vor der Schattenkluft zum Liegen. Das Silberlicht wurde langsam schwächer.

Der Mann sank auf die Knie, er keuchte und winselte vor Schmerzen. Eine der dunklen Gestalten eilte herbei; den Rollkragen seines Pullovers hatte er bis über die Nase gezogen, und sein Haar verbarg er unter einer dunklen Wollmütze. Er beugte sich zu dem verletzten Mann hinab und half ihm auf. Der Mann stöhnte noch immer und hielt seinen rechten Arm, dessen Hand wie ein bleiches Knochengerippe aussah.

Jade wollte aufschreien vor Ekel, doch der eng gesponnene Rauchfaden raubte ihr die Luft. Sie kämpfte gegen ihren Würgereiz an.

»Schnell, das Schwert«, keuchte der Mann. »Es darf nicht verlöschen.«

Die Gestalt mit der Wollmütze blickte auf. »Du dummes

Gör!«, schrie er in Jades Richtung und stürzte zum Dämonenschwert. Doch es war zu spät, das Silberlicht war verglommen.

Auf einmal spürte Jade, wie das Spinnentier von ihr abließ. Ganz langsam lockerte sich der Rauchfaden um ihrer Brust, und sie konnte wieder tief einatmen. Das Spinnentier schob sich raschelnd zurück über das Kopfsteinpflaster und ließ sich rückwärts in die Schattenkluft zurückfallen, den Rauchfaden zog es hinter sich her. Jade stürzte zu Boden und merkte, wie das Spinnentier sie durch den Rauchfaden immer näher an die Schattenkluft heranzog. Sie suchte panisch nach Halt und krallte sich an den Stäben eines Kanaldeckels fest. Eiskalt zog sich der Rauchfaden immer enger um ihre Brust, bis er endlich nachgab und sich von ihr löste.

Nach Luft japsend sah Jade über ihre Schulter. Die Spinne versank mit dem Rauchfaden in der Schattenkluft. Kaum war sie fort, verschloss sich der Nullmeridian über ihr.

Angstvoll blickte Jade zu den beiden Gestalten. Der Mann, der noch immer keuchend seinen rechten Arm hielt, blickte auf das erloschene Dämonenschwert. »Abzug!«, rief er.

Jade konnte nicht glauben, dass er das wirklich gesagt hatte. Doch genau das taten sie. Die beiden Männer verzogen sich, huschten im Schatten der Laternen in Richtung der kleinen Gasse zwischen dem Witch Brew und Clarkes & Parker. Auch die anderen Gestalten verschwanden lautlos durch die Zeitfenster.

Dornfinger

Als die letzte Gestalt durch ein Zeitfenster verschwunden war, erwachte Orla aus ihrer Starre und sah sich erschrocken nach Jade um. »Jade!«, schrie sie und eilte in wenigen Schritten zu ihr. »Jade, bist du verletzt?«

»Nein«, flüsterte Jade. »Ich glaube nicht.« Erst jetzt merkte sie, dass ihre Hände noch immer den Kanaldeckel umklammert hielten. Sie setzte sich auf und sah sich vorsichtig um.

Plötzlich wurde es silberhell über dem Clockmakers Market. Die Schutzgeister wagten sich wieder hervor und blickten sich ebenfalls vorsichtig um. Jade erkannte die Grüne Hexe vom Witch Brew, den Schwertermann von Clarkes & Parker und den schwarzen Schwan der Zeiterbenpension.

»Schon wieder ein Überfall eines Dämonenwesens inmitten des Clockmakers Market«, sagte eine Galeonsdame mit einem Fernglas vor dem Auge. Jade wusste, dass sie üblicherweise die Galeone über Kingsley's Tickets & Maps bewohnte.

»Wo aber kamen die alle so schnell her?«, fragte die Grüne Hexe. »Es war doch nichts los hier auf dem Platz.«

»Geht es dir wirklich gut?«, fragte Orla leise.

»Ja«, sagte Jade und rappelte sich auf. Sie nahm ihren Schwertgriff auf und steckte ihn zurück in ihre Hosenschlaufe. Zum

Glück war er nicht mit dem Spinnentier in der Schattenkluft versunken. »Aber warum um alles in der Welt haben uns die Schutzgeister nicht bewacht?«

»Ihre Schwerter haben uns vertrieben«, jaulte die Grüne Hexe neben ihnen und schwebte weiter bis zum Tor des Clockmakers Market.

»Worauf wartet ihr noch?«, rief die Galeone mit dem Fernglas Orla und Jade zu. »Schnell nach Hause mit euch, die Luft ist gerade rein.« Sie sah sich mit ihrem Fernglas in alle Richtungen um. »Beeilt euch, wir geben euch Rückendeckung.«

»Nichts wie weg!«, rief Orla und zog Jade zum Eingang vom Black Swan.

Jade behielt dabei in Sorge vor einem erneuten Überfall den Platz im Auge. Die Marktgeister schwebten ohne Zeitstillstand umher und erhellten den Platz mit ihrem hellen Silberlicht.

Orla wollte gerade an die Tür klopfen, als sie zurückzuckte. »Jade, sieh nur!«, flüsterte sie entsetzt und deutete auf die Hauswand neben der Tür.

Jade griff nach Orlas Arm, als sie die vier Krallenspuren entdeckte. »Das Wolfszeichen!«

Sie sahen sich einen Moment stumm an, dann hämmerten sie beinahe gleichzeitig gegen die Eingangstür.

Elliott Baker öffnete die Tür. »Willkommen im Black Swan, Londons einziger … Ah, ihr seid schon zurück?«, rief er erstaunt, als er Jade und Orla draußen entdeckte. Er trat auf die oberste Stufe hinaus und sah Richtung Heulender Hund. »Ist der Pub geschlossen?«

»Nein, Mr Baker«, sagte Orla und ging an ihm vorbei in die Eingangshalle.

»Das war ein wirklich unheimlicher Zeitstillstand gerade«,

murmelte Elliott Baker und sah sich noch immer auf dem Clockmakers Market um. »Als die Teufelsnadeln stehen blieben, wurde es stockfinster draußen. Und dann blitzte es plötzlich taghell auf. Tja, und kurz drauf blieb auch schon die Zeit stehen. So abrupt, dass es mich beinahe umgeworfen hätte, was mir, wohlgemerkt, in meinem langen Zeiterbenleben noch nie passierte.« Er sah Jade fragend an. »Habt ihr gesehen, was da los war? Ein gleichzeitiges Gewitter? Erdbeben? Oder gar ein Blitzeinschlag?«

»Kein Blitzeinschlag, Mr Baker«, sagte Jade und schob sich an ihm vorbei. Erst als Mr Baker die Eingangstür geschlossen hatte, fühlte sie sich in Sicherheit. Und es sah so aus, als hätte im Black Swan tatsächlich niemand etwas von dem Angriff mitbekommen.

Jenna schob gerade den Teewagen mit den Stundengläsern aus dem Speisesaal und sang »Jingle Bells«. Das Klirren der Gläser klang dazu wie Musik. Odette, die Jenna mit einer Kiste folgte, sah Jade und Orla an und stellte dann augenblicklich die Kiste ab. »Ihr seht so durcheinander aus. Ist was passiert? Seid ihr gerade bei dem harten Zeitstillstand etwa gestürzt?«, fragte sie und kam durch die Eingangshalle auf sie zugeeilt.

Jade und Orla erzählten ihr in Bruchstücken von dem Überfall. Den Pförtner der Unwelt verschwieg Jade vorerst.

Odette wurde blass. »Ein Wolfszeichen am Black Swan? Ihr meint, dass diese Gestalten Time Knights waren?« Sie schob Orla und Jade zu den beiden Sesseln in der Halle, dann ging sie durch die Eingangstür nach draußen, um das Wolfszeichen anzusehen. Als sie wieder hereinkam, eilte sie geradewegs zum Empfang. »Ich sende Master Gridlock eine Rohrpost. Er muss herkommen und sich das von euch erzählen lassen.«

Drei Minuten später klingelte es in der Zeitfensterkabine in der Eingangshalle, was die Ankunft eines Zeitspringers ankündigte. Und es war wie erwartet Master Gridlock, der aus dem Zeitfenster stieg. Er nickte Odette, Jade und Orla stumm zu.

Odette führte sie in den Salon und schloss leise von innen die Flügeltür.

»Wie gut, dass ich schon aus York zurück bin, sonst hätte ich eure Nachricht gar nicht erhalten«, sagte Master Gridlock und setzte sich in einen Sessel.

»Sie waren in York?«, fragte Odette verdutzt.

»Der ganze Time Court war heute in York.« Master Gridlock beugte sich zu Odette vor, die sich ihm gegenüber aufs Sofa setzte. »Wir mussten Mr Oliver beerdigen. Sie wissen schon, den Nachtwächter der Gauklergilde. Der Dämonenfraß war zu schwer. Sogar die besten Klagegeister, die wir aus Greenwich einfliegen ließen, konnten am Ende seine Seele nicht halten.«

»Er ist gestorben?«, fragte Jade erschrocken und ließ sich neben Odette auf das Sofa fallen.

»Ja!« Master Gridlock nickte. »Und ich fürchte, er ist ein Opfer der Time Knights geworden. Oder von deren Nachahmern.«

Odette sprang unruhig auf. »Master Gridlock! Auch unsere Pension ist nun mit dem Wolfszeichen markiert worden.«

»Der Black Swan wurde auch mit dem Wolfszeichen versehen?«, fragte Master Gridlock überrascht. »Gab es denn einen Überfall?«

Odette setzte sich wieder aufs Sofa zurück. »Jade und Orla müssen dringend mit Ihnen sprechen.«

»Ihr seid überfallen worden?«, fragte Master Gridlock schockiert.

»Ja«, sagte Jade leise.

Orla hielt sich den Bauch, als wäre ihr übel. »Mitten auf dem Clockmakers Market.«

Jade fühlte sofort wieder ihre Sorge um Orla. »Einer von

ihnen hat Orla erstarren lassen. Sie sah aus, als wäre sie tot. Eingefroren. Mann, hatte ich Angst –«

»Langsam, langsam«, sagte Master Gridlock. »Wie kam es denn dazu?«

Orla und Jade tauschten einen kurzen Blick.

»Wir haben im Speisesaal gesessen, und auf einmal tauchte da dieser Mann vor dem Fenster auf«, sagte Jade. »Ms Mallows hat ihn schon öfter hier im Clockmakers Market gesehen.«

»Das war also der Grund für deine Aufregung vorhin«, sagte Odette.

Master Gridlock griff in seine Anzugjacke und zog ein Bild hervor, nicht größer als ein Foto. »War das zufällig dieser Mann?« Er reichte Jade das Bild.

Das Bild wackelte in Jades zitternden Händen. Es war eine Skizze des Mannes, den sie vorhin gesehen hatte. Sie erkannte ihn sofort wieder. Das ungepflegte, lange Haar, der spitz zulaufende Bart und vor allem die lange Narbe.

»Ja«, sagte Jade und reichte Master Gridlock das Bild zurück.

»Wer ist das?«, fragte Odette und schnappte nach der Zeichnung. »Irgendwie kommt er mir bekannt vor, besonders seine Narbe …«

»Mhm«, machte Master Gridlock und nahm Odette das Bild aus der Hand. »Die Narbe hast du ihm ja auch verpasst. Du kennst ihn, Odette. Das hier ist Dornfinger. Er war mit Chronos damals hier, beim Überfall auf deine Schwester.«

»Dornfinger?«, sagte Odette entsetzt und griff sich an den Hals. »Aber das ist unmöglich. Er wurde doch zu lebenslanger Haft auf der Nessby verurteilt …«

»Ja«, sagte Master Gridlock und schob das Bild zurück in seine Anzugjacke. »Das ist wohl wahr. Aber in der letzten Mittsommernacht ist er von der Nessby geflüchtet. So berichteten es uns jedenfalls die beiden Galeonswachen. Allerdings sind wir bislang fest davon ausgegangen, dass er tot ist. Es gab keine weiteren Boote dort draußen auf hoher See, die ihn hätten retten können. Doch die Anzeichen hatten sich gemehrt, dass er die Flucht von der Nessby überlebt hat. Und nun seid ihr ihm sogar begegnet. Es ist also wahr.«

»Aber was hat das alles zu bedeuten?«, rief Jade verzweifelt. »Einer der Mörder meiner Mutter taucht im Clockmakers Market auf, und ich werde mitten in diesem Schutzraum unter den Augen von einem Dutzend Galeonen von einem widerlichen Spinnentier mit gruseligem Katzenkopf angefallen.« Sie schlang die Arme um ihren Oberkörper und bewegte sich vor und zurück, als könne sie das beruhigen.

Master Gridlock sah sie sorgenvoll an. »Der Pförtner der Unwelt hat die Schattenkluft verlassen?«

Jade nickte und schluckte gegen die aufkommende Übelkeit an.

»Verdammt«, fluchte Master Gridlock leise und starrte auf Dornfingers Bild in seinen Händen.

»Was heißt das?«, rief Odette aufgebracht. »Ich verlange sofort zu erfahren, was hier los ist.«

Als Master Gridlock wieder aufsah, sagte er: »Es heißt, dass Dornfingers Schwert der Wölfe mit dem Pförtner der Unwelt verbunden ist. Bislang ist nicht klar, wer von den beiden wen beherrscht. Und solange das Schwert bei Mr Parker unter Verschluss war, ist der Pförtner der Unwelt nicht in Erscheinung getreten.«

»Warum hat man das Schwert der Wölfe nicht einfach vernichtet?«, fragte Orla.

»Oh, weil das nicht geht«, sagte Master Gridlock abwehrend.

»Beim Einschmelzen würden sämtliche durch das Schwert erledigte Dämonen wieder zum Leben erweckt. Was glaubst du, warum die Wände bei Clarkes & Parker so vollhängen mit den Griffen ehemaliger Zeiterben? Du müsstest mal das Schwerterarchiv sehen. Und dort steht eben auch der Tresor mit den Schwertgriffen der Nessbygefangenen. Ein Dämonenschwert kann nicht vernichtet werden.«

»Aber was bedeutet das alles nun?«, fragte Jade. »Und was hat das mit Dornfinger zu tun?«

Master Gridlock nickte. »Das alles kann nur eins bedeuten: Dornfinger ist tatsächlich wieder da, und er hat das Schwert der Wölfe. Er hat Macht über Dämonen der Unwelt, und er wird versuchen, so viele Anhänger wie möglich auch unter den Zeiterben zu finden.«

»Das hat er schon, fürchte ich«, flüsterte Jade. »Dieser Mann … Dornfinger …« Sie zeigte auf das Bild. »Er hat sein Schwert gehoben, und etwa zehn üble Gestalten sind aus den Zeitfenstern gestiegen und haben ihm geholfen.«

»Aber warum?«, rief Orla.

Jade warf einen Blick zu Odette, die wie vom Donner gerührt dasaß. Sie schüttelte sich und flüsterte dann: »Sie wollen vermutlich dort weitermachen, wo sie das letzte Mal aufhören mussten. Chronos und seine Time Knights, sie wollten nicht nur die sogenannten unreinen Zeiterben bekämpfen, sie wollten nicht nur Evan und Charlotte töten. Chronos wollte vor allem … dich.«

Jade schluckte. Ihre Kehle war trocken. »Ihr glaubt, er schickt Dornfinger, um mich zu jagen?«, krächzte sie heiser.

Master Gridlock bewegte abwägend den Kopf. »Das ist nicht mehr ausgeschlossen. Allerdings werden sie sich hüten, dir etwas anzutun, denn sie ahnen – übrigens so wie ich –, dass du sie irgendwann zu den verschollenen Uhrzeigern führen kannst. Deine Uhr und die Tatsache, dass du ihre Trägerin bist, sind deine Lebensversicherung.«

»Ein schwacher Schutz, Master Gridlock«, murmelte Odette.

»Warum aber haben die Galeonsgeister uns nicht geholfen?«, fragte Jade. »Sie kamen hervor, und ich dachte schon, das ist unsere Rettung. Ich meine, Orla und ich, wir wären doch nie rausgegangen, wenn es nicht ein Schutzraum wäre. Doch dann sind die Geister beim Anblick der Dämonenschwerter dieser Gestalten total erschrocken und haben sich blitzschnell wieder verzogen.«

»Nun …«, sagte Master Gridlock und rieb sich das Kinn. »Schutzgeister und Dämonenschwerter sind aus dem gleichen schutzgebenden Ätherstoff. Es ist unmöglich, einen reinen Schutzgeist mit einem Dämonenschwert zu bekämpfen. Es sei denn …«

»Es sei denn …?«, fragte Orla gespannt.

»Es sei denn, dass das Dämonenschwert verunreinigt ist. Zum Beispiel durch schwarze Magie oder durch eine Verbindung zur Unwelt.«

»Ihr verlasst dieses Haus nicht mehr«, sagte Odette bestimmt.

Master Gridlock nickte Odette verständnisvoll zu. »Denk an damals. Das wird sie nicht schützen«, sagte er. »Und mehr Sorgen mache ich mir auch um dich. Um dich, um Mr Darwy, um die Henders.«

»Um uns?«, rief Odette perplex. »Aber warum?«

»Ihr habt euch damals Chronos und seinen Anhängern in den Weg gestellt. Wärt ihr nicht gewesen, wäre er schon längst am Ziel. Dornfinger wird Jade nichts antun wollen, aber mit dir hat er noch eine Rechnung offen.« Master Gridlock deutete auf sein Gesicht und wollte wohl auf Dornfingers Narbe anspielen.

»Wer ist dieser Dornfinger überhaupt?«, fragte Orla.

»Das weiß keiner so genau«, sagte Gridlock und stand auf. »Er war nie ein Schüler unserer Academy. Vermutlich ist er zu Hause unterrichtet worden. Aber er war begabt, das muss man ihm lassen. Er war nicht ohne Grund Chronos' rechte Hand. Jedenfalls hat er sich nie zu erkennen gegeben, nie seine Herkunft verraten. Selbst als er Jahre nach den Morden gefasst wurde, schwieg er. Er hat auch auf der Nessby seine Identität nie preisgegeben.«

»Aber wenn diese Time Knights und besonders ihr Anführer Dornfinger eine Gefahr für so viele Zeiterben sind, dann frag ich mich, warum sie ihn nicht längst wieder verhaftet und zurück auf die Nessby gebracht haben«, sagte Jade.

»Genau!«, sagte Orla, und auch Odette nickte.

Master Gridlock hob hilflos die Hände. »Dafür müssten wir aber erst mal wissen, wo sie sich versammeln oder wo genau Dornfinger sich versteckt hält.«

»Ich glaube, Orla und ich wissen das«, sagte Jade und horchte plötzlich auf. Sie hatte ein Geräusch an der Tür gehört. Und seit wann stand die Salontür überhaupt einen Spaltbreit offen? Odette hatte sie doch geschlossen.

Jade zeigte auf die offene Tür und legte einen Finger an die Lippen. Odette, Master Gridlock und Orla nickten stumm, und so ging Jade leise über die dicken Teppiche zur Tür. Als sie den offen stehenden Flügel der Salontür weit aufschubste, stand dort niemand. Am Empfang saß Elliott Baker und las in der Zeitung. Zwei Neunovizen saßen in den Sesseln der Eingangshalle und übten, ein Feuer heraufzubeschwören, und Henry schloss gerade sein Schließfach ab und bemerkte sie gar nicht. Neben ihm saß Lady Sybille und flüsterte ihm verliebt etwas ins Ohr.

»Ich sehe schon Gespenster«, sagte Jade und schloss die Tür.

»Ihr wisst, wo Dornfinger sich versteckt?«, fragte Odette.

»Woher?«, hakte Master Gridlock unerwartet scharf nach.

»Es ist jetzt nicht so, wie Sie glauben. Also jedenfalls haben wir keine Schulregel gebrochen –« Orla verstummte.

Jade ging zu einem der großen Fenster, und ihr Blick fiel auf den Clockmakers Market. Auf der gegenüberliegenden Seite kamen gerade Novizen aus dem Heulenden Hund und liefen quer über den Pflasterplatz auf den Black Swan zu. Sie ahnten nichts von der Gefahr da draußen.

Plötzlich war Jade fest entschlossen. »In der Gasse zwischen Linnaker & Sons und dem Witch Brew gibt es eine alte Schreinerei. Vielleicht war es mal eine kleine Werft oder so was. Ist ein ganzes Stück die Gasse hinauf. Dort, in einem Kellerverlies, versammeln sie sich, und ich bin mir fast sicher, Master Gridlock, dass Sie Dornfinger da antreffen werden.«

»Wie habt ihr das herausgefunden?«, fragte Master Gridlock erstaunt.

»Es hat sich so ergeben«, sagte Jade schnell, denn sie wollte nicht, dass Orla Henry aus Versehen verriet.

»Nein, so was«, sagte Master Gridlock kopfschüttelnd. »Ich muss euch bitten, diese Information absolut vertraulich zu behandeln, denn ich werde jetzt den Time Court informieren und diese Werft gleich mal unter die Lupe nehmen.«

»Aber wie seid ihr dort hingekommen?«, rief Odette aufgebracht. »Was hattet ihr denn dort zu suchen? Wisst ihr eigentlich, wie gefährlich das war?«

»Ja«, sagte Orla leise. »Das war es wirklich.«

Jade, die immer noch aus dem Fenster blickte, sah, wie eine dunkle Gestalt aus dem Black Swan trat und sich eine Kapuze tief ins Gesicht zog. Es war Henry, und er steuerte direkt auf die kleine Gasse zwischen dem Witch Brew und Linnaker & Sons zu. Ein furchtbarer Gedanke schoss Jade durch den Kopf, und sie drehte sich zu Master Gridlock herum. Sie öffnete ihren Mund, um ihm zu sagen, dass Dornfinger gerade gewarnt wurde, doch im nächsten Moment presste sie ihre Lippen wieder fest aufeinander. So ein Unsinn, schalt sie sich selbst.

Es konnte, es *durfte* nicht sein, dass Henry ein Verräter war. Es musste einfach einen anderen Grund für all das geben. Und vielleicht hieß dieser Grund ja Lucy. Jade war fest entschlossen, das herauszufinden.

Verrat und Hinterhalt

An diesem Abend wartete Jade lange auf Henrys Rückkehr. Sie saß mit Orla im dunklen Turmzimmer auf den Fensterbänken. Auf dem Clockmakers Market brannten die Laternen und warfen ein schummriges Licht von draußen zu ihnen herein. Jade ließ die schwarze Schlucht zwischen dem Witch Brew und Linnaker & Sons nicht aus den Augen.

»Niemals«, sagte Orla. »Nicht Henry!«

»Welchen Grund soll er sonst gehabt haben, direkt nachdem wir Master Gridlock von dem Versteck erzählt haben, in dieser Gasse zu verschwinden?«, fragte Jade wie jedes Mal zurück.

»Das hat er doch gar nicht gehört. Echt, Jade, du siehst Gespenster. Ich vermute ja, dass Henry und Lavena ein Paar sind und dass die beiden sich heimlich irgendwo treffen«, überlegte Orla.

Jade sah Orla aus zusammengekniffenen Augen an. »Das glaubst du ja wohl selbst nicht«, sagte sie. »Henry würde niemals was mit Lavena anfangen. Nie. Doch nicht mit so einer scheinheiligen, aufgeblasenen –«

»Manche Männer finden das ganz toll«, meinte Orla.

Jade seufzte. »Ich gebe es auf. Du willst es einfach nicht wahrhaben, was? Henry hat uns belauscht und ist nun losgezogen, um Dornfinger zu warnen. Oder er muss Lucy in Sicherheit bringen.«

»Bei dem Gequatsche kriegt man ja kein Auge zu«, wisperte Harper da hinter ihnen. Sie kam gähnend durch die Wand geschwebt. »Und wie spricht Jade Ryder denn von ihrer großen Liebe?«

»Ich bin nicht in Henry verliebt«, sagte Jade und merkte selbst, dass es nicht sehr überzeugend klang.

»Aber du träumst doch immerzu von ihm und flüsterst seinen Namen im Schlaf«, sagte Harper und blickte Jade mit großen Geisteraugen an.

»So ein Unsinn, Harper«, sagte Jade und war froh, dass Orla ihr rot glühendes Gesicht in der Dunkelheit nicht sehen konnte.

»Guckt mal schnell!«, rief Orla dazwischen und zeigte hinunter auf den Pflasterplatz.

Aus den verschiedenen Zeitsprungrahmen des Clockmakers Market stiegen dunkel gekleidete Personen. Sie sahen sich aufmerksam um und strömten in die Gasse, in der auch Dornfinger und Henry verschwunden waren.

»Was hat das zu bedeuten?«, fragte Jade besorgt. »Ich könnte ja wetten, dass es die gleichen Gestalten sind wie bei dem Angriff dieser Riesenspinne.«

»Lass mich auch mal sehen«, sagte Harper und quetschte sich an Jade vorbei. Um ein Haar wäre sie durch das Fenster gefallen, weil sie vermutlich kurz vergessen hatte, dass sie ein Geist war.

»Glaubst du auch, dass das Time Knights sind, die Dornfinger verteidigen wollen?«, wisperte Orla, als könnten die Leute dort unten sie sonst hören.

Jade sah Orla fassungslos an. »Das ist bestimmt eine Falle. Und wir haben Master Gridlock geradewegs dort hineingeschickt.«

»Wir müssen ihn warnen«, sagte Orla und sprang von der Fensterbank.

»Das geht doch nicht«, jammerte Jade und stand ebenfalls auf. Sie lief grübelnd im winzigen Turmzimmer hin und her. »Wie sollen wir denn ins Time House kommen? Willst du ernsthaft dort hinaus, wo es von Time Knights nur so wimmelt? Und einen Zeitsprung kann ich auch nicht machen, du hast Master Gridlock ja gehört: Keine Zeitsprünge, die Kabinen könnten manipuliert sein. Genauso wie die Rohrpost.«

»Verdammt!«, zischte Orla.

»Ich mach's«, flüsterte da ein leises, zittriges Stimmchen hinter ihnen. »Ich habe sogar schon meine Prüfung bestanden und darf bald mein Praktikum auf dem Timeless Sleeper beginnen, mich erschreckt gar nichts mehr«, plusterte Harper sich auf. »Ich schwebe durch den Tunnel ins Time House und warne den Master der Zeiterben. Wartet hier.«

Noch ehe Jade und Orla Harper zurückhalten konnten, war das Geistermädchen auch schon durch den Zimmerboden verschwunden.

»Wenn das mal gut geht«, sagte Orla und sah durchs Fenster hinaus in die schwarze Nacht.

»Hoffentlich ist Harper noch früh genug da.« Jades Herz klopfte schnell, als sie sich neben Orla ans Fenster stellte und zusah, wie noch immer vereinzelte dunkle Gestalten aus den Zeitfenstern stiegen und in der kleinen Gasse zwischen dem Witch Brew und Linnaker & Sons verschwanden.

Zweimal blieb in der kommenden halben Stunde die Zeit stehen. Jade und Orla kratzten ein kleines Guckloch in die eisig gefrorene Fensterscheibe und beobachteten die Galeonsgeister, die über den Clockmakers Market schwebten. Sie versammelten sich in der Mitte, schienen etwas zu besprechen und guckten dann in die kleine Gasse hinein, in der all die dunklen Gestalten verschwunden waren.

»Ich hätte nie gedacht, dass Henry ein Verräter ist«, flüsterte Jade und kämpfte gegen die aufsteigenden Tränen an.

»Das weißt du doch noch gar nicht«, sagte Orla beschwichtigend. »Vielleicht ist es ja auch ganz anders, und diese Leute mussten alle nur zu einer Feier. Also … einer Beerdigung. Einer Mitternachtsbeerdigung. Das machen die Gaukler vielleicht so.«

Jade lächelte Orla tapfer an. »Mitternachtsbeerdigung?«

Orla legte ihren Arm um Jades Schultern und wischte ihre Tränen fort. »Ich vertraue Henry, und *du* solltest das auch tun.«

Der zweite Zeitstillstand war gerade zu Ende, da kam Harper durch den Boden geschwebt. »Puh, das war knapp!«, seufzte sie und ließ sich erschöpft auf die Dielenbretter sinken.

Orla und Jade stürzten zu ihr. Jade bemerkte die kleinen, silbrig schimmernden Schweißperlen auf Harpers Stirn.

»Harper, nun sag schon!«, drängte Jade. »Konntest du Master Gridlock noch warnen?«

»Warnen und aufhalten!«, sagte das Geistermädchen japsend. »Sie wollten gerade losziehen. Master Gridlock mit fast allen Lehrern. Mr Darwy war auch dabei. Und ein paar andere, die ich nicht kenne. Dein Peter Polkins war auch dabei, Orla.«

»Das ist nicht *mein* Peter Polkins«, sagte Orla harsch.

Harper kicherte. »Jedenfalls wollten sie mir erst gar nicht glauben. *Das ist ein Hinterhalt!*, habe ich gerufen. *Es sind bestimmt fünfzig Mann aus den Zeitfenstern gestiegen und in der Gasse verschwunden* … Da erst haben sie mir zugehört.«

»Ach, Harper«, rief Jade und umarmte das silbrige, eiskalte Geistermädchen. »Wer weiß, was heute Nacht geschehen wäre, wenn du nicht so mutig wärst!«

»Ach«, sagte Harper und gähnte herzhaft. »Ich will ja nur nicht, dass noch irgendwas dazwischenkommt und mein Praktikum auf dem Timeless Sleeper platzt.« Damit huschte sie durch die Wand zurück in Jades Zimmer.

Jade und Orla warteten bis zum Morgengrauen auf Henrys Rückkehr. Gegen ein Uhr waren die vielen Gestalten wieder aus der Gasse herausgekommen und mithilfe der Zeitfenster aus dem Clockmakers Market verschwunden. Doch Henry tauchte nicht auf. Als Jade am frühen Morgen immer wieder die Augen zufielen, ging sie schweren Herzens schlafen.

Minuten später, so jedenfalls fühlte es sich an, hämmerte jemand an ihre Zimmertür. »Aufstehen!«, rief Jenna und bollerte noch einmal laut gegen die Tür. »Du kommst zu spät zum Küchendienst.«

Jade fuhr hoch und sah auf ihre Uhr. Fünf Minuten nach acht. Sie lief in ihr kleines Badezimmer und nur wenige Minuten später eilte sie durch das Treppenhaus nach unten.

Am Fußende der Treppe stand Betsy mit aufgestützten Armen vor einem Küchenwagen. »Jade, das geht so nicht. Auch wenn Samstag ist, müssen unsere Gäste frühstücken, und vor allem diejenigen, die zur Arbeit müssen. Du hast doch nur einmal im Monat den Frühstücksdienst.«

Jade sah sie zerknirscht an. »Tut mir so leid, Betsy, das kommt nicht wieder vor. Ich habe nur die ganze Nacht nicht geschlafen und …«

Betsy sah sie daraufhin betroffen an. »Ach, du armes Ding. Bist du etwa krank?«

Jade schüttelte hastig den Kopf. »Es geht mir gut!«, rief sie und schob den Wagen in den Speisesaal. Doch kaum hatte sie den

Raum betreten, blieb sie wie erstarrt stehen. An einem der Tische saß Henry. »Wo kommst du denn her?«, fragte Jade verwundert.

Henry sah Jade fragend an. »Aus meinem Zimmer. Woher sonst?« Er warf einen Blick auf den Frühstückswagen. »Ah, es gibt anscheinend doch noch etwas zu essen, bevor ich zur Arbeit gehe.«

»Zur Arbeit?« Auf einmal bemerkte Jade, wie albern sie sich anhörte. *Ruhig bleiben,* ermahnte sie sich im Stillen und lächelte Henry an. »Ach, tut mir leid. Ich vergesse immer, dass du ja kein Novize mehr bist.«

»Nein, das bin ich nicht«, sagte Henry und kam auf sie zu, um sich etwas vom Wagen zu nehmen. Er stand nur wenige Zentimeter von Jade entfernt, und seine Hand streifte ihre, als er sich einen Teller von dem Stapel nahm. Jades Herz raste bei seiner Berührung. Henry beugte sich zu ihr herab. »Es wäre aber schön, noch ein Novize zu sein, dann hätte ich heute nämlich frei. Und noch schöner wäre es, noch immer dein Mentor sein zu dürfen. Nicht, dass du einen Mentor nötig hast. Aber es hat mir sehr gefallen.«

»Mir auch«, sagte Jade und wollte gerade nach seiner Hand greifen, als Betsy schon in der Eingangshalle laut nach ihr rief. »Jade? Hast du das Geschirr auf die Tische verteilt? Ich warte auf den Küchenwagen.«

Schnell machte Jade einen Schritt zurück und entfernte sich von Henry. Sie nahm einen Stapel Teller und verteilte diese auf dem nächsten Tisch.

»Ach herrje!«, rief Betsy jammernd, als sie in den Raum trat und den noch fast vollen Wagen sah. »Na komm, ich helfe dir schnell.«

»Ich helfe ihr«, sagte Henry kurzerhand und räumte das ganze Geschirr vom Wagen auf seinen Tisch.

»Ach, Henry, du bist ein Goldstück«, sagte Betsy und schob den Küchenwagen aus dem Speisesaal.

Henry sah Jade fragend an, als Betsy verschwunden war. »Wo waren wir stehen geblieben?«

Jade lächelte. »Beim Tellerverteilen«, sagte sie und griff nach einem Tellerstapel.

Da legte Henry seine Hand auf ihre. »Warum kommst du nicht im Uhrenladen vorbei? Mr Linnaker hat bestimmt nichts dagegen.«

Jade horchte auf. »Mr Linnaker kann wieder arbeiten?«

Henry nickte lächelnd. »Also, überlege es dir. Und ich repariere dir deine Uhr.«

Jade sah Henry verwundert an. Sie wurde aus ihm nicht schlau.

»Ja, gute Idee«, sagte sie und sah ihm nach, bis er aus dem Speisesaal verschwunden war. Dann verteilte sie klappernd das Geschirr. Irgendwie musste sie ja das laute Pochen ihres Herzens übertönen.

Um zehn Uhr war der Küchendienst geschafft, und Jade huschte nach oben in ihr Zimmer. Sie wollte mit Orla über Henry sprechen, doch die schlief noch. Also schnappte Jade ihre Jacke und verließ wenig später den Black Swan.

Es hatte ein wenig geschneit.

In zwei Tagen war schon Wintersonnenwende und damit die Nacht der praktischen Prüfungen für die Neunovizen in Dämonenabwehr, schoss es Jade auf dem Weg zu Linnaker & Sons durch den Kopf. Am Tag darauf begannen dann die Winterferien an der Clockmakers Academy, und Jade fragte sich, ob Henry und Lucy nach Hause fahren würden.

Nervös öffnete Jade die Ladentür zu Linnaker & Sons und

trat ein. Es war wie immer so leise im Uhrenladen, dass man das Ticken der ausgestellten Uhren hören konnte.

»Mr Linnaker? Henry?«, rief sie und schloss die Eingangstür hinter sich.

Plötzlich war alles still, auch das Ticken der Uhren verstummte. Jade sah, wie sich Eis am Schaufenster ausbreitete und die Fensterscheibe binnen Sekunden trüb wurde. Die Zeit stand still und mit ihr sämtliche Uhren im Laden. Alle, bis auf eine.

»Ich kann deine Uhr hören, Mädchen«, sagte Mr Linnaker leise irgendwo hinter Jade.

Sie wirbelte herum und entdeckte Mr Linnaker in einem Sessel in einer finsteren Nische des Ladens. Er trug keine Verbände auf den Augen, dennoch hielt er sie fest geschlossen, als er flüsterte: »Memento Mori, erinnere dich, du bist sterblich.«

»Mr Linnaker«, rief Jade erfreut. »Schön, Sie zu sehen. Wie geht es Ihnen?« Sie kniete sich vor seinen Sessel, doch er sah sie nicht an.

»Es ging mir schon mal besser«, sagte er. »Aber ich habe es überlebt. Und zum Glück habe ich Henry. Ohne ihn hätte ich in den vergangenen Monaten meinen Laden zumachen können.«

»Jetzt übertreiben Sie aber«, sagte Henry, der aus der Werkstatt kam und sich an den Türrahmen lehnte.

»Was führt dich her?«, fragte Mr Linnaker.

»Meine Uhr. Das Halsband ist zerrissen«, sagte Jade und zog die Taschenuhr hervor.

»Gib sie mir, lass sie mich berühren«, sagte Mr Linnaker und streckte seine Hand aus.

Jade legte ihm die Uhr in die Hand.

»Ja, das ist sie«, sagte Mr Linnaker und ließ den Unterkiefer des Totenschädels herunterklappen. Dann hielt er sich die Uhr ans Ohr. »Ich hatte ja wirklich angenommen, dass der Überfall auf mich wegen dieser Uhr hier war. Aber was haben die Diebe an sich genommen? Wertlose Unterlagen.«

Jade stutzte. »Es wurde also doch etwas gestohlen aus Ihrem Uhrenarchiv?«

»Ach, das«, sagte Mr Linnaker und winkte ab. Er ließ den Unterkiefer der Taschenuhr wieder hochklappen. »Hier, Henry. Repariere doch kurz die Kette. Aber sei vorsichtig, verwende kein anderes Material und entferne auch nichts.«

»Ja, in Ordnung, Sir«, sagte Henry, nahm Mr Linnaker die Uhr aus der Hand und ging damit in die Werkstatt.

Jade stand auf und stellte sich so neben Mr Linnaker, dass sie Henry im Blick behalten konnte.

»Sagen Sie, Mr Linnaker«, flüsterte Jade. »Was genau ist denn aus Ihrem Archiv nun gestohlen worden?«

Mr Linnaker seufzte. »Einzig und allein die Unterlagen des ehemaligen Uhrenladens von York. Das Inventar habe ich damals aufgekauft, als nach einem Unglücksfall der Laden geschlossen werden musste. Es gibt dort keine einzige Uhr mehr, es muss also ein Zufall gewesen sein, dass ausgerechnet diese Dokumente gestohlen wurden. Allerdings ...«

»Allerdings?«, hakte Jade nach, weil Mr Linnaker schwieg.

»Ausgerechnet an diesem Gebäude fand man das Wolfszeichen, und das gibt mir zu denken«, sagte Mr Linnaker leise.

»Deine Uhr ist fertig«, sagte da Henry und kam mit Jades Uhr in der Hand aus der Werkstatt.

Ihre Hände berührten sich leicht, als Jade die Taschenuhr entgegennahm. Endlich legte sie sich wieder ihre Kette um. Ihre Finger umschlangen den kleinen Totenkopf, der nun wieder an ihrer Brust tickte. »Vielen Dank, Henry!«

Sonderferien

Als Jade zurück in den Black Swan ging, war Elliott Baker gerade dabei, das Sonderblatt des *Daily Time Catcher* von innen an die Eingangstür zu kleben. Jade sah ihm über die Schulter und entdeckte neben dem Bild von Dornfinger, das Master Gridlock ihr gestern gezeigt hatte, die Zeichnung eines Schattenhundes. Die Schlagzeile darüber lautete *Gefahr im Clockmakers Market.* Unter dem Bild stand:

> Dem Time Court ist bekannt geworden, dass der als Dornfinger bekannte und von der Nessby entflohene Häftling im Clockmakers Market gesichtet wurde. Bitte informieren Sie umgehend den Time Court, falls Sie ihm begegnen (Rohrpostnachricht mit der 221 bzw. 222 oder persönlich, die Pforte ist 24 Stunden besetzt), und sprechen Sie ihn nicht an. Allem Anschein nach ist er wieder im Besitz des Schwerts der Wölfe. Des Weiteren wird vor Schattenhunden gewarnt, die in den letzten Tagen auch in Schutzräumen gesichtet wurden. Übergriffe auf Nichtzeiterben sind dem Time Court bislang nicht bekannt. Der Master der Zeiterben weist darauf hin, dass Sie nach wie vor in Schutzräumen am sichersten sind. Der Time Court und ein speziell gebildeter Krisenstab beraten gerade über Maßnahmen, um Dornfinger zu fassen.

»Finstere Zeiten«, sagte Elliott Baker kopfschüttelnd und tippte auf das Bild von Dornfinger. »Chronos' bester Mann. Wie konnte es nur passieren, dass er von der Nessby geflüchtet ist? Wenn Dornfinger wirklich zurück ist, dann ist der Horror wieder da.«

»Das macht mir Angst«, flüsterte Jade und wusste nicht, welche Zeichnung auf der Zeitungsseite Furcht einflößender aussah – Dornfinger oder der Schattenhund.

Am Nachmittag erhielten alle Novizen einen Brief von der Schulleitung. Die praktischen Prüfungen für die Neunovizen waren aufgrund der besonderen Gefahrenlage um ein halbes Jahr auf die kommende Sommersonnenwende verschoben worden, und die letzten Schultage des Jahres an der Academy würden ausfallen. Ganz unverhofft hatten also die Winterferien begonnen, und viele Novizen reisten schon am kommenden Tag ab. Henry begleitete seine Schwester nach Hause. Alle Zeiterben, die noch vor Weihnachten nach York oder Edinburgh zurückwollten, eilten am späten Nachmittag des 22. Dezember zum Greenwich Pier, wo der Timeless Sleeper für die letzte Fahrt in diesem Jahr ablegte. Der Time Court hatte bestimmt, dass für alle Zeiterben ab dem 23. Dezember ein Reiseverbot galt, das auch Zeitfenstersprünge beinhaltete. Minderjährige Zeiterben durften bis auf Weiteres nur noch in Begleitung Erwachsener das Haus verlassen. Die Läden des Clockmakers Market blieben geschlossen und sogar der Heulende Hund.

Schlagartig war es im Black Swan still geworden. Die Weihnachtsvorbereitungen begannen, und die eigentlich schönste Zeit für die Galeonsgeister brach an: die Rauhnächte. In diesen Tagen und Nächten krochen sie auch ohne Zeitstillstand aus ihren Galeonen und schwebten schwatzend umher. Doch in diesem Jahr drehte sich dabei alles um die Gefahr im Clockmakers Market.

Jade und Orla waren die einzigen Novizen, die im Black Swan blieben, und außer ihnen waren nur Odette, Betsy, Jenna, Elliott Baker und Barney, der Pianist, noch da.

Jade und Orla durften nur noch in Begleitung den Black Swan verlassen. Doch nach dem ersten Spaziergang mit Jenna, die auf dem ganzen Weg durch den Greenwich Park ihr Dämonenschwert unter dem Mantel festhielt, »Hört auf zu quatschen und konzentriert euch lieber!« zischte und sich immerzu angstvoll umblickte, blieben sie lieber zu Hause.

Sie halfen Betsy beim Plätzchenbacken und lasen in Peter Polkins' *Meridian Tales* von den Legenden der berühmten Schutzgeister. Orla führte Jade ihre Fortschritte im Geistergehen vor – sie konnte schon ihren ganzen Unterkörper in einen geisterähnlichen Zustand versetzen. Jade probte täglich für die Gaukelei. Nächtelang saßen sie im Turmzimmer, lauschten Lady Pommerys Liebesgeschichten und beobachteten dabei den Marktplatz. Dornfinger oder Time Knights sahen sie aber zum Glück nicht. Nur ein einzelnes Eichhörnchen sprang jeden Abend über den Pflasterplatz, und Jade fragte sich manchmal, ob es sich dabei vielleicht um Odette handelte. Sie wusste, dass Odette eine brillante Gestaltwandlerin war, auch wenn sie ein großes Geheimnis daraus machte.

An den Weihnachtstagen gab Odette sich große Mühe, festliche Stimmung aufkommen zu lassen. Sie versammelte alle vor dem Kamin und bat den Marschall der Sieben Meere, von seinen Seeabenteuern zu erzählen. Barney spielte Weihnachtslieder am Flügel, und sie sangen alle lauthals mit. Sogar Harper kam hinunter in den Salon geschwebt und kriegte vor lauter Freude ständig laut hicksenden Schluckauf. Manchmal fühlte Jade sich an diesen Tagen so glücklich, dass ihr die Gefahr da draußen unwirklich vorkam.

Die größte Überraschung erlebte aber Orla. Am Silvestermorgen wurde Jade von ihrem lauten Schluchzen geweckt. Als sie in Orlas Zimmer eilte, saß ihre Freundin weinend im Bett. In den Händen hielt sie einen Brief.

»Ist was passiert, Orla?«, rief Jade erschrocken.

Orla nickte nur und hielt den Brief hoch. »Der lag gerade auf meinem Nachtschränkchen.«

Jade setzte sich auf die Bettkante. »Von wem ist der Brief?«

Orla wischte sich mit dem Handrücken über ihr tränennasses Gesicht und flüsterte: »Von meinen Eltern.«

»Wie bitte?« Jade sah sie erstaunt an. »Aber du darfst doch während der Ausbildung gar keine Post von ihnen bekommen, weil sie Verbannte der Zeiterbengesellschaft sind.«

»Das ist es ja«, sagte Orla schniefend. »Ich habe keine Ahnung, wie der Brief hierhergekommen ist. Es ist mir auch egal. Ich habe nun schon eineinhalb Jahre lang nichts mehr von ihnen gehört. Und heute Morgen liegt hier dieser Brief von ihnen und – es geht ihnen gut, Jade.«

Jade hatte Orla umarmt und vor lauter Freude mitgeweint. Den ganzen Silvestertag lang trug Orla den Brief heimlich mit sich herum und strahlte über das ganze Gesicht. Jade war klar, dass sie nie erfahren würden, wer den Brief heimlich in den Black Swan geschmuggelt hatte, denn sie konnten schlecht danach fragen. Und doch kam ihr Odettes verschmitztes Lächeln an diesem Tag verdächtig vor.

Abends saßen sie alle zusammen im Salon, als überraschender Besuch eintraf: Bertha Kingsley und ihr Neffe Tom. »Ich habe uns Rauchorakel mitgebracht!«, rief Ms Kingsley schon an der Salontür. »Das macht doch zusammen viel mehr Spaß!«

So verbrachten sie die letzten Stunden des Jahres gemeinsam und warfen kurz nach Mitternacht die kleinen Rauchhölzer in die Luft, die für jeden eine Zukunftsprognose zeichneten, bevor sie verpufften. Nur Elliott Baker und Barney verzichteten aufs Orakel. »Ab einem gewissen Alter muss man ja doch fürchten, sein eigenes Ende zu orakeln, nicht wahr, Barney mein Freund?«, hatte Elliott Baker gesagt und mit dem Pianisten auf das neue Jahr angestoßen.

Jenna warf ihr Rauchhölzchen als Erste. Ihre Prognose zeigte einen Staubwedel, und sie maulte: »Hätte sich da nicht mal ein junger, hübscher Mann ankündigen können?«

Betsy hingegen war sehr zufrieden mit ihrem Orakel. Sie war überzeugt, dass ihre kleinen, kreisrunden Rauchwolken einen Haufen Münzen bedeuteten, wobei Orla zu bedenken gab, dass es auch Haferkekse sein könnten.

Während Odette zu ihrer eigenen Eichhörnchen-Prognose nur lächelte, jubelte Ms Kingsley regelrecht bei ihrem Orakel, denn es zeigte einen Kelch. »Ich werde also meinen Kelch der Sieben Augen wiederfinden«, flüsterte sie Jade glücklich zu.

Tom erschrak ein wenig, als sein Rauchholz einen Schattenhund produzierte, doch Ms Kingsley konnte ihn schnell beruhigen. »Das habe ich erwartet. Schließlich steht im neuen Jahr deine praktische Prüfung in Dämonenabwehr auf dem Plan.«

»Oh, Orla, wie schön!«, rief Betsy gerührt, als Orla ihr Rauchholz in die Luft warf und der Rauch sich zu einem Briefumschlag formte. »Du bekommst einen wichtigen Brief. Da bin ich aber sehr gespannt, von wem der sein wird.« Als Orla daraufhin Jade erschrocken ansah, rief Odette: »Für mich sieht das eher wie ein neuer Arbeitsvertrag im Witch Brew aus. Und jetzt du, Jade!«

Jade zwinkerte Orla zu. Sie war sich jetzt fast sicher, dass Odette hinter dem Brief von Orlas Eltern steckte. Dann nahm sie sich ein Rauchhölzchen aus der Schale und warf es hoch in die Luft. Langsam formte sich der Rauch zusammen und bildete einen Katzenkopf mit sieben langen Spinnenbeinen.

»Grundgütiger!«, rief Betsy, und auch die anderen schlugen sich erschrocken die Hand auf den Mund.

»Keine Sorge«, sagte Jade und sah dem Spinnentier mit einem mulmigen Gefühl dabei zu, wie es sich auflöste. »Das war jetzt wohl ein Blick in die Vergangenheit.«

»Eine Vergangenheit, die dich scheinbar noch beschäftigt«, murmelte Ms Kingsley und rieb sich nachdenklich das Kinn.

»Jetzt will ich aber auch mal!«, rief Harper dazwischen, griff nach einem Rauchhölzchen und sauste damit bis unter die Decke vom Salon. Dann ließ sie das Hölzchen fallen, und Augenblicke später bildete sich ein langes Schiff. »Ja, ja, jaaa!«, jubelte das Geistermädchen. »Nur noch zehn Tage, dann geht mein Praktikum also wirklich los, und der Timeless Sleeper darf wieder fahren.«

Und tatsächlich nahm der Timeless Sleeper am zweiten Januar seinen Betrieb wieder auf. Auch die Läden im Clockmakers Market öffneten wieder. So reisten auch Henry und Lucy wieder an. Sonst kehrte aber kaum ein Novize zurück nach Greenwich, denn es wurde den Familien freigestellt, ob die Novizen an die Academy zurückkehren oder zu ihrer Sicherheit bis Mitte Februar zu Hause bleiben sollten. Die Prüfungen für den zweiten Jahrgang wurden von Ende Januar auf März verschoben.

Am zehnten Januar brachten Odette, Jade und Orla Harpers Galeone zum Greenwich Pier. Das Geistermädchen war so aufgeregt, dass sie schweigend in ihrer Galionsfigur hockte. Mr Hook, der Schaffner des Timeless Sleepers, nahm die Galeone in Empfang.

»Herzlich willkommen zu deinem Praktikum auf dem Timeless Sleeper, dem einzigen Passagierschiff mit Schutzgeistern!«, rief er über den Anleger. »Und natürlich auch für dich der Hinweis, dass die Geheimhaltung unserer Zeiterbengesellschaft zu wahren ist und dass die Galeonen nur während des Zeitstillstands verlassen werden dürfen.« Er klopfte an Harpers Galeone. »Dann verabschiede dich mal. Ich bringe dich jetzt ins Bordrestaurant. Lady Lyra wird sich um dich kümmern und dir alles beibringen, was man als Schutzgeist auf hoher See so wissen muss.«

»Tschüss, Harper!«

»Mach es gut, und pass auf dich auf!«

»Dann bis in vier Wochen!«, riefen sie Mr Hook und Harpers Galeone hinterher, doch das Geistermädchen hob nur seinen silbern schimmernden Arm aus der Holzfigur, um ihnen zuzuwinken.

»Tja«, sagte Odette zu Jade, als die Schiffstüren zufielen. »Und welche Galeone bringe ich dir nun als Ersatz aufs Zimmer?«

»Muss das denn sein«?, fragte Jade. »Ich will keine andere Galeone.«

»Tut mir leid, aber ja das muss sein«, sagte Odette. »Du kannst unmöglich vier Wochen lang schutzlos in einem unbewachten Zimmer schlafen.«

»Ich hab's befürchtet«, seufzte Jade.

»Und ich hab eine Idee!«, rief Orla. »Warum ziehst du nicht zu mir und wir teilen uns Lady Pommery? Die reicht auf jeden Fall für zwei.«

»Oh, Orla. Ja, so machen wir es«, sagte Jade strahlend.

Odette nickte. »Das ist eine ganz wunderbare Idee!«

Noch am gleichen Abend zog Jade in Orlas Zimmer. Und in den kommenden Wochen hörte man im Black Swan Lady Pommerys schrilles Lachen durch die Nacht schallen, und manchmal brannte das Kerzenlicht bis zum Morgen. Aber niemand beschwerte sich darüber. Es war ja sowieso kaum jemand da.

An einem frostigen Sonntagnachmittag Anfang Februar gab es ein Rundschreiben vom Time Court. Der Unterricht an der Academy sollte am ersten März wieder aufgenommen werden, und alle Novizen mussten bis spätestens Ende Februar zurückkehren. Die Reisewarnung wurde aufgehoben, ebenso die Ausgangsbeschränkungen der Novizen. Sofort holten Orla und Jade ihre warmen Mäntel und liefen hinunter zum Greenwich Pier. Es hatte geschneit, und außer ein paar Spaziergängern war niemand unterwegs. Der Liegeplatz des Timeless Sleepers war leer, nur ein paar kleinere Fähren schaukelten auf dem Wasser. So ruhig hatte Jade den Platz an der Themse noch nie erlebt.

»Freiheit!«, jubelte Orla und lief bis hinauf zur Pierbrüstung. Sie beugte sich über das Geländer und breitete ihre Arme aus, als wäre sie eine der weißen Möwen, die sich lautlos über der Themse im Wind treiben ließen.

Jade vergrub ihre kalten Hände in den Manteltaschen und folgte Orla bis zur Brüstung. Sie atmete tief die kühle Luft ein und genoss es, wie der Wind auf ihrem Gesicht brannte. In all den Wochen, in denen sie den Black Swan nicht verlassen konnten, hatte sie manchmal das Gefühl gehabt, als würde die Uhr an ihrer Brust langsamer ticken. Und jetzt? Orla hatte recht, sie fühlte sich frei wie ein Vogel. Obwohl sie sich fast sicher war, dass Dornfinger in irgendeiner finsteren Nische hockte und nur kurz Atem holte, bevor er zum nächsten Angriff überging.

»Was, glaubst du, ist mit Dornfinger geschehen?« fragte Jade.

»Vielleicht ist er tot?«, überlegte Orla. »Oder er ist schwer verletzt und taucht irgendwann wieder auf. Möglich wäre auch, dass er gefunden hat, wonach er suchte.«

Jade drehte sich zu Orla herum, und der Wind blies ihr die Locken ins Gesicht. »Du meinst, Dornfinger hat einen der Uhrzeiger?«

Orla schüttelte den Kopf. »Das wohl kaum. Ich denke, wenn Chronos einen der Uhrzeiger besitzen würde, müssten wir das spüren. Der letzte Überfall, bevor Dornfinger untertauchte, war in York. Er muss dort irgendeinem Geheimnis auf der Spur gewesen sein.«

Jade nickte. »Und nicht nur er. Auch Mr Darwy war wochenlang in York. Heute Morgen habe ich ihn das erste Mal seit Wochen in die Bibliothek gehen sehen.«

»Dann lass uns Mr Darwy besuchen«, sagte Orla. »Er kennt sich doch gut aus in York. Vielleicht weiß er mehr dazu, und ich habe ihn auch schon ewig nicht mehr gesehen.«

Genau wie Mat, fügte Jade in Gedanken hinzu und seufzte.

In der Bibliothek war nichts los. Mr Darwy saß an einem der Lesepulte, und die Bibliotheksleiterin, Ms Fogg, war nicht zu sehen. Nur wenige Besucher suchten an den hohen Regalwänden nach Büchern oder lasen an einem der vielen Pulte, die im Kreis um einen Brunnen angeordnet waren.

»Ah, ihr seid es!«, rief Mr Darwy erfreut, als er Jade und Orla die Treppe in die unterirdische Bibliothek herabkommen sah. Jemand machte »Pssst!«. Mr Darwy klappte sein Buch zu und winkte sie hinter sich her in eines der winzigen Studierzimmer. Ein richtiges Zimmer war es nicht, eher einer von vielen Balkons, die man über eine winzig kleine Treppe erreichte.

Sie rutschten auf eine lederbezogene Bank. »Wie geht es euch?«, fragte Mr Darwy.

»Wir dürfen jetzt wieder raus«, sagte Orla strahlend.

Mr Darwy schmunzelte. »Ja, ich hörte davon, dass die Novizen nur in Begleitung rausdurften und dass der Academyunterricht ausgefallen ist.« Er beugte sich weit vor. »Sonst hätte Ms Fogg mir auch gewiss nicht so lange Sonderurlaub gegeben, um dieser Sache auf den Grund zu gehen.«

»Welcher Sache mussten Sie auf den Grund gehen?«, fragte Jade, hellhörig geworden.

Mr Darwy rieb sich seufzend über das Gesicht. Dann legte er beide Hände auf den Silbergriff seines Stockschirms. »Der ehemalige Laden, der in York von Time Knights überfallen wurde, gehörte meinem Bruder.«

»Sie haben einen Bruder?«, fragte Jade überrascht. Sie war sich immer ganz sicher gewesen, dass Mr Darwy keine Verwandten hatte.

Mr Darwy verzog schmerzerfüllt das Gesicht. »Ich hatte einen Bruder. Er war ein Gaukler, so wie ich. Unsere Familie hat über viele Generationen diesen Uhrenladen in York geführt. Mein Bruder hat ihn dann irgendwann übernommen. Er war schon immer vernarrt in Uhren. Ich hingegen liebte die Bücher noch ein wenig mehr.« Er schmunzelte und sah sich in der Clockmakers-Bibliothek um.

»Aber was können die Time Knights dort gesucht haben?«, hakte Jade nach.

»Also vorausgesetzt, dass sie hinter den Überfällen stecken«, fügte Orla hinzu.

»Ich habe einen Verdacht«, sagte Mr Darwy, und der glückliche Ausdruck auf seinem Gesicht war verschwunden. »Mein Bruder lebte ja nicht allein in dem alten Uhrmacherhaus in York.

Dein Vater Evan war sein Auszubildender. Er und Charlotte wohnten ebenfalls dort.«

»Meine Eltern wohnten in York?«, fragte Jade überrascht. »Ich dachte immer, sie hätten hier im Black Swan gewohnt.«

»Was ja auch stimmt. Jedenfalls für die Zeit ihrer Ausbildung an der Clockmakers Academy. Danach sind sie nach York gezogen. Evan begann seine Uhrmacherlehre, und Charlotte studierte englische Literatur an der Universität in York.«

»Und was ist jetzt Ihr Verdacht?«, fragte Orla.

»Nun …«, sagte Mr Darwy. »Für mich liegt es auf der Hand. Chronos und seine Time Knights haben meinen Bruder William, Evan und später auch Charlotte getötet. Und er wollte dich, Jade. Doch im Gegensatz zu den anderen brauchte er dich lebendig. Etwas, das sich bis heute nicht geändert hat. Er vermutet also, dass du irgendein Wissen in dir trägst, das er braucht. Und zudem ist es kein Geheimnis, dass deine Eltern den drei verschollenen Uhrzeigern auf der Spur waren. Sie waren wie besessen davon, die Uhrzeiger zurück ins Time House zu bringen. Vielleicht, so meine Überlegung, vielleicht wollte da jemand am letzten Wohnort deiner Eltern nachsehen, ob er auch ohne dich an irgendeine Information über die Uhrzeiger gelangen könnte.«

»Das ist es«, sagte Jade leise. Sie wusste in dem Moment, in dem Mr Darwy es aussprach, dass es stimmte. »Was ist mit dem Haus? Wohnt dort jemand, oder steht es leer?«

Mr Darwy schob seine Anzugjacke ein wenig zur Seite und ließ einen Schlüsselbund an seinem Gürtel aufblitzen. »Das Haus steht leer. Seit dem Tod meines Bruders und deines Vaters dort habe ich es nicht übers Herz gebracht, es zu vermieten oder gar zu verkaufen.«

»Es ist dort alles noch so, wie es damals war?«, fragte Jade, und als Mr Darwy nickte, war ihr Entschluss gefasst. »Ich muss sofort dorthin.«

»Niemals!«, sagte Mr Darwy erschrocken. »Ich habe fast zwei Monate lang dort alles abgesucht. Ich kann dir versichern, dass vom obersten Dachziegel bis zum letzten Kellerloch nicht die Spur eines Geheimnisses zu finden ist.«

»Das geht wirklich nicht, Jade«, pflichtete Orla ihm bei.

»Und warum nicht?«, fragte Jade. Ihre Entscheidung, heute noch nach York aufzubrechen, war längst gefällt. »Ich möchte doch nur in das Haus, in dem meine Eltern zuletzt gelebt haben. Vielleicht haben sie mir irgendwas hinterlassen? Irgendwas, das mir zeigt, wie sie waren.« Sie konnte nicht weitersprechen. Ein Schluchzen schnürte ihr die Kehle zu.

»Evan und Charlotte waren wunderbar«, sagte Mr Darwy und legte tröstend eine Hand auf Jades Arm. »Wunderbar und versessen darauf, die Uhrzeiger vor Chronos und seinen Time Knights zu finden. Sie hatten den großen Traum, eines Tages die drei Uhrzeiger ins Time House zurückzubringen. In jeder freien Minute haben sie recherchiert und gesucht. Sind per Zeitfenstersprung mal hierhin, mal dorthin gereist.«

»Und deshalb wurden sie bestimmt auch von Chronos getötet«, überlegte Orla. »Er fürchtete schlicht, sie könnten erfolgreich sein.«

Mr Darwy nickte.

»Sehen Sie?«, rief Jade und stand auf. »Schon allein deshalb muss ich nach York. Chronos hat meine Eltern getötet. Ich werde alles dafür geben, zumindest ihren Traum zu retten. Wenigstens das.«

»Sie hat recht«, sagte Orla zu Mr Darwy. »Wir können Chronos nicht wehrlos das Feld überlassen.«

Jade sah Mr Darwy lange eindringlich an. Sie fochten einen

lautlosen Kampf aus. Jade spürte Mr Darwys Sorge um sie, aber auf der anderen Seite musste er doch einfach verstehen, dass ihr nichts anderes von ihren Eltern geblieben war als deren großer Traum. Ein Traum, den sie mit ihrem Leben bezahlt hatten.

»In Ordnung«, sagte Mr Darwy nach einer gefühlten Ewigkeit. »Ich begleite dich.«

»Euch«, verbesserte Orla ihn grinsend.

»Danke«, sagte Jade und strahlte Orla und Mr Darwy an.

»Das kommt überhaupt nicht infrage!«, rief Odette, als Jade und Orla eine Stunde später mit gepackten Taschen in der Eingangshalle saßen und auf Mr Darwy warteten.

»Odette«, sagte Jade beruhigend. »Mr Darwy begleitet uns, und wir übernachten im Witch Brew.«

»Aber es gab einen Überfall in York. Mitten in der Mad Watchmakers Lane«, sagte Odette und verschränkte die Arme vor der Brust. »Nein, das ist viel zu gefährlich.«

»Aber Überfälle gab es hier doch auch. Und nicht nur einen …«, sagte Orla.

»Wo sie recht hat«, murmelte Elliott Baker leise, der bislang sehr geschäftig getan hatte.

»Also, Mr Baker«, schimpfte Odette.

Da klopfte es an die Eingangstür vom Black Swan, und Elliott Baker schlurfte durch die Eingangshalle. Er zwinkerte Jade und Orla hinter Odettes Rücken kurz zu. »Willkommen im Black Swan, Londons einziger Pension mit Schutzräumen für … Ah, Mr Darwy! Kommen Sie herein. Sie werden schon erwartet.«

»Guten Abend, Mr Baker«, sagte Mr Darwy und schüttelte hastig den Kopf, als Elliott Baker nach seinem Schirm greifen wollte. »Der kommt mit mir.«

»Edmond«, sagte Odette erfreut und ging ein paar Schritte auf ihn zu.

Mr Darwy klemmte sich den Schirm unter den Arm und hob seinen Hut zum Gruß. »Guten Abend, Odette. Schön, dich mal wiederzusehen. Seit meiner Rückkehr in die Clockmakers-Bibliothek habe ich fast nur gearbeitet. Heute kommt mir das entgegen, denn ich habe Sophera Fogg gerade verkündet, dass ich in den kommenden Tagen freinehme. Sie konnte es nicht ablehnen.«

»Gut siehst du aus, Edmond«, sagte Odette und schüttelte seine Hand. »Aber ich halte nichts von diesen Plänen. Das ist doch viel zu gefährlich.«

»Nicht gefährlicher als anderswo«, sagte Mr Darwy beruhigend. »Vergiss nicht, dass deine Schwester den Henders vertraut hat. Und die Henders haben große Opfer für Jade gebracht. Sie und Orla sind dort in besten Händen.«

Jade horchte auf. Das waren ja ganz andere Töne als vorhin.

Odette nickte. »Also schön. Wie lange willst du denn bleiben? Und meinst du nicht, wir sollten Master Gridlock informieren?«

»Nein, je weniger eingeweiht sind, desto geringer ist die Gefahr, dass uns jemand folgt«, sagte Mr Darwy und deutete auf die Zeitsprungkabine. »Ich springe gleich einmal kurz voraus, um sicherzugehen, dass das Zeitsprungfenster nicht manipuliert ist. Dann hole ich Jade und Orla nacheinander hier ab.«

Jade lächelte Orla erleichtert an. Sie freute sich so sehr auf York und besonders auf Mat und die Henders.

Mr Darwy öffnete die Tür der Zeitsprungkabine und ging hindurch. Im nächsten Augenblick war er verschwunden.

»Aber wir sehen uns bald wieder?«, fragte Odette mit zitternder Stimme.

Jade sprang auf und umarmte ihre Tante. »Aber ja, Odette. Mach dir keine Sorgen.«

»Versprich mir, dass du dich nicht in Gefahr bringst«, sagte Odette schniefend.

Jade nickte, als es in der Zeitsprungkabine hinter ihr klingelte. »Das ging ja schnell.«

Mr Darwy stieg aus der Kabine. »Alles in Ordnung. Die Henders sind ganz aus dem Häuschen und warten auf uns.« Er reichte Jade eine Hand.

»Grüß alle von mir. Besonders natürlich Mat. Er fehlt mir«, sagte Odette und drückte Jade noch einmal fest an sich.

Jade holte ihre Tasche vom Sessel. »Bis gleich, Orla!«

»Bereit?«, fragte Mr Darwy, als Jade neben ihm vor der Tür der Zeitsprungkabine stand und tief durchatmete.

»Bereit«, sagte sie.

Mr Darwy nickte. »Okay, du springst ja nicht zum ersten Mal. Dieser Sprung allerdings wird etwas länger dauern. Keine Panik, okay? Konzentriere dich nun also auf den Wunsch, im Witch Brew in York zu landen.«

Jade lächelte. Einen größeren Wunsch hatte sie gerade nicht.

Mr Darwy öffnete die Tür zur Zeitsprungkabine und sah sie auffordernd an.

Jade umklammerte Mr Darwys Hand und stieg gemeinsam mit ihm durch das Zeitfenster. Kurz bevor der Zeitstrom sie davontrug, vergewisserte sie sich, dass sie ihre Totenkopftaschenuhr trug.

Dann wurde es schwarz um sie herum.

The Mad Watchmakers Lane

»Sie kommen!«

Das aufgeregte Rufen der Zwillinge vernahm Jade zuerst, noch bevor sie aus der Zeitsprungkabine stolperten.

Die Kabine im Yorker Witch Brew war klein, und Jades Tasche flog wie ein Wurfgeschoss in den Verkaufsraum, als sie das Zeitfenster öffnete. Mats Schwestern Mina und Maeven gingen in Deckung.

»Deshalb ist das Mitführen von schwerem Gepäck bei einem Zeitsprung auch streng untersagt«, sagte Mr Darwy und hielt sich am Türrahmen fest.

»Jade!«, rief Ms Henders und nahm sie in den Arm. »Es ist gut gegangen. Meine Güte, was war ich nervös.« Dann ließ sie Jade abrupt los und stürzte vor, um Mr Darwy zu helfen. »Edmond!«, rief sie. »Was ist mit dir?«

Mr Darwy ging ein paar Schritte, Ms Henders stützte ihn, und dann ließ er sich langsam auf den nächsten Stuhl sinken. »Geht gleich wieder, Clara«, sagte Mr Darwy. Er nahm seinen Hut ab und wischte sich den Schweiß von der Stirn. »Das sind die vielen Zeitsprünge so schnell nacheinander.«

»Ich hole dir rasch einen Bibernellenaufguss«, sagte Clara und verschwand hinter dem Verkaufstisch. Jade sah sich neugierig in dem schummrigen Laden um. Dieses Yorker Witch Brew war kleiner als das in Greenwich. Es gab nur wenige Tische, und unter einem hockten die Zwillinge und sahen sie neugierig an.

Jade beugte sich zu ihnen herab. »Hallo, ihr zwei! Hoffentlich hat meine Tasche euch nicht erwischt.«

Mina und Maeven schüttelten die Köpfe und blickten sie weiter gespannt an.

»Sie sind sonst nicht so sprachlos, kannst du mir glauben«, sagte da jemand hinter Jade.

»Hey, Mat!«, rief Jade und drehte sich zu ihm herum. »Ich habe mir große Sorgen um euch gemacht.«

»Hallo, Jade«, sagte Mat und musterte sie kurz. Dann warf er einen besorgten Blick auf Mr Darwy. »Geht es Ihnen gut?«

Mr Darwy nickte. »Alles in Ordnung, es sind nur reichlich viele Zeitsprünge auf einmal. Schön, dich wiederzusehen, Mat. Wie geht es dir?«

Mats Gesicht verfinsterte sich. »Ich hasse meinen Zustand, wenn ich ehrlich sein soll. Sehen Sie mich doch an. Ein Zeiterbe, der keiner mehr ist. Ich fühle mich wie eine Tasse mit abgebrochenem Henkel, die keiner mehr benutzt, weil man sich an ihr die Finger verbrennen könnte. Ich bin wie abgestellt und zugestaubt.«

»Das bleibt nicht so, Mat. Da bin ich mir ganz sicher«, sagte da Mr Henders, der aus einem der hinteren Räume in den Laden kam und offensichtlich Mats letzte Worte noch aufgeschnappt hatte. Dann fiel sein Blick auf Jade. »Ihr seid schon da!«, rief er erfreut und kam quer durch den Laden auf Jade und Mr Darwy zu.

»Jade«, sagte er, legte seine Hände auf ihre Schultern und lächelte sie an. »Willkommen im Yorker Witch Brew. Hier hat für

Clara und mich alles angefangen, und hier sind wir auch beide irgendwie zu Hause – auch wenn wir inzwischen sieben Filialen haben. Und in jedem dieser Häuser bist auch du immer und jederzeit herzlich willkommen. Genauso wie unser alter Freund Edmond Darwy.« Er wandte sich strahlend Mr Darwy zu.

»Hallo, Sam«, sagte Mr Darwy, der sich offenbar genauso freute. »Ich mache eine kurze Zeitsprungpause.« Er nahm dankbar lächelnd den Bibernellenaufguss von Ms Henders entgegen. »War ein bisschen aus dem Tritt geraten von dem ganzen Hin und Her.«

»Pause?«, fragte Mr Henders und sah sich um. »Wer fehlt denn noch? Oder musst du heute noch zurück zur Arbeit?«

»Orla fehlt noch«, sagte Mat.

»Orla hole ich für dich ab«, entschied Mr Henders und legte Mr Darwy eine Hand auf die Schulter, weil dieser schon protestieren und aufstehen wollte. »Keine Widerrede, Edmond. Ich bin frisch und ausgeruht, und wir wollen dich nicht im Zeitstrom verlieren.« Er hatte kaum ausgesprochen, da trat er auch schon an die Zeitkabine heran und sammelte sich. Er murmelte leise und mehrmals »Black Swan in Greenwich« vor sich hin, dann öffnete er das Zeitfenster, ging hindurch und wurde vom Zeitstrom verschluckt.

Als er fort war, sagte Mr Darwy: »Hoffentlich erschreckt Odette sich nicht.« Er schlürfte seinen Bibernellenaufguss und erholte sich zusehends, sogar sein Gesicht wurde wieder rosig.

»Komm, ich zeig dir dein Zimmer. Musst du dir mit Orla teilen, und es ist ganz oben unter dem Dach, aber dafür irre gemütlich«, sagte Mat und zog Jade hinter sich her zu einer Treppe, die direkt aus dem Ladenraum hinauf in die Wohnung der Henders führte.

Eigentlich, überlegte Jade, als sie von dem Treppenabsatz herab in den Verkaufsraum blickte, eigentlich wohnten die Henders im Witch Brew. Sie stiegen viele schmale Treppen hinauf in dem mehrgeschossigen, aber recht schmalen Haus bis ganz nach oben unter das Dach. Unter dicken Holzbalken standen Betten, die unter die Dachschräge geschoben waren, und aus den beiden Giebelfenstern konnte man über die Dächer Yorks blicken.

»Es ist ziemlich klein, was?«, fragte Mat und wich beschämt ihrem Blick aus.

Jade sah sich glücklich in dem Zimmer um. Jemand hatte an dem Querbalken kleine, seidene Lampions aufgehängt, und die Holzdielen wurden von bunten Teppichen bedeckt. In der hinteren Ecke stapelten sich Holzkisten und altes Kinderspielzeug. Doch am schönsten fand Jade die goldene Adlergalionsfigur, die über der winzigen Brettertür hing. »Es ist zauberhaft.«

Mat strahlte sie glücklich an. Er strich ihr sanft über die Wange, steckte ihr eine Locke hinter das Ohr und seufzte. »Hatte ich eine Angst um dich. Ich bin so froh, dass du jetzt hier bist. Wir haben von all den Überfällen in Greenwich gelesen, und täglich wurde ich nervöser.«

Jade legte ihre Hand auf seine, drückte sie fest an ihre Wange und schloss die Augen. Ohne Mat fehlte ihr was. »Ich bin auch so froh, hier zu sein«, flüsterte sie. »Aber weißt du? Ich mache mir auch Sorgen um die anderen im Black Swan und so.«

Mat nickte. »Ich auch.«

»Jade? Mat?«, rief es da von unten.

»Orla ist da!«, sagte Jade, und sie eilten die Treppen wieder hinab in den Verkaufsraum.

»Oh Mann«, stöhnte Orla, die vor dem Kamin stand und sich die Schläfen rieb. »So einen langen Zeitsprung brauche ich aber nicht so oft. Seht mich mal genau an, sind überhaupt alle Körperteile von mir schon hier angekommen?«

Mr und Ms Henders, die mit den Zwillingen und Mr Darwy inzwischen an einem der kleinen Tische saßen, sahen sich verblüfft an. Dann lachten sie alle laut schallend los.

»Orla, gut dich zu sehen«, sagte Mat und umarmte sie.

Sie nahmen sich alle drei einen Stuhl und setzten sich zu den Henders und Mr Darwy an den Tisch. »Odette wollte mich erst nicht gehen lassen«, sagte Orla zu Jade. »Sie meinte, da wäre was faul, weil Mr Darwy doch kommen wollte. Erst als Mr Henders ihr erklärt hat, dass Mr Darwy ein wenig verschnaufen muss nach den vielen Zeitsprüngen, hat sie eingewilligt.«

Jade grinste, doch eigentlich tat Odette ihr leid. Sie hatte schließlich schon Schlimmes erlebt mit Chronos und den Time Knights, und ihre Angst war daher nicht übertrieben.

Mr Henders schob eine dampfende Teetasse zu Orla hinüber. »Hier, das wird dir guttun. In kleinen Schlückchen trinken.«

»Urghs«, machte Orla, als sie an dem Gebräu roch. »Bibernellenaufguss.« Sie beugte sich über den Tisch und griff nach dem Honig.

Mr Henders schüttelte den Kopf. »Nein, tut mir leid, aber der muss pur getrunken werden.«

Mina und Maeven grinsten sich an.

Da erklang auf einmal ein leises Klingeln, wie von winzig kleinen Glöckchen oder Zimbeln. »Achtung, Mat!«, rief Ms Henders ihm zu.

Mat lauschte. Im nächsten Moment sprang er auf und stürmte die Treppe nach oben.

»Was ist denn mit ihm?«, fragte Jade erschrocken.

»Gar nichts weiter«, sagte Ms Henders und deutete an die

Wand hinter Jade. »Das Klingeln, das du gerade hörst, kommt von unseren Prognosetieren. Wir halten hier im Witch Brew Buckelzirpen, und die fangen kurz vor einem Zeitstillstand an zu klingeln. Dafür haben sie ja auch diese winzig kleinen Zimbeln auf ihrem Geweih.«

Jade drehte sich herum und betrachtete neugierig das kleine insektenähnliche Prognosetier an der Wand. Das Größte am Tier war das Geweih mit den dunklen Kugeln an den Spitzen.

»Das Klingeln bedeutet, dass die Zeit in einer Minute stehen bleibt«, sagte Mr Henders.

Er hatte es noch nicht ausgesprochen, da ruckte die Zeit und blieb stehen. Fasziniert betrachtete Jade Mina und Maeven, die erstarrt am Tisch saßen.

»Irgendwie gruselig, nicht wahr?«, fragte Ms Henders und streichelte der neben ihr sitzenden Maeven über das Haar. »Aber in Kürze wird die Zeit ja weitergehen, und sie wachen wieder auf. Jedenfalls so lange, wie Chronos keine Macht über die Zeit hat.«

»Und Mat?«, fragte Orla und rieb sich wärmend die Hände.

»Er erstarrt auch«, sagte Mr Henders. »Deshalb verzieht er sich ja immer vor einem Zeitstillstand. Tut mir einen Gefallen«, fügte er hinzu. »Sollte er es jemals nicht mitbekommen, dass die Zeit stehen bleibt, sagt es ihm hinterher bitte nicht.«

In der Nacht begann es kräftig zu schneien. Als Jade und Orla am Morgen aufwachten, lag über den Dächern von York eine dicke, weiße Schneedecke. »Ach, wie schön es hier ist«, sagte Orla und rollte sich auf den Bauch, um mit aufgestützten Händen verträumt aus dem bodentiefen Fenster zu sehen. »Ich wünschte, wir könnten länger hierbleiben.«

»Ich auch«, sagte Jade und seufzte. »Wir sind aber aus einem ganz bestimmten Grund hier, und den sollten wir nicht vergessen.«

Als sie nach unten liefen, staunte Jade. Das Witch Brew war gut besucht, alle Tische waren besetzt, und Mat half seiner Mutter beim Verkauf. Mr Henders trug gerade zwei Tassen übel riechender Gebräue an ihnen vorbei und zwinkerte ihnen kurz zu. Dann servierte er den zwei älteren Damen ihren Tee, die sich begierig darüber hermachten.

»Guten Morgen!«, sagte Mr Henders, als er zurückkam. »Ich habe Frühstück für euch in der Küche, und dann hat Mr Darwy schon zweimal nach euch gefragt.« Er deutete aus einem der Fenster des Witch Brew hinaus auf einen kleinen Hof, auf dessen anderer Seite unverkennbar der Uhrenladen lag.

Jade und Orla beeilten sich mit dem Frühstück – es gab zu ihrer Überraschung ganz normalen Tee und Pfannkuchen mit Sirup –, und dann brachen sie auf, um Mr Darwy in dem Uhrenladen zu besuchen, wo er auch übernachtet hatte.

Auf dem kleinen Hof vor dem Witch Brew spielten Mina und Maeven im Schnee und versuchten, Jade und Orla mit Schneebällen zu treffen. Als einer der Schneebälle genau auf Jades Gesicht zugeschossen kam, hob sie abwehrend die Hand und schnipste dann mit den Fingern, wie Peter Polkins es ihr beigebracht hatte. Der Schneeball zerplatzte und rieselte in Flocken zu Boden.

Orla lachte und zeigte auf Mina und Maeven, die Jade hingerissen ansahen.

Jade und Orla steuerten auf einen roten Backsteinbau zu. Es war ein dreistöckiges altes Haus, an dem auf einem antiken Schild über der Eingangstür *Darwy's Magical Watches* stand. Darüber hing die Galionsfigur eines kleinen, pausbäckigen Jungen in Matrosenuniform, der über einer großen Uhr weit in den Hof hineinragte. Noch bevor sie die Türklinke herabdrücken konnten, riss Mr Darwy die Tür auf.

»Da seid ihr ja!«, sagte er und folgte ihrem Blick hinauf zur Galionsfigur. »Schön, nicht wahr? Ja, schön … Aber auch traurig. Seit über sechzehn Jahren ist die Figur schon unbewohnt. Vermutlich wurde der Schutzgeist bei dem Angriff auf meinen Bruder und deinen Vater ebenfalls getötet.«

»Ach, wie fürchterlich!«, rief Orla. »Das war bestimmt ein lustiges Kerlchen.« Dann schob sie sich an Mr Darwy vorbei in den Uhrenladen.

Mr Darwy sah noch einmal lächelnd zu der Galeone hinauf und reichte Jade dann seine Hand. »Komm herein, Jade. Ich weiß, es ist schwer.«

Jade schluckte. Mr Darwy hatte recht. Sie hatte ein flaues Gefühl im Magen, ungefähr so wie damals bei der Beerdigung ihres Großvaters. Vorsichtig betrat sie neben ihm den Uhrenladen und wagte dabei kaum zu atmen.

Jade fiel auf, dass Mr Darwy die Tür hinter ihnen sorgsam verschloss. Er stellte sich an das Schaufenster und sah hinaus auf den schneebedeckten Hof.

»Ist alles in Ordnung mit Ihnen, Mr Darwy?«, fragte Jade.

»Ich weiß auch nicht«, sagte er. »Da waren heute Morgen so seltsame Spuren im Schnee. Wie von einem Tier, aber ein Hund oder eine Katze war es nicht.«

»Wie von einem Schattenhund?«, fragte Jade, doch Mr Darwy reagierte nicht darauf. Stattdessen lief er auf seinen Stockschirm gestützt in ein Hinterzimmer. »Kommt«, sagte er, und Orla und Jade folgten ihm.

»Dieses ist also mein Elternhaus und die Wohnung meines Bruders, der vor über sechzehn Jahren durch Chronos hier starb. Die Wohnung deiner Eltern war im ersten Stock«, sagte Mr Darwy, und Jade bemerkte, dass er zitterte.

»Hören Sie, Mr Darwy«, sagte Jade deshalb. »Wenn ich darf, gehe ich alleine in die Wohnung meiner Eltern.«

»Ja, bitte«, flüsterte er nur und ging zur Küchenzeile, um Wasser in einen Kessel laufen zu lassen. »Dort findest du aber nur ihre Möbel. Ich habe die persönlichen Gegenstände in Kisten verpackt und in den Keller getragen.«

»Danke, Mr Darwy«, sagte Jade. Sie trat in den Flur und stieg mit schnell pochendem Herzen die Treppe hinauf.

»Ich komme mit dir«, sagte Orla und folgte ihr.

Oben stand die Wohnungstür einen Spaltbreit offen, und Jade schubste die Tür vorsichtig etwas weiter auf. Sie standen direkt in einem Wohnzimmer, das mit alten Möbeln eingerichtet war. Dicker Staub lag auf dem Tisch, und überall hingen Spinnenweben von der Decke. Es gab aber zu Jades Enttäuschung wirklich keine persönlichen Dinge ihrer Eltern hier oben, noch nicht einmal ein Foto an der Wand. Jade ging zu einer Tür am Ende des Wohnzimmers, die ebenfalls etwas offen stand. Es schien das Schlafzimmer zu sein.

Plötzlich hörten sie von unten ein Poltern, und kurz darauf kam jemand die Treppe hochgerannt. »Jade!«, rief Mr Darwy. »Nicht!«

»Was hat er denn?«, fragte Orla.

Doch Jade hörte sie nicht.

Sie hörte auch nicht Mr Darwys Rufen.

Jade hatte die Schlafzimmertür weit geöffnet und starrte auf eine Babywiege, die vor dem Fenster stand.

Geheimnisträger

Jade hatte keine Vorstellung davon, wie viel Zeit vergangen war, als sie endlich ihre Tränen trocknete und nach unten ging. »Diese Babywiege war für mich gedacht«, sagte sie mit zittriger Stimme.

Mr Darwy saß mit Orla an dem kleinen Esstisch und hielt sich an einer Teetasse fest. Er nickte. »Es tut mir so leid, Jade, ich habe zu spät daran gedacht.«

»Das ist doch nicht Ihre Schuld«, sagte Jade und versuchte ein aufmunterndes Lächeln. Doch stattdessen rollten ihr neue Tränen über die Wangen. Sie hatte sich die ganze Zeit dort oben in dem Zimmer ausgemalt, wie wundervoll ihre Kindheit mit Mat hier in York gewesen wäre. Und tief unter dieser Sehnsucht und Trauer keimte Wut auf. Wut auf Chronos und seine Anhänger, die ihr dieses Leben geraubt hatten, bevor sie überhaupt atmete.

»Wenn es Ihnen recht ist, werde ich mir jetzt die persönlichen Dinge im Keller ansehen«, sagte Jade zu Mr Darwy.

»Ist das eine gute Idee, Mädchen?«, fragte er und sah sie prüfend an. »Nun ja«, sagte er dann nickend. »Ich verspreche dir, schlimmer kommt es nicht mehr.« Er öffnete die Kellertür, knipste das Licht an und ging voraus.

In den nächsten Stunden öffneten Jade und Orla Kiste um Kiste mit den Dingen, die einst Jades Eltern gehört hatten. Tatsächlich musste jemand hier gewesen sein, denn alle Kisten waren durchgewühlt, manche sogar halb ausgeräumt. Jade blätterte in alten Schulheften ihrer Mutter und staunte darüber, wie sehr sich ihre Handschriften glichen. Sie fand Fotos von Evan und Charlotte in der Clockmakers Academy, auf dem Timeless Sleeper, im Black Swan mit Odette zusammen und im Uhrenladen in York. In den meisten Kisten waren Bücher. Ihre Eltern hatten anscheinend wenig Kleidung und viele Bücher besessen.

»Und?«, fragte Mr Darwy nach einer Weile und kam die Kellertreppe herab. »Habt ihr irgendwas gefunden, das auf einen Uhrzeiger hinweist?«

Jade schüttelte den Kopf. »Nichts, gar nichts.«

»Ich hatte es befürchtet«, sagte Mr Darwy seufzend.

Jade brachte die Kiste mit den Schulheften und handschriftlichen Aufzeichnungen ihrer Mutter hinauf in die Küche, und zu dritt suchten sie jedes Stück Papier nach einem Hinweis ab. Es dämmerte schon, als jemand an die Ladentür klopfte.

Jade bemerkte, dass Mr Darwy zusammenzuckte.

Er lief durch den Laden und rief: »Es ist Mat!«

Kurz darauf hörten sie Mats Stimme. »Hey, Mr Darwy. Ich soll Sie, Orla und Jade abholen. Wir haben gekocht und … tja, tut mir leid, aber heute war es so voll, dass ich es nicht früher geschafft habe. Liegt wohl daran, dass bald Weihnachten ist.«

»Komm doch rein, Mat«, hörte Jade Mr Darwy sagen. Wieder verschloss er sorgsam die Tür, und wieder blickte er danach suchend durchs Schaufenster auf den Hof hinaus.

»Na, ihr zwei?«, rief Mat und lief durch den Laden nach hinten. »Habt ihr schon was –«

Jade spürte es sofort. Mats plötzliches Verstummen hatte einen einfachen Grund: Die Zeit stand still.

Jade sah auf und zuckte zusammen. Die ganze letzte Nacht hatte sie sich ausgemalt, wie es sein würde, den erstarrten Mat zu sehen, doch sie hatte es sich nicht so bedrohlich vorgestellt.

»Oh nein!«, rief Orla erschrocken.

»Ist das nicht gruselig? So ähnlich sahst du auch aus, als die Time Knights dich erstarren ließen, Orla«, flüsterte Jade.

Langsam stand sie auf und ging auf Mat zu.

Er war mitten in der Bewegung wie eingefroren. Es war ein Anblick, der sich für immer in ihr Herz einbrennen würde. Der mutige und immer um sie besorgte Mat stand völlig reglos und mit leerem Blick vor ihr.

»Mein armer Mat«, flüsterte Jade, und ein Schluchzen entfuhr ihrer Kehle, als sie ihm über die erstarrte Wange streichelte. Dann huschte sie schnell zurück auf den Stuhl, auf dem sie vor dem Zeitstillstand auch gesessen hatte. »Wir dürfen es uns nicht anmerken lassen«, sagte sie zu Orla.

»Dann hör auf zu heulen«, sagte Orla schulterzuckend.

Der Adlerschutzgeist aus der Galeone in Jades und Orlas Dachbodenzimmer schwebte durch den Uhrenladen und segelte in einem großen Bogen wieder zurück ins Witch Brew. Auch andere Schutzgeister flogen durch den Hof, sahen kurz zu ihnen herein und verzogen sich dann zurück in ihre hölzernen Figuren. Für einen kurzen Moment glaubte Jade, den Kopf der pausbäckigen Galeone über der Eingangstür gesehen zu haben, der neugierig zu ihnen hineingesehen hatte. Dann schüttelte sie sich. Das hatte sie sich wohl nur eingebildet.

Mr Darwy stand noch immer am Fenster und beobachtete den Hof.

Die Zeit ruckte und ging dann so überraschend weiter, wie sie stehen geblieben war.

»– über die verschwundenen Uhrzeiger herausgefunden?«, fragte Mat und setzte seinen Weg durch den Uhrenladen fort, als wäre nichts dazwischen geschehen.

»Gar nichts, nicht ein einziges Wörtchen davon«, sagte Orla, und erst als sie Jade in die Seite stupste, bemerkte sie, dass sie Mat noch immer betroffen anblickte.

Mat kam langsam näher und lächelte Jade aufmunternd an. »Ist ja auch mehr als unwahrscheinlich, hier etwas zu finden. Wenn ich derjenige wäre, der ein solches Geheimnis kennen würde, dann würde ich mir ein verdammt gutes Versteck aussuchen. Irgendeins, das mein Wissen vor allem vor den Falschen beschützt, und das sind eindeutig nicht die Kisten im Keller meiner Wohnung.«

»Wo er recht hat?«, sagte Orla und warf den Stapel Papiere, die sie gerade durchforstete, zurück in die Kiste. »Lasst uns gehen, ich habe Hunger.«

Sie brachten die Kiste zurück in den Keller, damit Mr Darwy in der kleinen Wohnung hinter dem Laden genügend Platz hatte.

Als sie den Uhrenladen kurz darauf verließen und in die Kälte hinaustraten, seufzte Jade enttäuscht. Sie hatte sich viel mehr von den persönlichen Dingen ihrer Eltern versprochen.

»Achtung!«, rief Mr Darwy da, der gerade die Tür des Uhrenladens abschloss. Er deutete mit seinem Stockschirm hinauf zu der Uhr über dem Eingang. Im nächsten Moment begann die Uhr fünf Uhr zu schlagen.

Jade schmunzelte und zog ihre Taschenuhr hervor. Sie fühlte sich wieder wie das sechsjährige Mädchen, das bei Mr Darwy in der Bibliotheksloge saß, mit Ingwerkeksen gefüttert wurde und von ihm ans Aufziehen der Taschenuhr erinnert wurde.

Sie ließ den Unterkiefer des Totenkopfes herunterklappen und drehte dreimal an dem kleinen Rädchen.

»Das ist sie«, flüsterte plötzlich jemand in der Nähe.

Jade drehte sich suchend zu Orla und Mat herum. Doch die bewarfen sich gerade mit Schneebällen und liefen jauchzend auf die Tür des Witch Brew zu.

»Das ist die Memento-Mori-Taschenuhr!«, flüsterte es erneut nah neben ihr.

»Haben Sie was gesagt, Mr Darwy?«, fragte Jade und drehte sich zu ihm herum.

»Nein«, sagte er, warf Jade einen irritierten Blick über die Schulter zu und zog den Schlüssel aus dem Schloss. »Wieso?«

»Haben Sie das nicht gehört?« Jade sah sich auf dem Hof um. Mat und Orla waren schon im Witch Brew ankommen.

»Was habe ich gehört, Jade?«, raunte Mr Darwy und umklammerte mit beiden Händen seinen Stockschirm.

»Ich weiß nicht. Da war diese Stimme.« Jade blickte fröstelnd an der Hauswand hinauf – und stockte. Ein silbern schimmernder Galeonsgeist saß beinebaumelnd auf der großen Uhr.

»Alles klar mit dir, Jade?«, fragte Mr Darwy besorgt und folgte Jades Blick. »Ja, aber das ist doch nicht möglich!«, flüsterte er beim Anblick des pausbäckigen Schutzgeistes und stolperte ein paar Schritte rückwärts. »Du bist gar nicht …? Aber … wo kommst du her, George?«

»Aus meiner Galeone, Edmond Darwy«, sagte der Geisterjunge. »Tut mir sehr leid, dass du dachtest, dein bester Geisterfreund ist tot. Aber ich konnte nicht raus.«

Mr Darwy schüttelte noch immer ungläubig den Kopf. »George, du ahnst gar nicht, wie sehr ich mich freue!«

»Und wieso konntest du nicht aus deiner Galeone heraus?«, fragte Jade.

»Ich war verflucht!« George schüttelte sich und sah Jade neugierig an. »Ist lange her, dass ich das Ticken dieser Uhr hörte. Wer bist du, dass du die Uhr von Miss Charlotte trägst? Die Uhr, die meinen langen Fluch aufhob?«

»Ich bin Charlottes Tochter Jade«, sagte sie und sah Mr Darwy fragend an.

Dieser zuckte nur mit den Schultern und sah dann wieder den Geisterjungen George an. »Was meinst du damit, dass die Uhr deinen Fluch aufhob?«

George beugte sich weit vor. »Charlotte und Evan, die hier wohnten, sie haben meine Galeone mit einem Fluch belegt. Ein Fluch, so düster, wie man sich nur vorstellen kann.«

»Evan und Charlotte?«, rief Mr Darwy und schüttelte energisch den Kopf. »Niemals.«

»Das glaube ich auch nicht«, pflichtete Jade ihm bei. Ihr Atem bildete eine weiße Wolke.

Der kleine Geist kam herabgeschwebt und baute sich mit aufgestützten Armen vor Mr Darwy auf. »Ich sagte düster. Ich sagte nicht hinterhältig.«

»Dann sag uns mal, was du mit düster meinst«, forderte Jade ihn auf.

»Der Fluch war nicht sofort wirksam. Es war ein Situmaledicta.« Der Geisterjunge setzte sich auf die Fensterbank und schüttelte sich.

»Ein was?«, fragte Jade und zog die Augenbrauen hoch.

»Ein Situmaledicta, ein sogenannter Wenn-dann-Fluch«, sagte Mr Darwy. »Das sind komplizierte Flüche, die nur dann wirksam werden, wenn ein gewisses Ereignis in der Zukunft eintritt.«

»Jetzt hat er es kapiert«, sagte der Geisterjunge kichernd. »Und in meinem Fall war das Ereignis in der Zukunft düster. Sehr, sehr düster.«

Jade sah fragend zwischen Mr Darwy und George hin und her.

»Ich verstehe immer noch nichts. Was für ein Ereignis meinst du denn?«

George seufzte. »Der Fluch besagte, dass ich, falls Charlotte und Evan etwas zustoßen sollte, in meiner Galeone eingesperrt bleiben muss, bis die rechtmäßige Erbin der Memento-Mori-Taschenuhr hierherkommt und ich die Uhr am Klang erkenne. Und da ich vorhin plötzlich aus meiner Galeone purzelte, musst du die rechtmäßige Erbin sein. Ich bin mir ganz sicher, denn ich erkenne die Uhr an ihrem Klang wieder.«

Jade und Mr Darwy sahen sich überrascht an.

»Das stimmt«, bestätigte Mr Darwy. »Ich kann dir das versichern. Jade ist Charlottes Tochter und die rechtmäßige Erbin dieser Taschenuhr.«

Jade hob fragend die Hände. Ihre Fingerspitzen spürte sie vor Kälte schon gar nicht mehr. »Warum sollten meine Eltern dich denn in deiner Galeone einsperren, nur weil ihnen etwas zustößt?«

Mr Darwy nickte. »Du musst zugeben, dass das Unsinn ist.«

»Unsinn, ja?«, sagte George eingeschnappt. »Und was, wenn Evan und Charlotte damit sicherstellen wollten, dass ich nicht überfallen werden kann, bis ich mit dem Erbe der Taschenuhr spreche?« Der Geisterjunge schoss hoch in die Luft, drehte abrupt herum und stoppte wenige Zentimeter vor Jade. »Ihr glaubt mir nicht, dass ich mit einem Erstarrungsfluch belegt war, der erst durch den Klang dieser Taschenuhr gebrochen wurde? Was, wenn ich ein Geheimnis kenne, das ich nur dem Uhrträger sagen darf?«

»Du ... du bist ... ein Geheimnisträger?«, stammelte Mr Darwy.

»Exakt«, sagte George mit wichtiger Miene.

»Welches Geheimnis ist es denn? Nun sag schon«, drängte Jade.

»Erst muss er weggehen«, sagte der Geisterjunge und zeigte auf Mr Darwy. »Es darf niemand zuhören, nur die, für die das Geheimnis bestimmt ist.«

»Mr Darwy darf gerne zuhören«, sagte Jade. »Ich vertraue …«

»Entweder er geht, oder ich schweige«, donnerte George.

»Okay, okay, ich gehe ja schon«, sagte Mr Darwy und warf dem Geisterjungen einen missmutigen Blick zu. Dann stapfte er durch den dicken Schnee hinüber zum Witch Brew. Orla und Mat waren längst reingegangen. Mina und Maeven saßen am Fenster und sahen Jade neugierig an.

Jade lächelte. Sie wusste, dass die Zwillinge George, den Galeonsgeist, nicht sehen konnten. Jetzt noch nicht. In fünf Jahren würde sich ihr Leben von heute auf morgen auf den Kopf stellen – falls sie Zeitgene in sich trugen.

George sah sich sorgsam auf dem Platz um. Überall hinter den Fensterscheiben flackerten Kerzen. Es hatte wieder angefangen zu schneien, und die Schneeflocken glitzerten im Licht der Laternen.

»Also, hör gut zu«, sagte George und zog eine Schriftrolle aus seiner Jacke. »Das Geheimnis lautet:

Ein Schiff auf des Meeres Wogen
Nach Edinburgh zeigt jener gen Nord
Dreimal über die Schattenkluft gezogen
Geh mit dem Captain über Bord.«

Er rollte das silbern schimmernde Schriftstück wieder zusammen und schwebte zu Jade herab. »Hier, nimm das«, sagte er und reichte ihr die Schriftrolle. »Der, dem sie als Beweis dient, kann sie öffnen.«

Aufbruch zum Hafen

Als Jade durch den hohen Schnee zum Witch Brew hinüberstapfte, sah sie die Henders und Mr Darwy am Fenster stehen. Sie hatten sie also die ganze Zeit beobachtet. Plötzlich glaubte Jade ein leises Rascheln wahrzunehmen. Sie griff instinktiv nach ihrem Schwertgriff. Kaum hatte sie ihn hervorgezogen, flog die Tür vom Witch Brew auf, und Mr Darwy kam nach draußen geeilt. »Hast du was gesehen?« Er zog den Silbergriff von seinem Stockschirm und beschwor eine hell leuchtende Klinge daraus hervor.

Auch Ms und Mr Henders stürzten nach draußen und zogen ihr Dämonenschwert.

Jade sah sich um und suchte die Schatten unter den Straßenlaternen ab. Hatte womöglich jemand sie und George gerade belauscht? »Ich habe nichts gesehen, aber etwas gehört. Ein seltsames Rascheln. Jedenfalls dachte ich das für einen Moment.«

Ms Henders stellte sich schützend vor sie. »Geh rein, Jade, schnell. Nun geh schon.« Jade huschte durch die Tür ins Witch Brew, wo Orla und Mat schon auf sie warteten. Sie beobachtete durchs Fenster, wie Mr Henders, Mr Darwy und Ms Henders die kleinen Häuserschluchten und Hauseingänge absuchten. Sogar in den winzigen Snickelway, der vom Innenhof hinaus auf Yorks Straßen führte, leuchteten sie hinein.

Zehn Minuten später kehrten sie zurück ins Witch Brew. »Nichts«, sagte Mr Darwy und klopfte sich den Schnee von den Ärmeln.

»War ja klar, dass sie auf so was warten«, murmelte Mr Henders und verschloss die Tür.

»Wer wartet worauf?«, fragte Mat, der die Treppe herabkam.

»Das würde mich auch mal interessieren!«, rief Orla, die hinter Mat die letzten Stufen herabsprang. »Ich war nur kurz oben, um mich umzuziehen. Und als ich durchs Dachfenster sehe, steht ihr alle mit gezücktem Dämonenschwert im Hof.«

»Da draußen war jemand, ich habe es gehört. Und soll ich euch was sagen? Es klang wie das Rascheln dieser Riesenspinne, die Orla und mich im Clockmakers Market überfallen hatte«, flüsterte Jade. Sie fing Ms Henders' warnenden Blick auf. Ms Henders machte ihr Zeichen, nicht weiterzusprechen.

»Mina und Maeven?«, rief sie hastig. »Geht bitte rauf in eure Zimmer und macht dort eure Hausaufgaben.«

Mina und Maeven rafften ihre Hefte zusammen und schlurften murrend zur Treppe. »Immer wenn es spannend wird, schicken sie uns fort.«

»Was für eine Riesenspinne?«, zischte Mat und sah Jade besorgt an.

Erst als die Zwillinge sie nicht mehr hören konnten, flüsterte Jade: »Dieser Dornfinger nannte sie den Pförtner der Unwelt, und ich glaube, er hat sie mit seinem Dämonenschwert gerufen.«

»Aber das ist unmöglich!«, rief Ms Henders. »Ein Dämonenschwert kann nicht mit einem Dämonenwesen kommunizieren.«

Jade nickte. »Master Gridlock meinte, dass das nur möglich wäre, wenn das Schwert mit der Unwelt verbunden ist oder schwarzmagisch manipuliert wurde.«

»Das klingt gar nicht gut«, flüsterte Mat.

Orla nickte heftig. »Und was hat dir dieser Galeonsjunge eigentlich so Geheimnisvolles gesagt?«

»Etwas über die Uhrzeiger?«, fragte Mat hoffnungsvoll. »Ist es das? Wusste er, wo der Minutenuhrzeiger ist?«

Jade seufzte und hob eine silbern schimmernde Schriftrolle hoch. »Das hier hat er mir gegeben. Vorlesen kann ich euch die Rolle aber nicht, denn sie lässt sich nicht öffnen. Aber das macht nichts, ich habe es mir ganz gut gemerkt. Diese Schriftrolle muss ein anderes Geheimnis in sich tragen, denn er sagte dazu: Der, dem sie als Beweis dient, kann sie öffnen.«

»Zeig mal her«, sagte Ms Henders und nahm die Schriftrolle entgegen.

»Versuch's mit einem Zauberendefluch«, schlug Mr Henders vor.

Doch egal, was Ms Henders mit der Rolle anstellte und welche Flüche sie aussprach, die Rolle öffnete sich nicht.

»Ich weiß, was in der Rolle steht«, sagte Jade. »George hat mir einen Reim aufgesagt, in dem es um Schiffe und Galeonen ging. Um die Schattenkluft unter den Meereswogen und darum, dass man mit dem Captain über Bord gehen soll.«

»Was soll das denn heißen?«, rief Orla.

»Die Nessby?«, überlegte Mr Henders. »Ist es möglich, dass Charlotte und Evan einen der Uhrzeiger auf dem Gefängnisschiff vermuteten?«

»Oder eher auf dem Timeless Sleeper?«, fiel Ms Henders in seine Überlegungen ein.

»Ja!«, rief Mat aufgeregt. »Auf dem Timeless Sleeper gibt es doch einen Captain. Die Galeone.«

»Überleg doch mal, was Jade gerade gesagt hat«, warf Orla ein. »Man soll mit dem Captain über Bord gehen.«

»Wie spät ist es?«, fragte Jade. Sie zog ihre Uhrenkette hervor. »Sieben Uhr. Der Timeless Sleeper legt jetzt gerade in Edinburgh oder London ab. Aber eines ist sicher …«

»Er hält am frühen Morgen draußen in Hull am Anleger«, vervollständigte Mr Darwy ihren Satz.

»Wie lange bleibt er dort im Hafen liegen?« Jade sah Mr Darwy an, der sich nachdenklich das Kinn rieb.

»Wenn er aus London kommt, dann bleibt er zwei Stunden im Hafen. Aus Richtung Edinburgh nur eine. Oder, Clara?«

»Das haben wir gleich«, sagte Ms Henders und lief zum Verkaufstisch. Sie zog eine Schublade auf und kam mit einem Fahrplan des Timeless Sleepers zurück. »Heute Abend kommt er aus Fahrtrichtung Edinburgh und bleibt nur eine Stunde im Hafen. Ankunft vier Uhr morgen früh, Abfahrt fünf Uhr.«

»Ich muss irgendwie auf den Timeless Sleeper morgen früh. Ich bin mir ziemlich sicher, dass George und ich belauscht wurden, als er mir das Geheimnis mitteilte.«

»Du meinst, jemand ist uns gefolgt und hat das Geheimnis gehört?«, fragte Orla, und als Jade nickte, griff sie sich betroffen an den Hals. »Wer könnte uns denn gefolgt sein?«

»Dornfinger«, sagte Mr Darwy in den Moment der Stille. »Ich wollte euch nicht beunruhigen. Aber ich habe gestern Abend, als ich zu Bett gehen wollte, jemanden um die Häuser schleichen sehen. So jemanden«, sagte er und zeigte zur Zeitungsseite, die die Henders im Witch Brew aufgehangen hatten. Es war die Sonderseite des *Daily Time Catcher*, die auch Elliott Baker im Black Swan an die Tür gehängt hatte.

»Wie aber soll er uns denn gefolgt sein?«, fragte Orla verwirrt. »Wir sind doch aus dem Black Swan hierhergesprungen. Das kann er doch gar nicht wissen.«

»Du hast recht«, sagte Mr Henders. »Es waren nur Odette und Mr Baker anwesend, als ich dich abgeholt habe. Niemand draußen hat mitbekommen, wohin du und Jade springt. Es ist unmöglich.«

»Und wenn es im Black Swan ein Leck gibt?«, fragte Jade leise und sah Orla eindringlich an.

Diese riss plötzlich die Augen weit auf. »Es ist Lucy!«

»Wer ist Lucy?«, fragte Ms Henders.

»Die kleine Ballantyne?«, fragte Mr Darwy stirnrunzelnd.

»Wie auch immer«, sagte Jade. »Ich muss so schnell wie möglich auf den Timeless Sleeper gelangen. Deshalb werde ich um vier morgen früh am Anleger sein. Und ich schätze, Dornfinger ist es auch.«

»Aber was ist dein Plan, Jade?«, fragte Orla. »Du nimmst ja jetzt an, dass einer der Uhrzeiger auf dem Timeless Sleeper versteckt sein könnte. Aber das wissen wir doch gar nicht sicher. Und wo genau willst du danach suchen? Der Timeless Sleeper ist ja furchtbar lang.«

»Ich weiß es nicht«, gab Jade zu. Ich weiß nur, dass ich schneller sein muss als derjenige, der uns eben belauscht hat, dachte sie.

»Niemals«, sagte Mat entschieden. »Du kannst nicht allein zum Timeless Sleeper gehen und dich diesem Dornfinger stellen.«

»Wer sagt denn, dass sie alleine gehen muss?«, fragte Mr Henders und zog eine Augenbraue hoch. »Wir begleiten sie. Mr Darwy, Orla, deine Mutter und ich.«

»Und wer bleibt dann bei uns?«, fragte Mina, die auf dem ersten Treppenabsatz hockte und der Unterhaltung gelauscht hatte.

Mr Henders ging zur Treppe. Er sah seine Tochter mit aufgestützten Armen an. »Wieso bist du nicht im Zimmer und machst deine Hausaufgaben?« Er beugte sich vor und strich Mina über den Kopf. »Sei ganz unbesorgt, hörst du? Mat bleibt bei euch, bis wir zurück sind.«

Mina stand auf und stapfte murrend die Treppe hinauf. »Immer wenn es spannend wird, müssen wir Hausaufgaben machen.«

»Nein«, zischte Mat, als Mina nach oben verschwunden war und Mr Henders zurückkam. »Ich werde Jade nicht allein lassen. Und schon gar nicht, wenn sie etwas so Gefährliches plant.«

»Doch, Mat, denn du bist der Einzige aus dieser Runde, der über keine Zeiterbenkräfte verfügt«, sagte Mr Henders. »Es tut mir sehr leid, dass ich das so sagen muss, aber du wärst bei einem Dämonenangriff schneller tot, als du Buckelzirpe sagen kannst.«

Mat starrte seinen Vater wütend an. Sein Gesicht war rot angelaufen, als er kurz in die Runde sah und die Treppe nach oben ging.

»Das war sehr hart«, sagte Ms Henders betroffen.

»Aber Sam hat recht, Clara«, sagte Mr Darwy. »Lasst uns lieber überlegen, wie wir nach Hull kommen und wie wir Jade auch ohne Fahrschein an Bord bekommen.«

»Nun?«, sagte Ms Henders. »Üblicherweise springen die Yorker Zeiterben in eine der drei Zeitsprungkabinen am Anleger, das sind alte, ausgemusterte Telefonzellen mit Fangnetzen für schweres Gepäck. Aber das halte ich für zu gefährlich. Öffentliche Verkehrsmittel können zu leicht manipuliert werden. Ich schlage vor, dass ich uns ein Zeitfenster im Hafen von Hull heraufbeschwöre und wir dann morgen früh um kurz vor vier rüberspringen.«

»Das ist ein genialer Einfall«, sagte Mr Darwy. »Und ich stelle mich für den ersten Sprung zur Verfügung. Nur um sicherzugehen, dass das Zeitfenster auch funktioniert.«

Sie gingen früh schlafen, doch Jade bekam kein Auge zu. Mat hatte sich in seinem Zimmer eingeschlossen, und auch auf ihr Klopfen und Rufen hin hatte er die Tür nicht geöffnet.

»Lass ihn«, hatte Orla gesagt und Jade sanft von seiner Tür weggezogen. »Ist bestimmt nicht leicht für Mat, sich so machtlos zu fühlen.«

Jade lag auf ihrem Bett und lauschte in die Nacht. Manchmal hörte sie Ms Henders murmeln. Sie war wohl noch immer damit beschäftigt, im Hafen von Hull ein Zeitfenster heraufzubeschwören. Die silbern schimmernde Schriftrolle leuchtete in der Dunkelheit, und Jade grübelte über das Geheimnis nach. Was wollten ihre Eltern ihr mit diesen Hinweisen sagen? Sie rollte sich auf den Bauch und blickte hinunter auf den Hof. In Darwy's Magical Watches brannte auch noch Licht.

Gegen halb vier erwachte das Witch Brew zum Leben, und Jade machte sich bereit. Sie kam gerade verschlafen die Treppe herunter, als sie Mat mit seiner Mutter sprechen hörte. »Mum, bist du dir sicher, dass das heraufbeschworene Zeitfenster sicher ist?«

»Ja, Mat, es führt in einen alten Bauwagen kurz vor dem Anleger. Zur Not passen wir alle zusammen da rein. Es wäre also gut, wenn du in der Zeit bis zu unserer Rückkehr nicht vor der Zeitsprungkabine hier stehst. Möglich, dass wir flüchten müssen und dann alle auf einmal hier ankommen.« Ms Henders legte Mat eine Hand auf die Wange. »Mach dir keine Sorgen, wir sind gleich zurück.«

Mat drehte sich zu seinem Vater herum. »Passt bloß auf euch auf und kommt vollständig wieder.«

Mr Henders legte Mat seine Hände auf die Schultern. »Es wird alles gut gehen, Mat!«

»Wo bleibt denn Mr Darwy?«, fragte Mat nervös und ging zum Fenster. »Wenn ihr um kurz nach fünf nicht zurück seid, schlage ich Alarm.«

Jade stellte sich neben Mat. Es hatte aufgehört zu schneien, und der Himmel war jetzt sternenklar. Drüben in Darwy's Magical Watches wurde gerade das Licht gelöscht, und wenig später kam Mr Darwy, wie immer mit Hut und Stockschirm, über den schwach beleuchteten Hof.

»Ich habe Angst um dich«, flüsterte Mat.

Jade sah, dass er zitterte. »Ich habe nur Angst, dass jemand anderes schneller sein könnte als wir.« Sie umarmte ihn und ließ ihn erst wieder los, als ein eisiger Luftzug durch das Witch Brew zog.

Mr Darwy war hereingekommen. »Dann geht es jetzt also los«, sagte er und trat vor die Kabine. »Clara? Wohin springen wir?«

»Erinnert ihr euch an den alten Bauwagen kurz vor dem Außendock?«, fragte Ms Henders. Mr Henders und Mr Darwy nickten. »Dorthin springen wir. Edmond, ich dachte, du springst zuerst und wartest auf uns im Wagen. Wir passen alle dort hinein.«

»Wenn ich in drei Minuten nicht zurückkomme, ist die Luft rein«, sagte Mr Darwy und konzentrierte sich. Dann öffnete er das Zeitfenster und ging hindurch.

Sie warteten angespannt auf Mr Darwys Rückkehr, doch die Zeitkabine blieb zum Glück leer.

»Wunderbar, dann hat es also geklappt«, sagte Ms Henders. »Jade«, sagte sie und winkte sie zu sich. »Du springst mit mir, Orla springt mit Sam.«

»Sei vorsichtig«, flüsterte Mat. Er war ganz blass.

»Sicher«, sagte Jade und lächelte ihn aufmunternd an. Sie vergewisserte sich zum hundertsten Mal, dass sie ihr Dämonenschwert und die Schriftrolle bei sich hatte. Dann ergriff sie Ms Henders' hingehaltene Hand.

»Okay, Jade«, sagte diese, als sie zusammen vor die Zeitsprungkabine traten. »Du bist ja noch nie im Hafen von Hull gewesen. Konzentriere dich also auf den Wunsch, dahin zu springen, wohin ich dich führe.«

Jade schluckte. Jetzt wurde ihr doch ein wenig mulmig. Ihre Kehle war ganz trocken. »In Ordnung«, krächzte sie. Sie konzentrierte sich auf das Gefühl, dass sie Ms Henders vertraute. Sie würde sie schon an den richtigen Ort führen.

»Fertig?«, fragte Ms Henders.

Jade umklammerte die Schriftrolle. »Fertig.«

Sie traten gleichzeitig in die Kabine und wurden vom Zeitstrom erfasst.

Alles wurde dunkel um sie herum.

Augenblicke später stürzten sie auf Holzbohlen.

Der Kapitän des Timeless Sleepers

»Da seid ihr ja«, flüsterte Mr Darwy in der Dunkelheit. »Wirklich, Clara, das ist ein genialer Ort für einen Zeitsprung.«

»Es hat geklappt.« Jade rappelte sich vom Bretterboden des Bauwagens auf. Als ihre Augen sich mehr und mehr an die Dunkelheit gewöhnten, erkannte sie Mr Darwy, der an dem winzig kleinen und mit Graffiti zugesprühten Fenster des Bauwagens stand. »Man kann den ganzen Anleger beobachten«, sagte er und winkte sie heran.

Jade sah, was er meinte. Der Timeless Sleeper hatte ein eigenes Außendock im Hafen von Hull, das eher wie ein Gleis an einem historischen Bahnhof aussah. In regelmäßigen Abständen warfen Laternen ein blasses, gelbliches Licht auf den Anleger. Ein paar Zeiterben standen dort und warteten auf die Ankunft des Zeiterbenschiffes. Aus einer der drei alten Telefonkabinen auf dem Außendock trat gerade eine ältere Frau mit einem Lederkoffer und einer Zeitung in der Hand.

»Keine Auffälligkeiten so weit«, sagte Mr Darwy, als es hinter ihnen polterte.

»Autsch!«, rief Orla jammernd. Sie war bei der Ankunft im Bauwagen gegen die Tür geknallt.

»Wir sind also vollzählig«, sagte Mr Henders.

»Ja, und keine Minute zu früh. Seht, der Timeless Sleeper kommt«, sagte Ms Henders.

Jade beobachtete mit Herzklopfen, wie das Schiff, das eher wie ein schwimmender Nachtzug aussah, in einem weiten Bogen ausholte, drehte und dann den Anleger ansteuerte. Sie erkannte die Galionsfigur des Kapitäns, der in seinem ausgestreckten Arm eine große Uhr ohne Zeiger hielt. Das Besondere am Timeless Sleeper war ja, dass er ausschließlich von Galeonen bewacht und geführt wurde. Nur das Personal im Restaurant und der Schaffner waren gewöhnliche Zeiterben.

Das Schiff legte leise schaukelnd an, und der Schaffner sprang auf das Dock und band es fest. Die wenigen wartenden Passagiere zeigten ihm ihre Fahrkarten, und er dirigierte sie zu den einzelnen Außentüren des Schiffes.

»Ich gehe voraus und lenke Mr Hook ab«, flüsterte Mr Darwy und verließ leise den Bauwagen.

Sie quetschten sich alle ans Fenster und sahen ihm hinterher. Mr Darwy ging geradewegs auf den Schaffner zu, der vor den drei alten Telefonzellen auf und ab ging, als erwartete er noch weitere Fahrgäste.

Sie beobachteten, wie Mr Darwy mit Mr Hook sprach und dann mit ihm am Timeless Sleeper entlanglief, bis zur allerletzten Außentür, durch die sie das Schiff betraten.

»Jetzt!«, raunte Mr Henders und öffnete die Tür des Bauwagens. Ein eisiger Lufthauch wehte Jade entgegen, als sie die beiden Holzstufen herabstieg. Es war kühler und deutlich windiger hier draußen am Meer.

»Uah, ist das kalt«, sagte Orla und griff nach Jades Hand.

»Es geht los!« Mr Henders trat hinaus auf den großen Platz, der im Gegensatz zum Anleger in nächtlicher Dunkelheit dalag.

»Ich bleibe hier und bewache unser Zeitfenster«, sagte Ms Henders, die mit ihrem Schwertgriff in der Hand in der Tür des Bauwagens stehen blieb. »Passt auf euch auf und kommt vollzählig zurück!«, rief sie ihnen gedämpft nach, dann schloss sie die Bauwagentür.

Jades Beine fühlten sich ganz zittrig an, als sie quer über den Platz eilten und auf das Außendock stürmten.

»Langsam, langsam die Herrschaften!«, rief der Geisterkapitän ihnen vom Bug des Schiffes entgegen. »Wir legen ja erst in fünfundvierzig Minuten ab.«

Mr Henders öffnete die erste Außentür. »Ich bleibe hier unten vor der Tür stehen und passe auf, dass euch niemand folgt. Achtet also auf mich, ich rufe, sobald jemand auftaucht. Auch Mr Darwy hält euch den Rücken frei. Beeilt euch.« Orla und Jade stiegen durch die Tür in das Schiffsrestaurant, das ganz vorne im Schiff lag, und Mr Henders schloss leise hinter ihnen die Außentür.

Sie huschten durch das von Kerzen erleuchtete Abteil, vorbei an Sofas und Sesseln und vor allem an riesigen Galionsfiguren, die überall kreuz und quer ins Restaurant hineinragten. Noch waren alle Plätze leer. Die meisten Passagiere schliefen in ihren Kabinen und bekamen den nächtlichen Halt in Hull gar nicht mit.

Jade lief geradewegs zur Außentür des Restaurants, die auf das vordere Deck hinausführte. Sie hörte, dass Orla ihr folgte.

»Kapitän?«, rief sie leise. »Bitte, ich muss mit Ihnen sprechen.«

»Ah?«, machte der Galeonsgeist des Kapitäns. »Blinde Passagiere?«

»Wir wollen gar nicht mitfahren und gehen gleich wieder«, sagte Orla.

»Wie kommt ihr dann an Bord?«, fragte der Kapitän.

»Sir?«, rief Jade dazwischen. »Ich habe hier etwas, das ich Ihnen zeigen muss. Bitte, es ist sehr dringend. Es geht um die verschollenen Uhrzeiger.«

»Sie hat recht, Kapitän«, sagte Orla und sah sich hektisch um.

»Also schön«, sagte der Kapitän und schälte sich aus seiner Galeone. »Das ist gegen die Vorschrift, und ich wäre euch sehr verbunden, wenn ihr Stillschweigen darüber bewahrt.«

»Kapitän!«, rief Jade ungeduldig. »Ich habe hier etwas, das meine Eltern mir hinterlassen haben. Eine Geisterschriftrolle, und sie soll ein großes Geheimnis beinhalten.«

»Lass mal sehen«, sagte der Kapitän neugierig und schwebte heran. Er nahm die silbern schimmernde Schriftrolle entgegen. »Interessant«, murmelte er, als er das Papier auseinanderrollte und zu lesen begann.

Jade und Orla sahen sich verblüfft an. »Sie sind der, dem diese Schriftrolle als Beweis dient?«, fragte Jade.

»Ja, so ist es«, sagte der Kapitän, doch schon im nächsten Augenblick zuckte er zurück. »Wo habt ihr das her?«, fragte er entsetzt.

»Nun sagen Sie schon, was das heißen soll!«, rief Orla. Dann beugte sie sich weit über die Reling, um das Außendock abzusuchen.

»Alles ruhig!«, rief Mr Henders, der vor den Telefonkabinen auf und ab lief.

»Alles klar!«, rief Orla zurück.

»Ich fragte, wo ihr das herhabt«, donnerte der Kapitän.

»Ein Galeonsgeist hat es mir gegeben«, sagte Jade. »Er war mit einem Situmaledicta-Fluch belegt. Ich bin gestern Abend zum ersten Mal ins Haus meiner Eltern gegangen – und dann ist der Fluch gebrochen, und der Geist hat mir das Rätsel mitgegeben.«

»Das ist kein Rätsel«, sagte der Kapitän kopfschüttelnd. »Jedenfalls nicht für mich.«

»Heißt das, Sie wissen, was das zu bedeuten hat?«, fragte Orla aufgeregt.

»Selbstverständlich«, sagte der Kapitän eingeschnappt. »Sie waren ja damals bei mir. Ein Mann und eine Frau. Hochschwanger war sie übrigens –« Der Kapitän stockte und sah Jade mit weit aufgerissenen Augen an. »Das warst du? Das Kind, mit dem diese Frau schwanger war, stimmt's?«

Jade nickte. »Ja, das waren meine Eltern. Aber was wollten sie denn von Ihnen?«

Der Kapitän schüttelte noch immer ungläubig den Kopf. »Also, so was. Nun ja, sie hatten etwas bei sich, das sie verstecken mussten. Sagten, es ginge um Leben und Tod. Es kam mir reichlich übertrieben vor, aber selbstverständlich bot ich mich selbstlos an.«

»Sie?«, fragte Jade und hielt die Luft an. »Sie haben die Uhrzeiger?«

Der Kapitän lachte kurz. »Wie kommst du denn darauf, Mädchen? Jedenfalls … wir waren mit dem Timeless Sleeper in jener Nacht auf dem Weg nach Edinburgh, da kamen sie an Bord gestürmt, geradewegs wie ihr. Sie baten mich nur, etwas an mich zu nehmen und es ihnen nach unserer Rückfahrt in London wiederzurückzugeben. Aber es muss ihnen etwas dazwischengekommen sein, denn sie kamen nie zu mir, um es abzuholen. Also hüte ich seit vielen, vielen Jahren das kleine Täubchen und warte.«

»Ein Täubchen?«, fragte Jade entgeistert.

»Na ja, das sagt man so«, sagte der Geisterkapitän verlegen, kam näher und raunte: »Sie übergaben mir eine unbewohnte

Galionsfigur. Ein hübsches, junges Ding. Besteht nur aus Gesicht, Brust und einem geschuppten Rumpf. Ich sah sie und verstand augenblicklich, dass sie behütet werden musste. So ein zartes, junges Ding. Seit über sechzehn Jahren rätsel ich, was ihr zugestoßen sein mag, dass ihr Geist fort ist.«

»Meine Eltern gaben Ihnen nur eine Galionsfigur?«, fragte Jade enttäuscht.

»Was heißt hier nur?«, sagte der Kapitän empört.

»Warum haben Sie die Figur denn nie dem Time Court übergeben, nachdem sie nicht wie verabredet abgeholt wurde?«, fragte Orla. »Haben Sie sich nie gefragt, welches Geheimnis diese Galeone wirklich verbirgt?«

»Warum sollte ich denn den Time Court mit einer unbewohnten Galeone belästigen? Sie wurde mir anvertraut, da gebe ich sie doch nicht einfach so her. Außerdem würde ich niemals zulassen, dass mein Täubchen ins Galeonenmausoleum kommt. Ich weiß, dass sie ein großes Geheimnis verbirgt. Sie ist vielleicht verzaubert. Und eines Tages werde ich derjenige sein, der ihren Fluch bricht, das fühle ich seit sechzehn Jahren. Sie ist so ausnehmend schön. Ich werde auf ihren Geist warten. Ewig.«

Jade versuchte, ihre Enttäuschung zu unterdrücken. »Dürfen wir die Galeone denn mal sehen?«

»Ja, genau, wo ist sie denn nun?«, fragte Orla und machte einen Schritt Richtung Restaurant.

»Habt ihr denn gar nicht zugehört?«, rief der Kapitän. »Nach Edinburgh zeigt jener gen Nord …« Er drehte sich herum zum Bug des Schiffes und deutete nach vorne. »Die Bugspitze mit meiner Galionsfigur zeigt an jedem zweiten Abend Richtung Norden, wenn wir nämlich nach Edinburgh fahren.«

»Sie sind damit gemeint?«, rief Orla.

Der Kapitän wirbelte wieder herum. »Ganz genau. Das Schiff wird bei jeder Fahrt dreimal über die Schattenkluft gezogen. Und gehst du mit dem Captain über Bord ... Na?«

»Das ist es ja«, sagte Jade ungeduldig. »Wieso sollen wir über Bord springen? Das Schiff liegt doch auf dem Nullmeridian, stimmt's? Und außerdem ... das Wasser ist eiskalt. Sehen Sie doch nur, es schwimmen sogar kleine Eisstücke auf der Wasseroberfläche.«

»Oh nein, oh nein«, jammerte der Kapitän. »Das ist doch nicht so schwer zu –«

»Das kann ja nur meine Freundin Jade sein!«, rief da eine Stimme aus dem Restaurant, und einen Moment später kam ein Schutzgeistermädchen aufs Deck geschwebt. »Ich kann es gar nicht glauben. Du bist hier. Und Orla auch!«

»Harper!«, rief Jade überrascht. »Dich habe ich ja ganz vergessen.«

»Na prima«, sagte das Geistermädchen eingeschnappt und flog zu Orla herüber. »Ich wusste gar nicht, dass ihr heute mit dem Timeless Sleeper fahrt. Ihr steht auch gar nicht auf der Passagierliste. Wo sind eure Kabinen?«

»Nirgendwo«, sagte Orla. »Wir gehen gleich vor der Abfahrt wieder von Bord.«

»Aber was tut ihr dann hier?«, fragte Harper.

»Ruhe jetzt!«, rief der Kapitän dazwischen. »Also ehrlich, immer diese Praktikanten, mit denen man sich hier herumschlagen muss.«

Harper verschränkte die Arme vor der Brust und starrte den Kapitän wütend an.

»Also noch einmal«, sagte dieser seufzend und warf Harper einen warnenden Blick zu. »Geh mit dem Captain über Bord, ist nicht ganz wörtlich zu nehmen. Oder doch, je nachdem. Es heißt …«

»Es heißt, dass man seine Galeone nach vorne aufklappen kann«, fiel Harper ihm patzig ins Wort.

»So ist es«, sagte der Kapitän würdevoll.

»Sie wollen jetzt aber nicht sagen, dass die Galeone seit über sechzehn Jahren in Ihrer eigenen Galionsfigur versteckt ist.« Jade sah überrascht zwischen dem Kapitän, Orla und Harper hin und her.

»Wieso nicht?«, fragte der Kapitän eingeschnappt. »Es war ein gutes Versteck, nicht wahr?«

»Allerdings«, sagte Orla und lief zum Bug des Schiffes. Sie zerrte und schubste an der hölzernen Galionsfigur des Kapitäns, doch die bewegte sich nicht.

Da lachte der Kapitän laut auf. »Ihr glaubt nicht ernsthaft, dass man sie so leicht öffnen kann, oder?«

»Nicht?«, fragte Orla enttäuscht.

Der Kapitän schüttelte den Kopf und zog einen silbrig schimmernden Schlüsselbund hervor. »Aber ich werde sie nun für euch aufschließen. Einen Moment, das geht nur von innen.« Er verschwand in seiner Galeone und kam kurz darauf wieder hervor. »Jetzt könnt ihr sie herunterklappen.«

Orla und Jade zogen an der Galeone, die sich daraufhin laut quietschend nach vorne bewegte und über den Bugrand herunterklappte. Der ausgestreckte Arm der Galionsfigur mit der zeigerlosen Uhr in der Hand tauchte ins Wasser ein. Jade fischte mit den Armen in der hohlen Holzfigur, in der tatsächlich etwas lag. Ein in ein Tuch eingewickelter, langer Gegenstand. Sie zog ihn aus der Galeone hervor und trug ihn auf die Holzplanken des Decks. Mit bebenden Fingern wickelte sie die kleine Galionsfigur aus.

Der Kapitän hatte recht, sie war wirklich zierlich und ausnehmend schön. Ihr hölzernes Gesicht schien zu schmunzeln; das braune Haar fiel ihr in langen Wellen über die Schultern und war ihre einzige Kleidung. Am Unterkörper ging ihr menschenähnlicher Oberkörper in einen länglichen, geschuppten Rumpf über.

»Wie eine kleine Meerjungfrau«, flüsterte Orla.

»Zu schade, dass sie unbewohnt ist«, jammerte Harper, die sich neben Jade auf die Holzbohlen niederließ.

Jade betrachtete die Galeone von allen Seiten. Was war ihr Geheimnis? Warum hatten ihre Eltern sie versteckt? War sie vielleicht ebenso ein Geheimnisträger wie George? Jade zog ihre Taschenuhr hervor und lauschte daran. Das Uhrwerk im Totenschädel tickte laut, und doch kam kein Galeonsgeist aus der kleinen Figur hervor.

»Bitte seid vorsichtig mit meinem Täubchen«, warnte der Geisterkapitän, als Jade die Galeone herumdrehte.

»Da, sieh mal«, flüsterte Orla plötzlich und deutete auf einen schmalen Schlitz im Holz, der sich seitlich rund um die Galeone zog.

»Man kann sie öffnen«, flüsterte Jade, die an der Galeone zog und zerrte.

»Mach sie nicht kapuuutt«, jaulte Harper und schlug sich die Hände vors Gesicht.

»Sachte, sachte«, jammerte auch der Geisterkapitän, der sein Gesicht verzog, als bereite ihm schon allein das Zusehen Schmerzen.

Da gab das Holz nach, und die kleine Galeone sprang auf. »Ich hab's!«, flüsterte Jade und betastete den Hohlraum der Figur. Im Inneren war sie mit einem Tuch ausgestopft. »Moment mal, hier ist was drin.«

Jade holte das Tuch heraus und faltete es auseinander. Im blassen Lichtschein sah Jade etwas aufblitzen.

»Aber was glitzert denn da?«, rief Harper überrascht.

»Glitzert?«, riefen Orla und der Kapitän und drängten sich näher heran.

Jade zog aus dem Tuch einen länglichen, silbern angelaufenen Gegenstand hervor.

»Das ist einer der Uhrzeiger!«, hauchte Orla.

»Ein Uhrzeiger? Ihr habt einen Uhrzeiger gefunden?«, rief Harper, ganz aus dem Häuschen.

»Ich weiß nicht«, sagte Jade und drehte den Uhrzeiger in ihren Händen. »Das muss Master Gridlock herausfinden. Aber wir sollten ihm das hier ganz dringend schnell zeigen.«

»Aber wie ist das möglich?«, sagte der Kapitän bestürzt. »Das soll das höchst unromantische Geheimnis meiner kleinen Meerjungfrau sein? Mein Täubchen ist ein profanes Versteck, nichts weiter?«

»Nehmen Sie es nicht so schwer, Kapitän«, sagte Orla tröstend. »Immerhin hat sie ja nicht *irgendwas* versteckt.«

»Jetzt aber schnell weg von hier.« Jade mochte noch nicht glauben, dass es der zweite Uhrzeiger sein sollte, der hier auf dem Vorderdeck des Timeless Sleepers vor ihr lag.

»So geht es aber nicht. Ich darf doch sehr darum bitten, dass meine Galeone zurückgeklappt wird!«, rief der Kapitän. »Und mein Täubchen. Bitte legt sie zurück in meine Galeone. Vielleicht kehrt ihr Geist ja nun heim, wo sie wieder Platz hat.«

»Selbstverständlich!«, rief Orla und klappte die kleine Galeone zu. Sie trugen die kleine Meerjungfrau zum Bug des Schiffes und legten sie in die Galionsfigur des Kapitäns.

In einer der drei Zeitsprungkabinen klingelte es laut.

»Orla, Jade«, rief Mr Henders vom Anleger. »Schnell weg! Da kommt jemand.«

Sie ließen die Galionsfigur des Kapitäns quietschend wieder zurückklappen.

»Danke schön«, sagte der Kapitän. »Und die Geisterpraktikantin geht jetzt auch bitte wieder an ihren Platz im Restaurant. Es ist ja gar kein Zeitstillstand, und wir werden bald ablegen.«

»Dann bis bald im Black Swan, ihr beiden«, rief Harper und sauste zurück ins Restaurant.

Doch Jade hörte gar nicht zu. Sie starrte über die Reling Richtung Außendock auf die mittlere der drei alten Telefonkabinen und traute ihren Augen kaum, als sie sah, *wer* dort ausstieg.

Es war nicht Dornfinger.

Und es war auch nicht Lucy Ballantyne.

Familiengeheimnis

Es war Henry.

Jades Herz machte einen Sprung.

»Was macht der denn hier?«, wunderte Orla sich und half Jade dann schnell, den Uhrzeiger in das Leinentuch einzuwickeln.

»Vielleicht will er mit dem Timeless Sleeper fahren?«, überlegte Jade, und sie merkte selbst, wie unwahrscheinlich das war.

»Kann er uns gefolgt sein?«, flüsterte Orla und beugte sich über die Reling. »Nein, alles in Ordnung, er spricht mit Mr Henders.«

Jade wickelte das Tuch noch enger um den Uhrzeiger und drückte ihn dann fest an sich.

»Henry kommt jetzt rein«, rief Orla. Sie verließ die Reling und blickte durch das Fenster ins Bordrestaurant. »Der hat es aber eilig.«

»Jade!«, rief Henry schon an der Restauranttür. »Verschwinde von hier! Sie sind dir auf den Fersen.«

»Wer?«, rief Jade und sah sich panisch um. Unten klingelte es wieder in einer der Telefonzellen.

»Schnell, weg hier!«, rief Orla und stürzte zur Restauranttür.

Doch es war schon zu spät. Jade sah eine dunkle Gestalt über den Anleger laufen. Es klingelte noch zweimal, und mehrere Personen stürmten auf den Timeless Sleeper zu.

Jade hörte Rufe, dann blitzte auf dem Anleger ein Dämonenschwert auf. Hektisch sah sie sich nach einer Fluchtmöglichkeit um, doch sie saß in der Falle. Schon stürmte eine Gestalt durchs Bordrestaurant, auf dem Anleger blitzte erneut ein Dämonenschwert auf, und ein Sprung über Bord würde ihren sofortigen Tod in der Schattenkluft bedeuten, denn der Hafen von Hull lag ja genau auf dem Nullmeridian.

Orla machte ein paar hastige Schritte zurück zu Jade, da flog die Restauranttür auch schon auf, und mehrere dunkle Gestalten traten aufs Vorderdeck. Sie tarnten sich unter Wollmützen und hochgeschlagenen Rollkragen, einer von ihnen hatte seine Mantelkapuze über den Kopf geschlagen. Der Letzte von ihnen schob Mr Henders vor sich her und hielt ihm sein Dämonenschwert an den Hals. Verdammt, das sind Time Knights, schoss es Jade durch den Kopf. Zwei von ihnen blieben neben der Restauranttür stehen und hinderten Mr Henders daran, zu Jade und Orla aufs Vorderdeck zu stürmen. Nur den ersten Mann erkannte Jade sofort. Er schlug seine Kapuze zurück, zog sein Dämonenschwert hervor und beschwor eine hell leuchtende Klinge herauf.

Dornfinger.

»Du hast etwas, das mir gehört«, sagte er und kam langsam näher.

»Niemals!«, rief Orla und stellte sich schützend vor Jade.

Dornfinger lachte auf, dann drehte er sich zu Henry herum. »Vielen Dank, Junge.«

Orla fuhr zu Jade herum, und sie sahen sich entsetzt an.

»Was soll das heißen?«, fragte Jade. Ihr Atem ging stoßweise. Hatte Henry sie etwa verraten?

»Genau!«, schrie Henry außer sich vor Zorn. »Was soll das heißen, Vater?«

»*Vater?*«, rief Jade erschüttert. »Er ist dein Vater?«

»Du mieser Verräter«, zischte Orla.

Henry blitzte Dornfinger wütend an und stürmte auf ihn zu. »Du hast mir doch gesagt, du hast die Seiten gewechselt. Du wolltest aufräumen und die Dinge halbwegs wiedergutmachen! Was ist hier los, Vater?«

Dornfinger stieß ein höhnisches Lachen aus. »Pah, ein Ballantyne wechselt nicht die Seiten. Lass das nicht deinen Großvater hören«, sagte er.

Henry sah ihn entgeistert an. »Es war alles gelogen? Dass alles zu Jades Schutz geschieht und dass sie in Gefahr ist. Deshalb sollte ich doch herausfinden, wo Jade ist, und sie nicht aus den Augen lassen.«

»In Gefahr«, sagte Dornfinger und warf Jade einen kurzen, finsteren Blick zu. »Ich bin hier, um zu Ende zu bringen, was Chronos und ich vor über sechzehn Jahren begonnen haben. Und du«, sagte er und klopfte seinem Sohn fest auf die Wange. »Du hast mich hingeführt.«

Jade schluckte. In ihrem Kopf war Chaos. Dornfinger sollte Henrys Vater sein? Und es war Henry gewesen, der ihr gefolgt war und sie gestern Abend belauscht hatte?

»Wie hast du herausgefunden, wo wir sind?«, zischte Orla wütend.

Henry sah verzweifelt zwischen seinem Vater, Jade und Orla hin und her. »Lady Sybille hatte euch belauscht, und ich bin euch nach York hinterhergesprungen. Ehrlich, ihr müsst mir glauben, ich hatte keine Ahnung, dass mein Vater mich angelogen hat.«

Jade fühlte, dass sie am ganzen Körper zitterte.

»Chronos wird stolz auf dich sein, mein Junge«, sagte Dornfinger leise und schob Henry zur Seite.

»Chronos ist ein Mörder!«, schrie Henry und ballte die Fäuste. »Das hast du selbst gesagt. Hast du nicht behauptet, dass du dir auf der Nessby darüber klar geworden bist, wie falsch das alles war?«

»Falsch«, stieß Dornfinger hervor, »falsch war es, die Sache nicht zu Ende zu bringen.« Er drehte sich zu Jade herum und ging langsam auf sie zu.

»Keinen Schritt weiter!«, schrie Mr Henders und griff mit seiner rechten Hand an seinen Hosenbund. Sofort schlug der Time Knight neben ihm mit seinem Dämonenschwert auf seinen rechten Arm. Mr Henders schrie auf und sackte dann zu Boden.

»Lasst ihn in Ruhe!«, rief Jade und schlug sich die Hand auf den Mund.

Orla eilte zu Mr Henders, beugte sich zu ihm herab und legte ihren Arm um seine Schultern. Da riss sie der andere Time Knight von Mr Henders fort und legte ihr einen Arm um den Hals.

»Wagt es nicht, ihr was zu tun!«, schrie Jade, als sie sah, wie Orla im Schwitzkasten des Time Knights zappelte.

»Ach, macht euch doch nicht lächerlich!«, rief Dornfinger und hob sein Schwert hoch in den schwarzen Nachthimmel. »Ihr habt doch keine Chance.« Er deutete auf den Anleger, wo es wieder klingelte und eine weitere dunkle Gestalt aus der Zeitkabine stieg. Dornfinger lachte hämisch. »Sie werden gleich alle hier sein. Das Schwert der Wölfe hat sie gerufen.«

»Du hast es also doch benutzt, das Schwert der Wölfe?«, schrie Henry fassungslos. »Es ist also wahr, was man über dich erzählt. Du hast damit die Time Knights wieder versammelt, und all dein Gerede von Wiedergutmachung und Familie und so, all das war nur gespielt, damit ich dich zu Jade führe?«

»Die Time Knights sind unsere Familie, Junge«, sagte Dornfinger. »Deine Schwester hat das verstanden.«

»Meine Schwester ist tot«, flüsterte Henry.

Jade hielt die Luft an. Sie hatte es gewusst.

»Das ist sie nicht«, sagte Dornfinger leise. Er drehte sich langsam zu Henry herum. »Der Tote bin ich.«

»Du lügst!« Henry stürzte auf Dornfinger zu.

»Keinen Schritt weiter«, drohte Dornfinger. Er senkte das Schwert der Wölfe und hielt es drohend vor Henrys Brust.

Jade schnappte nach Luft. Würde Dornfinger seinen eigenen Sohn töten?

»Lucy ist eine Totengängerin.« Henry zog eine kleine Flasche aus seiner Hosentasche. »Du selbst hast mich geschickt, das Elixier für sie zu besorgen.«

Jade warf einen kurzen panischen Blick zu Orla, die sich unter dem Klammergriff des Time Knights wand.

Dornfinger lachte leise. »Du bist wirklich zu leicht zu manipulieren, mein Sohn.« Er zog ein kleines Fläschchen aus seiner Manteljacke. »Das Totengängerelixier war für mich. Madam Prouch hat dir für Lucy stattdessen einen einfachen Kontrollsaft gegeben. Damit konnte sie Lucy bewegen wie eine Marionette. Und du hast ihr täglich eine Dosis verabreicht.«

»Du bist ein Totengänger?«, fragte Henry matt.

»Glaubst du, dass man einen Sprung von der Nessby überleben kann?«, sagte Dornfinger und sah dann Jade an. »Aber keine Sorge. Dieser Uhrzeiger wird mich wieder lebendig machen. Du wirfst ihn jetzt für mich über Bord in mein Seegrab, Junge. Damit bin ich dann endlich wieder aus Fleisch und Blut. Und dieses Elixier hier hat jetzt ausgedient.« Er holte aus und warf das Fläschchen in hohem Bogen über die Reling.

Jade hörte, wie es ins Wasser platschte, doch sie ließ Dornfinger und Henry nicht aus den Augen. »Tu's nicht, Henry!«, schrie Jade. »Dort unten verläuft die Schattenkluft. Wir stehen genau auf dem Nullmeridian. Wenn wir den Uhrzeiger durch sein Seegrab fallen lassen, versinkt er in der Unwelt, und Chronos hat ungeheure Macht über die Zeit.«

»Deine Freundin ist schlau«, raunte Dornfinger und schob Henry langsam auf sie zu.

Im Restaurant wurden Rufe lauter. Jade erkannte Mr Darwy und Mr Hook, den Schaffner des Timeless Sleepers. Sie versuchten offenbar, die Geister aus ihren Galeonen hervorzulocken.

Jade umklammerte den Uhrzeiger und sah Henry verzweifelt an. Sein Gesicht war blass und unergründlich.

»Lasst meine Freundin in Ruhe!«, schrie Harper, die aus der Restauranttür geschossen kam. Sie schwebte über die Schwerter der beiden Time Knights und flog geradewegs auf Dornfinger zu. Dieser holte mit dem Schwert der Wölfe aus uns schlug damit in Harpers Richtung. Das Geistermädchen wurde über das Vorderdeck geschleudert und prallte gegen die Galeone des Kapitäns. Langsam rutschte sie aufs Vorderdeck und blieb reglos auf den Planken liegen.

»Was habt ihr getan?«, schrie Jade entsetzt. Im Bordrestaurant wurden Mr Darwy und Mr Hook von mehreren Time Knights angefallen. Sie sah Dämonenschwerter aufblitzen. Viel zu viele Time Knights für zwei Zeiterben, dachte Jade panisch. Mr Darwy und Mr Hook hatten keine Chance. Ein Schutzgeist flüchtete sich vor den Kämpfen aufs Vorderdeck. »Ich habe Angst!«, schrie die Galeonendame mit dem Notizbuch in der Hand. »Ich habe ja solche Angst!«

»Ach, halt doch die Klappe!«, schrie Dornfinger und schlug

mit seinem Schwert mitten durch die Geisterdame. Sie schrie auf und löste sich dann auf, bis nichts mehr von ihr übrig war.

»Du hast sie umgebracht!«, brüllte Jade wie von Sinnen.

»Verfluchte Geister«, zischte Dornfinger und fuhr zu Jade herum. »Und jetzt gib ihm den Uhrzeiger, sonst geschieht mit dir das Gleiche.«

»Ja, gib ihn mir«, flüsterte Henry kaum hörbar. »Vertrau mir.«

»Niemals!«, schrie Jade und presste den Uhrzeiger an sich.

»Du törichtes Ding!«, rief Dornfinger und richtete sein Dämonenschwert auf das Meer.

Es wurde eiskalt und dunkel um sie herum. Die See wurde unruhig, schlug in immer höheren Wellen gegen den Timeless Sleeper und schwappte auf die Planken. Wie aus weiter Ferne hörte Jade entsetzte Schreie. Dämonenschwerter leuchteten auf. In den Telefonkabinen am Anleger klingelte es mehrmals schnell nacheinander. Da tauchte etwas Düsteres aus dem Wasser auf. Ein riesiges Spinnenbein schob sich aufs Vorderdeck.

Der Pförtner der Unwelt, dachte Jade entsetzt. Sie sah sich gehetzt um, doch sie war eingekesselt. Vor ihr standen Dornfinger und Henry, hinter ihr tasteten sich riesige Spinnenbeine aufs Vorderdeck.

»Gib den Uhrzeiger her!«, schrie Dornfinger.

»Niemals!«, rief Jade.

»Bitte, Jade«, flehte Henry und streckte die Hände nach dem Uhrzeiger aus. »Gib ihn mir. Sie werden dich sonst töten.«

»Das hättest du dir eher klarmachen müssen«, zischte Jade. Doch ihre Worte gingen in einem riesigen Platscher unter, denn der Pförtner der Unwelt schwappte mit einer Welle nun vollends über die Reling und landete neben ihr auf den Planken. Das riesige Spinnentier hob seinen eingefallenen Katzenkopf.

Für einen Herzschlag lang war Jade abgelenkt. Der Pförtner der Unwelt senkte sich auf sie herab, und so hörte sie das Murmeln erst im letzten Moment. Sie fuhr zu Dornfinger herum, der mit dem Schwert der Wölfe das Spinnentier kontrollierte. Hinter ihm stand ein groß gewachsener Time Knight, der Figur nach eine Frau, die mit offener Hand eine Fluchformel sprach und im nächsten Moment Jade etwas entgegenschleuderte.

Jade hob schützend ihre rechte Hand und wehrte den Angriff ab. Der Fluch prallte hart auf ihre Handfläche, und weil sie in der anderen Hand den Uhrzeiger hielt, konnte sie ihn nur wegschlagen.

Der Fluch schoss zurück und traf die Time Knight an der Brust. Sie erstarrte mitten im Schrei. Für den Bruchteil einer Sekunde blitzte in Jades Kopf der Gedanke auf, dass es sich bei dieser Frau um Selda Brice handeln könnte.

Im nächsten Moment fühlte Jade, wie jemand am Uhrzeiger zog und ihn ihr mit einem Ruck entriss. Henry.

»Nein!«, schrie Jade.

»Lauf!«, rief Henry. »Wir müssen weg von hier!«

Jade sah Henry gehetzt an. Auf welcher Seite stand er? Sie wollte nach dem Uhrzeiger schnappen, doch Henry schubste sie weg. »Lauf, Jade!«

»Gut gemacht, Junge!«, rief Dornfinger. »Und jetzt wirf den Uhrzeiger über Bord.«

»Das werde ich nicht«, zischte Henry.

»Du willst deinen eigenen Vater sterben lassen?« Dornfinger richtete das Schwert auf den Pförtner der Unwelt. Das Spinnentier hob seine beiden Vorderarme und begann, einen Rauchfaden zu weben.

Jade fühlte Übelkeit in sich aufsteigen.

»Mein Vater ist schon tot!«, schrie Henry.

»Aber du kannst mir meine Lebenszeit zurückgeben«, sagte Dornfinger.

»Die Zeit gehört den Lebenden, nicht den Toten!«, rief Jade und stürzte vor, um Henry den Uhrzeiger zu entreißen.

In dem Moment ließ der Pförtner der Unwelt sich herabfallen und begrub Henry halb unter sich. Er packte ihn mit seinen mächtigen Spinnenbeinen und stieß einen grauenhaften Schrei aus. Jade sah die beiden riesigen Eckzähne in dem eingefallenen Katzengesicht, die nun auf Henry herabschossen und in seinen Körper schlugen.

»Nein! Henry, *nein!*«, schrie Jade außer sich. Sie sah Henrys entsetzten Blick und seinen weit aufgerissenen Mund. Als das Spinnentier sich wieder aufrichtete, waren seine Eckzähne rot vom Blut. Mit seinen kräftigen, haarigen Beinen zog es den wimmernden Henry in die Höhe.

Jade sprang auf ihn zu und griff nach seiner Hand. »Halt dich an mir fest!«, schrie sie.

»Flieh!«, flüsterte Henry schwach. Blut perlte von seinem Hals und tropfte auf die Planken.

»Wirf den Jungen mit dem Uhrzeiger ins Meer!«, schrie Dornfinger und kam mit dem Schwert der Wölfe langsam näher.

Das Spinnentier riss Henry hoch in die Luft. Jade entglitt seine Hand.

Henry bäumte sich auf, seine Augen suchten Jade. »Flieh«, stieß er noch einmal hervor. Dann ließ er den Uhrzeiger fallen.

Mit einem lauten Knall fiel der Uhrzeiger zurück aufs Deck. Jade stürzte vor und riss ihn an sich. Sie sah sich hektisch nach einer Fluchtmöglichkeit um.

»Keinen Schritt weiter!«, brüllte Dornfinger und richtete das Schwert der Wölfe auf Jade.

Hinter ihm ließ sich der Pförtner der Unwelt langsam wieder aufs Deck herabsinken. Seine Spinnenbeine sackten mit dem leblos wirkenden Henry auf die Planken.

Jade wusste, dass sie keine Chance hatte. Alles war sinnlos. Henrys Gesicht war leichenblass und schmerzverzerrt. Der Pförtner der Unwelt strömte eine lähmende Eiseskälte aus, und Dornfinger kam langsam mit dem erhobenen Schwert der Wölfe auf sie zu.

Jade atmete schwer. Zwei, drei Atemzüge lang. Dann wirbelte sie herum und rannte los. Sie stürmte über das Vorderdeck zur anderen Schiffsseite, wich einem Time Knight aus, der auf sie zukam, kletterte an der Reling empor und zog den Uhrzeiger hinter sich hoch. Auf dem Anleger blitzte ein Dämonenschwert auf. Hinter ihr hämmerten Schritte über das Deck, dann traf sie etwas an der linken Hüfte. Schmerz durchzuckte sie.

Verzweifelt zog Jade den Uhrzeiger fest an sich und sprang ab. Sie landete hart auf der Hafenkante, und der stechende Schmerz in ihrer Hüfte übermannte sie. Der Uhrzeiger fiel ihr laut klirrend aus der Hand. Ein hell glühendes Dämonenschwert wurde auf sie gerichtet. Jade schloss die Augen und ließ sich auf den Uhrzeiger sinken.

»Überlasst sie mir!«, hörte sie da Dornfinger rufen.

Jade sah auf. Dornfinger stand hoch oben auf der Reling des Timeless Sleepers und hielt das Schwert der Wölfe auf sie gerichtet. Neben ihm tauchten mehrere Time Knights an der Reling auf.

Jade blickte sich um. Der Time Knight stand mit seinem Dämonenschwert neben den Zeitsprungkabinen und versperrte ihr den Weg zum Bauwagen. Sie saß in der Falle, und es gab keine Chance, mit dem Uhrzeiger zu flüchten. Nur eines konnte sie jetzt noch verhindern: Dornfingers Überleben.

Sie starrte ihn an und stand auf. Ein hell glühender Schmerz in ihrem Bein raubte ihr für einen kurzen Moment den Atem. Dann ließ sie den Uhrzeiger an der Hafenkante liegen und machte einen Schritt zurück, als würde sie kapitulieren. Sie umklammerte mit beiden Händen ihre Taschenuhr, als könne sie sich daran festhalten. Dann hob sie die rechte Hand vor ihren Mund. All ihre Verzweiflung und Wut legte sie in die Worte, die sie nun leise in die Hand murmelte: »Erstarren soll alles Böse und der Bösen Fluch.« Jade wusste, es war ihr einziger Versuch. Und sie wusste, dass sie danach sterben würde. Aber sie musste es tun. Für Henry. Und für ihre Eltern. Jades Herz raste, als sie vorsprang, mit der rechten Hand ausholte und den Erstarrungsfluch auf Dornfinger schleuderte. Noch immer sah er hämisch grinsend auf sie herab. Da traf der Fluch ihn am Unterschenkel. Dornfinger erstarrte und kippte langsam nach vorne. Ein Time Knight beugte sich über die Reling und schnappte nach ihm. Doch es war zu spät: Dornfinger fiel von Bord und versank zwischen dem Timeless Sleeper und der Hafenkante im Meer. Das Schwert der Wölfe erlosch mit ihm in den Fluten.

Jade selbst war wie erstarrt gewesen beim Anblick des versinkenden Dornfingers. Erst das laute Geschrei der Time Knights riss sie aus ihrer Lähmung. Sie nahm den Uhrzeiger auf und drückte ihn an sich. Doch schon sprangen die Time Knights von Bord auf den Anleger und umringten sie mit ihren hell leuchtenden Dämonenschwertern.

»Dafür wirst du sterben«, zischte eine Frauenstimme.

Jade wich zurück, den Uhrzeiger fest an sich gepresst, als es in einer der Telefonkabinen hinter ihr klingelte. »Verstärkung«, sagte die Frau triumphierend.

Die Tür der Zeitsprungkabine wurde geöffnet, und eine alte

Frau in einem abgetragenen Mantel und mit Federhut auf dem silbergrauen Haar trat hinaus. Sie blickte Jade freundlich lächelnd an. Erst als sie die Time Knights mit ihren erhobenen Schwertern erblickte, zuckte sie aufschreiend zurück. »Ich hole Hilfe, Mädchen!«, rief sie und wollte zurück in die Zeitsprungkabine steigen, als einer der Time Knights vorschoss und sein Dämonenschwert auf sie herabfallen ließ. Die alte Frau sackte leblos in der Tür der Telefonkabine zusammen.

»Gib mir den Uhrzeiger, oder es ergeht dir genauso«, zischte einer der Time Knights und streckte seine Hände danach aus.

Jade duckte sich geschickt und machte einen hastigen Sprung zurück. Ihr Fuß stieß dabei gegen die Leiche der alten Frau, die in der offenen Tür der Zeitsprungkabine lag. Plötzlich wusste sie, dass sie nicht sterben würde. Nicht jetzt. Und nicht hier.

Jade atmete tief ein. Sie krallte sich am Uhrzeiger fest und ließ sich rückwärts in die Telefonzelle fallen. Sie hörte Schreie, sah Hände nach ihr und dem Uhrzeiger greifen, dann wurde alles still um sie herum.

Still und stockfinster.

Der Sehnsuchtsort

Jade schreckte aus einem tiefen Dämmerzustand auf.

Das Erste, was sie wahrnahm, war der muffige Geruch des weichen Bodens, auf dem sie lag. Ihre Hände umklammerten noch immer den Uhrzeiger. Jade öffnete die Augen und atmete erleichtert auf. Sie war nicht mehr auf dem Anleger. Sie war in einem Zimmer, und ein blasser Lichtschein fiel durchs Fenster von draußen herein. Sie sah ein großes Bett, einen Kleiderschrank und eine Kommode. Jade wollte sich aufsetzen, doch ein stechender Schmerz zuckte durch ihr linkes Bein.

Sie ließ sich zurück auf den Teppich sacken und schloss für einen Moment die Augen. Ein eisiger Schauder ergriff sie, als sie an die Time Knights, an die alte Frau vor der Telefonzelle und an Dornfingers Tod in der Schattenkluft dachte. Sie hatte Henrys Vater umgebracht. Nie wieder würde sie Henry ansehen können.

Jade verdrängte ihren Schmerz und hievte sich hoch. Als sie versuchte aufzutreten, schoss der Schmerz hell glühend durch ihr linkes Bein. Sie stützte sich am Bettrahmen ab und hüpfte auf dem rechten Bein zum Fenster. Wo waren die anderen? Und: Wo war sie selbst gelandet?

Sie sah hinunter auf einen verschneiten Innenhof, der von altmodischen Laternen schwach erleuchtet war. Im Haus gegenüber brannte Licht. Menschen standen dort zusammen und unterhielten sich scheinbar aufgeregt.

Nicht *irgendwelche* Menschen.

Jade erkannte Orla, Mat und Ms Henders, die dort im Witch Brew miteinander sprachen. Sie sah sich suchend im Zimmer um, denn plötzlich wusste sie, *wo* sie war. Auch wenn die Wiege nicht mehr hier unter dem Fenster stand. Sie war durch den unkontrollierten Zeitfenstersprung in der Mad Watchmakers Lane in York gelandet – in der Wohnung ihrer Eltern. Und ganz offensichtlich waren Orla und Ms Henders unverletzt.

Jade ließ sich auf das Bett sinken. Der Schmerz pochte in ihrem Bein. Sie konnte keinen Schritt tun, geschweige denn bis hinüber ins Witch Brew laufen. Doch schlimmer als das war die Ungewissheit um Mr Henders, Mr Darwy, Henry und Harper. Schluchzend ließ sie sich nach hinten in die Kissen fallen. Sie spürte, wie heiße Tränen über ihr Gesicht liefen.

»Du heulst, als wärst du ein Klagegeist«, sagte da jemand neben ihr.

Jade fuhr hoch. »Autsch«, jammerte sie und hielt sich ihr Bein. Auf der Bettkante neben ihr saß George und starrte sie an. »Bist du verletzt?«

Jade nickte. »Ja, mein Bein. Dornfinger hat mich dort mit dem Schwert der Wölfe erwischt.«

George hielt sich die Ohren zu. »Das klingt viel zu gru-se-lig.«

Jade musste trotz all dem Kummer darüber schmunzeln. Es war schon komisch, wenn ausgerechnet ein eiskalter, silbrig schimmernder Geist von Grusel sprach.

»Soll ich Hilfe holen?«, fragte George und schwebte zum Fenster. »Vielleicht aus dem Witch Brew? Ach nein … da kommt ja schon jemand. So ein winzig kleiner Mann mit einer Fuchspelzmütze.«

»Master Gridlock?«, rief Jade überrascht.

»Woher soll ich das wissen?«, polterte George und sah wieder hinaus aus dem Fenster. »Ja, er kommt hierher.«

Jade lehnte sich in die Kissen zurück. Ihr Herz klopfte schnell. Woher wusste Master Gridlock, dass sie hier war? Wusste er es überhaupt?

Unten im Laden ertönte ein leises Klingeln, und Augenblicke später hörte man Schritte auf der Treppe. George flog Master Gridlock entgegen. »Das Mädchen ist hier. Sie ist verletzt und heult wie ein Klagegeist.«

»Jade!«, rief Master Gridlock schon an der Tür. »Wie geht es dir? Dieser Geist meinte, du bist verletzt.«

»Ach, es ist nur mein Bein«, sagte Jade schnell.

Master Gridlock schaltete das Licht an, und Jade blinzelte. Ihre Augen mussten sich erst an die Helligkeit gewöhnen.

»Und dieses *Ach, es ist nur mein Bein* tut höllisch weh, stimmt's?«, sagte Master Gridlock und kam näher. Er betrachtete Jade einen Augenblick. Dann wandte er sich an George. »Hole Hilfe. Mat und Orla sind im Witch Brew. Sie sollen herkommen.«

»Mat und Orla sollen herkommen«, wiederholte George und schwebte davon.

Jade sah Master Gridlock an. »Dornfinger, er hat …«

»Du musst mir nichts sagen«, unterbrach Master Gridlock sie. »Ms Henders hat uns schon informiert.«

»Ms Henders?«, flüsterte Jade matt.

Master Gridlock nickte. »Sie hat aus dem Bauwagen heraus beobachtet, wie Dornfinger und mehrere Time Knights den Timeless Sleeper überfielen, und ist per Zeitfenstersprung zu mir ins Büro gekommen. Wir kamen auf dem Anleger an, als du gerade verschwunden warst.«

Jade setzte sich auf und fasste sich sofort schmerzerfüllt ans Bein. »Sie waren auf dem Anleger?«

Master Gridlock nickte. Er trat ans Fenster und sah hinaus in den anbrechenden Morgen. Noch nie war er Jade so klein vorgekommen wie in diesem Augenblick. Klein und verletzlich. »Ich und fast der gesamte Time Court. Wir konnten die Time Knights verjagen, Dornfinger hattest du ja schon erledigt.«

Jade schluckte. Ihre Kehle fühlte sich trocken an, als sie fragte. »Was ist mit den anderen?«

»Dieses Mal haben wir Tote zu beklagen, Jade«, sagte Master Gridlock nach einem Moment der Stille. »Ms Wellington ist tot, ebenso die Galeone Lady Lyra. Mr Darwy hat vermutlich eine Gehirnerschütterung, ebenso Mr Hook. Wir wissen nicht, ob sie auch dämonische Verletzungen davongetragen haben. Sie sind beide ins Gauklerspital hier in York gebracht worden. Mr Henders ist nur leicht verletzt und zu Dr. Smiths Unterstützung auf dem Timeless Sleeper geblieben, aber Henry …«

»Was ist mit ihm?«, fragte Jade und presste sich die Hände auf die Brust. Sie wagte kaum zu atmen.

»Es gibt wohl wenig Hoffnung«, sagte Master Gridlock und drehte sich zu Jade herum. »Dr. Smith ist bei ihm an Bord des Timeless Sleepers. Die Erste-Hilfe-Galeone hatte sofort Henrys Wunden versiegelt, sonst wäre er schon tot. Dr. Smith sagte, er hätte sehr viel Blut verloren und sei durch den Würgegriff der Spinne völlig unterkühlt. Auch macht ihr der eng geschnürte Rauchfaden um seine Brust Kummer. Ich muss dich darauf vorbereiten, dass wir Henry womöglich verlieren werden.«

Jade nickte. Master Gridlocks Worte hallten in ihrem Kopf wider. Alles fühlte sich plötzlich so dumpf und leer an.

»Ich habe Henrys Vater getötet«, flüsterte Jade.

»Nein, das hast du nicht«, sagte Master Gridlock unerwartet scharf. »Dornfinger war ein Totengänger. Gestorben ist er vermutlich schon damals bei seiner Flucht von der Nessby. Er hat sich bewusst für die andere Seite entschieden, Jade. Dornfinger hat gespielt, hat alles auf eine Karte gesetzt und am Ende alles verloren.«

»Durch mich« sagte Jade kaum hörbar, denn ihr Mund war trocken.

»Ja, durch dich«, sagte Master Gridlock. »Ach, übrigens: Harper ist aus ihrer Schockstarre erwacht.«

»Harper lebt?«, flüsterte Jade, und jetzt rollten ihr die Tränen über die Wangen. Sie weinte und weinte. Um Ms Wellington, um die Galeone Lady Lyra, um Mr Darwy, Mr Hook und besonders um Henry.

Master Gridlock wartete, bis Jades Tränen versiegten.

»Wo ist Lucy?«, fragte Jade.

Master Gridlock drehte sich zu Jade herum. »Ich habe Odette vorhin kontaktiert. Sie ist bei ihr, und Ms Mallows braut ihr gerade ein Gegenmittel.«

»Gut«, flüsterte Jade. Sie empfand plötzlich tiefes Mitgefühl für Lucy. Wie furchtbar musste es sein, monatelang nicht Herr über den eigenen Körper und die eigenen Gedanken gewesen zu sein. »Warum ist Lucy eigentlich immer in Ohnmacht gefallen?«

»Das kann ich nur vermuten«, sagte Master Gridlock. »Vielleicht war der Kontrollsaft verunreinigt, vielleicht war derjenige, der Lucy kontrollierte, selbst kein Zeiterbe, oder aber Lucy selber hat sehr schwache Zeitgene.« Master Gridlock lächelte Jade an. »Vielleicht kommt Dr. Smith dem Geheimnis ja auf die Spur.«

»Der Uhrzeiger …«, begann Jade und deutete auf den Boden.

Master Gridlock trat näher heran und hob den Uhrzeiger vom

Boden auf. Er zog seine Brille hervor und setzte sie sich auf. Dann begutachtete er den Uhrzeiger von allen Seiten und sah Jade über den Rand seiner Brille lächelnd an. »Es ist ziemlich sicher ein Time-House-Uhrzeiger. Und nicht nur das – es ist der Minutenuhrzeiger, wenn ich mich nicht täusche. Der Meridian Prince.«

Jade horchte auf. »Ja, aber das bedeutet, dass Mat …«

Master Gridlock nahm kopfschüttelnd seine Brille wieder ab und steckte sie in seine Anzugjacke. »Das bedeutet leider noch gar nichts. Selbst wenn ich recht habe und es sich hierbei um den Meridian Prince handelt, so ist das noch lange nicht eine Garantie für Mats Heilung, Jade.«

»Ich weiß«, flüsterte Jade und senkte den Kopf.

»Aber es besteht Hoffnung«, sagte Master Gridlock.

Jade blickte ihn fragend an. »Woher haben Sie gewusst, dass ich hier bin?«

»Kannst du dir das nicht selbst beantworten?«, fragte Master Gridlock.

Jade zuckte mit den Schultern.

»Orla sagte mir, dass du rückwärts mit dem Uhrzeiger in eine der Zeitsprungkabinen gefallen bist. Ich ging davon aus, dass es ein unkontrollierter Zeitsprung war, und der führt einen immer …?«

»… an den Ort der größten Sehnsucht«, vervollständigte Jade und sah sich in dem Raum um. Auf der Kommode neben der Zimmertür stand ein Bilderrahmen mit einem Foto ihrer Eltern. Jemand musste ihn dorthin gestellt haben, denn gestern war er noch nicht da gewesen.

Plötzlich wurde es laut im Haus. Schritte polterten auf der Treppe. Doch George kam als Erstes herein. »Sie wollten mir einfach nicht glauben«, schimpfte er.

»Wo ist sie?«, rief Orla schon auf der Treppe. Sie stürmte ins

Zimmer und warf sich neben Jade aufs Bett, um sie zu umarmen. »Du lebst. Du bist gar nicht in eine Falle getappt.«

»Autsch!«, rief Jade und zog ihr schmerzendes Bein zur Seite. »In eine Falle getappt? Was meinst du damit?«

Mat kam langsam näher. Für ein paar Herzschläge lang verharrte sein Blick auf dem Uhrzeiger in Master Gridlocks Händen. Dann setzte er sich auf die andere Seite neben Jade. Er nahm behutsam ihre Hand und drückte sie gegen seine Wange. »Orla meinte, dass die Time Knights die Zeitsprungkabine bestimmt manipuliert hätten und du in die Unwelt gefallen sein könntest. Ich bin so froh, dass Orla nur wieder mal rumgesponnen hat«, flüsterte er.

»Also hör mal«, beschwerte sich Orla.

Jade musste kurz lachen, und selbst Master Gridlock konnte sich ein Schmunzeln nicht verkneifen. »Orla, Mat?«, sagte er dann. »Ihr helft Jade später, dass sie hinüber ins Witch Brew kommt? Ms Henders kennt die Mittel gegen Jades Schwertbrand am besten. Und ich springe nun mit dem Uhrzeiger ins Time House. Es wird Zeit, dass er dorthin zurückkehrt, wo er sicher ist. Und ich muss alles für die Ankunft der Verletzten vorbereiten lassen.« Er nickte ihnen zu und ging zur Zimmertür. Auf der Türschwelle blieb er noch einmal stehen. »George?«, rief er den Galeonsgeist, der auf der Kommode eingeschlafen war.

»Sir?«, fragte George und schreckte hoch.

»Es ist auch dein Verdienst, dass die Zeit nun wieder ein Stück mehr in den Händen der Lebenden liegt. Ich danke dir herzlich im Namen der gesamten Zeiterbengesellschaft.« Dann verschwand der Master der Zeiterbengesellschaft mit dem Uhrzeiger, dessen Geheimnis George über sechzehn Jahre lang gehütet hatte.

»Gern geschehen«, murmelte George nur verschlafen und drehte sich auf die andere Seite.

Jade, Orla und Mat sahen sich grinsend an. Und doch wussten sie genau, dass es eigentlich keinen Grund zum Lachen gab.

In den kommenden Tagen wurde Jades Schwertbrand von Ms Henders mit Kräuteraufgüssen behandelt, und bald schon konnte sie wieder, wenn auch humpelnd, herumlaufen.

Auch aus dem Gauklerspital gab es gute Nachrichten: Sowohl Mr Darwy als auch Mr Hook waren auf dem Weg der Besserung. Sie beide waren mit einem Schlag eines Dämonenschwertes niedergestreckt worden und hatten neben einer Gehirnerschütterung auch einen dämonischen Gedächtnisfraß erlitten. Dieser Fraß war aber schnell gestoppt worden, und es sei nicht anzunehmen, dass Mr Darwy oder Mr Hook wichtige Erinnerungen verloren oder sogar an Hirnleistung eingebüßt hätten.

An ihrem letzten Abend vor der Heimfahrt nach Greenwich ging Jade noch einmal zu Darwy's Magical Watches, um sich ein paar Fotos ihrer Eltern auszusuchen, die sie mitnehmen wollte in den Black Swan.

Als sie den leer stehenden Uhrenladen zum letzten Mal hinter sich abschloss, kam George neugierig aus seiner Galeone hervor. »Da bist du ja wieder. Geht es dir besser?«

»Ja«, sagte Jade lächelnd und streichelte über das Foto ihrer Eltern. Wie gerne würde sie ihnen erzählen, dass sie mehr als sechzehn Jahre später ihr Versteck gefunden hatte. »Meine Eltern wären sehr stolz auf dich, George«, sagte sie mit zitternder Stimme und lächelte den Galeonsgeist an.

»Ja?«, fragte George verdattert, und dann flog er einen jauchzenden Salto über den Hof.

»Bist du fertig, Jade?«, fragte Mat hinter ihr.

Jade drehte sich zu ihm herum. Sie hatte ihn gar nicht kommen hören.

»Ist das alles, was du von deinen Eltern mitnehmen möchtest?«, fragte Mat und sah auf die Bilder in Jades Hand.

Sie spürte, wie ihr die Tränen in die Augen stiegen. Doch sie nickte tapfer und versuchte ein Lächeln.

Da nahm Mat sie in die Arme und zog sie ganz fest an sich. »Verdammt, ich wünschte, das mit deinen Eltern wäre nie passiert. Aber ich kann es nicht ungeschehen machen. Keiner kann das.«

Jade lauschte auf seinen Herzschlag.

»Henry wird es schaffen, okay?«, sagte Mat und schob sie ein wenig von sich, um sie anblicken zu können.

»Du hast ihn nicht gesehen«, flüsterte Jade.

»Nein, das habe ich nicht«, gab Mat zu. »Aber ich weiß, wie viel man schaffen kann, Jade.«

Jade lächelte nun doch. Mat hatte recht. Er hatte eine ähnlich kritische Situation auch schon einmal durchgemacht. Und er hatte damals seinen Kampf gewonnen.

»Und nun komm«, sagte Mat und zog sie an der Hand hinter sich her. »Ich sitze auf heißen Kohlen, seit ich weiß, dass es wirklich der Minutenuhrzeiger ist. Mum hat schon alles gepackt, und sogar Peter Polkins ist schon da.«

»Peter Polkins?«, fragte Jade verwundert.

Mat grinste. »Er wird uns auf der Fahrt mit dem Timeless Sleeper begleiten. Master Gridlock ebenso. Offiziell, weil die Galeone von Lady Lyra abgeholt werden muss. Aber ich schätze mal, dass Master Gridlock auf Nummer sicher gehen will.«

Trauerzug und Gauklerglück

Es war ein bedrückendes Gefühl, so schnell nach dem Kampf gegen Dornfinger wieder an Bord des Timeless Sleepers zu gehen. Jade war froh, dass die Fahrt von York nach Greenwich nicht so lange dauerte, und vor allem war sie froh, dass Peter Polkins und Master Gridlock sie begleiteten.

Am Nachmittag legte der Timeless Sleeper am Greenwich Pier in London an. Jade, Orla und Master Gridlock standen vorne am Bug und sahen zu, wie Peter Polkins als Erster von Bord ging. Im Arm trug er mit ernster Miene die leere Galeone der verstorbenen Geisterdame Lady Lyra.

»Seht nur!«, rief Orla und zeigte auf ein paar Geister, die mit gesenkten Köpfen aus dem Maritimen Museum herbeiströmten.

»Ja, die Klagegeister begleiten die Galeone auf ihrer letzten Reise«, sagte Master Gridlock.

Der Kapitän kam kurz aus seiner Galeone hervor. Er verneigte sich vor Lady Lyra, dann schlüpfte er zurück in sein Versteck.

»Huhuhuhuuu«, heulte es da neben Jade. Sie sah sich suchend um. Harper war aus ihrer Galeone geschlüpft und aufs Vorderdeck geschwebt. Sie sah dem Trauermarsch laut weinend hinterher.

»Ah, Harper«, sagte Master Gridlock mitfühlend. »Wie hat dir denn dein Praktikum auf dem Timeless Sleeper gefallen?«

»Phänomenal!«, jauchzte Harper und blinzelte die Tränen fort. »Bin ich froh, dass Sie mich damals im Black Swan geprüft haben. Ups …«, unterbrach sie sich und schlug sich erschrocken ihre Geisterhand auf den Mund.

»Sie waren das?«, rief Jade. »Sie haben damals das Buch an sich genommen?«

Master Gridlock nickte schmunzelnd. »Sonst wäre ich wohl nicht so ruhig geblieben, als Ms Brice eure Zimmer kontrollierte.«

»Ich glaub's nicht!«, rief Orla. »Warum haben Sie es uns damals nicht erzählt? Ich bin fast gestorben vor Angst, von der Academy zu fliegen.«

»Ohne Harpers Hilfe wärt ihr das wohl auch«, sagte Master Gridlock und lächelte Harper an.

»Ach, Geistermädchen, ich werde dich vermissen«, sagte der Kapitän seufzend.

»Ich Sie auch, Kapitän«, sagte Harper und schluchzte schon wieder laut auf.

»Jetzt aber ab in deine Galeone«, sagte Master Gridlock. »Jade und Orla nehmen dich mit zurück in den Black Swan. Und ich verabschiede mich nun auch, ich begleite Mat zu seiner Untersuchung ins Time House. Drückt ihm die Daumen, dass Dr. Smith ein paar Zeitgene in seinem Blut findet.«

Orla und Jade sahen sich ernst an und blickten Master Gridlock hinterher, bis er das Bordrestaurant durchquert hatte und von Bord ging.

»Da ist ja Mr Henders!«, rief Orla und deutete auf den Pier, wo Ms Henders, Mat und die Zwillinge Mr Henders nacheinander um den Hals fielen. Seinen rechten Arm trug er in einer Schlinge. Zuletzt schüttelte er Master Gridlock die Hand. Als sie den Anleger verließen, rief Mat zu Jade und Orla herauf: »Sehen wir uns heute Abend im Witch Brew? Ich muss jetzt erst zu Dr. Smith, der Bluttest, ihr wisst …«

Jade nickte. »Klar, wir sehen uns!«, rief sie und sah Mat hinterher, der neben Master Gridlock den Pier verließ und Richtung Greenwich Park lief. »Viel Glück, Mat!«, flüsterte sie, doch das hörte nur der Wind.

»Jade, Orla!«, rief da eine Frauenstimme am Pier.

»Guck mal, da ist ja Odette!«, rief Jade.

»Und Betsy ist auch da«, sagte Orla.

Sie schnappten sich ihre Taschen und Harpers Galeone und stürzten von Bord.

Odette kam auf Jade zugestürmt und umarmte sie fest. »Ich habe mir solche Sorgen um dich gemacht«, flüsterte sie und hielt dann Jade ein wenig von sich, um sie anzusehen. »Geht es dir wieder besser? Ms Henders hat dein Bein geheilt, nicht wahr?«

»Ja, alles gut«, sagte Jade und wandte sich Betsy zu, die sich in ein großes Spitzentaschentuch schnäuzte. »Aber Betsy, wir sind doch wieder da!«, rief Jade und umarmte Betsy fest.

»Mir ist zu Ohren gekommen, dass das um ein Haar schiefgegangen wäre.« Betsy schluchzte in ihr Taschentuch.

»Jade Ryder!«, rief da jemand hinter ihr.

Jade fuhr herum und entdeckte Bertha Kingsley auf dem Anleger, die ihr über die Köpfe der Wartenden hinweg zuwinkte und sich einen Weg durch die Menge bahnte.

»Jade, auf ein Wort«, sagte sie und trat an den Rand des Piers.

»Hallo, Ms Kingsley«, sagte Jade und folgte ihr.

Ms Kingsley beugte sich zu ihr herab und raunte: »Jade, du hast einen Uhrzeiger gefunden, so hörte ich von Master Gridlock. Aber hast du dort in diesem Versteck zufällig auch den Kelch der Sieben Augen gefunden?«

Jade sah Bertha Kingsley stirnrunzelnd an. »Nein, Ms Kingsley. Suchen Sie den Kelch denn immer noch?«

Bertha Kingsley seufzte. »Ich habe sogar Auffindeflüche angewandt. Der Kelch bleibt verschollen. Ach, du warst meine große Hoffnung. Seit Stunden warte ich hier auf dich.«

»Der Kelch wird wieder auftauchen«, sagte Jade aufmunternd. »Warten Sie es ab, das ist alles bestimmt ganz harmlos.«

»Hoffen wir es!« Bertha Kingsley sah sorgenvoll am Timeless Sleeper vorbei auf die schwarz schimmernde Themse.

Um fünf Uhr drehte Ms Mallows das Schild in der Ladentür des Witch Brew auf *geschlossen* und sah sich glücklich im renovierten Restaurant um. »Ich sag ja immer, dass schon ein bisschen frische Farbe und resolutes Entrümpeln gut fürs Gemüt ist.« Jade und Orla grinsten sich an. Dann schoben sie mehrere Tische zusammen, und Ms Henders und die Zwillinge trugen Geschirr herbei. Mr Henders, der zur Feier des Tages eine Hexensuppe nach uraltem Familienrezept braute, lief immer wieder zum Fenster und sah hinaus auf den Clockmakers Market.

»Sie kommen!«, rief er gegen halb sechs.

Jade und Orla stürzten zum Fenster und sahen hinaus auf den Marktplatz. Mat und Peter Polkins kamen auf das Witch Brew zu. »Ist das jetzt ein gutes oder ein schlechtes Zeichen, dass nicht Master Gridlock, sondern nur Peter Polkins Mat nach Hause begleitet?«, fragte Jade.

»Wieso *nur?*«, fragte Orla und sah Jade verständnislos an.

Jade grinste und sah schnell zur Ladentür. Peter Polkins kam als Erster herein. »Da wären wir also!«, rief er.

»Ja, das sehen wir«, sagte Ms Mallows in die allgemeine Anspannung hinein, woraufhin alle lachen mussten.

Doch als Mat mit finsterer Miene in den Witch Brew trat, verflog die Fröhlichkeit genauso schnell, wie sie gekommen war.

Er schmiss seine Jacke achtlos in die Garderobe. »Ich könnte ihr einen Würgefluch an den Hals wünschen«, schimpfte er.

»Aber, Mat!«, rief Ms Henders erschrocken. »So kenne ich dich ja gar nicht.«

»Also Dr. Smith kann jetzt aber wirklich nichts dafür, wenn sie bei dir kein Zeitgen im Blut findet«, pflichtete Mr Henders seiner Frau bei.

»Wieso Dr. Smith?«, fragte Mat. »Ich spreche von Ms Brice.«

»Ms Brice?«, rief Jade verständnislos.

Orla nickte. »Kapier ich jetzt auch nicht. Was hat Ms Brice denn mit deinem Bluttest zu tun?«

»Also, Orla«, sagte Peter Polkins kopfschüttelnd, »das ist doch ganz einfach. Ms Brice ist die Fachlehrerin für die Gaukelei. Und Mat ist nun wieder ein Gaukler. Und jetzt rate mal, wie lange sie ihm gegeben hat, um das Versäumte des letzten halben Jahres aufzuholen?«

»Ist das wirklich wahr, Mat? Du bist wieder ein Gaukler?«, fragte Jade.

Mat nickte. »Dr. Smith hat ein paar Zeitgene gefunden. Sie meinte, dass ich gute Chancen habe.« Er grinste in die Runde. »Tut mir leid, das hätten wir euch vielleicht zuerst sagen sollen.«

»Macht ja gar nichts!«, rief Ms Mallows und stellte krachend den Kessel mit Mr Henders' Hexensuppe auf den Tisch. »Ich serviere unseren Kunden auch immer zuerst den Bärlauchtee und verrate ihnen dann hinterher, dass er fürchterlichen Mundgeruch macht.« Sie stemmte die Hände in die Hüften und sah Mat streng an. Dann zog sich ein Grinsen über ihr Gesicht.

Sekunden später fielen sie alle Mat um den Hals.

»Danke«, flüsterte er, als Jade ihn umarmte.

»Ich kann es noch gar nicht glauben«, sagte Jade. »Aber jetzt sag schon, wie viel Zeit hat Ms Brice dir gegeben?«

»Eine Woche«, sagte Mat finster. »Wie soll man denn den Stoff eines Halbjahres innerhalb einer Woche aufholen?«

»Na ja, zum Glück hast du ja die ganze Zeit mitgelernt«, sagte Jade grinsend. »Als hättest du es geahnt.«

»Das kriegst du schon hin«, sagte Peter Polkins und klopfte Mat aufmunternd auf die Schulter. »Jade hat das ja auch in wenigen Tagen geschafft. Und wie ich hörte, war Jade so überzeugend, dass Ms Brice die Prüfung schon nach einem einzigen Feuerball für bestanden erklärte.« Er zwinkerte Jade zu.

»Die Suppe wird kalt!«, rief Ms Mallows und winkte sie alle mit der großen Suppenkelle herbei.

»Sag mal, Peter«, sagte Mr Henders und setzte sich neben ihn an den Tisch. »Wie geht es eigentlich Henry? Weißt du das?«

Jade horchte auf.

»Ja, selbstverständlich«, sagte Peter und lächelte Orla an, die sich auf die andere Seite neben ihn setzte. »Es wird angenommen, dass er über den Berg ist. Dr. Smith sprach vorhin von einem Wunder. Er darf allerdings keinen Besuch empfangen. Anweisung seines Großvaters. Nur eine Galeonendame weicht ihm nicht von der Seite. Eine gewisse Lady Sybille.«

»Na, herzlichen Glückwunsch«, sagte Orla kichernd. »Eine verliebte Galeonsdame fehlt einem ja gerade noch, wenn man um sein Leben ringt.«

»Vielleicht ist es gar nicht so schlecht, dass sie bei ihm ist«, sagte Jade. »Ich jedenfalls bin sehr froh, dass es ihm besser geht. Master Gridlock hat mir große Angst gemacht, dass er es nicht schaffen wird.«

Da hob Mr Henders mit seinem gesunden linken Arm sein Wasserglas. »Es ist zwar kein Snat, aber nun ja … Auf Henrys Genesung und auf Mat, meinen Zeiterbensohn.«

»Und auf meinen!«, rief Ms Henders und hob ihr Glas.

»Und auf Peter«, sagte Jade und griff nach ihrem Glas. »Ohne dich und deinen Unterricht hätte ich Dornfingers Angriff wohl nicht überlebt.«

Peter hob sein Glas und nickte Jade über den Tisch hinweg zu. »Welch glücklicher Lehrer der ist, der einen talentierten Schüler hat.«

»Und auf Jade, die den Minutenuhrzeiger zurück ins Time House gebracht hat«, sagte Mat und sah Jade lächelnd an. »Du bist eine Heldin, weißt du das?«

Jade lachte auf, als alle ihr Glas erhoben und »Auf Jade!« riefen.

»Und dann aber auch auf Orla!«, rief Peter dazwischen. »Du kannst nämlich nur dann etwas Heldenhaftes tun, wenn du Freunde hast, die dir den Rücken freihalten.«

»Ach, das hast du aber schön gesagt, Peter!«, rief Orla, stellte ihr Glas ab und drückte Peter Polkins einen Kuss auf die Wange. »Danke!«, sagte sie und lächelte ihn glücklich an.

Peter lief krebsrot an. »Nichts zu danken, Orla. Es war ja nur die Wahrheit«, sagte er leise und sehr liebevoll.

Jade sah ihre Freundin grinsend an. Hatte sie es doch gewusst!

»Was ist eigentlich mit den anderen Verletzten?« Ms Henders sah Peter fragend an, doch der lächelte noch immer Orla an.

»Fragen wir sie doch selbst«, sagte Ms Mallows und deutete auf die Eingangstür. »Zumindest Edmond Darwy scheint es wieder gut zu gehen.«

Jade fuhr herum und sah Mr Darwy an. Er schloss die Ladentür hinter sich und hängte dann sorgsam wie immer Hut und Mantel an die Garderobe. Nur den Schirm hielt er fest an sich gedrückt und kam dann zu ihnen herüber an den Tisch. Jade fiel sofort sein Kopfverband auf.

»Guten Abend, die Herrschaften«, sagte er in die Runde.

»Edmond!«, rief Ms Henders und zog einen Stuhl herbei. »Bitte, setz dich zu uns.«

»Wie geht es Ihnen, Mr Darwy?«, fragte Jade, rutschte mit ihrem Stuhl ein wenig zur Seite, damit Mr Darwy sich neben sie setzen konnte, und strahlte ihn an.

»Bestens! Im Gauklerspital sagte man mir, ich hätte eine Gehirnerschütterung gehabt«, sagte Mr Darwy und lächelte Jade an, während er sich setzte. »Ich kann mich nur nicht erinnern, wo ich mir diese zugezogen haben soll.«

»Das darf man ruhig vergessen, nicht wahr?«, rief Mr Henders augenzwinkernd.

»Gibt es etwas zu feiern?«, fragte Mr Darwy interessiert.

»Ja, stellen Sie sich vor«, sagte Ms Henders. »Mat hat Zeitgene im Blut.«

Mr Darwy nahm dankend den Teller Suppe entgegen, den Ms Mallows ihm reichte, und beugte sich dann zu Ms Henders herüber. »Ist das bei Zeiterben nicht üblich?«

Sie sahen sich alle verdutzt an.

»Köstlich, diese Hexensuppe«, sagte Mr Darwy und legte seinen Löffel beiseite. Er sah nachdenklich in die gespannten Gesichter. »Ist euch eigentlich auch schon aufgefallen, dass es mächtig ruhig geworden ist um diesen Dornfinger?«

»Jetzt, wo Sie es sagen!«, rief Peter Polkins grinsend und hob sein Glas. »Auf die ruhigen Zeiten.«

»Auf die ruhigen Zeiten!«, schallte es laut durch das Witch Brew.

DANACH
Die Geisterstadt

Der schmale Treppengang führte steil abwärts. Es ging auf Mitternacht zu, und gleich würden sie hervorkriechen aus ihren feuchten Gräbern: die Geister Edinburghs.

Deshalb kam er her.

Er würde sich mit dem Mächtigsten von ihnen treffen. Mit dem, der Herr über die Totenwelt war. Und er war entschlossen, ihm zur Macht auch über die Lebenden zu verhelfen.

Oriel Ballantyne fluchte, als er eine der schmalen Stufen im Barrie's Close verpasste und beinahe stürzte. Sein rechtes Bein gehorchte ihm nicht mehr. Er hasste es, die Kontrolle zu verlieren.

Der Eingang zur unterirdischen Geisterstadt lag hinter einem halbhohen, schmiedeeisernen Tor, das in die Steinmauer eingelassen war. Das metallische Klirren, als das Tor hinter ihm zufiel, verhallte in der Nacht.

Es roch modrig, nach Tod und Verwesung, und es war kalt; eine Eiseskälte, die auch in einer Mittsommernacht wie dieser in den Körper eindrang und durch die Knochen zog.

Er hinkte zielsicher durch die unterirdischen Gänge, die *Vaults* von Edinburgh. Hier kannte er sich aus. Viele Zeiterben, die die Fähigkeit des Geistergehens hatten, waren hier zu Hause.

Das große Verlies war voller Geister und Totengänger.

»Oriel«, sagte da der Herrscher der Totenwelt. »Du bist also wirklich gekommen.«

Oriel Ballantyne konnte kaum mehr als blass schimmernde Geister und fahle Gesichter der Totengänger in der Dunkelheit erkennen. Dann, als seine Augen sich etwas an die Finsternis gewöhnt hatten, erkannte er den schwarzen Rauch. Chronos persönlich hockte am Ende des Verlieses auf einem Mauervorsprung. Er sah aus wie der leibhaftige Tod – ein menschliches Skelett aus schwarzem Rauch.

»Und ich komme nicht mit leeren Händen, Meister der Unwelt«, sagte Oriel Ballantyne und stellte eine golden schimmernde Schale mit sieben roten Rubinen auf den Boden. »Aus diesem Kelch wurden Prophezeiungen empfangen, die Jade Ryder betreffen. Ich dachte, dieses Wissen könnte von Vorteil sein.«

Ein anerkennendes Raunen schwoll an.

»Sag uns, was du weißt«, forderte Chronos scharf, und sogleich wurde es totenstill. Er wies eine bleichgesichtige Frau neben sich an, den Kelch an sich zu nehmen.

»Dieses Kind von Charlotte und Evan scheint im Besitz des geheimen Wissens zu sein«, sagte Oriel.

Einige Totengänger horchten interessiert auf.

»Sie hat zwei der verschollenen Uhrzeiger zurück ins Time House gebracht. Mein Enkel ringt noch immer um sein Leben, und dieses Mädchen hat meinen einzigen Sohn getötet.«

»Ich höre nur Dinge von dir, die ich schon weiß!«, zischte Chronos. »Du wolltest uns einen Plan unterbreiten.«

Oriel Ballantyne verbeugte sich leicht. »Das ist wahr. Hier mein Plan: Diese Jade Ryder wird im kommenden Schuljahr im Geistergehen unterrichtet. Das ist die Gelegenheit für uns, sie auszuschalten. Wir können nicht riskieren, dass sie auch den dritten Uhrzeiger hebt.«

Chronos lachte laut auf, als hätte Oriel Ballantyne einen guten Witz gemacht. Einige Totengänger stimmten mit ein.

»Schweigt still, ihr elenden Dummköpfe«, fauchte Chronos im nächsten Moment durch das Verlies, und das Gelächter erstarb. »Du hast recht, Oriel, und ich schätze deine Loyalität. Wir können es nicht riskieren. Jade Ryder hat uns zweimal besiegt. Der dritte Sieg muss mein sein, sonst ist die Unwelt auf ewig von der Menschenwelt getrennt.«

»Was habt Ihr vor?«, fragte Oriel Ballantyne und stützte sich an dem feuchten Gemäuer ab.

»Zweimal habe ich mich auf andere verlassen, dieses Mal werde ich es selbst tun.« Chronos' Stimme war von Zorn erfüllt. »Jade Ryder muss sterben.« Seine letzten Worte hallten vom Gemäuer wider, denn der schwarze Rauch, aus dem er war, verlor sich in einem mächtigen Wind, der sie alle durchfuhr.

Dreihundert Meilen weiter südlich saßen Jade und Mat auf dem Vorderdeck des Timeless Sleepers, als ihnen eine Windböe salzig durchs Gesicht fuhr.

Seit einer Stunde saßen sie schon hier draußen und blickten in den sternenklaren Himmel dieser Mittsommernacht. Sie aßen den Geburtstagskuchen, den Betsy Jade mitgegeben hatte, einen Sandkuchen mit Trockenfrüchten und siebzehn Kerzen, und warteten auf ihre Ankunft in York. Seit Monaten hatte Jade diesen Moment herbeigesehnt. Zum Schluss hatte sie die Tage bis zu den Sommerferien gezählt. Sie musste so schnell wie möglich zurück ins Haus ihrer Eltern, denn sie fühlte, dass sie nur dort Antworten auf ihre Fragen finden würde.

Aus dem Restaurant des Schiffes drangen Rufe nach draußen. »Eine glückliche Sommersonnenwende!«

Mat schob den Ärmel seines Pullis hoch und sah auf seine Uhr. »Mitternacht«, sagte er. »Wünsch dir was!«

Jade schloss die Augen. Seit Monaten hatte sie nichts mehr von Henry gehört. Sein Großvater hatte ihn nach Edinburgh transportieren lassen, und auch Lucy hatte er nach Hause geholt.

»Keine Tränen«, sagte Mat und legte seinen Arm um ihre Schultern.

»Kein Geheul«, antwortete Jade und lehnte sich an ihn.

Es war, als wären sie wieder die beiden sechsjährigen Kinder, die in einer Kammer auf St. Creakles saßen und Bauchschmerzen von all den Pflaumen hatten, die sie heimlich aus den Obstbäumen im Schulgarten geklaut hatten.

DIE ZEITERBEN

Träger der Zeitgene und Meister magischer Fertigkeiten

PRINCESS
(Erben der Stunde)
Gestaltwandler

PRINCE
(Erben der Minute)
Gaukler

GHOST
(Erben der Sekunde)
Geistergeher

GLOSSAR DER ZEITERBEN

Nicht vollständige Liste der Meridian-Begriffe, die teils wahr und teils erfunden sind.

BOMBARDIERWANZEN
Wanzenartige Prognosetiere, die kurz vor dem Zeitstillstand zwei in ihrem Sekret befindliche Chemikalien vermengen und als Sprengstoff ausstoßen. Es kommt zu lauten Explosionsgeräuschen.

BUCKELZIRPE
Zirpenartige Prognosetiere mit Zimbeln an einem Geweih, die exakt eine Minute vor dem Zeitstillstand klingeln wie winzige Glöckchen.

DARWY'S MAGICAL WATCHES
Historischer Uhrenladen in der Mad Watchmakers Lane in York, in dem Jades Vater einst eine Lehre zum Uhrmacher absolvierte und über dem ihre Eltern wohnten.

DORNFINGER
Entflohener Häftling von der Nessby, der einst Chronos' rechte Hand war.

GEHEIMNISTRÄGER
Oftmals mit dem berühmten Situmaledicta-Fluch belegte Geister, die ein Geheimnis bewahren, bis ein ganz bestimmtes Ereignis eintritt.

GILDE DER GAUKLER
Zusammenschluss von Minutenerben (Gauklern), die in der Yorker Zauberergilde beheimatet sind.

MAD WATCHMAKERS LANE
Eine kurze Gasse in York, durch die man einen kleinen Platz erreicht, in dem die Gilde der Gaukler beheimatet ist.

PFÖRTNER DER UNWELT
Ein über drei Meter hohes Dämonenwesen, das die Unwelt bewacht. Der Kopf des Pförtners der Unwelt ist katzenähnlich, Unterkörper und Gliedmaßen spinnenartig. Das Spinnentier ist in der Lage, einen Rauchfaden um sein Opfer zu weben, der ihn mit der Unwelt verbindet.

SCHWARZMAGIE
Schwarzmagie oder auch schwarze Magie bezeichnet die Verwendung von Magie für böse und egoistische Zwecke.

SCHWERT DER WÖLFE
Berüchtigtes Schwert der Time Knights, das jeden Überfallort mit dem Wolfszeichen markiert. Es heißt, dass das Schwert der Wölfe mit den Schwertern der Time Knights verbunden ist und diese zusammenrufen kann.

SITUMALEDICTA-FLUCH
Ein komplizierter Fluch, der nur dann aktiv wird, wenn ein vorher festgelegtes Ereignis eintritt.

SNICKELWAY
Auch *Alleyway* genannte Gassen, die besonders in York diesen Namen haben und manchmal so klein, schmal oder kurz sind, dass man sie kaum begehen kann.

TOTENGÄNGERELIXIER
Ein Elixier, das einem Totengänger bei der Vortäuschung eines gesunden Körpers dient. Es muss regelmäßig eingenommen werden und führt zu starken Magenkrämpfen.

VICIA-VILLOSA-BRAUSE
Das heilsamste Mittel gegen Nebenwirkungen aller Art bei Zeitstillständen. Verursacht aber einen lauten, unangenehmen Schluckauf.

VOGEL-WICKEN
Als gute und nebenwirkungslose Alternative zur Vicia-Villosa-Brause helfen die Vogel-Wicken gegen Kältezustände und Schwindelattacken nach dem Silentium. Besonders beliebt auch als Prophylaxe.